PAR PERFEITO

ELEANOR PRESCOTT

PAR PERFEITO
O amor, às vezes, precisa de uma mãozinha!

TRADUÇÃO

Sibele Menegazzi

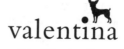

Rio de Janeiro, 2014
1ª edição

Copyright © 2012 *by* Eleanor Prescott
Publicado mediante contrato com Quercus Publishing PLC (UK)

TÍTULO ORIGINAL
Alice Brown's Lessons in the Curious Art of Dating

CAPA
Lola Vaz

DIAGRAMAÇÃO
FA studio

Impresso no Brasil
Printed in Brazil
2014

CIP-BRASIL. CATALOGAÇÃO NA PUBLICAÇÃO
BIBLIOTECÁRIA: FERNANDA PINHEIRO DE S. LANDIN CRB-7: 6304

P929p

Prescott, Eleanor
　　Par perfeito / Eleanor Prescott; tradução de Sibele Menegazzi. — 1. ed. — Rio de Janeiro: Valentina, 2014.
　　352p. ; 23 cm

　　Tradução de: Alice Brown's lessons in the curious art of dating
　　ISBN 978-85-65859-28-8

　　1. Romance inglês. I. Menegazzi, Sibele. II. Título.

CDD: 823

Todos os livros da Editora Valentina estão em conformidade com
o novo Acordo Ortográfico da Língua Portuguesa.

Todos os direitos desta edição reservados à

EDITORA VALENTINA
Rua Santa Clara 50/1107 – Copacabana
Rio de Janeiro – 22041-012
Tel/Fax: (21) 3208-8777
www.editoravalentina.com.br

Para Nigel, sem você…

INTRODUÇÕES

— Cadê os homens? — sussurrou Kate, segurando seu suco de laranja e olhando em volta com nervosismo. Tentava não deixar a decepção transparecer em seu rosto.

— No bar, com os seres humanos normais — bufou Lou, alto. Apesar de já ter uma taça cheia de vinho na mão, Lou se atirou na direção da bandeja de drinques que passava e apanhou mais uma. — Jesus amado, Kate, que diabo nós estamos fazendo aqui?

Kate já começava a se perguntar a mesma coisa. Parecera ser uma boa ideia, em princípio. Mas agora que estava ali, no salão calorento do Hotel Holly Bush, já não tinha tanta certeza.

— Sou super a favor de fazer determinadas coisas só para dar risada, mas isto aqui já está além de qualquer piada — observou Lou secamente. — Só tem gente esquisita!

— Shhh!...Você prometeu que ia se comportar! — Kate, aflita, tentou fazer Lou ficar quieta. Procurou ver o lado positivo; afinal, não tinha mesmo esperado encontrar um cara *esta noite*. — São apenas pessoas — racionalizou, alegremente. — Como nós. Estamos todos no mesmo barco.

— Nós absolutamente não estamos no mesmo barco — insistiu Lou. — Nós somos garotas que andam de iate, Kate: de lancha, de catamarã. Este povo aqui está mais para o cruzeiro da menopausa, e num navio sem leme. Jesus, não me admira que não consigam comer ninguém. Olha o estado daquele *ali*!

Lou apontava para um dos poucos homens no salão. Kate não o notara antes. Miúdo e cinquentão, ele se agarrava à taça de vinho como se fosse a última boia do *Titanic*. O cara era completamente bege; até a pele era cor de mingau de aveia. Sua única característica peculiar era uma fina camada de suor no lábio superior. Quando Kate olhou, ele se virou para ela e o contato visual durou o suficiente para mostrar que ele as tinha escutado. Kate sentiu o coração na boca e o rosto quente de vergonha. Rapidamente, empurrou Lou para um canto do salão. Devia saber que trazê-la seria má ideia. Mas eram tempos difíceis, e para grandes males só grandes remédios.

Enquanto Lou se ocupava com seus copos de vinho e ninguém vinha bater discretamente em seu ombro para pedir que se retirassem, Kate se permitiu relaxar numa certa normalidade. Aventurou-se a olhar novamente pelo salão. Afinal, que tipo de gente ia a uma palestra sobre "O Segredo Para Encontrar Seu Par Perfeito"? Observou as cabecinhas reunidas em volta da mesa de aperitivos. Na maioria, cabeças de trinta e tantos ou quarenta e poucos anos, de aparência profissional, embelezadas por discretos reflexos louros e, ocasionalmente, uma tintura mais cara em tons outonais. Além dessas, havia as cabeças exaustas, a-ponto-de-desistir-de-tudo, cujo cabelo fora penteado naquela manhã e, depois, completamente esquecido, no máximo enfiado atrás da orelha ou preso num rabo de cavalo torto. E, finalmente, havia o esquadrão do cabelo bufante: as cinquentonas firmemente decididas, cheias de batom, com a peruca modelada à base de muito laquê. Além disso, em meio ao mar de cabelos, boiavam algumas carecas lustrosas sob a luz das lâmpadas tubulares, elevando a cota local de homens a um reles punhado. E, fumegando em meio àquilo tudo, uma mulher de bochechas vermelhas, com um halo de cabelo crespo laranja, dizia a todos em voz alta para visitar rapidinho "*le toilette*" porque a palestra iria começar dentro de cinco minutos.

Kate seguiu com os olhos algumas costas tímidas que se apressavam a procurar pelo banheiro. Olhou para o corredor, lá fora. Perguntou-se como seriam vistos pelo mundo exterior. Será que alguém passando ali em frente poderia saber que ninguém naquele salão conseguia arrumar namorado? Vazaria dali algum aroma de desespero sexual que revelasse seu segredo?

— Temos que encarar a realidade, Lou — declarou racionalmente, embora não soubesse muito bem se tentava animar a amiga ou a si mesma. — É neste nível que nós estamos. Deve haver uma razão pela qual nunca temos namorado; não pode ser só azar. Talvez a gente seja intimidante; talvez a gente passe a impressão errada, ou procure nos lugares errados. Seja o que for, assim como ele — ela inclinou seu suco de laranja discretamente na direção do homem bege —, tem alguma coisa que não estamos fazendo direito, e precisamos descobrir o que é.

— Fale por você — retrucou Lou secamente. — Só estou aqui pela birita grátis. E se o Pé de Valsa ali realmente é do meu nível, então não haverá birita suficiente neste mundo. Vou me conformar em ter uma relação íntima com a minha mão direita pelo resto da vida, e ainda vou achar que dei sorte.

No outro lado do salão, Alice apertou o cardigã em volta do corpo e contemplou com alegria o grupo de rostos ansiosos. Adorava assistir às palestras de Audrey e era sempre a primeira (e única) pessoa da equipe a se oferecer para ajudar. Tinha chegado cedo para arrumar o salão, desempilhar as cadeiras, servir o vinho e verificar que a iluminação de Audrey fosse boa e que seu microfone estivesse funcionando. Depois, abrira os pacotes de biscoitos e de minienroladinhos de salsicha, e arrumara os folhetos, antes de receber cada membro da plateia com um cumprimento e um sorriso. Ela os tranquilizaria com relação a suas preocupações e daria respostas reconfortantes a suas perguntas tensas. Apesar das ordens que Audrey lhe berrava regularmente — e do fato de que ela nunca lhe entregava a chave da sala de conferências antes das dez —, Alice sempre ia para casa com o coração leve e uma sensação eufórica de borboletas no estômago que era quase como estar bêbada, só que um milhão de vezes melhor. Este era o tipo de noite para as quais ela vivia; era o tipo de noite capaz de mudar tudo.

— Os banheiros ficam no saguão — insistiu Audrey em voz alta. — Circulando, circulando; vocês têm o resto da vida para bater papo. A palestra vai começar às sete e meia em ponto. O Cupido não espera pelos retardatários.

O sorriso de Alice vacilou por um momento, mas, então, sua mente fantasiou, deleitada. Quantos daqueles rostos ela veria novamente, perguntou-se. Quantos iriam ao escritório na semana seguinte? Um monte, esperava ela; tantos quanto fosse possível pôr na agenda sem transbordá-la. De repente, ela imaginou a plateia fazendo uma fila que começava em sua mesa e continuava porta afora do escritório, serpenteando à volta do quarteirão inteiro: uma linha de amantes esperançosos, risonhos e falantes, esperando para conhecer sua cara-metade. Quem sabe? Talvez o romance pudesse surgir até mesmo enquanto estivessem aguardando na fila!

Enquanto sonhava acordada, a multidão que pairava entre a mesa de aperitivos e a porta de saída se espaçou e Alice, subitamente, vislumbrou duas mulheres jovens, isoladas num canto. Uma era bem atraente, de cabelos escuros, e parecia estar tomando dois copos de vinho ao mesmo tempo; mas foi a outra que chamou a atenção de Alice. Mais baixa e com uma aparência mais delicada do que a amiga, ela usava um tailleur elegante e sapatos de salto alto. Contudo, as roupas sofisticadas não combinavam com a expressão em seu rosto. Sob o cabelo lustroso e a franja reta e obediente, seu sorriso era rígido. Alice conhecia bem aquele sorriso. Já o vira muitas vezes, e pelo menos uma pessoa sempre o exibia em noites como aquela. Traduzido, dizia: *Pense positivo; respire fundo; relaxe*. Era um sorriso que continha esperanças confusas, decepções e a determinação desesperada de levar a cabo uma tarefa.

Instintivamente, Alice saiu de trás dos biscoitos recheados e começou a ir em sua direção. Aquela mulher era interessante. Era mais do que interessante: era exatamente a razão pela qual ela se oferecia para organizar esse tipo de noite. Precisava falar com ela, tranquilizá-la, garantir que ela fosse uma das pessoas que compareceriam ao seu escritório na semana seguinte.

— *Alice!* — sibilou Audrey violentamente, vinda do nada e fazendo Alice pular de susto. — As luzes!

Com relutância, Alice vacilou. A multidão se movimentou novamente e a mulher desapareceu de seu campo de visão.

— Tudo a seu tempo... — Audrey estava olhando feio para ela.

Alice se voltou para o painel de controle eletrônico, escondido discretamente por trás da mesa de aperitivos, e começou a diminuir as luzes da sala. A plateia imediatamente parou de conversar e se adiantou para as fileiras de cadeiras vazias. Ela aumentou a intensidade do refletor cor de damasco posicionado acima do púlpito de Audrey, e sua chefe se iluminou, revelando-se à sala. Alice procurou na escuridão para ver onde a mulher do sorriso tinha se sentado. Iria se certificar de falar com ela mais tarde. Alice acreditava piamente em seguir seus instintos, e todos os seus instintos lhe diziam que ela podia ajudar a mulher com o tailleur elegante e o rosto delicado.

De forma teatral, Audrey pigarreou e levou a mão ao peito. Todos estavam sentados e em silêncio; a sala era toda dela. Alice acionou um último interruptor e o microfone de Audrey zumbiu gentilmente, cobrando ação. Como se esperasse o momento certo, a plateia se inclinou para a frente em tensa expectativa, preparando-se para descobrir os segredos esquivos para se encontrar o Par Perfeito.

KATE

— É tudo culpa daquele maldito jornal, o *Daily Post*. — Kate apanhou sua taça de vinho e tomou um gole, com raiva. — Se eles não ficassem o tempo todo falando de como é impossível engravidar depois dos 35, nós não estaríamos nem sequer pensando no assunto.

Kate e Lou estavam no Luigi's, fazendo um reexame da palestra "O Segredo Para Encontrar Seu Par Perfeito". Kate gostava do wine bar, com suas mesas de madeira surradas e a suave luz de velas. Tinha tudo que ela desejava num bar atualmente: birita, uma cadeira e iluminação quase nula.

— *Nós* não estamos pensando no assunto. *Você* é que está — respondeu Lou, lançando ao barman seu olhar mais inconfundivelmente libidinoso. Ela não acreditava no poder da insinuação discreta.

— É claro que você também está — contradisse-a Kate. — Toda mulher com mais de 30 e solteira pensa no assunto. É *só* nisso que pensamos. Se até os 35 você ainda não arrumou um cara e engravidou, já pode pular logo para o final da história e reservar um quarto de solteiro no asilo. — Na meia-luz do bar, Kate ardia de indignação moral.

— Mas você ainda não tem 35! E está falando bobagem.

Kate balançou a cabeça.

— Uma vez que chegamos aos 30, está tudo acabado. Os homens não nos querem mais.

— Isso é verdade, esse é o espírito da coisa... — disse Lou, impassível, os olhos percorrendo o bar à procura de algo que prestasse, antes de voltar para o barman. Ele lhe deu uma piscadela e mexeu — de forma bastante sugestiva, achou Kate — nas torneiras de chope.

— Só estou sendo realista — argumentou Kate. — E o *Daily Post* é suficiente para acabar com o otimismo de qualquer um. Toda semana eles publicam um artigo sobre "o tempo estar se esgotando". Sabe o que dizia na edição de ontem? Há 28 milhões de solteiras com mais de 35 anos nos Estados Unidos e apenas 18 milhões de solteiros. Isso quer dizer que 10 milhões de mulheres passarão o resto da vida sozinhas só por causa dessa matemática impossível.

— Melhor cancelar os planos de emigração, então.

— Todo mundo sabe que aonde os Estados Unidos vão, todo mundo vai atrás — enfatizou Kate. — O *Daily Post* diz que nos próximos anos a Grã-Bretanha terá uma epidemia de solteiras. Aparentemente, teremos um futuro sombrio, com mais horas de trabalho, aposentadoria mais tardia e sem nenhuma das coisas boas, como bebês, família e um marido para complementar nossa previdência. Estou te dizendo, Lou, *Sex and the City* não era comédia: era um alerta!

— Bobagem. — Lou riu. — E desde quando você acredita em tudo que lê nos jornais? E qual é o lance com os 35? Até parece que todos os homens vão, de repente, sumir da face da Terra. Além disso, a gente vive ouvindo falar dessas mães vovozinhas tendo filhos aos 60 anos de idade. Quando elas riem, dá até pra ver o encaixe da dentadura. Você só tem 33 e ainda tem todos os dentes na boca... tá com tempo de sobra.

Kate girou a haste de sua taça de vinho. Lou tinha razão numa coisa: não devia acreditar em tudo que lia nos jornais, inclusive por causa de todas as histórias que ela mesma já havia plantado. Kate trabalhava com assessoria de imprensa — ou "de mentiras", como Lou gostava de alfinetar. Devia saber que muito do que se escrevia era exagerado em nome de uma leitura diária excitante, já que ela mesma fazia parte da máquina que providenciava a coisa. Era para isso que ela era paga.

Mas aquele caso parecia diferente. Era um fato médico indiscutível que a taxa de fertilidade caía depois dos 35, não era? Certamente, parecia que o número de homens que olhavam para você ia diminuindo gradativamente, a cada ano que você se afastava dos vinte e poucos. E se aquilo fosse simplesmente a forma de ser da natureza... o equivalente, em termos de namoro, à sobrevivência do mais apto? Assim como a zebra velha e vacilante na parte de trás da manada sempre era comida pelo leopardo, talvez os homens *não pudessem evitar* se interessar menos por você à medida que sua capacidade reprodutiva diminuísse. Será que — pela sobrevivência da espécie — todos os homens entre 15 e 100 anos estavam naturalmente programados para gostar de garotas férteis de 21? A julgar pelo número de homens que haviam se interessado por ela recentemente, Kate tinha certeza de que isso era verdade. Os homens estavam intuindo que, a qualquer momento, suas gengivas recuariam e seus ovários entrariam em colapso. Deu-se conta, com um choque nauseante, de que ela era a zebra vacilante atrás da manada. Boa para um lanche rápido, mas nada de muito nutritivo.

Kate ergueu os olhos, prestes a compartilhar essa percepção com Lou, mas a amiga havia sacado sua bolsinha de maquiagem e aberto o pó compacto com a presteza de um caubói rápido no gatilho.

Kate a observou, com relutante admiração. Amava Lou, ainda que fossem totalmente opostas. Lou era muitas coisas que ela queria ser: confiante, corajosa, dramática. Era o tipo de mulher que pode realçar os olhos e os lábios e não dar a mínima se parece vulgar. Vulgar! Essa era mais uma coisa que Lou era e Kate, não. Kate admirava a promiscuidade de Lou. Queria ser mais solta e fácil, mas aquilo simplesmente não estava no seu DNA. Ela fantasiava em ter casos imprudentes de uma noite só, como Lou fazia tão regularmente. Se excitava com a ideia de transar com um estranho, num beco qualquer. Mas simplesmente não era esse tipo de garota. Era mais do tipo de ir para casa cedo e ficar em frente à TV, de pijama. Pijama de algodão egípcio e passado com vinco.

De repente, percebeu que Lou estava falando alguma coisa.

— Pelo amor de Deus, Kate, acorda! — ladrou Lou enquanto, simultaneamente, bebia, passava sombra de olhos preta cintilante e olhava para o barman. — Você precisa tirar a bunda da cadeira e ir à luta. Para de se preocupar com tudo. Você é jovem demais para pensar em bebês. Devia estar pensando em sair mais daquele escritório. Se divertir! Transar!!! — Lou abaixou a maquiagem e olhou para Kate, com seriedade. — Quer dizer... caramba, Kate, quanto tempo faz desde que você deu pela última vez?

Kate se engasgou de vergonha.

— O que não se usa, atrofia! — Lou secou o copo e começou a guardar o arsenal de maquiagem.

— Sabe de uma coisa? Você tem razão — concordou Kate, de repente. — E foi por isso que eu quis ir à palestra hoje à noite.

— O quê? Aquele exemplo pobre de conselho amoroso?

— Não foi tão ruim assim...

— Tá de brincadeira?!? — Lou olhou para ela, chocada. — Foi a maior coleção de bobagens que já ouvi na vida! Sinceramente, qual era a daquela maluca? Você acha que ela já teve algum encontro na vida? E será que nunca ouviu falar de condicionador? Já vi pentelhos mais hidratados do que aquele cabelo. — Ela serviu mais vinho para ambas. — E, viu, o que foi aquilo de você ficar tomando suco de laranja e anotando tudo? Você tá tão CDF!

Kate enrubesceu.

— Eu não queria esquecer nada.

— Era uma bosta de uma palestra, não um cursinho pré-vestibular! — Lou foi distraída momentaneamente por um traseiro que voltava do bar fazendo zigue-zague, seu mui bêbado dono derramando a cerveja pelo caminho. O traseiro encontrou seus amigos e se sentou. Os olhos de Lou voltaram para Kate. — E, sério, Kate, você tem que prometer que não vai fazer nada daquelas coisas que ela recomendou. Os conselhos dela foram ridículos. Se você fizer o que ela mandou, então é provável que nunca mais transe na vida. Aquela mulher era um manual vivo e ambulante sobre o que *não* fazer para conseguir um homem.

— Falou a mulher que não tem um namorado desde o paleolítico — resmungou Kate.

O rosto de Lou se fechou.

— Escuta aqui. — Ela se inclinou para a frente, apontando um dedo para Kate. — Se você quer continuar solteira, sem filhos e deixar seus ovários mofarem, exatamente como o *Daily Post* diz que acontecerá, então vá em frente e faça o que aquela doida disse. É tomar o trem mais rápido rumo à estação Titia. Quer dizer, que bobagem foi aquela de "acidentalmente" colocar suas compras no carrinho de supermercado de um cara? Faça-me o favor! Não consigo imaginar ninguém correndo para te convidar para sair depois de você jogar vinho e Tampax em cima dos legumes dele.

— Eu faço minhas compras pela internet — disse Kate, pensativa. — Ou seja, minha única chance é com o cara da entrega, e ele é banguela.

— Nada com que se preocupar... há sempre a sugestão brilhante de Audrey de se afiliar a um clube! Como era mesmo? Ah, verdade... Una-se a uma associação de cerimonialistas. Puta que me pariu, que ideia fantástica!!! Vivo ouvindo falar de cerimonialistas jovens, atraentes, esportistas e playboys. Aposto que a sede do clube deles está cheia de gostosões.

— Você está certa; os conselhos dela foram... questionáveis... — Kate fez uma pausa quando Lou fungou de maneira explosiva. — Mas aquela tal de Alice foi ótima. E o fato continua o mesmo: estamos solteiras e estamos ficando velhas. E, como você tão delicadamente colocou, eu não estou nadando em ofertas.

— Está nadando em trabalho, isso sim.

— Só estou dizendo que, esteja Audrey Cracknell certa ou errada, nós continuamos solteiras. Estamos *sempre* solteiras. Eu sei que você diz que gosta disso, mas eu não. Estou cansada dessa vida. Não quero acordar um belo dia e perceber que é tarde demais. Quero um homem — ela viu os olhos de Lou despirem mentalmente o barman —, um carinha *legal*! Alguém que não tenha medo de crescer e sair fora do carrossel de transas casuais. Quero um namorado que me leve para jantar fora, para fazer caminhadas no campo. Alguém que não surte diante da ideia de conhecer a minha mãe. Alguém com quem ter filhos. Mas ele não vai cair no meu colo e não posso simplesmente deixar ao acaso. Você me conhece; não gosto de correr riscos e não posso me arriscar a envelhecer, deixar meu rosto cair, meus joelhos claudicarem, minha fertilidade diminuir e *ainda* estar solteira. Não vou mais chover no molhado.

Houve uma longa pausa. Os olhos das duas mulheres se encontraram: os de Lou pintados, fortemente delineados e cheios de desdém; os de Kate mais discretamente maquiados em tons de nude, firmes e determinados. Ao fundo, Kate ouviu o dono do traseiro arrastar sua cadeira para trás, declarando em voz alta que ia "tirar água do joelho", depois tropeçar em sua maleta e cair de cara no assoalho de madeira. Quando seus companheiros explodiram em risadas altas e espalhafatosas, Lou rompeu o contato visual.

— Bem — disse ela ao apanhar sua taça e esvaziá-la —, você pode estar cansada de chover no molhado, mas estarei feliz em ficar molhada, muito obrigada. Ou em deixar *ele* molhado, caso se comporte bem esta noite. — Ela pegou a bolsa e se dirigiu até o bar, fixando os olhos no barman como se fosse um falcão mirando um ratinho peludo.

— É o mesmo? — gritou ela para Kate, enquanto segurava a bolsa e se aproximava do bar.

Kate suspirou, fez que não com a cabeça e estendeu a mão para pegar o celular. Procurou em sua agenda o telefone para chamar um táxi. Como era de esperar, Lou já estava com a mão no peito do barman e manuseava sugestivamente um copinho de shot. Definitivamente, estava na hora de ir para casa. Ela vestiu o casaco.

AUDREY

Exatamente às 8h30, Audrey Cracknell atravessou como um raio as portas da agência de relacionamentos Mesa Para Dois, o casaco esvoaçando atrás de si. Como sempre, era a primeira a chegar, e tinha precisamente trinta minutos para se preparar mentalmente para os rigores de mais um dia na linha de frente da busca por pares ideais.

Ligou a cafeteira e inspecionou o escritório vazio. Essa era sua parte predileta do dia, antes que o escritório se enchesse de funcionários e clientes. Passou o dedo pela superfície de sua mesa para testar a qualidade do trabalho das faxineiras. Seu dedo voltou perfeitamente rosado. A claridade do sol otimista de janeiro se filtrou pelas janelas e banhou a sala. Era o mais satisfatório dos começos, para uma manhã de terça-feira.

Audrey ligou o computador e começou a arrumar a mesa. Não podia aceitar uma mesa bagunçada. "Comece sempre com uma superfície limpa", seu pai costumava lhe dizer. Ele servira na Marinha Real como cozinheiro e a frase provavelmente se aplicava à higiene alimentícia, mas fazia todo sentido para Audrey, que gostava de começar todos os dias com uma superfície limpa.

Aos 51 anos de idade, e saudáveis 1,78m de altura, Audrey era aquilo que se descreveria gentilmente como sólida. Seu busto era um volume grande e fortemente alicerçado. Roupas íntimas resistentes garantiam que raramente, se é que alguma vez, algo se movesse. Seus ombros arredondados davam lugar a braços roliços que tremelicavam quando ela se mexia. O cabelo crespo, de um tom radiante de laranja, esvoaçava ao lado das bochechas vermelhas de gente do campo, dando a aparência de um semáforo sinalizando ao mesmo tempo PARE e ATENÇÃO.

Audrey mexeu o café e fez uma avaliação. A palestra da noite anterior no Holly Bush não apenas inchara os cofres com as taxas de admissão de uma sala cheia de solteiros, desejosos de descobrir o segredo para encontrar o futuro cônjuge, mas também, segundo o torpedo de Alice (que tinha custado a Audrey desesperadores minutos, até que se lembrasse de como abrir), houvera um número excepcionalmente alto de convertidos se inscrevendo para receber os serviços da agência. E não só a opção de relacionamentos on-line, mas também o serviço personalizado premium, mais caro! No total, havia 15 novos membros do serviço premium. Fora provavelmente a noite mais bem-sucedida da Mesa Para Dois até então.

A agência de relacionamentos Mesa Para Dois estava atualmente em seu décimo primeiro ano de funcionamento, e seu oitavo ano de lucro. Quando o pai de Audrey morreu, deixou-lhe um muquifo no subúrbio e 15 mil libras em dinheiro. Com a mãe há muito falecida, sem irmãos e um emprego sufocante na prefeitura, o mundo havia subitamente se revelado — à não tão tenra idade de 40 anos — o parque de diversões de Audrey. O que lhe havia parecido um caminho inevitável de burocracia e solteirice, de repente se ampliou, revelando possibilidades deslumbrantes e infinitas. Ela poderia fazer um cruzeiro, vender a casa, gastar milhares de libras num lifting.

Contudo, o que realmente queria era ser importante. Embora houvesse vivido sozinha durante a maior parte de sua vida adulta, Audrey, não obstante, se encantava com a ideia do namoro à moda antiga; com cavalheiros que se levantavam quando uma dama entrava na sala. Além disso, amava, acima de tudo, se intrometer na vida alheia. Enquanto a vida de Audrey era tristemente desprovida de fofoca, a sorte amorosa das demais pessoas era uma fonte de intriga para ela, ainda que tais pessoas fossem apenas os amigos fiéis que ela encontrava nos personagens das novelas. Que melhor maneira, pensou ela, de ter um estoque inesgotável de vidas reais que a fizessem se sentir importante do que administrar uma agência de relacionamentos? Portanto, Audrey decidiu mergulhar um pé gordo e sem pedicure nas águas revigorantes das microempresas e abrir seu próprio escritório como casamenteira.

E ali estava ela, 11 anos depois, ainda geograficamente vivendo no muquifo de seu pai, mas, metaforicamente, a anos-luz de sua existência anterior. Enquanto a antiga Audrey passava uma semana inteira sem o nutritivo combustível de um fuxico, ela agora contava com centenas de pessoas solitárias em seus cadastros, todas dependentes dela. E podia ouvir — *em primeira mão!* — as histórias íntimas de incontáveis clientes. Ao longo dos anos, a Mesa Para Dois havia organizado 6 mil almoços, que haviam levado a 19 casamentos religiosos e 42 civis. E isso nem sequer incluía as correspondências on-line — das quais, francamente, só Deus podia saber. Audrey acreditava piamente que se alguém queria pagar mixaria, era por ser pobre de espírito. Se um cliente não estava disposto a investir no serviço personalizado premium para encontrar um parceiro amoroso, com quem passar o resto da vida, tampouco se daria ao trabalho de responder a uma simples consulta por e-mail para dizer se o motivo pelo qual abandonara o serviço on-line era ter encontrado um parceiro.

Enquanto Audrey corria os olhos por seus e-mails, sua atenção foi atraída por uma foto emoldurada sobre sua mesa. Era de um homem de aparência distinta, usando um smoking. O casaco estava aberto e seu braço pousado informalmente no encosto da cadeira a seu lado. Ele sorria, os extraordinários olhos azuis se enrugando calorosamente nos cantos. Amarrado à cadeira havia um balão cor-de-rosa claro e, ao fundo, uma mesa redonda grande, coberta pelos resquícios de uma ótima noite. Audrey tinha tirado a fotografia no baile anual da Associação das Agências de Relacionamentos anos atrás, e vinha mantendo-a sobre sua mesa desde então. Não fora o primeiro Baile da Associação a que comparecera com John, mas fora a primeira vez que tinha levado sua máquina fotográfica. Sempre quisera uma foto dele e, finalmente, reunira coragem. Suas mãos tinham tremido de nervosismo, mas, milagrosamente, a foto saíra perfeita. Audrey olhava para ela centenas de vezes por dia. Quando a cliente ao telefone lhe descrevia o homem perfeito, Audrey às vezes achava estranho. Era como se suas garotas pudessem ver o que ela estava contemplando, tamanha era a frequência com que suas descrições coincidiam com as de John. Cuidadosamente, contornou a fotografia com o dedo.

— Bom-dia! — tilintou uma voz vinda do outro lado da agência.

Audrey deu um pulo. Alice estava atravessando o escritório na direção de sua mesa, o cachecol de lã, compridíssimo, arrastando no chão. Audrey sentiu os cabelos da nuca se eriçarem. Havia algo em Alice que nunca deixava de irritá-la.

— Recebeu meu torpedo? Não foi uma noite fantástica? — perguntou Alice, animada, ao tirar o casaco e pendurá-lo no encosto da cadeira, criando a primeira fonte de bagunça e desordem do dia. — Tantas pessoas, e tão legais! Ficamos horas batendo papo depois; foi uma pena que você não pudesse ficar. — Ela tirou a tampa de seu café e soprou a superfície vaporosa, pousando finalmente os olhos em Audrey, cheia de expectativa.

— Sim, foi fantástica — murmurou Audrey, tentando parecer absorta nos e-mails. Aquele era um dos momentos em que se arrependia de não ter investido em algo mais sólido do que uma baia de vidro para separar os escritórios. Na época, achara que uma divisória de vidro fosse uma ideia engenhosa. Não só criava seu próprio escritório particular, a uma distância adequada para uma chefe, separando-a da área aberta em que ficava sua equipe, como também permitia que ela pudesse ver se as funcionárias não estavam perdendo tempo com papinho furado. Até pensara em aprender a ler lábios para os momentos em que a porta de seu escritório estivesse fechada e ela ficasse lacrada em seu reino transparente, onde penetravam apenas sons abafados.

Naquele momento em particular, porém, a porta de Audrey estava entreaberta, e Alice espiava por ali com todo o atrevimento de um coelho de desenho animado.

— Quinze novos clientes de serviço premium! Deve ser um recorde da Mesa Para Dois, não?

— O serviço premium é a única opção sensata — repreendeu Audrey friamente. — Qualquer um que seja sério com relação a conhecer seu futuro marido ou futura esposa sabe que a internet não é o lugar certo para encontrá-los. Toda essa bobagem de relacionamento on-line é apenas uma moda tola, que logo ficará ultrapassada. Se você quer encontrar um parceiro amoroso genuíno, tem que fazê-lo cara a cara, com a ajuda de um casamenteiro profissional. Entre a internet e todos os outros serviços de relacionamentos aí fora, a estrada para a felicidade pode ser muito perigosa. Esses 15 novos clientes têm sorte de nos ter encontrado.

— Com certeza! — assentiu Alice, com vigor. Ela parecia não saber o que dizer depois disso, portanto, abaixou a cabeça e começou a lidar com sua papelada.

Audrey se perguntou o que poderia ser, em Alice, que a irritava tanto. Ela não era desagradável, supunha, e até era prestativa, à sua maneira. Mas havia alguma coisa nela... Ela sempre alegava estar ocupada, mas vivia olhando pela janela, como que atordoada. E havia suas roupas. Por baixo dos cardigãs e calças de veludo, provavelmente havia um corpo perfeitamente bem-feito, só que estava se afogando em lã. Onde estava a cor daquela menina? Seu vigor? E aquele cabelo! Quantos anos Alice devia ter? Vinte e poucos? Trinta e poucos? Audrey não tinha certeza. Mas tinha certeza que, qualquer que fosse sua idade, Alice era velha demais para usar trancinhas. Era prejudicial aos negócios. Os funcionários de uma agência de relacionamentos deveriam ser indivíduos atraentes, romanticamente bem-sucedidos. Os clientes do sexo masculino deveriam olhar para suas garotas e ter a esperança de encontrar uma mulher igualzinha a elas.

Audrey fez um muxoxo e voltou a seus e-mails. Hoje era um bom dia, lembrou a si mesma. Não só havia 15 novos clientes, mas também o assunto do baile anual da Associação das Agências de Relacionamentos... e em apenas três semanas! O baile era o ponto alto do ano de Audrey, e este seria melhor do que nunca. A Mesa Para Dois finalmente estava alcançando a Pombinhos, sua maior rival, gerenciada por aquela medonha da Sheryl Toogood. O baile daria a Audrey a chance de ressaltar que o número de clientes da Mesa Para Dois havia subido 23 por cento. Tinha certeza de que Sheryl Toogood não conseguiria igualar aquilo, independentemente de quanto ela blefasse.

E, além disso, havia John. Mal podia esperar para tê-lo sentado a seu lado, atencioso e refinado. Teria que ligar para Geraldine e garantir que a data fosse reservada na agenda dele. Nem acreditava que ainda não tivesse feito isso. Seria sua prioridade naquela noite.

Houve um tumulto na porta e o restante da equipe da Mesa Para Dois entrou: Bianca e Cassandra, com Hilary, a coordenadora do website, bufando atrás delas. Audrey franziu a testa. Hilary estava grávida de novo e ficando maior a cada dia que passava. Ela iria desaparecer em outro período de licença-maternidade muito em breve, deixando Audrey com a dupla inconveniência de ter de bancar sua licença *e* supervisionar o serviço de relacionamentos on-line durante sua ausência. Não sabia ao certo qual das inconveniências a irritava mais.

Conforme o papo furado da manhã agitava o escritório, Audrey notou Alice com o olhar perdido na distância, sonhadora. Ela se ouriçou. Estava na hora de fazê-la arregaçar as mangas. Não havia espaço no mundo de Audrey Cracknell para gente lesa, disse Audrey Cracknell para si mesma. E gente lesa com jeito de solteirona era ainda pior.

LOU

— Eu vou fazer — declarou Kate, em tom de desafio, no outro lado do telefone. — E você também deveria.

— Hã...? — Lou procurou seu relógio com a mão, ao lado da cama. — Puta que pariu, Kate, que horas são? É melhor que seja uma emergência. É melhor que a sua mãe tenha morrido.

— Cinco para as nove — respondeu Kate, sem rodeios. Lou podia ouvir o burburinho abafado do escritório ao fundo. Kate era madrugadora e provavelmente já estava no trabalho havia várias horas. Lou não podia ser classificada como uma pessoa matinal e escolhera trabalhar em bares justamente para poder começar às 11 da manhã.

— Você ouviu o que eu disse? Vou fazer.

Lou esfregou os olhos e recaiu pesadamente sobre o travesseiro.

— Fazer o quê, sua doida destruidora de sono? — bocejou ela. Esticou a mão até o outro lado da cama. Estava vazio. Com uma careta, lembrou-se da noite anterior.

— Minha inscrição na agência de relacionamentos Mesa Para Dois e conhecer o homem dos meus sonhos.

Lou emitiu um ruído estranho, entre uma risada, um bocejo e uma fungada.

— Cê tá *brincando*, né?

— Não, estou falando supersério. No serviço personalizado deles.

— Você bebeu?

— Claro que não; são cinco para as nove!

Lou esfregou novamente os olhos. Um pouco da maquiagem da noite passada se espalhou pelo rosto.

— Então, deixe-me ver se entendi direito. Você caiu e bateu a cabeça depois que saiu do bar ontem à noite, e acordou achando que entregar não sei quanto do seu tão suado dinheirinho para aquela matrona ruiva com os peitos caídos até os joelhos vai fazer toda a diferença e que você, de repente, vai encontrar um cara e viver feliz para sempre?

— Não vou contratar Audrey; não sou totalmente louca! — Kate riu. — Se ela atender o telefone, eu desligo. Não, vou telefonar para aquela simpática da Alice.

— A bibliotecária molambenta de meias de lã? Excelente ideia!

— A aparência dela não importa. O que importa é que ela vai me apresentar a novas pessoas; ampliar meus horizontes.

Lou se sentou.

—Você quer dizer, baixar seu nível e fazer você se encontrar com caras retardados! Jesus, Kate. Você lembra como os caras de ontem eram esquisitos? Eles estavam tão abaixo de você, eles são... são... — Lou jogou o edredom longe, com raiva, e saiu da cama. — Isso não tem graça nenhuma. Você só pode estar me sacaneando. O que há de errado em ir ao bar ou usar a internet, como todo mundo?

— A internet é para comprar sapatos, não para encontrar homens.

— Que desculpa mais esfarrapada.

— Não é, não — respondeu Kate com acidez. — É só que eu não quero relacionamentos pela internet. É devassado demais, publicar seu perfil para todo mundo ver; não confio na motivação das pessoas; elas nunca dizem a verdade. E quanto a ir a bares... viu o que aconteceu com o barman de ontem à noite?

— Como é que é? Ah, tá. Não era meu tipo.

— Desde quando existem homens que não são seu tipo?

Lou arqueou uma sobrancelha.

— Pelo menos eu tenho um tipo. Enfim, ainda não vejo por que você precisa contratar uma agência de relacionamentos. É um pouquinhozinho ultrapassado.

— Não quero fazer isso seguindo a moda, quero fazer *direito*. Estou cansada de *trabalhar* para encontrar um namorado. Trabalho pra caramba no escritório o dia inteiro. Encontrar namorado não deveria ser mais uma tarefa a cumprir. Então, vou terceirizar. Quero pagar, ficar sentada e deixar que os especialistas arrumem candidatos de qualidade que me levem para jantar. Não quero um espertalhão de internet que só está a fim de sexo. Quero alguém que seja sério com relação a se estabilizar e formar uma família.

Lou mordeu o lábio.

— Bem, parece que você está decidida.

— Estou mesmo! — disse Kate em seu tom mais determinado.

Houve um longo silêncio. Lou ouviu Kate responder secamente para um colega de trabalho.

— Bem, vá em frente, então — disse com leveza. — Boa sorte.

— Você está falando sério? — perguntou Kate, a voz imediatamente vulnerável.

— Sim — respondeu Lou, tateando à procura da luz do banheiro. — Se você é louca o bastante para comprar no saldão dos calvos de ombros caídos, que provavelmente nunca tiveram uma namorada na vida, muito menos uma transa, então vai precisar de toda sorte do mundo. Os caras são os mesmos, viu? Na internet ou na agência de relacionamentos. São os restos, porque os bons da nossa idade já foram pegos. Você se daria muito melhor se fosse a um bar e pegasse um carinha de 24 anos.

Lou foi repentinamente assaltada por um flashback. O que foi mesmo que o barman lhe disse na noite anterior? *Obrigado, mas, sem querer ofender, não pego coroa.* Sem querer ofender? Vermezinho imaturo. Filho de uma puta atrevido. Ela se olhou no espelho. Coroa é o cacete, pensou enquanto analisava seus olhos de panda, borrados com rímel e sombra, e a pele acinzentada. Ela ainda dava um bom caldo. Só precisava de uma chapinha e uma camada bem caprichada de corretivo. O segredo estava na apresentação e na iluminação. Além do mais, ninguém é bonito quando acorda.

— Então, tá... Quanto é que esse privilégio vai te custar? — perguntou agressivamente.

— Trezentos agora, depois cem por mês.

— Puta merda, Kate! E se levar um ano para você conhecer alguém?

— Não vai! — respondeu Kate, confiante. — Terei profissionais me ajudando; provavelmente, tudo será resolvido em algumas semanas. Além disso, não *pode* demorar tanto assim; eu não tenho tempo. Já estou atrasada.

— Atrasada?

Kate baixou a voz para que não fosse ouvida por mais ninguém.

— Bem, quero ter dois filhos, e sempre quis tê-los antes de completar 35. O ideal é que houvesse dois anos de intervalo entre eles, para que não estivessem próximos demais na escola, o que me põe ao menos em 32. Obviamente, eu deveria me casar primeiro; e sempre achei que meu marido e eu deveríamos ter pelo menos um ano juntos só curtindo a vida de casal e tirando férias sofisticadas, antes que os filhos chegassem e tivéssemos que ir a parques temáticos... *Portanto, 31*. E deveríamos estar juntos há um ano e meio antes de ficarmos noivos... mais do que isso e parece que ele está deixando suas opções em aberto, para o caso de aparecer alguém melhor... *29 e meio*. E todo mundo sabe que é preciso pelo menos um ano e meio para organizar um casamento decente...

— Cristo Todo-Poderoso, será que estou sonhando? Eu ainda estou dormindo?

— ... Logo, você pode ver como já estou atrasada! — A voz de Kate ficara mais alta e levemente estridente. — Eu devia ter conhecido meu Príncipe Encantado aos 28; devia estar tendo o bebê número um agora! Já estou cinco anos atrasada, portanto não posso demorar mais um ano para encontrar o homem certo; simplesmente *não posso*!

A linha subitamente ficou muda.

Lou exalou, em estado de choque.

— Kate, como é que eu nunca percebi que você era maluca?

— Não há maluquice nenhuma em ter um plano de vida — respondeu Kate obstinadamente.

Por um raro e breve momento, Lou ficou sem saber o que dizer.

— Lou, por favor! — implorou Kate. — Preciso do seu otimismo com relação a isso. Estou fazendo um negócio muito audacioso.

Houve uma pausa.

— Imagino que não haja nenhuma possibilidade de você se inscrever comigo, né?

— Não, porra!

— Nem para dar risada?

— Querida, se eu quisesse rir, me olharia no espelho pelada. E se eu quiser um homem, vou a um bar chulé, como qualquer mulher lúcida. Eu, por acaso, ainda não cheguei ao fundo do poço.

— Bem, eu cheguei! — disse Kate, animadíssima. — E vou ligar na Mesa Para Dois agora mesmo, pedir que eles encontrem um homem fantástico para mim e vou viver feliz para sempre. — E desligou o telefone antes que Lou pudesse retaliar.

Lou pousou o telefone ao lado da banheira e se deu uma longa e severa olhada no espelho.

— Taqueuspariu — enunciou para o banheiro vazio.

ALICE

Alice estava tendo dificuldade para se concentrar na papelada. Por mais que se esforçasse, sua mente não parava de divagar.

Amava cinquenta por cento do seu trabalho. Quando se tratava de entrevistar novos clientes e descobrir seus sonhos, ela se sentia nas nuvens. Cada cliente dava a sensação de uma nova aventura, uma travessia na qual ela era a capitã do navio. Era sua missão conduzi-los através das águas agitadas dos encontros até a tranquilidade de um paraíso tropical onde seu par perfeito estaria esperando, provavelmente de sarongue e tomando sol estendido numa pedra. Sempre que arrumava um cliente novo, Alice chegava mais cedo no trabalho na manhã seguinte e esquadrinhava seus arquivos para lhe encontrar um par romântico. Ela se perdia por horas, avaliando cada parceiro em potencial, imaginando suas conversas e mastigando a ponta da caneta enquanto pensava em todas as parcerias possíveis.

Alice também adorava fazer os telefonemas de acompanhamento pós-encontro e dar conselhos para que tivessem paciência. Tudo se resumia a manter os clientes otimistas. Pessoas otimistas são pessoas atraentes; assim, ela via como sua obrigação manter o moral de todo mundo em alta. Telefonava frequentemente para seus clientes e se encontrava com eles para um café sem compromisso, caso o moral estivesse caindo. Quando eles se decepcionavam com um começo claudicante, ela também se decepcionava. Afinal, a parceria tinha nascido em sua imaginação. Criar pares bem-sucedidos era o que povoava seus sonhos à noite. E o perfume de romance era o que tornava seus dias mágicos.

Porém, Alice detestava a parte burocrática do trabalho. Nunca fora muito boa em trabalhos braçais. Durante toda a sua vida as pessoas a haviam chamado de sonhadora. Alice concordava. As coisas eram muito mais excitantes quando coloridas por um pouco de fantasia. Era a vida real, só que melhorada com photoshop.

Mas hoje era terça-feira, dia de trabalho burocrático na Mesa Para Dois. Todos estavam a postos em suas mesas, caras coladas nos monitores. Era o único momento em que o escritório ficava em silêncio. Nem Audrey se salvava das terças-feiras de papelório. Alice podia vê-la em seu aquário, franzindo a testa diante do computador.

Alice olhou desinteressadamente para os números no seu monitor, querendo que fizessem sentido. Não adiantou. Por mais que tentasse se concentrar em números, não podia evitar imaginar o rosto de um homem. Não qualquer homem. *O* homem. O perfeito para ela. Ainda não o conhecera, mas ele estava lá fora em algum lugar, disso ela tinha certeza. Era indispensável acreditar nisso, pelo menos no meu ramo, ponderou. Era preciso acreditar em Príncipes Encantados.

O Príncipe Encantado de Alice vivia surgindo em sua mente. Já o havia conhecido mil vezes: às vezes no supermercado, às vezes na piscina, na biblioteca, no ponto de ônibus, no bar. Outras mulheres queriam um Príncipe Encantado com músculos bombados, contas bancárias gordas e um closet abarrotado de roupas da moda. Mas o Príncipe Encantado de Alice provavelmente estaria angariando dinheiro para a caridade, não para engordar sua própria carteira. Hoje, seu Príncipe Encantado era um florista, entregando flores para mulheres pela cidade inteira. Alice imaginou as mulheres suspirando ao aceitar seus buquês, decepcionando-se ao descobrir que vinham do marido e não do Príncipe Encantado. Ele quase atropelaria Alice com sua van de entregas e viria correndo ver se ela estava bem. Ela estaria bem, apenas atraentemente corada e ligeiramente trêmula. Ele não iria nem cogitar a hipótese de Alice ir de bicicleta para casa, já que ela poderia estar em choque. Ele carregaria a bicicleta entre as tulipas e azaleias na traseira da van e lhe daria uma carona até em casa. Como ele teria uma memória perfeita e a misteriosa habilidade de adivinhar qual era a flor favorita dela, no dia seguinte ela encontraria um buquê enorme de gérberas multicoloridas em sua porta e um bilhete convidando-a para jantar.

Alice suspirou. Este era o problema com aquele trabalho. Você era paga para pensar em pares ideais o dia todo, então como poderia não pensar em seu próprio encontro perfeito? Era como colocar um alcoólatra atrás do balcão de um bar, dizendo-lhe para não beber. Alice se perguntou se seria uma viciada em romance? Será que existia gente assim?

Desistiu do trabalho administrativo.

— Alguém quer café? — rompeu o silêncio.

— Exatamente o que viria a calhar! — exclamou Hilary, aliviada pela distração. — Quer ajuda? — Ela começou a se levantar da cadeira.

— Não, pode ficar aí quietinha onde está — disse Alice com um sorriso. Hilary sorriu com gratidão, por cima de sua barriga grávida.

— Bianca? — perguntou Alice.

— Por favor — murmurou Bianca sem tirar os olhos do monitor. Alice olhou o topo da cabeça de Bianca. O sol de janeiro se refletia nas mechas bem alinhadas de reflexos caramelo, fazendo seu cabelo parecer fios de ouro. Bianca sempre parecia alinhada e elegante, de um jeito que Alice jamais conseguiria ser. Mesmo que se desse ao trabalho de passar uma camisa para ir trabalhar, uma hora depois Alice já pareceria ter dormido com a roupa.

— Você foi arrastada de costas numa cerca viva hoje cedo? — perguntara Audrey uma vez, em voz alta, do outro lado do escritório. — E depois de frente?

Bianca, por outro lado, parecia acordar completa e sutilmente maquiada todas as manhãs, saída do travesseiro pronta para uma sessão de fotos. Com seu cabelo sempre limpo e unhas ovais peroladas, ela era o tipo de mulher que, só de olhar, fazia você sentir como se estivesse, de certa forma, traindo sua feminilidade.

— Alguém falou em cappuccino? — trinou Cassandra ruidosamente. — Quero o meu extra desnatado.

— Eu não ia...

— E um daqueles cookies grandes. Que se dane a dieta.

— Hã... tá.

Cappuccinos significavam uma ida até a cafeteria virando a esquina. Alice não tinha pensado em sair do trabalho — um Nescafé de cortesia do escritório teria bastado. Mas pelo menos uma saída significaria dez minutos longe da papelada.

Ela vestiu o casaco. No capacho, a correspondência jazia ignorada. Alice apanhou os envelopes e prendeu a respiração. Havia dois envelopes escritos à mão. Sentiu um arrepio de excitação. Cautelosamente, abriu a porta da sala de Audrey.

— Café? — Sua respiração estava irregular, enquanto colocava a carta endereçada a Audrey atenciosamente sobre sua mesa. — Vou dar um pulinho na cafeteria...

Audrey resmungou, mas não ergueu os olhos. Alice se demorou, cheia de expectativa. Tinha colocado o envelope escrito à mão irresistivelmente perto da linha de visão de Audrey. O envelope era grosso e de cor creme, e estava endereçado em caligrafia dourada e espiralada. Alice também havia recebido um, e já fazia uma ideia do que poderia ser. Fez uma pausa, telepaticamente insistindo para que Audrey o visse. Os olhos de Audrey estavam fixos no monitor.

— Parece que você recebeu um convite para alguma coisa — insinuou Alice. — É um envelope escrito à mão... em caligrafia dourada.

Todo mundo que trabalhava na Mesa Para Dois tinha um "radar de casamento" superdesenvolvido, e letras douradas só podiam significar uma coisa... núpcias! Casamentos eram o santo graal da agência de relacionamentos. Promover uma união que terminasse em casamento era a galinha dos ovos de ouro nesse negócio. Era o que todos os funcionários — e todos os clientes, obviamente — mais queriam. Um tipo de acontecimento que os fazia mandar os folhetos da agência ao designer para uma repaginada; e era o que levava Audrey a encarar a despesa e publicar um anúncio no jornal local — não apenas para angariar novos clientes, mas também para mostrar superioridade às agências rivais. Na época atual, onde só se viam casos de uma noite só, relacionamentos virtuais e sexo por mensagens de texto, um casamento era praticamente um milagre.

Audrey ergueu rapidamente a cabeça e olhou de forma penetrante para ela. Alice quase podia ver as palavras "caligrafia dourada" adquirindo sentido em sua mente.

— Sim, bem, agora vá. — Ela a dispensou.

Alice voltou depressa para sua mesa, ainda de casaco, e rasgou seu próprio envelope caligrafado, enquanto, ao mesmo tempo, tentava espiar Audrey pela divisória de vidro. Seu coração estava acelerado e ela arrancou o cartão de dentro do envelope. Seus olhos dançaram pelas palavras com pressa, tentando absorvê-las antes que Audrey tivesse tempo de fazê-lo... "Sr. & Sra. Derek Whitworth"... "têm o prazer de convidar"... "casamento"... Sim, *casamento*!

Os olhos de Alice voaram até a sala de Audrey. Podia ver o olhar de Audrey percorrendo o mesmo cartão, sua mão se erguendo até o peito em excitação conforme lia.

"... de Jason Christopher Lee & Jennifer Lesley Whitworth."

Jason e Jennifer! Eram um dos seus! Alice gritou de alegria. Que fantástico! Eles eram um ótimo casal. Ela os havia juntado pessoalmente, e agora eles iam se casar! Fora ela quem conseguira aquilo! Conseguira um casamento!

De repente, Audrey saiu feito um tiro de sua sala, sacudindo o convite.

— Senhoras — declarou alto, com um tremor na voz e um rubor no pescoço. — Temos um casamento da Mesa Para Dois!

O escritório explodiu em gritinhos. Cassandra e Bianca se abraçaram com empolgação. Hilary, encaixada em sua cadeira, assoviou ruidosamente. Audrey continuou sacudindo o convite enquanto declarava, triunfante: *"Um casamento! Um casamento!"* Só Alice ficou em silêncio. Ela olhava fixamente para seu próprio convite, relendo-o para garantir que fosse verdade.

Sr. & Sra. Derek Whitworth
têm o prazer de convidar
Alice Brown
para o casamento de
Jason Christopher Lee & Jennifer Lesley Whitworth
a ser realizado na Igreja Bramley, situada na Honey Blossom Lane
no sábado, 6 de abril, às 15h,
seguido por um jantar dançante na Paróquia.
R.S.V.P.

Estava lá, em creme e dourado. Ela conseguira. Outra de suas uniões havia chegado até o altar! Jennifer fora sua cliente por alguns meses e, assim que Jason entrara nos cadastros, Alice soubera que seriam perfeitos um para o outro. E agora eles iriam se casar! Seus olhos lacrimejaram de felicidade. Olhou para suas colegas que comemoravam com um sorriso radiante.

— Claro, eu sempre soube que Jason e Jennifer eram pra valer — disse Audrey ao afundar-se na cadeira mais próxima e se abanar com seu convite.

Bianca estava vasculhando a geladeira do escritório à procura de uma garrafa de espumante, guardada ali para ocasiões especiais.

— Eu soube, no minuto em que os juntei. A Audrey aqui disse a eles: "Escreva o que estou dizendo, tenho o par perfeito para vocês." Uma casamenteira sempre tem um sexto sentido para essas coisas.

O sorriso de Alice congelou. A excitação se esvaiu de seu corpo e formou um nó na boca do estômago. Tinha sido uma união feita por *ela*, ideia *dela*. Fora ela quem dera os telefonemas e organizara os encontros... não Audrey!

Mas Audrey seguia em frente, feito um trator.

— Este é meu vigésimo casamento na Mesa Para Dois, senhoras. Vamos logo com esse champanhe, Bianca! Este deve ser seu objetivo quando você trabalha unindo casais. Não se trata de encontrar parceiros. Trata-se de encontrar maridos e esposas. Fazer um casamento é o *crème de la crème*. Este deve ser seu objetivo: o *crème*!

Alice aceitou uma taça de espumante, entorpecida. Sentiu-se enjoada. Audrey *sabia* que tinha sido uma união feita por ela.

— É claro, meninas, que eu não deveria ficar surpresa por essas núpcias — continuou Audrey sem qualquer modéstia. — Afinal, quando abri a Mesa Para Dois, das primeiras cinco uniões que fiz, *todas* chegaram ao altar!

— E nenhuma outra, desde então — murmurou Hilary obscuramente, alto o bastante somente para os ouvidos de Alice. Ela lhe deu um sorriso desanimado de gratidão. Pelo menos Hilary não fora enganada pelos desavergonhados autoconfetes de Audrey. Ademais, ela e Hilary sempre compartilhavam um sorrisinho secreto quando Audrey as regalava com essa história — algo que acontecia pelo menos duas vezes por semana. Era a primeira coisa com que os visitantes do website eram bombardeados, e estava estampado triunfantemente na página de rosto do prospecto da agência. A história das proezas de Audrey como casamenteira havia se transformado em uma tal lenda na Mesa Para Dois que Audrey certamente iria querer que fosse inscrita em sua lápide.

—Aos casamentos! — Hilary gritou um brinde, sua ironia despercebida pela maioria da sala.

— Ao meu faro para uniões perfeitas! — gorjeou Audrey, triunfante. — Nunca me falha!

Bianca e Cassandra gritaram.

Alice tomou um gole mínimo de sua bebida. Ela sabia a verdade. Bem como Jennifer e Jason.

Todas estavam ocupadas demais comemorando para ouvir o telefone tocar, o som enterrado sob as conversas histéricas. Alice atendeu.

— Bom-dia, Mesa Para Dois — disse, de forma vazia.

— É Alice quem está falando? — perguntou uma voz nervosa.

— É ela.

— Graças a Deus! Sou eu, Kate, Kate Biggs... Da noite passada...?

— Ah, oi, Kate. — Alice encolheu os ombros para tirar o casaco e pôs seu convite de casamento de lado. — Como vai? O que posso fazer por você?

—Vou seguir adiante com isso. Gostaria de me inscrever, por favor!

— Que notícia fantástica! — disse Alice com o máximo de incentivo que podia expressar. — Muito bem! Você não vai se arrepender, prometo.

Audrey podia ficar com todo o crédito, pensou Alice consigo mesma. Ela sabia a verdade. E era disto que se tratava aquele trabalho: de pessoas como Kate Biggs e seus sonhos. E Alice ia dar tudo de si para fazer aqueles sonhos se tornarem realidade. Deu as costas para os ruídos triunfantes de Audrey e se concentrou no telefonema.

KATE

Kate abriu a porta do escritório, olhar fixo para o chão. Concentrou-se em chegar à sua mesa o mais rápido possível. Enfiou as sacolas de compras sob a mesa e tentou passar a impressão de que já fazia um dia e meio que estava ali, naquele mesmíssimo lugar.

Olhou disfarçadamente para seu relógio. Por que se sentia tão culpada toda vez que parava para almoçar? Só saíra por 45 minutos; mal dava tempo de Julian, seu chefe, terminar a entrada no The Privet. Julian sempre fazia almoços ridiculamente demorados. E Kate sempre trabalhava durante os seus. Não pela primeira vez naquele dia (ou em qualquer dia), Kate ponderou sobre a amarga ironia de que quanto mais você ganhava e mais era promovido no trabalho, menos horas você se preocupava em trabalhar pelo salário.

Horários normais de trabalho não se aplicavam nem a Kate nem a Julian, só que de maneiras totalmente opostas. Kate era sempre a primeira a chegar no escritório às 7h30 e era sempre a última a sair. Julian, porém, seguia o horário de uma criança do ensino fundamental. Ele chegava às 9h e passava a primeira meia hora empoleirado na mesa de algum colega azarado, balançando arrogantemente a perna, comendo um croissant e espalhando farelos por todo lado (Kate já havia, em várias ocasiões, ido ao toalete no meio da manhã e encontrado vestígios do desjejum de Julian em seu cabelo). E, então, ele saía para algumas supostas reuniões, que envolviam principalmente risadas espalhafatosas em resposta a piadas toscas de clientes do sexo masculino, ou flertes repulsivos com as clientes do sexo feminino.

Uma manhã intensa de risadas e flertes seria finalizada por um almoço, que ia geralmente das 12h às 15h. A isso se seguiria uma meia hora extremamente ruidosa no escritório, na qual Julian exigia ver o planejamento estratégico de divulgação/imprensa de todo mundo e fazia pouco caso das ideias alheias, antes de pular em seu carro esporte e abandonar o barco. Às 15h30, o

Blackberry de Julian seria desligado enquanto ele papagaiava bobagens sobre ir fazer *brainstorming* ou *networking*. Mas todos sabiam que ele sairia cantando pneu do estacionamento e iria direto para o clube privê só para cavalheiros mais próximo. Ou, falhando isso, vestiria um colete ridículo e iria para uma quadra de tênis bater bola com um chapa dos velhos tempos de colégio.

Kate o odiava.

Muito.

No entanto, amava seu trabalho.

Muito.

Por mais irritante que o chefe fosse, trabalhar para a empresa de assessoria de comunicação de Julian Marquis era fantástico. E Kate tinha de admitir que, nos poucos minutos do dia em que Julian trabalhava, ele era brilhante. A Julian Marquis AC era a melhor empresa de assessoria de comunicação da cidade e conseguir um emprego ali dava um impulso enorme à carreira. O horário de trabalho era exaustivo, mas não havia dois dias iguais, e observar Julian tecer uma nova ideia ou manipular um editor de tabloide para que escrevesse exatamente o que ele lhe dissera para escrever era sempre assombroso. Sem falar que ver uma nota escrita por ela publicada num jornal de circulação nacional nunca deixava de enchê-la de orgulho.

Enquanto Kate revisava rapidamente seus e-mails, seu olhar desviou-se para suas sacolas de compras. Sentiu uma pontada de culpa pela surra que dera no cartão de crédito; no entanto, a culpa foi rapidamente superada por uma onda de animação. Que mulher com sangue nas veias não era levada ao êxtase com a compra de um par de sapatos debilitantemente caro, mas absurdamente lindo? E Kate conseguira comprar três pares novos só naquela hora de almoço! Fora uma necessidade. Bem, um deles, pelo menos. Ela precisava ter a aparência certa para sua reunião na Mesa Para Dois. Já passara horas agonizando sobre o que vestir. Queria dar *aquela* impressão. Não queria parecer ansiosa demais ou... *solteira* demais. Queria parecer uma mulher bem-sucedida; alguém no controle da própria vida; alguém em quem os homens vivessem se atirando em cima. Ela queria parecer o tipo de mulher que não precisava de forma alguma ir a uma agência de relacionamentos, mas que estava disposta a tentar em nome de uma experiência social moderna. O traje certo, acreditava Kate, poderia expressar isso tudo. E, como toda mulher sabe, o traje perfeito sempre começa com os sapatos.

Kate resistiu à tentação de fotografar suas novas aquisições com o iPhone e enviar as fotos para Lou. Em vez disso, empurrou as compras para onde não pudesse ver e se dedicou a trabalhar. Hoje precisava realmente se concentrar na conta de um de seus clientes menos glamorosos: a Kachorro Kente. ("Vocês podem achar que é lixo", Julian declarara alegremente quando Kate e seus colegas suspiraram, ao saber que tinham conquistado a conta, "mas para mim são 12 parcelas da hipoteca e uma semana no sul da França".)

O cliente de Kate, um fabricante de ração para cachorro, havia criado uma nova variedade de "pedaços de carne em conserva para o cão exigente" e dera à Julian Marquis AC a tarefa de encontrar formas "sexy" de promover seu produto. Kate se segurara para não engasgar de rir quando o cliente dissera aquilo, com uma cara séria e honesta, na reunião de estratégia. Mas fora ainda mais difícil não ter uma convulsão (tão difícil que, de fato, chegara a doer) ao ver Julian fazer das tripas coração para concordar que os novos pedaços de carne em conserva realmente pareciam apetitosos e que os alimentos para cães nunca tinham sido tão gourmet.

Kate logo se perdeu em pensamentos sobre como, exatamente, conseguiria fazer com que comida para cachorro parecesse sexy...

Duas horas depois, Julian irrompeu estrondosamente no escritório, a jaqueta amarrotada e os olhos preocupantemente arregalados.

— Katinha, minha *darling*! — clamou de forma extravagante. — O que tá faltando?

Kate detestava ser chamada de Katinha. Só Julian a chamava assim. Ela o havia corrigido inúmeras vezes, mas parecia entrar por um ouvido e sair pelo outro.

— Só estou finalizando algumas ideias para a conta da Kachorro Kente — ela conseguiu dizer, educadamente.

— Ah, miúdos maneiros para o seu bicho bacana. Bem, vamos lá, então! Me sssssurpreenda. — Julian arrastou o bico sarcasticamente, sentando-se na mesa dela. — Me conte como você vai conseguir fazer todos nós desejarmos ser cãezinhos de madame pulguentos só para devorar os novos petiscos da Kachorro Kente.

— Bem — começou Kate, sem jeito. Podia ver que todos no escritório estavam prestando atenção. — Sabe aquelas feiras livres de pequenos produtores de orgânicos?

— Sei, sei, sei.

— Bem, pensei em fazermos um festival de ração gourmet ali — sugeriu Kate, hesitante.

— Éééééééééé... prossiga — pediu Julian, pensativo.

— A Kachorro Kente podia ocupar uma praça durante um dia inteiro e montar várias barracas com chefs de cozinha... chefs de verdade, com chapéu e roupa branca... preparando deliciosos pratos orgânicos só para cães.

Houve uma pausa. Kate prosseguiu, vacilante.

— Então, teríamos um monte de frigideiras e churrasqueiras de altíssima qualidade, todas cozinhando coisas diferentes. Por exemplo, um chef poderia preparar um cozido de carneiro orgânico e os cães poderiam vir experimentar... depois que esfriasse, lógico. Os chefs poderiam ir descrevendo as receitas, conforme as fossem preparando, para que os donos vissem em primeira mão que tipo de ingredientes a Kachorro Kente usa... que seriam todos frescos e fornecidos por produtores locais. E outra barraca poderia fazer pratos caninos à base de peixe: bacalhau grelhado, talvez? Ou croquetes de salmão? E outra poderia fazer sobremesas caninas: todas sem açúcar... Teriam de ser saudáveis e boas para os dentes dos cães. Eu estava pensando em cupcakes caninos, com abobrinha ralada escondida na massa e, em vez de glacê, poderiam ser cobertos com uma mistura de purê de maçã e cream cheese. Contém muito menos gordura, principalmente usando cream cheese light. Eu vi num programa de dietas... Para humanos, obviamente — acrescentou depressa, percebendo que o escritório mergulhara num silêncio mortal. — Acho que ainda não fazem programas de dietas para animais de estimação.

Julian estava atipicamente quieto. Houve uma longa pausa. O ar tinia de tensão. Kate, humildemente, acrescentou sua ideia final.

— E, no fim do dia, os cães poderiam ir para casa com uma sacolinha de amostras das barracas... tipo... uma quentinha de restaurante... que a gente leva para o cachorro.

Alguém riu com desdém. O estômago de Kate se apertou.

— Não sei do que você está rindo! — Julian recobrou vida, olhando feio para o funcionário. — Katinha, minha craque, é uma ideia absolutamente genial!

Kate se sentiu amolecer de alívio.

— Ge-ni-al! — exclamou ele, começando a dançar pelo escritório. — A Kachorro Kente irá desvanecer de excitação! — Ele beijou o topo de sua cabeça. — Rápido! Anote tudo e marque uma reunião com o pessoal da KK pra ontem. Eles vão adorar!

E foi valsando até seu escritório.

Kate se sentiu quase tonta com o elogio. Julian gostara da ideia! Mal podia acreditar! Olhou para seu relógio. Talvez chegasse em casa num horário decente, afinal. De fato, esperava que sim. Esta noite ela queria definir que traje usaria para a reunião na Mesa Para Dois — e planejar também seus acessórios. A reunião com Alice seria só dentro de alguns dias, mas gostava de se preparar com antecedência. Afinal, tinha muita coisa dependendo daquilo: um fim às noites solitárias de sexta-feira e uma vida de felicidade amorosa em potencial, nada menos! *Tinha* que dar certo.

Sorrindo, ela se virou para seu computador e abriu um novo documento.

ALICE

Um dos muitos formulários que os novos clientes da Mesa Para Dois tinham de preencher continha as perguntas: "Qual é seu programa ideal para uma noite de sábado?" e "Como é uma manhã de domingo perfeita?". Apesar de Alice nunca ter certeza de como seria seu programa ideal para um sábado à noite, estava muito clara para ela sua versão utópica de manhã de domingo: um tranquilo passeio pela loja de jardinagem local.

Havia uma enorme sensação de liberdade em perambular pela Dedos Verdes, usando um suéter puído e seu jeans mais surrado. A simples visão das fileiras organizadas de plantas, imaculadamente dispostas, como soldados disciplinados, mas rebeldemente assimétricas, como estudantes travessos, fazia o ânimo de Alice melhorar. Ela passava uma ou duas horas percorrendo os corredores de clematis e azaleias, imaginando a profusão de cores em que logo brotariam. Enquanto Alice contemplava um corredor de heléboros de caule comprido, surgiu-lhe o pensamento de que lojas de jardinagem eram, na verdade, lojas de esperança. Você não comprava bulbos, comprava pacotinhos de otimismo, cortesia da Mãe Natureza. Tudo que precisava fazer era plantá-los e regá-los e seria recompensado com belas explosões de cor.

Alice empurrou sua bicicleta pela entrada da Dedos Verdes e a acorrentou a uma grade. Faltavam cinco minutos para as dez e ela era a única jardineira impaciente esperando que as portas se abrissem. Checou seu reflexo na porta de vidro. O cabelo estava completamente despenteado (devia ter se esquecido novamente de pentear) e usava um jeans velho que comprara em um bazar beneficente. O suéter tinha um buraco grande na frente, resultado de um acidente com um galho. Ela parecia, como Audrey costumava dizer, algo que o gato arrastara para casa.

Dudley, o segurança da loja, espiou pela porta de vidro e sorriu para ela. Alice lhe devolveu o sorriso. Ela e Dudley já tinham levado altos papos nas manhãs de domingo, antes que o resto do mundo chegasse. Assim como ela, Dudley adorava a tranquilidade da seção externa da loja de jardinagem. Nenhum dos dois gostava da seção interna, com sua música estridente, crianças entediadas e pais irritados. Mas lá fora, onde era fresco e silencioso e o único ruído era o gorgolejo das fontes de água, estava o que fazia com que Alice pulasse cedo da cama numa manhã de domingo.

Dudley puxou as portas e Alice entrou, passando pelos corredores de creosoto e fertilizante e saindo no pátio. Suspirou alegremente, absorvendo a atmosfera, e se enfiou no primeiro corredor de folhagens.

Quando comprara seu quarto e sala com jardim na Eversley Road, descobrira o amor pela jardinagem. Tinha surgido praticamente como uma bela surpresa. O apartamento não tinha muito jardim, apenas um quadradinho de lajotas de pedra e uma árvore de teixo raquítica. Mas o jardim tinha duas coisas muito importantes: era totalmente privativo e totalmente dela! Tornou-se o lugar sagrado de Alice: um espaço de paz, silêncio e fantasia. Era onde Alice podia realmente ser Alice.

Depois de alguns meses as lajotas haviam sido retiradas, o teixo voltara à vida e as bordas tinham sido criadas, repletas de cascatas de flores. Uma amiga ajudara Alice a carregar para casa uma floreira de janela de dois metros e ela a enchera de flores e ervas perfumadas. No verão, quando a porta-balcão de seu quarto ficava aberta, Alice podia deitar na cama e aspirar o cheiro aconchegante da lavanda.

Alice passou uma hora de pura felicidade cantarolando entre os canteiros da Dedos Verdes, depois lotou o cesto de sua bicicleta com plantas e foi para casa. Sentiu-se realizada enquanto pedalava. Adorava seu emprego na Mesa Para Dois e tinha alguns ótimos clientes. Acreditava em bom carma e em finais felizes, e que coisas boas aconteciam com pessoas boas. Não era comum ter um cliente de quem não gostasse — estranhamente, Audrey parecia sempre querer aqueles clientes para sua própria lista — e, quando acontecia, tinha extrema dificuldade em encontrar pares para eles.

Alice dobrou a esquina da Eversley Road e pedalou vigorosamente ladeira acima até seu apartamento. Franziu o rosto. Tinha vergonha de admitir, mas Audrey a intimidava. Sabia que Audrey não ia com a cara dela. Alice fazia o possível para ser amigável, mas toda vez que tentava falar alguma coisa, era como se as palavras morressem em sua boca. Tagarelava, tentando desesperadamente preencher o silêncio bocejante, enquanto Audrey olhava torto para ela, com desdém. Tinha sido sempre assim, e Alice já trabalhava na

Mesa Para Dois há anos. Ao completar seis meses de casa, tinha pensado em sair. Mas gostava demais de seus clientes. Clientes chegavam e partiam — ou pelo menos era o que devia acontecer, se ela arrumasse pares perfeitos para eles. O problema era que Alice *sempre* tinha clientes de quem gostava. Não queria abandoná-los antes de lhes encontrar alguém. E, assim que conseguia par para eles, novos clientes chegavam. Quando percebia, todos os pensamentos com relação a pedir as contas tinham ficado de lado.

Alice chegou a seu apartamento, desmontou da bicicleta e levou suas plantas para dentro. Olhou para o relógio. Ótimo — tinha tempo suficiente para plantá-las no jardim antes de preparar a carne assada do domingo. Ginny viria por volta das 15h, com Dan e a bebê. Feliz por saber que tinha algumas horas de prazer botânico pela frente, adentrou seu jardim com um sorriso.

KATE

A manhã de segunda-feira finalmente chegara.

Kate respirou fundo, alisou seu tailleur Reiss novinho em folha (nada do armário era apropriado, decidira ela) e entrou, decidida, pelas portas da Mesa Para Dois. O interior da agência era um espaço aberto sem divisórias, com várias mulheres ocupadas falando ao telefone. Não havia um balcão de recepção simpático e seguro aonde se dirigir, portanto Kate esperou, sem jeito, perto da porta, equilibrando-se instavelmente nos saltos altos novos.

Por fim, a mulher na mesa mais próxima desligou o telefone e sorriu.

— Pois não, querida? Com quem deseja falar?

— Alice. — Apesar de suas melhores intenções, a voz de Kate ainda soou angustiada.

A funcionária girou na cadeira e olhou para o outro lado do escritório. Quando ela se moveu, Kate notou sua barriga. Ela estava grávida; enormemente grávida! Ótimo, pensou Kate com animação. Era exatamente por aquele resultado que ela estava pagando: uma viagem expressa através dos joguinhos e das DRs. Obviamente, havia entrado em uma arena de sucesso. Aquele era um lugar onde as mulheres arrumavam namorados que se tornavam maridos que se tornavam pais. Esperava que o sucesso fosse contagioso — de preferência, por via aérea e sem incubação.

A mulher se voltou para ela.

— Alice está ao telefone. Acomode-se no sofá e fique à vontade. Ela não vai demorar.

Apontou para uma área de espera que Kate não tinha notado antes. Kate se dirigiu ao sofá, meio sem jeito, e tentou não parecer nervosa.

A grávida imediatamente se entranhou em outro telefonema. Kate perscrutou o ambiente, discretamente. Vinha especulando como seria uma agência de relacionamentos. Na noite anterior, justamente quando estava quase pegando no sono, tinha sido atacada pelo repentino e aterrorizante pensamento de que haveria enormes fotos dos clientes nas paredes — como se fosse um painel policial gigantesco das pessoas mais desesperadas da cidade. A ideia a mantivera desperta por horas. Mas não havia nenhum painel da vergonha ali. Na verdade, o lugar parecia decepcionantemente normal.

De repente, a porta se abriu e um entregador entrou, apressado, brandindo um imenso buquê de flores. Ele se deteve, a cabeça e o tronco quase totalmente tapados pelo arranjo em cascata. Segundos se passaram. E, então, uma batida alta fez Kate dar um pulo no sofá, e o buquê com pernas se dirigiu até uma área separada do resto da sala por uma divisória de vidro. Batendo imperiosamente no vidro estava Audrey Cracknell. Mal fazendo uma pausa em seu telefonema, ela acenava para que as flores ambulantes entrassem, depois as aceitou, sem nem sequer piscar, e dispensou o homem com um gesto rude de mão. Kate sentiu um alívio instantâneo por não ser com Audrey que iria conversar naquele dia. Havia algo profundamente assustador nela. Mas o alívio foi imediatamente seguido por admiração. Este era um lugar em que as mulheres recebiam buquês de flores de seus admiradores: *até mesmo mulheres como Audrey!*

— Olá de novo, Kate.

Uma mulher de aparência amistosa estava à sua frente, sorrindo gentilmente.

— Alice! — Kate se levantou de um salto e começou a apertar a mão dela. Então, foi conduzida pelo escritório até uma salinha, onde Alice fechou a porta. A sala continha duas cadeiras de vime e uma mesinha baixa de centro vazia, exceto por um laptop, um ramo de flores brancas e uma caixa de lenços de papel.

— Estão aí caso eu chore? — Kate riu desajeitadamente, apontando para os lenços.

— Bem — começou Alice, amável —, a sala de entrevistas é onde nós descobrimos a seu respeito, as coisas que você gosta e o que deseja para si. Algumas pessoas acham difícil, principalmente se já vêm procurando há muito tempo por um parceiro. — Ela reparou na expressão grave de Kate e sorriu. — Não se preocupe. A maioria simplesmente acha excitante pensar nas pessoas que vão conhecer. Certo! Vamos lá?

Conforme os minutos foram passando, Kate começou a relaxar. Não tinha se enganado com relação a Alice; gostava dela. Não conseguia se imaginar passando por aquele processo com Audrey. A simples ideia de abrir seu coração para ela dava medo. Mas Alice não assustava; era simpática, calorosa; exalava gentileza. Era um pouco desmazelada e melhoraria muito com um terninho de bom corte e uma meia-calça transparente... e aqueles sapatos eram meio... *vintage*. Mas tinha umas maçãs do rosto lindas, uma pele fantástica e parecia atenciosíssima. E era muito fácil conversar com ela. Tão fácil que Kate se flagrou dizendo muito mais do que havia pretendido. Durante o fim de semana, tinha planejado cuidadosamente a estratégia que usaria na entrevista: seria descolada mas controlada; impressionaria Alice com sua sofisticação tranquila e seu estilo elegante de se vestir. Mas agora que estava ali, não conseguia parar de tagarelar. Era como se seu cérebro houvesse perdido o controle sobre sua boca, e sua língua tivesse escapado num frenesi; não conseguia se calar!

— Se você pudesse descrever seu par ideal — perguntou Alice, aproveitando quando Kate parou para tomar fôlego —, como ele seria?

— Bem — começou Kate, perguntando-se quantos detalhes deveria dar —, eu gostaria que ele fosse alto... moreno... bonito. Tivesse um belo sorriso, talvez com covinhas. E um queixo forte; barbeado. Dentes brancos e alinhados. O tipo de arcada que se consegue usando aparelho quando pequeno. E olhos azuis, adoro olhos azuis. Que tivesse um bom emprego, do tipo que exige usar terno. Acho que poderia ser um diretor ou um tipo de empresário. Que tivesse carro, obviamente, mas nada muito chamativo. Talvez um Audi ou um Saab. Não uma BMW; são óbvias demais. Que fosse um patrão excelente, gentil com os funcionários. Que tivesse uma renda decente. Cinco dígitos e perspectivas de fazer parte da diretoria. Não que eu seja uma interesseira nem nada parecido. Adoro meu emprego! Só que quero que tenhamos uma casa legal e que possamos tirar férias bacanas sem ter que nos preocupar com a fatura. Além disso, os homens devem ser ambiciosos; faz com que sejam mais masculinos, você não acha? E eu sempre quis viajar para o Caribe. Portanto, seria primordial que ele tivesse ética profissional. Ah, e precisa ser esportivo, mas não maníaco por esportes; que fosse à academia, mas, definitivamente, não ficasse grudado na TV vendo esportes o fim de semana inteiro. Tem que gostar de crianças e querer dois filhos: um menino e uma menina, de preferência. Ah, e tem que ser uma pessoa de família... você sabe, ser bom com a mãe dele, gostar de ir à casa dos sogros para almoçar no domingo. E não ter muito passado. Namoradas, mas não muitas. Definitivamente, não quero nenhum garanhão.

Houve uma pausa.

— Isso é bastante específico — disse Alice diplomaticamente. — Você diria que tem a mente aberta?

— Ah, sim!

— Ótimo, porque meu trabalho implica tanto fazer com que as candidatas abram a mente quanto providenciar uma seleção de pares perfeitos. Todos nós dispensamos algumas pessoas porque não cumprem com nossa lista de requisitos ideais. Mas algumas pessoas não encontram parceiros porque têm uma imagem de ser humano perfeito na cabeça, e ninguém mais serve. Só que essa pessoa é uma fantasia; ninguém no mundo real pode sequer chegar a seus pés. Quando aparece alguém legal, mas que não corresponde à fantasia, elas não lhe dão sequer uma oportunidade. O que é uma pena, porque aquela pessoa poderia, na verdade, ser um *par perfeito*.

Kate sentiu-se censurada.

— Era só uma lista de pretensões — argumentou frouxamente.

— Ótimo! Porque a vida é mais excitante quando você se permite ser surpreendida.

— Adoro surpresas! — concordou Kate depressa.

— Então, Kate — prosseguiu Alice —, qual é a sua história? Você já teve muitos namorados?

Kate se ruborizou.

— Três. Não é um histórico muito bom para alguém de 31 anos, né? Não sei por que não tive mais. Sei que meus quadris são largos e meu traseiro é um pouco grande. E não sou loura. Mas sou uma boa ouvinte. E tenho um bom emprego, leio bastante. E saio... o tempo todo! Bem, algumas vezes. Na verdade, só de vez em quando. Mas o que quero dizer é que não fico em casa me sentindo infeliz. Estou sempre saindo e fazendo as coisas que supostamente se faz para arrumar namorado. Só que não está rolando.

— É provável que você apenas não tenha tido muita sorte — disse Alice, com empatia.

— Isso! — apressou-se Kate a concordar.

— Mas vamos mudar sua história.

— Excelente! Eu não sou uma aberração, juro! Quer dizer, já transei com mais de três pessoas.

— Na verdade, não preciso sab...

— Foram sete. Sei que isso também não é muito. Se você dividir sete homens por 16 anos, desde a primeira vez que... você sabe... a média é de 0,44 parceiro por ano. Não é nem sequer meio homem por ano! Não que eu tenha algum problema com os homens nem nada disso. É só que eles são como os ônibus. Ou seja, você espera durante séculos e quando finalmente aparece um, está lotado. E aquela velha história de que logo atrás vem outro vazio... bem, isso é só um mito, certo?

Kate fez uma pausa e a sala ficou em silêncio. Misericordiosamente, foi a voz de Alice que ela ouviu em seguida.

— Tenho absoluta certeza de que você teve sua quota de oportunidades. Provavelmente, essas oportunidades não foram certas, então você não as interpretou como opções.

—Você acha? — Kate mergulhou esperançosamente naquela teoria.

— Com certeza — disse Alice, com segurança. — E é meu trabalho selecionar seu homem ideal... e garantir que você o reconheça quando o encontrar. O resto será moleza.

Kate sorriu abertamente, de excitação e alívio.

— Bem, Alice — começou ela —, estou me colocando em suas mãos. Você tem alguém para mim?

— Claro! — respondeu Alice ao inclinar-se à frente e abrir seu laptop.

LOU

O bar de Lou — ou melhor, o bar onde Lou trabalhava, já que por mais que o gerenciasse com ar monárquico, não era realmente *seu* bar — ficava num subsolo. Sem luz natural e com uma escada que se dobrava num ângulo cego ao se entrar da rua, Lou pensou muitas vezes em como era vantajoso que a falta de janelas, combinada à câmera de segurança na escadaria que avisava se alguém estivesse descendo, garantisse a ela uma ampla oportunidade de se meter em travessuras. Que era precisamente o que estava fazendo, às 17h05 de uma segunda-feira deserta.

Em pé atrás do balcão do bar, Lou sentia a respiração quente de Tony em sua orelha, conforme ele metia atrás dela, pontuando suas investidas com as palavras: — Pai do Céu... você me deixa... louco... sua putinha... suja... tesuda... *imunda*.

Lou, com a calcinha em volta de um tornozelo e as mãos agarrando a torneira de chopp Bishop's Finger para se equilibrar, mantinha um olho na câmera de segurança. Não que se importasse muito. Se alguém porventura descesse a escada sem que ela percebesse, tanto Lou quanto Tony estavam completamente vestidos da cintura para cima, e tirando as estocadas e os rostos ruborizados, ela tinha certeza de que poderia inventar uma história sobre um cano com problema para explicar sua linguagem corporal suspeita. Além disso, Lou podia oferecer uma bebida ao cliente inesperado, enquanto chutava a calcinha para baixo da lavadora de louça, ganhando tempo suficiente para que Tony bamboleasse até o quartinho dos fundos e erguesse a calça.

Não que Tony já tivesse pensado em tudo aquilo, refletiu Lou. Os homens raramente o faziam. Ela se firmou conforme os golpes de Tony ficaram mais rápidos e mais fortes. Os lábios dele se moveram até a orelha dela.

— Me fala quanto você gosta que eu te foda — ordenou ele. — Me fala como você acaricia sua boceta e pensa em mim.

— Eu gosto que você me foda. Eu acaricio minha boceta e penso em você — repetiu Lou, calmamente, conforme sua barriga era impelida ritmadamente contra a bandeja de pingos, espalhando cerveja pelos lados a cada estocada. Tony soltou um grunhido estrangulado antes de colapsar contra sua nuca. Lou podia sentir o suor da testa dele lambuzando sua pele.

Deixou passar alguns segundos.

Então, se afastou, passando a perna direita pela calcinha, e puxou a saia para baixo, de onde ela tinha se enrolado em volta da cintura. Dando as costas para a câmera de segurança, observou Tony enquanto este se encostava, suarento, numa geladeira, a calça em volta dos tornozelos, o membro já murchando dentro de sua capa de borracha.

— Tony — perguntou casualmente —, você já se perguntou o que aconteceria se a sua esposa aparecesse e nos pegasse no flagra?

— Pai do Céu! — soltou ele. — Ela arrancaria minhas bolas e assaria no micro-ondas. — Ele tirou a camisinha e a jogou por cima do bar no latão de lixo. Lou franziu o rosto com nojo.

— E daí ela iria direto para o advogado para me arrancar cada centavo e garantir que eu nunca mais visse as crianças. — Ele ergueu a calça e pegou uma cerveja da geladeira. — Eu provavelmente perderia este lugar. — Ele olhou em volta do bar. — Ela o transformaria num salão de bronzeamento artificial só para me sacanear.

Lou começou a encher um balde d'água para passar um pano no chão entre Tony e a lata do lixo. Podia ser leviana, mas era limpinha.

— Então, por que você faz isso? — perguntou ela ao acrescentar água sanitária. — Por que se arriscar quando você tem tanto a perder?

Tony se aproximou e apalpou a bunda dela, os dedos explorando mais além, entre suas pernas. — Porque tu é tão gostosa que não consigo tirar as mãos de você — sussurrou sensualmente em seu ouvido. — É só em você que eu penso quando...

— Falando sério, Tony. — Lou o empurrou para longe e se virou para encará-lo. — Por que, quando você tem dois filhos e um monte de dinheiro a perder, sem falar de *uma esposa*, por que arriscar tudo? Tenho curiosidade de saber.

Tony deu de ombros e tomou um gole da cerveja.

— Porque eu conheço a Suz. Ela nunca sairia do salão de beleza por tempo suficiente para vir aqui. Estou tão no fim de sua lista de prioridades que até parece piada. Sou o último da lista, atrás de gastar o meu dinheiro em bolsas de marca, fazer o cabelo e passar o dia todo na academia; depois vêm as crianças, o carro, o cachorro e, *por fim*, eu. — Ele fungou. Lou desejou não ter perguntado nada.

— Nestes seis anos que estamos casados ela nem uma vez "deu uma incerta aqui", e é por isso — ele deu um passo na direção de Lou e começou a acariciá-la ritmadamente — que posso dedicar tempo de qualidade às relações profissionais.

Aferrando-se ao cabo do esfregão, Lou sentiu seus mamilos enrijecerem. Não podia se controlar. Sabia que Tony era um babaca. Também sabia que ele a demitiria sem pensar duas vezes se ela começasse a dar trabalho. Mas tudo bem; ela o estava usando tanto quanto ele a ela, e conseguir um emprego num bar era mais fácil do que pegar candidíase. Além disso, ela gostava de transar com o chefe. Significava sexo sem compromisso, de alto risco (requisitos muito valorizados em seu caderninho) e um status elevado no local de trabalho. Também fazia com que ir para o trabalho todo dia fosse um pouco mais tolerável, sabendo que, se a noite estivesse calma e as condições fossem ideais, ela poderia dar umazinha sorrateira.

Um barulho repentino os interrompeu quando Jake e Paul, dois empregados do bar, desceram ruidosamente a escada. Tony se virou e, cerveja em mão, foi para a sala dos fundos. Lou passou um pano rápido pelo chão e, então, repassou com eles suas tarefas daquela noite.

Lá pelas oito, Tony estava entocado na sala dos fundos, fingindo trabalhar em alguns papéis, mas, na verdade, assistia à novela, e Lou estava empoleirada numa banqueta na ponta do balcão bebericando um spritzer de vinho branco. Lou nunca bebia no trabalho. Spritzers eram pelo menos cinquenta por cento não alcoólicos, então não contavam. A definição de Lou era que, se não dava ressaca, não era bebida de verdade. Um movimento na câmera de segurança atraiu seu olhar. Era Kate.

— Roupa bacana! — Lou admirou o traje de Kate quando esta veio até o bar. — Acabou o trabalho só agora?

— Sim. E vou tomar a mesma coisa que você, obrigada. — Kate acenou com a cabeça para o copo de Lou.

— Mas é só um spritzer!

— E é só segunda-feira!

—Você que sabe. — Lou deu de ombros e deslizou da banqueta do bar.

— Então, como foi no trabalho?

— Bem. Julian gostou de uma das minhas ideias!

Lou bufou.

— Julian gosta de *todas* as suas ideias. É por isso que ele vive te promovendo. Por isso e porque ele sabe que tem a maior workaholic do mundo na folha de pagamento dele.

— Que seja. — Kate sorveu sua bebida. — Não foi só por isso que o dia de hoje foi bom.

Lou ergueu uma sobrancelha em expectativa.

— Tive uma primeira reunião na Mesa Para Dois hoje cedo — disse Kate com leveza, antes de explodir num enorme sorriso. — E, sabe, foi excelente!

— Excelente? — Lou se esforçou para impedir o sarcasmo de transparecer em sua voz.

— Eu estava tãããão certa a respeito de Alice; ela é incrível! Ela estava realmente interessada em *mim*, e no que eu gosto, e no tipo de homem que estou procurando. Acho de verdade que ela vai encontrar alguém para mim. Não só alguém; *ele*!

Lou acrescentou mais vinho a seu spritzer. De repente, sentiu a necessidade de beber algo alcoólico de verdade.

— Ã-hã — disse mecanicamente.

— Ela me mostrou fotos dos homens que a agência têm nos cadastros e, sabe de uma coisa? Alguns eram superatraentes! Havia alguns realmente bonitos, com empregos decentes, sobrancelhas que não se juntam no meio e tudo mais!

Lou deu um sorriso amarelo.

— Então, eu indiquei alguns de que gostei e Alice me deu um formulário para preencher, para ajudá-la a filtrar as opções. E quando eu o enviar de volta, ela vai trabalhar na seleção. Ela disse que eu devo ter meu primeiro encontro já na semana que vem!

— Semana que vem? É um pouco rápido, não? — A voz de Lou pareceu estranha.

— Agora que já coloquei a bola em jogo, quero que seja esta noite mesmo! — Kate estava efervescendo de entusiasmo. — E vai ser um verdadeiro encontro à moda antiga; você sabe, um jantar num restaurante. Eles recomendam que você não vá a bares, já que não há nada para fazer com as mãos a não ser beber e você ficará bêbada demais para se lembrar de qualquer coisa depois. Aparentemente, o primeiro encontro deveria ser num almoço, mas eu nunca conseguiria folga do trabalho. Então eu disse a ela que só posso ir a jantares e que quero começar o mais depressa possível. Mal posso esperar! É tão emocionante...

Lou sorveu seu drinque em silêncio e olhou para a amiga, a quem nunca vira tão energizada e bonita. Teve uma sensação estranha de tristeza. Essa não era a Kate que conhecia. Ela não gostava dessa Kate. Nem dessa agência de relacionamentos, para dizer a verdade. Parecia tudo tão, tão... Lou não sabia o quê. Mas sabia que não gostava.

AUDREY

Começava rapidamente a parecer um dia daqueles. Primeiro, Audrey não acordou com o despertador. Não conseguia imaginar como aquilo podia ter acontecido, já que se orgulhava de ser uma "pessoa matinal". Tinha se vestido com pressa e só quando já estava saindo pela porta da frente percebera o fio puxado na meia-calça. Voltara para casa e mal conseguira chegar ao trabalho na hora, aquele corre-corre todo lhe dera uma dolorosa indigestão que nem três xícaras de chá de camomila, até agora, tinham conseguido aliviar.

E, para complementar tudo isso, tivera o azar de receber um telefonema de Maurice Lazenby, cliente mais antigo da Mesa Para Dois e reclamão de carteirinha. Como qualquer diretor de agência de relacionamentos sabe, clientes do sexo masculino são duros de achar, portanto, péssimos modos e comportamentos de diva são tolerados com sacrificada animação. Homens deviam ser conservados a todo custo. Se as clientes descobrissem quão baixa era a proporção entre clientes homens e mulheres, Audrey duvidava que contratassem os serviços da agência. Assim, obrigou-se a respirar fundo e prover-lhe o tratamento açucarado que passara tantos anos aperfeiçoando.

— Bem, Maurice — explicou a ele, assim que houve uma pausa em sua verborreia —, as outras mulheres a quem mostramos seu perfil não se interessaram em conhecê-lo. Você não é o tipo delas.

— Como assim? — perguntou Maurice com impertinência.

Audrey suspirou. Tecnicamente, Maurice era cliente de Alice. Alice já deveria ter lidado com as expectativas dele.

— As mulheres gostam de homens esportivos, que ganham bem; homens interessados em animais e crianças e que têm todos esses hobbies da moda, tipo paraquedas, aviões e bungee jump. As damas que você procura são o *crème de la crème*. Elas estão procurando homens que as busquem de surpresa para levar a uma apresentação de balé...

Audrey podia ouvir o cérebro de Maurice começar a objetar.

— ... em Paris — acrescentou, gravemente. — Agora, Maurice, eu sei que você irá me agradecer por lhe dizer isto, e eu não sou do tipo que doura a pílula. Você precisa baixar sua expectativa. Enfim, tem certeza de que não gostaria que Alice lhe marcasse outro encontro com Hayley? A enfermeira veterinária do dedo engraçado? Tenho certeza de que ela estaria disposta a um segundo encontro.

No final, Audrey, exasperada, tinha mandado Maurice para Alice, para que esta o apaziguasse. Ele sabia que era com ela que deveria falar, então só Deus sabia por que estava incomodando Audrey com seu chororô.

Lá pelas 11 horas, Audrey tinha se refugiado em seu aquário. Calçou a porta aberta — de forma a melhor espionar as conversas das funcionárias — e fingiu se ocupar com o computador.

— Telefone para você, Audrey — gritou Hilary do outro lado do escritório. — É Sheryl Toogood na linha três.

— Ai, Deus, o que é que *ela* quer? — resmungou Audrey, sua paz efêmera destruída. Conversas com Sheryl Toogood já eram estranhas o bastante sem o escritório inteiro atento a cada palavra.

— Bom diiiiiiia, Audrey — arrulhou Sheryl. Ninguém tirava tanto proveito das vogais quanto Sheryl Toogood. Audrey podia imaginá-la sentada em seu escritório, toda falsidade e bajulação numa blusa decotada.

— Sheryl — respondeu com acidez entre os dentes cerrados.

— Como vaaaaaaai? Como vão os negócios?

— Prosperando — apressou-se Audrey, contente com a oportunidade inesperada de se gabar. — Nós acabamos de saber que conseguimos outro casamento!

— Oh, parabéns! Eu sei como você adora a chance de tirar o pó do chapéu e jogar um pouco de confete.

Audrey hesitou, incerta se estava sendo vítima de condescendência.

— Como vão as coisas aí na Pombinhos? — mudou de assunto.

— Ah, terrivelmente ocupada, como sempre — entusiasmou-se Sheryl. — Contratei um novo consultor no mês passado, o Matteus. Ele é um especialista em relacionamentos on-line e uma gracinha. Aumentou nosso movimento on-line em vinte por cento, *além* de nos trazer uma dúzia de clientes premium! Estamos na maior correria. Todos os restaurantes da cidade receberão um casal nosso para o jantar hoje.

— Muito bem — Audrey forçou as palavras.

— Eu sei — respondeu Sheryl, sem modéstia. Audrey podia ouvir o ruído sintético do roçar da meia-calça de Sheryl ao cruzar as pernas.

— E como vai seu servicinho de relacionamentos on-line, Audrey? Já conseguiu aumentar sua área de cobertura?

Audrey pôde ouvir o indício de uma risadinha maldosa abafada. Ruborizou-se, com raiva. Sheryl jamais a deixaria se esquecer de sua gafe. Como é que ela ia saber que websites tinham área de cobertura? Não estava familiarizada com todo o jargão técnico. Maldito website. Ela só o tinha desenvolvido porque todas as demais agências tinham.

— Olha, vou direto ao assunto, Aud — continuou Sheryl antes que Audrey tivesse a chance de pensar numa resposta sarcástica. — Tenho certeza de que você não se esqueceu de que o baile da ADAR é no mês que vem.

— Claro que não! — exclamou Audrey. ADAR era a sugestiva sigla para Associação das Agências de Relacionamentos. Audrey, pessoalmente, nunca usava abreviaturas; eram uma afronta ao inglês da Rainha.

— Acredito que você irá.

— Mas é lógico!

A data tinha sido gravada na mente de Audrey desde o instante em que fora marcada. Fora o único compromisso anotado em sua agenda em meses e ela passara cada momento entre o apagar das luzes de seu quarto e o sono, saboreando a ideia. Afinal, era uma noite garantida com John.

— Como você sabe — continuou Sheryl —, eu fui nomeada organizadora do evento deste ano. Uma honra e tanto! Uma verdadeira apologia ao prestígio da Pombinhos, você não acha?

— Bem, não acho que as duas coisas estejam...

— ...Portanto, como organizadora do baile, eu estava dando uma olhada na lista de presenças confirmadas e notei que ainda não recebi seu cheque. E pensei com meus botões: Oh, que estranho! Audrey normalmente paga tão em dia! Espero, sinceramente, que a Mesa Para Dois não esteja com nenhum problema de fluxo de caixa.

— Não, claro que não! Que ideia! Rá, rá, rá. — Audrey forçou uma risada leve. — Me esqueci completamente, só isso. Mandarei o cheque agora mesmo. — Que audácia! Mas que erro bobo! Não podia imaginar como havia se esquecido. Era impensável.

— Então, vou colocar um ponto de interrogação ao lado de seu nome, por ora.

— Você receberá o cheque no primeiro correio de amanhã — informou Audrey, com firmeza.

— E espero que você traga aquele seu marido bonitão, hein? — arrulhou Sheryl, pegajosa.

Todos os sentidos de Audrey se alertaram instintivamente, como se detectasse perigo iminente. Seu peito se apertou e um rubor começou a subir por seu pescoço.

— Um homem tão charmoso, tão atencioso. Eu ficaria de olho nele, se fosse você — continuou Sheryl. — Dê bastante atenção a ele. Como digo às minhas clientes, é preciso se esforçar para manter seu homem. Surpreendê-lo de vez em quando. Caso contrário, existem muitas outras que o farão. Se eu tivesse um homem como John, iria mantê-lo numa... — sua voz se encheu de significado — ... rédea bem curta.

Ela riu com grosseria.

Audrey ficou enjoada.

— Sim, bem... — Ela sentiu os olhos de Cassandra e Bianca atravessando o vidro até ela. Sério, será que não podia ter um pouco de privacidade naquele escritório? E o que Sheryl estava querendo, exatamente? Por que estava falando sobre John escapar e o que queria dizer com rédea curta? Será que ela sabia de alguma coisa? — Acho que não tenho nenhuma razão para me preocupar — retrucou, na defensiva.

— Estou certa de que você é tudo de que John precisa, em termos de mulher! — exclamou Sheryl, de forma pouco convincente.

— Certo, bem, se é só isso... Porque estou muito ocupada.

— Sim, acho que isso encerra o assunto — respondeu Sheryl alegremente. — Então, vou ficar de olho para quando seu cheque chegar.

— Vou providenciar isso agora mesmo. Certo, bem, adeu...

— ... Só mais *uma* coisinha, Audrey — interrompeu Sheryl, sem pressa. — Você não me disse qual das suas meninas você irá trazer. Você tem um convite extra de cortesia, sabe, para uma "aprendiz de casamenteira".

— Ah, puxa. Tinha me esquecido.

— Você tinha se esquecido disso também? Eu preciso do nome até o fim do dia. Apenas me mande um e-mail e farei com que Sienna envie um convite a ela. Um verdadeiro tesouro, a Sienna! Não sei como consegui sobreviver até hoje sem uma assistente. Você ainda não tem uma, tem? Enfim, tenho que ir, Aud. Tchauzinho.

Audrey desligou o telefone e respirou fundo várias vezes. Podia sentir o pescoço queimando. Sheryl era uma nuvem negra de irritação no perfeito céu azul do baile da Associação das Agências de Relacionamentos. Ela já era ruim o suficiente ao telefone, mas ainda pior em carne e osso. E quanta carne! Não que Sheryl fosse gorda, longe disso. Só que ela nunca usava roupa suficiente. Seu busto estava sempre à mostra, apertado numa blusa pequena demais que, invariavelmente, era rosa-choque. E ela sempre cambaleava em saltos altíssimos — às vezes, sem meia-calça! E era um terror na presença de homens. Sempre jogando aquele cabelo oxigenado neles, ou se aproximando para sussurrar uma indiscrição grosseira qualquer. E o que significava aquela conversa toda sobre John? Será que ele era a próxima vítima em que Sheryl tentaria colocar as patinhas? O *seu* John? Mas John era refinado demais para cair nas garras de uma periguete como Sheryl. Ou não? Audrey sentiu sua indigestão queimar novamente.

Após dez minutos de árduo trabalho administrativo, Audrey se sentiu mais calma. É claro que John não iria se sentir atraído por uma piranha como Sheryl. Ela podia flertar quanto quisesse, mas John ficaria do seu lado. Sabia que podia confiar nele, apesar de seu status atual — *temporário*. Tocou em seu pescoço. Já estava um pouco mais frio.

Só restava decidir quem levaria ao baile como sua "aprendiz de casamenteira". Era uma tradição da Associação das Agências de Relacionamentos que cada uma das principais agências levasse um jovem aprendiz, aspirante a casamenteiro. Era uma forma de exibi-los à liga principal de casamenteiros e de inspirá-los a trabalhar e se esforçar para subir na carreira. Uma tradição tola, na verdade. Ela preferiria uma noite longe das garotas e de suas cabecinhas ocas. Mas, ainda assim, tradições existiam para serem seguidas. Audrey contemplou sua equipe e se perguntou quem levaria.

Seu olhar recaiu em Bianca. Se tivesse que escolher uma preferida, seria ela. Ela era o tipo de garota que jogava uma pashmina nos ombros e ficava perfeita. Não era a mais inteligente, mas vinha de uma boa família, estudara num excelente colégio interno e sempre se sentava direito, com as pernas fechadas.

Virou-se para Cassandra. Cassandra era suficientemente bem-educada e uma ótima amazona, mas tinha a tendência a ter pernas tortas. Um pouco Zara Phillips demais e irmã Middleton de menos. Mas, no todo, não era ruim.

Então, havia Hilary. Hilary fora sua primeira funcionária e sabia quase tanto sobre a Mesa Para Dois quanto ela. Tinha ido ao baile várias vezes, antes dos filhos, quando ainda tinha cintura. Mas agora já estava de oito meses e era uma agressão aos olhos. Não poderia levá-la de jeito nenhum.

E, finalmente, havia Alice, que estava olhando pela janela com seu jeito sonhador de costume. Alice estava na agência há trocentos anos e ainda não fora ao baile. Tanto Bianca quanto Cassandra já tinham ido — Bianca duas vezes — mesmo trabalhando na Mesa Para Dois há muito menos tempo. Audrey suspirou. Não adiantava; sabia que teria de ser Alice. Só esperava que ela não a envergonhasse. Tinha certeza que ela iria aparecer com uma roupinha molambenta e chamar a atenção de todo mundo. Podia imaginar Sheryl levantando a sobrancelha. E Barry Chambers fatalmente faria uma piada. Essa menina é uma cruz na minha vida, pensou Audrey com amargura.

Abriu a porta de seu escritório e a chamou. Alice deu um pulo da cadeira, derrubando seus papéis no chão. Audrey ficou olhando enquanto ela se esfalfava para apanhá-los. Seus olhos baixaram até os pés de Alice. O que eram aqueles sapatos feios e volumosos que ela estava usando? Eram... Aquilo era um par de *tamancos*? Audrey ficou olhando, horrorizada, sem acreditar. Não tinha nem palavras. Voltou para dentro de seu escritório e se sentou pesadamente.

Bem, Alice teria de dar um jeito em suas ideias e em sua aparência, se quisesse ir ao baile anual da Associação das Agências de Relacionamentos, pensou Audrey com raiva. Vasculhou em sua bolsa à procura do talão de cheque. Esqueça o correio; ela faria Alice levar o cheque até a Pombinhos imediatamente. Pensando bem... Talvez Alice e seus sapatos devessem ficar confinados ao escritório; melhor não dar a Sheryl mais munição. Só porque ela era organizadora do evento deste ano, o poder estava claramente lhe subindo à cabeça. A cabeça de Audrey, por sua vez, latejava terrivelmente. Levou a mão à testa e franziu o rosto de dor.

Sim, definitivamente, era um dia daqueles.

KATE

Kate estava tentando resistir à vontade de atacar seu KitKat de emergência.

Nunca acreditara no princípio de que regras existem para serem desobedecidas (a não ser que fossem regras de dieta; aí, minha amiga, vale tudo), mas enquanto labutava em seu formulário "Tudo Sobre Você" da Mesa Para Dois, começou a questionar se a honestidade realmente seria a melhor forma de conduta.

Kate sempre fora excelente para passar em testes. Tinha uma fórmula infalível: ralar muito, revisar com total atenção, tirar nota máxima no final. Mas aquilo ali já era outra história. Não havia cola de como passar num questionário de uma agência de relacionamentos, e cada pergunta levava a outras mil. Mesmo algo simples como "De que tipo de música você gosta?" podia ser um campo minado. Deveria confessar o gosto por uma lista de baladas românticas e demais breguices dos embalos de sábado à noite, ou optar por algo mais convincente, como um músico indicado para o Mercury Prize? O que pareceria melhor? Será que "divertida" se traduziria como "bonita e burra", e "artística" como "chata"? De que tipo de música os homens *queriam* que ela gostasse? Aquilo não era um questionário; era um jogo mortal de roleta-russa amorosa.

Pegou o telefone.

— Eu sou espontânea? — inquiriu no momento em que Lou atendeu.

— Se estiver na programação... — rebateu Lou. Eram oito e meia da noite e o barulho do bar, ao fundo, parecia caótico.

— Eu sei ser impulsiva! Lembra aquela vez que a gente ficou bêbada no bar ao lado da estação e acabou indo parar em Edimburgo?

— Foi há dez anos; sem comentários. São seis libras e vinte, colega.

— E quanto ao meu livro predileto...? Você acha que fica melhor dizer *Wolf Hall* ou *The Blair Years*?

— Por acaso você está preenchendo o formulário da agência de relacionamentos? Jesus Cristo, coloca logo o *Kama Sutra*. Ninguém vai te rejeitar. Você quer com gelo, meu lindo, ou exatamente como a natureza inventou?

— É tão difícil! Quer dizer, o que será que os homens querem que você coloque?

— O Guia de Compras da Quatro Rodas? Sei lá, Kate. Foi você quem contratou a agência; você é que sabe.

Kate desligou o telefone e franziu a testa. Um dos motivos de ter contratado a Mesa Para Dois fora, justamente, evitar esse tipo de formulário. Detestava-os. Eles te encaixavam num molde e te forçavam a mentir. Ela nunca contara a Lou, mas já havia experimentado alguns sites de relacionamento antes — embora nunca fosse além dos questionários de perfil. Não eram *só* as perguntas limitantes de múltipla escolha; era para onde os formulários iam quando você os completava o que a desanimava. Não queria seu perfil num cadastro de indesejáveis no ciberespaço. Qualquer um poderia se conectar e julgá-la: clientes, ex-namorados, antigos colegas de escola... *Julian*. Era humilhante. E, além disso, havia os questionários em si. Já era ruim o suficiente ter de responder sobre sua renda e suas opiniões políticas... mas sobre a sua idade? Sua rotina de exercícios? Seu *peso*? Mesmo que ela tirasse cinco quilos e dissesse que tinha vinte e poucos anos, ainda assim teria de assinalar sua forma corporal. Ela era magra, atlética, curvilínea, fofinha? Magra e atlética estavam obviamente eliminadas; mas será que fofinha era só um apelido para obesa? E curvilínea, significaria voluptuosa *à la* Kelly Brook ou rolha de poço? Por que não podiam simplesmente colocar uma opção que dissesse: tamanho 42 em cima, mas precisando de um pouco de exercício na parte de baixo? Não sabiam que, ao assinalar curvilínea, ela poderia estar se limitando aos pesos pesados e aos fetichistas *feeders*?

A coisa toda fora suficiente para desanimá-la. O.K., tudo bem, o formulário "Tudo Sobre Você" da Mesa Para Dois não era exatamente moleza, mas pelo menos não era sobre seu corpo. E pelo menos seria confidencial.

Esforçou-se para responder às perguntas seguintes antes de pegar novamente o telefone.

— Tá, então para "Uma coisa sem a qual você não conseguiria viver" coloquei *espressos* matinais e meu iPad.

— Acho que tá mais para Zara e Reiss — zombou Lou.

— Por falar nisso... numa escala de um a dez, quão errado é colocar "fazer compras" como hobby?

— Erradíssimo.

— Então o que eu *deveria* colocar?

— Futebol de salão e *ménage à trois*? Desculpe, amiga, acabou o chopp aqui.

— Talvez eu devesse pôr cozinhar... os homens adoram mulheres que cozinham. É só olhar a Nigella...

— Puta que pariu, Kate. Por que você não se afunda de uma vez e responde logo cerzir meias e passar roupa?

Kate a ignorou. — Como você descreveria meu estilo?

— Piradinha?

— Coloquei: mistura de Katy Perry com Avril Lavigne. Você acha que os homens vão entender?

— Ah, sim, os gays vão. Olha, Kate, está bombando aqui hoje. Tá cheio de homem e estão todos bêbados e vulneráveis. Tenho de tudo aqui: de nerds charmosos a marombados. Esqueça essa bobagem de agência de relacionamentos. Venha já para cá e comece a bater as pestanas. Só uma freira com uma halitose braba não pegaria ninguém aqui hoje!

Kate franziu a testa, distraidamente, para seu monitor.

— Não, tenho que terminar esse formulário. Prometi a Alice que mandaria para ela amanhã cedo.

— Venha para cá e não precisará do formulário nem da Alice!

— Acho que vou colocar Ibiza como meu destino de férias favorito. Vai me fazer parecer divertida.

— Jesus, Kate, se você vai seguir em frente com essa bobajada de agência, é melhor dizer logo a verdade. Você não frequenta boates e nem sequer *gosta* de se divertir! Coloque fazer compras em Nova York; coloque fazer tratamentos faciais num spa nos Alpes; coloque passar *15 dias na maldita fábrica de chocolate da Cadbury*! Assim pelo menos pode ser correspondida por alguém que realmente tenha a ver com você.

Kate desligou o telefone e pensou. Talvez Lou estivesse certa, uma vez na vida. Não sobre ir ao bar naquela noite, mas sobre dizer a verdade. Ser honesta era assustador, mas se iria pagar trezentas libras para contratar a agência e mais cem por mês, não deveria se assegurar de obter o que desejava? E, além disso, a razão toda de estar fazendo aquilo não era exatamente porque não tinha mais tempo a perder? Não podia se dar ao luxo de encontrar o tipo errado de homem. Cada dia que passava era outro dia mais perto de completar 35 anos.

Não tinha tempo para mentir.

Deletou suas respostas e começou de novo.

ALICE

Se não contasse logo para alguém, iria explodir.

Alice voou pelas ruas, pedalando o mais rápido que podia, o vento inflando suas roupas e fazendo-a parecer o boneco da Michelin. Os pneus cantavam conforme ela fazia as curvas sem frear e passava a toda velocidade por policiais sonolentos. Finalmente, chegou em casa, sacou o celular e ligou para Ginny.

— Alô?

Os ouvidos de Alice instantaneamente se encheram com o som dos berros de Scarlet, a bebê da amiga.

— Liguei num mau momento?

— Sempre é um mau momento.

Scarlet soltou um berro daqueles que poderiam quebrar as vidraças.

— Adivinha só! Audrey me convidou para o baile anual da Associação das Agências de Relacionamentos! — gritou Alice, animada, por cima da balbúrdia. — Vou como a "aprendiz de casamenteira" da Mesa Para Dois!

— E já não era sem tempo, né! — comemorou Ginny triunfantemente. — A Cinderela finalmente vai ao baile... e a convite da irmã feiosa!

— Nem posso acreditar! Isso quer dizer que a associação acha que eu tenho potencial!

— Alice! — ralhou Ginny. — Acha, não. Você tem tanto potencial que, à noite, deve vazar pelos seus ouvidos! Nem acredito que Audrey não tenha te convidado antes, aquela bruxa miserável. Mas talvez te dê a oportunidade de se aproximar um pouco dela; falar de igual para igual.

— Humm, pode ser — disse Alice, duvidando. Seu ânimo diminuiu. Não tinha pensado na socialização forçada com sua chefe; e não havia a menor chance de que Audrey, de repente, a tratasse como igual. Mas pelo menos o marido de Audrey estaria lá. Audrey sempre os descrevia como sendo o par mais perfeito de pombinhos apaixonados a compartilhar um ninho; portanto, era mais do que provável que passassem a noite inteira grudados. O que significava que Alice teria a oportunidade de conversar com os demais profissionais do ramo de relacionamentos. Mal podia esperar!

— Então, o que você vai vestir? — Ginny interrompeu seus pensamentos. — É baile de gala?

Alice sentiu o pânico surgir em sua garganta.

— Não perguntei. Você acha que isso é importante? Eu ia usar simplesmente uma saia e uma blusa.

— É claro que é importante! — Ginny riu. — É sua grande chance de ser levada a sério. Você não pode aparecer de saia e blusa se todo mundo estiver usando um longo. Tem que se vestir apropriadamente. E, sim... — Ginny sorriu quando Alice começou a protestar — significa que você *tem* que usar maquiagem! *E* salto alto! *E* fazer o cabelo!

Alice se sentiu nauseada.

— Não vejo por que não posso ir do jeito que eu sou. Eu me sentiria uma idiota de vestido longo e salto alto.

— Azar!

— Nem tenho sapatos de salto alto — resmungou, desamparada. — Nem vestido.

— Alice Brown! Como é que você chega à idade de 31 anos e não tem um sapato alto? Deveria ter vergonha!

Alice sentiu mesmo um pouco de vergonha. Mas não dava para andar de bicicleta de salto alto, ou correr para tomar o ônibus, ou pegar o atalho pelo gramado do parque. Saltos altos eram para damas; damas de verdade que usavam meias-calças do tom exato da pele e não cortavam as unhas com tesoura de cozinha. Damas como Bianca. Ai, meu Deus, por que Audrey não tinha convidado Bianca para o baile, em vez dela? Talvez fosse melhor que Alice declinasse e pronto.

— Sábado! — declarou Ginny de forma decidida. — O que quer que você vá fazer, cancele. O Dan pode ficar de babá. Você e eu vamos às compras.

— Está bem — concordou Alice docilmente.

— E isso significa vestido, sapatos, acessórios e bolsa.

— Com certeza não preciso de tanta coisa assim!

— São apenas o básico, pelo amor de Deus!

Alice teve uma visão aterrorizante de si mesma. Havia um motivo pelo qual não tinha nenhuma roupa de dama e tinha a ver com o fato de que faziam com que ela parecesse um travesti.

— Nós vamos comprar um traje de arrasar para você — entusiasmou-se Ginny. —Você será a rainha da festa.

— Ah, bem, não acho que...

— Alice! — interrompeu Ginny rispidamente. — Essas coisas devem ser divertidas! A maioria das mulheres cita fazer compras como hobby, minha filha! Ir ao baile é sua oportunidade de ouro. Você vai se divertir, vai estar fabulosa e todo mundo vai ter certeza que você é uma casamenteira brilhante.

— Está bem — murmurou Alice, incerta.

— Jesus amado, anime-se! — Ginny riu, exasperada. — Essas são *boas* notícias!

Alice desligou o telefone. Sua alegria por ir ao baile havia evaporado. Restara apenas o calvário angustiante de ter de se apertar numa roupa, cobrir-se de maquiagem e conversar sobre amenidades com Audrey. Não achava que fosse capaz... de nenhuma daquelas coisas. Talvez devesse simplesmente dizer a Audrey que tinha um compromisso, uma festa de família, um enterro noturno ao qual tinha de comparecer... qualquer coisa era preferível a ir ao baile.

KATE

Se o estilo de um ambiente pudesse ser comparado ao de uma pessoa, pensou Kate, então a recepção da Kachorro Kente seria um acadêmico centenário.

Mais parecida a um funesto clube de cavalheiros do que à sala de espera de uma empresa de ração para cães, a recepção da Kachorro Kente levava a si mesma muito a sério, sem dúvida alguma. Não havia nada da mobília minimalista ou das obras de arte modernas que as recepções dos clientes da Julian Marquis AC geralmente exibiam. Em vez disso, Kate e Julian estavam afundados até os olhos em antigas poltronas de couro, ouvindo o hipnótico tique-taque de um relógio de pêndulo e olhando para quadros empoeirados dos membros (sinistramente parecidos) da reverenda família Laird, fundadores da KK.

Julian assoou o nariz ruidosamente. Estava claramente entediado e a Kachorro Kente não era um lugar onde as coisas acontecessem rápido. Já estavam esperando havia dez minutos sem nada para distraí-los além do jornal do dia anterior e o tique-taque do relógio. E Julian era o tipo de homem que nunca parava quieto. Enquanto enfiava o lenço de volta no bolso, ele revirou os olhos para Kate e se remexeu na poltrona rangente de couro.

De repente, o silêncio foi estilhaçado por um telefone. O celular de Julian vivia tocando, então levou alguns momentos para que Kate percebesse que era o dela. Mergulhou a mão em sua bolsa, espalhando canetas e bloquinhos na pressa.

— Alô? — sussurrou e sorriu se desculpando para a testa franzida da recepcionista.

— Bom-dia! É Alice da Mesa Para Dois.

— Ah, como vai? — respondeu Kate com rigidez. Os ouvidos de Julian já estavam atentos.

— Bem... imagino que você tenha uma plateia aí.

— Correto. — Kate tentou usar um tom de negócios para distrair Julian. Ela o viu pegar o jornal e fingir ler. Ele era um péssimo ator. — Mas, por favor, prossiga.

— É... Tenho um encontro em potencial para você!

Kate prendeu a respiração, excitada.

— Ele se chama Sebastian e cumpre vários dos seus requisitos.

— Ele...? — Kate tentou pensar em palavras pouco suspeitas. — Ele *aprovou as ilustrações*?

— Sim! Ele viu sua foto e está ansioso para conhecer você o quanto antes.

O coração de Kate deu um pulo. Ela queria saltar de sua cadeira e dançar ali mesmo, no meio da recepção, mas em vez disso emitiu um rígido "ã-hã" e tentou impedir que sua voz tremesse de excitação. Pelo canto do olho, podia ver Julian tentando desesperadamente escutar sua conversa. Ele se inclinara tanto na cadeira que estava quase caindo.

— Me parece um acontecimento positivo — conseguiu dizer, de forma neutra.

— Estou mandando a foto dele por e-mail, portanto, dê uma olhada e me diga o que achou. Mas já vou expor alguns dados dele para você, se não tiver nenhum problema.

Kate assentiu sem dizer nada. Ela tinha um encontro! Seu primeiro encontro! Sentiu-se zonza de euforia.

— Ele tem 37 anos e, assim como você queria, é alto, moreno e bonito. Ele já está conosco há alguns meses e todas as mulheres com quem o compatibilizamos até agora o acharam... para usar o termo exato: *maravilhoso!* Você também disse que queria alguém que usasse terno para trabalhar, fosse algum tipo de diretor e tivesse um carro sofisticado. Bem, Sebastian é diretor de fundos privados, então cumpre com vários dos seus requisitos. Não sei que tipo de carro possui, mas ele acaba de voltar de duas semanas de esqui em Val d'Isère, portanto, cumpre também o requisito de ser esportivo. Ah, e você mencionou que gostaria de um homem com dentes bons, então, na última vez que o vi, dei uma olhada, disfarçadamente, e fico contente em dizer que são brancos, alinhados e nos lugares certos!

Kate se ruborizou, lembrando-se de sua lista de preferências.

— Ele sugeriu que vocês se encontrassem no The Privet para jantar. Você conhece?

Kate ofegou. Se conhecia? O The Privet era *o* lugar onde comer e tinha uma lista de espera de um quilômetro.

— Meu Deus, claro — disse, um pouco sem fôlego. — Quer dizer... Seria completamente aceitável.

Fez o possível para não rir de felicidade. Ao lado dela, Julian olhava escancaradamente para seu relógio. A recepcionista captou a mensagem, levantou o telefone do gancho e começou a fazer perguntas que mal se podiam escutar. Kate não tinha mais muito tempo.

— Bem, muito obrigada — disse a Alice. —Você tem minha autorização para prosseguir.

—Você não quer esperar para ver a foto dele?

— Não, tudo parece estar em ordem.

— Ótimo! Vou ligar para ele agora mesmo. Posso marcar às oito e meia no The Privet na quarta-feira?

— Alguma coisa que eu deva saber? — Julian avançou, curioso, no momento em que Kate desligou.

— Não, tudo sob controle. — Kate sorriu, fazendo o possível para parecer calma e controlada enquanto suas entranhas se reviravam. Ela tinha um encontro! Um encontro com um homem alto, moreno, bonito que, se não estivesse muito enganada, parecia ser um gostosão podre de rico! *E* ele viu a foto dela e não havia desanimado! Poderia gritar de felicidade. Julian olhava para ela com curiosidade, mas, por sorte, uma porta pesada de carvalho se abriu e Geoffrey Laird entrou na sala.

— Sinto muitíssimo por tê-los feito esperar — desculpou-se. —Tivemos alguns problemas com o envasamento. Mas estamos todos intrigados para ouvir suas ideias para trazer a Kachorro Kente para o presente e nos tornar um pouco mais sexy!

Julian deu um tapa amigável nas costas de Kate.

— Geoffrey, pode confiar em mim — vangloriou-se ele —, você não vai se decepcionar. Minha garota Katinha teve uma ideia fantástica.

— Esplêndido! — exclamou Geoffrey, esfregando as mãos em expectativa enquanto os guiava para a sala da diretoria.

AUDREY

Embora fosse sua funcionária preferida, Bianca sempre irritava Audrey ao, infalivelmente, ignorar o toque de seu ramal e começar a desligar o computador às 17h26 todos os dias. Ela era regular como um relógio — uma característica que Audrey normalmente admirava nas pessoas, mas que no *seu* horário e às *suas* custas, nunca deixava de azedá-la. A jornada de trabalho, conforme o contrato, estava claramente estabelecida como sendo das 9h às 17h30, com uma hora de almoço. Esse abandono precoce diário não só era irritante, mas, certamente, em termos legais, caracterizava uma espécie de negligência profissional. E, é claro, aonde Bianca ia, Cassandra ia atrás. Audrey tinha tentado advertir Bianca sobre seu horário e o tipo de exemplo que dava para o resto da equipe, mas esta havia olhado para ela com tanta doçura e com tamanha confusão no olhar que Audrey se sentira uma carcereira caxias. Audrey não queria chateá-la (gostava de ter uma equipe feliz trabalhando na Mesa Para Dois), então, ao longo dos anos, havia se resignado a despedir-se de Bianca prematuramente, mesmo de má vontade.

E, portanto, enquanto Bianca calmamente ignorava o telefone que tocava e começava a desligar o computador às 17h27, Audrey reuniu todas as suas forças e tentou respirar normalmente até que Alice se arrancou do meio de seus arquivos, apanhou o fone e acabou com o sofrimento da chefe.

— Tchau, pessoal! — exclamou Bianca e saiu deixando um rastro de perfume.

O que foi imediatamente seguido pelo arrastar barulhento de uma cadeira sendo afastada.

— É, boa-noite, gente — ladrou Cassandra.

Audrey desarmou seu sorriso de *rigor mortis* ao ouvir os passos ruidosos de Cassandra pelo corredor. Alguns minutos depois, o som se dissipou e o zumbido calmo do escritório foi retomado. Audrey deu uma olhada tranquilizadora na foto de John sobre sua mesa e voltou a se concentrar no monitor.

Então, onde mesmo que ela estava? Ah, sim! Max Higgert. Max era um arquiteto atraente e despretensioso que, sem dúvida, ganhava um salário de cinco dígitos. Um verdadeiro prêmio para a agência! Homens como Max não costumavam cair do céu diretamente para seus cadastros. Tinha de agradecer a Deus por suas longas horas de trabalho e sua disposição tímida, caso contrário ele já teria sido encoleirado há muitos anos. Era um homem culto e de bom gosto, que passava seus dias de trabalho avaliando linhas harmoniosas e estéticas agradáveis. Audrey o flagrara em meio à sua entrevista de cadastramento com Hilary e, imediatamente, conduzira-o aos confinamentos mais refinados de seu escritório (onde ele, sem dúvida, tinha se impressionado com a divisória de vidro). Max Higgert era alguém que merecia tratamento de primeira classe na Mesa Para Dois, ao contrário de ser importunado pelas linhas impuras da feiura grávida de Hilary Goggin.

Audrey clicou para abrir um arquivo e percorreu os perfis das melhores clientes da Mesa Para Dois.

Serena Benchley? Não, velha demais.

Lorraine Hendy? Óbvia demais. Se de fato conhecia os homens — e Audrey tinha bastante certeza que sim —, então Max desejaria uma mulher mais discreta; uma dama, no verdadeiro sentido da palavra.

Ela foi clicando em mais alguns arquivos. O perfil de Kate Biggs encheu a tela de seu computador.

E quanto a ela, a jovem novata de que Alice havia se encarregado? O mouse de Audrey pairou sobre a foto de Kate. Tinha a idade certa e era suficientemente bonita. Nada daquele bronzeado falso cor de laranja com que tantas mulheres jovens se besuntavam atualmente. Também tinha nível universitário. Audrey examinou as informações de Kate. Ela era uma daquelas garotas que trabalhavam em assessoria de comunicação. Essas garotas eram, pelas regras de Audrey, um grupo bastante atrevido. Não era para Max, em absoluto. Audrey continuou clicando.

Helen Oxford? Não: dentes feios. Gigantescos! Deviam viver raspando no batom.

Abigail Brookes? Não com aquelas raízes.

Lisa Jenkins? Gostosona demais.

Jennifer Baxendale? Poposuda demais.

Catherine Huntley?

Della Bosworth?

Audrey suspirou. Havia tantas mulheres comuns lá fora. Nenhum profissional da área de relacionamentos jamais se atreveria a dizer isso, é claro, mas era a pura verdade. Clientes do sexo feminino sempre reclamavam da falta de bons partidos disponíveis, mas elas eram as únicas culpadas por aquilo. Por que tantas mulheres achavam aceitável usar jeans e tênis atualmente? Audrey estava convencida de que o aumento de solteiras estava diretamente relacionado à queda nos padrões de vestimenta. Nos anos 50, uma mulher sempre estava impecavelmente arrumada, e não se ouviam muitas macaqueando sobre relógio biológico. As mulheres de hoje simplesmente não se esforçavam. Se uma dama quisesse atrair um homem, tinha que dar os sinais corretos: mostrar-se com elegância, o cabelo bem penteado, usar saltos altos, limitar a ingestão de álcool, evitar fumar em público. Mulheres, atualmente, estavam interessadas demais em "serem elas mesmas". Ou isso, ou estavam ocupadas demais com a carreira. E que tipo de mulher citava "ir à academia" como hobby? Audrey sempre se desesperava quando via uma cliente escrever isso no formulário. Ora, por favor! Será que as mulheres achavam que era isso que os homens queriam? Uma Serena Williams grunhindo, toda musculosa, com uma carreira mais ambiciosa que a deles?

Audrey esvaziou sua xícara de chá e a pousou novamente no pires. Ela sabia o que Max queria. Sabia melhor do que ele mesmo. Ele havia sido meio vago. "Gentil" fora o único critério citado. Mas Max deveria ter uma parceira discreta, elegante, esguia e graciosa. Alguém com quem pudesse contar para dizer a coisa certa quando o acompanhasse em importantes eventos profissionais. Audrey conhecia essa mulher — podia vê-la até! O problema era que não a encontrava nos arquivos da Mesa Para Dois. Havia tatuagens e divórcios demais ali.

Ela iria meditar sobre aquilo durante a noite, decidiu. E, então, telefonaria para Max no dia seguinte e falaria com ele sobre algumas candidatas selecionadas. Ela o deixaria boquiaberto com suas damas, disso tinha certeza! Não deixaria um cliente como Max Higgert escapar.

Audrey ergueu os olhos. Não tinha visto Hilary ir embora. Só Alice continuava ali, diligentemente debruçada sobre seus papéis, o cabelo enrolado no topo da cabeça e preso com uma esferográfica mastigada. Audrey desligou o computador, apertou-se no casaco e se dirigiu à porta.

— Boa-noite, Alice — despediu-se friamente.

Não houve resposta. Completamente alheia ao mundo, pensou Audrey. O lugar podia pegar fogo que a garota nem sequer notaria.

Audrey saiu do escritório e imediatamente se deparou — como acontecia toda noite — com a ofensa que era a bicicleta de Alice. Se havia uma coisa capaz de azedar o prazer de estar a caminho de casa para uma noite de programas ininterruptos da BBC era a visão da bicicleta de Alice, acorrentada ao gradil feito uma sufragista enferrujada. Audrey nunca vira um objeto gritar "fracasso romântico" tão alto. Por que ela não podia tomar o ônibus para o trabalho como qualquer pessoa normal? Não; a sensata e prática Alice tinha de pedalar uma bicicleta caindo aos pedaços e deixá-la acorrentada bem na frente da porta. E, para completar, tinha por acessório o símbolo supremo da solteirice: uma cestinha. *Uma cestinha!* O que os clientes deviam pensar?

Audrey endireitou seu casaco impermeável e avançou na direção do ponto de ônibus. Mentalmente, já estava servindo seu primeiro cálice de xerez da noite.

ALICE

No sábado de manhã, Alice atravessou com a bicicleta a pracinha em frente à sua casa e pedalou até o centro da cidade para se encontrar com Ginny. Só gostaria de não se sentir tão apreensiva. Normalmente, ela se animaria com a perspectiva de passar o dia com sua melhor amiga. Mas o dia de hoje estava sendo estragado sem dó nem piedade pela obrigação de fazer compras.

Alice, definitivamente, não era uma "consumista". Para ela, uma ida às compras só se devia à mais absoluta das necessidades, como uma geladeira vazia e a morte iminente por inanição. E hoje deveria ser dedicado ao pior dos piores tipos de compras: a de roupas. Comprar roupas significava olhar para espelhos. Alice odiava se olhar em espelhos e nem sequer tinha um em seu apartamento. Era o interior que contava, racionalizou desafiadoramente enquanto pedalava. Quando o Príncipe Encantado aparecer, ele não vai fugir correndo só porque me esqueci de pentear o cabelo naquela manhã ou não tive tempo de passar minha saia. O amor vence tudo, até roupas que não combinam e suéteres largos.

Rápido demais, ela chegou às lojas. Acorrentou a bicicleta e foi até a butique na qual Ginny decidira que elas se encontrariam.

— Bom-dia! — gorjeou Ginny, os braços já carregados de roupas. — Encontrei um monte de coisas para você provar. Tem o de tafetá pêssego com decote princesa, o mini transparente verde-limão com a calcinha combinando e o de cetim escarlate decotado até o umbigo; com ele não vai dar para você usar sutiã.

O sangue se esvaiu do rosto de Alice.

— Tá tonta? — Ginny riu. — Acho que um pretinho básico é mais o seu estilo.

O corpo de Alice se inundou de alívio.

Que não durou muito.

— Pensei que você tivesse dito que as mulheres faziam compras por diversão — resmungou ela várias horas depois, ao descartar o milionésimo vestido e apanhar seu jeans no chão.

— Obviamente, elas nunca foram fazer compras com você. — Ginny despencou no piso do provador, exausta. — Certo, então você detestou praticamente tudo até agora. — Ela lançou um olhar assassino para Alice. — Mas as coisas que você mais detestou foram as justas, as femininas ou que mostravam mais do que um milímetro de pele. Portanto, qual é o lado positivo?

Houve uma pausa muito longa.

— Bem, você não tem muito na parte de cima... — refletiu Ginny finalmente, indicando o busto de Alice —, mas é esbelta, tonificada e tem pernas lindas. Sabe, talvez você ficasse bem num vestido frente única. — Ela parecia otimista pela primeira vez em horas.

— Um vestido frente única? — ecoou Alice, alarmada. — Não são um pouco... é... perigosos?

— São vestidos, não granadas de mão!

— Bem, meio reveladores, então?

— Veja bem, essa é a ideia. Você não estará mostrando nem as pernas nem os peitos, só as costas. Quem liga para as costas? — Ginny se levantou de um pulo. — Fique aí! Vamos resolver isso. — E foi correndo para as araras.

Alice desabotoou o jeans, com desânimo.

Dois minutos depois, Ginny subiu para Alice o zíper de um vestido frente única de cetim negro. — Sabe de uma coisa, este vestido ficaria muito melhor se você tirasse essas meias — disse ela, sarcasticamente.

Com relutância, Alice se abaixou e tirou as meias.

— Muito melhor! — Ginny parecia animada. — Olhe só!

Alice se virou e se olhou no espelho. E, para grande surpresa sua, não odiou o que viu. De frente, ela estava toda coberta. O vestido começava em sua clavícula e, embora não tivesse mangas, ajustava-se em suas axilas de forma que seu peito ficasse completamente oculto. E a bainha ficava logo abaixo dos joelhos. Se o vestido tivesse costas, seria perfeito.

— E se você puder calçar isto aqui — Ginny esticou a mão às suas costas e lhe entregou um par de sapatos pretos peep-toe de saltos finos —, ficaria duas vezes mais bonita!

Alice olhou para os sapatos com desconfiança. Pareciam perigosamente altos. Com certeza dava para torcer os tornozelos naquilo. Mas captou a expressão no rosto de Ginny. Não era um rosto que se desafiasse. Voltou ao provador, sentou-se e espremeu os pés nos sapatos.

Instantaneamente, seus pés deixaram de ser seus pés e se transformaram nos pés de uma dama. Seu pé se contorceu num arco delicado e feminino e seus dedos espiaram graciosamente pela abertura na ponta. Cautelosamente, ela se levantou. Sentiu os saltos altos e finos vacilarem um pouco e depois se acomodarem. Não era exatamente confortável, mas tampouco era a experiência dilacerante que ela havia esperado. Como um bebê-girafa, ela deu alguns passos incertos.

— Caramba! — exclamou Ginny, um toque de surpresa na voz. — Acho que conseguimos!

Ela deu um passo à frente, levantou o cabelo de Alice dos ombros e o segurou frouxamente no alto da cabeça.

— Olha! — mandou.

Alice piscou. Não podia acreditar. A pessoa piscando de volta para ela era uma mulher: uma mulher de verdade, feminina! A longa mostra de pele que ia da raiz de seu cabelo à base de sua coluna parecia esbelta, saudável e — Alice empalideceu só de pensar na palavra — *sensual*. O vestido se ajustava, revelando panturrilhas formosas e tonificadas de tanto andar de bicicleta e terminavam nos pés mais sexy que Alice já vira. Os sapatos eram incríveis. Seus pés haviam, de alguma maneira, se transformado em pés de estrela de cinema. Era um milagre!

Seus olhos se encontraram com os de Ginny.

—Vou levar — ouviu-se dizer. — Tudo.

Quatro horas, quinhentas libras e duas garrafas de Sauvignon Blanc depois, Ginny e Alice estavam de volta ao ponto das bicicletas, com as faces coradas pelo álcool e rodeadas pelos consumidores noturnos. Alice normalmente não bebia muito, mas o vestido e os sapatos a faziam parecer outra pessoa, e aquela pessoa gostava de comemorar uma compra dolorosamente cara com generosas doses de vinho. Após a compra do vestido e dos sapatos, Ginny a havia impelido a mais algumas lojas para comprar artigos "vitais" para o baile, incluindo esmalte de unhas vermelho-escuro, brincos de pingentes e uma bolsinha preta. Finalmente, Ginny a empurrara até uma grife de lingeries.

— Nunca vi sua gaveta de roupas íntimas, mas aposto minha vida que não tem nada ali que mereça ser usado sob seu novo vestido sexy.

Então, Alice havia deixado a loja ligeiramente constrangida, mas com uma ridiculamente cara, inviavelmente frágil, mas secretamente excitante e minúscula calcinha preta.

— Não sei como você vai conseguir voltar para casa. — Ginny riu ao analisar a montanha de sacolas de compras de Alice. — Não acho que deusas sensuais maníacas por compras andem de bicicleta.

Alice cambaleou um pouco.

— Vou pendurar as sacolas nos guidões — resmungou ela. — Claro, ajudaria muito se os guidões ficassem parados.

Ginny riu.

— De qualquer maneira — continuou Alice —, você não deveria voltar logo para o Dan?

Pensou ter visto Ginny contorcer o rosto, mas não tinha certeza. Podia enxergar no mínimo três Ginnys, então talvez não fosse justo julgar. Virou-se para sua bicicleta e tentou não vacilar ao erguer a perna sobre o selim.

— Alisssssssss, queriiiiiiiiiida! — trinou uma voz em meio à massa de corpos na calçada. Alice congelou momentaneamente, com a perna no ar.

Um air bag duplo num vestido decotado verde-esmeralda, do nada, surgiu da multidão.

— Alissssssss Brown, que maravilha encontrar você — disse o par de seios. Estavam emoldurados por uma jaqueta de pele falsa e encimados por cabelos louros e compridos em cachos. — Achei mesmo que fosse você, escondendo-se por trás de todas estas sacolas de compras, sua menina levada. Obviamente, Audrey está te pagando bem demais!

— Hã... olá... Srta. Toogood.

— Sheryl, por favor! — Sheryl Toogood tocou no braço de Alice conspirativamente. — E o que você andou fazendo, hein, hein? — perguntou com lascívia. — Comprando uma roupinha para ir ao baile da ADAR?

— Minha amiga Ginny me ajudou — murmurou Alice, sem jeito. Ginny olhava para Sheryl com uma mistura de horror e espanto.

— Que doçura. — Sheryl dirigiu um rápido meio sorriso para Ginny. Ela se aproximou de Alice e baixou a voz de forma conspiradora. — Posso dizer que fiquei encantaaaaaada por saber que Audrey iria levar você este ano? Já era tempo! Tantas vezes eu disse a Audrey: "Aud, por que você trouxe aquela chata da Bianca de novo? Tenho certeza que ela é uma casamenteira adequada, mas nunca conseguirá atirar mais que umas poucas flechas de Cupido. Por que você não traz aquela maravilhosa da Alisssss? Estou certa que ela atira flechas aos montes."

— Bem, hã, é muito simpático da sua parte, Srta. Toogood. Mas Bianca é uma excelente casamenteira. — Alice tentou se mover, mas Sheryl agarrou seu braço.

— Sheryl, por favor. E, que bobagem! A César o que é de César! Tenho espiões pela cidade toda e escuto falar coisas ótimas a seu respeito! Parece que você é o motor que mantém a Mesa Para Dois na superfície. Sem você, elas já estariam correndo para os botes salva-vidas.

— Não acho que seja verdade...

— Sabe, Alisssss, precisamos tomar um café qualquer hora. Faz tempo que quero ter um *tête-à-tête* com você, de casamenteira para casamenteira.

— É? — respondeu Alice, perplexa. — Bem, sim... seria muito bacana. — Bacana? Parecia aterrorizante! Sobre que raios Sheryl poderia querer falar com ela?

— Bem, está combinado. Vou pedir a Sienna para marcar. Mas tem de ser em segredinho; nada de contar a Audrey. Ela vai querer se meter e estragar nossa diversão. — Sheryl explodiu em risadas.

— Hã... — disse Alice. Por menos que apreciasse Audrey, não gostava muito da ideia de fazer as coisas pelas suas costas.

— Bem, preciso me apressar. — Sheryl já estava se afastando, batendo os saltos no pavimento. — Adorei ter encontrado com você e com a sua amiguinha. Vou esperar ansiosamente pelo café. Não me desaponte, Alisssssss.

— Pode deixar... Sheryl — despediu-se Alice embaraçosamente. Mas Sheryl e seus peitos já tinham sido engolidos pela multidão.

Ginny soltou um assovio baixo.

— Que diabo foi aquilo?

— Aquilo era Sheryl Toogood — murmurou Alice, ainda olhando para o ponto em que Sheryl havia desaparecido. — Ela administra outra agência de relacionamentos, a Pombinhos. Audrey não suporta ela. — Por que Sheryl tinha vindo falar com ela? Nem sequer imaginava que Sheryl soubesse seu nome.

— Posso ver por quê! — Ginny riu. — Que cobra! O jeito como ela agarrou seu braço... Ela parecia uma jiboia e você era o almoço.

Alice estremeceu ao pensar em Sheryl lentamente lhe esmagando até a morte, sorrindo com seus lábios vermelhos brilhantes. O que Sheryl queria? E por que queria se encontrar com ela?

— Ainda assim, ela estava certa com relação a uma coisa — continuou Ginny.

— O quê?

— Você ser o motor da Mesa Para Dois! Está vendo? — Ela cutucou a amiga. — É por isso que você vai ao baile. Todo mundo sabe que você é uma casamenteira brilhante. E é por isso que ela quer tomar café contigo. Você é valiosa!

Alice ficou olhando incredulamente na direção de Sheryl. Não era isso. Mas o que Sheryl poderia estar tramando? Ela estava zonza demais para desvendar. Mas sóbria o bastante para saber que alguma coisa não estava certa.

LOU

Era sábado à noite e o bar estava fervilhando. Lou adorava os sábados; não havia outra noite igual. Os problemas do trabalho já tinham sido esquecidos e todo mundo estava bem-vestido e disposto a se divertir. Cabeças não paravam de virar, tentando decidir com quem tentar a sorte primeiro. Lou adorava a crueza daquilo. Num sábado à noite, o mundo inteiro estava disponível, o bar minava hormônios e os clientes faziam fila para conseguir sua atenção. Sábados à noite a faziam se sentir poderosa. Nenhuma garota no mundo recebia tanta atenção quanto uma bartender coquete, numa noite de sábado.

Lou já estava mergulhada havia horas em seu turno de tirar chopps e bater cílios e estava na hora de fazer um intervalo. Tony tirara a noite de folga e ia percorrer os bares de strip-tease da cidade com os amigos. Ele indubitavelmente estaria de volta na hora de fechar, na esperança de uma saideira ilícita e proibida para menores, antes de voltar para casa, para os atrativos estéreis de Suz. Lou sorriu. Se havia algo que Tony era, era previsível.

Normalmente, Lou passaria seu intervalo na calçada, fumando três ou quatro cigarros rapidamente, um atrás do outro. Mas a ausência de Tony era uma chance de fazer um intervalo mais aristocrático, então ela se serviu um spritzer e foi até o escritório dele. O estrondo do bar foi abafado quando a porta se fechou. Ela se reclinou na cadeira dele, pôs os pés em cima da mesa e acendeu seu primeiro cigarro. Espiou o aviso de "É proibido fumar neste local" que pendia sobre a escrivaninha e exalou com extravagância.

Seu olhar recaiu sobre a câmera de segurança que focalizava a área do bar. Mostrava um mar de corpos, todos se arrastando com dificuldade na direção das torneiras de chopp. Estava um verdadeiro caos lá fora, pensou ela; um caos delicioso e orgíaco com o simples objetivo de conseguir bebida e sexo. Sentiu uma repentina onda de simpatia por seus semelhantes. É só disto que se trata, pensou ao sorver seu spritzer e tragar o cigarro. É a isto que tudo se resume: beber até ficar desinibido o bastante para fazer a dança do acasalamento e ganhar uma transa naquela noite. Porque sábados à noite são apenas danças de acasalamento que duram muito — a Mãe Natureza em seu aspecto mais puro; uma noite da semana dedicada unicamente à procriação da espécie. Os homens eram tão simples, pensou ela. Você só precisava fazer sua dança do acasalamento e eles eram seus.

Lou tomou um gole de seu spritzer e pensou em Kate. Kate nunca aprendera a fazer direito a dança do acasalamento. Ela era envergonhada demais. Não entendia que eram apenas umas reboladas, uns beicinhos e umas desfiladas; que os homens só precisavam do mais ligeiro sopro de encorajamento. Kate estava sempre preocupada com alguma coisa: o tamanho de seus quadris, seu hálito de alho, as intenções do homem ("mas ele só está a fim de uma noite", reclamava, com tristeza). Mas ela estava deixando de entender a questão. A natureza não estava preocupada em fazer as coisas "da forma certa". Se você pensasse muito sobre a atração, ela desapareceria. Os leões não ficavam discorrendo sobre qual membro da manada deviam foder.

Mas agora Kate tinha se retirado completamente da dança do acasalamento, contratando supostos profissionais para analisar os candidatos e lhe servir um par perfeito. Aquilo estava errado. Era ir contra a natureza. A atração era algo bruto e natural, e tinha a ver com o aqui e o agora. Ainda que o aqui fosse apenas aqui, e que o agora fosse agora mesmo, e que o parceiro que você escolheu com tanto cuidado na noite anterior houvesse se escafedido na manhã seguinte. Assim era a vida. Não se viam animais selvagens de mãos dadas e se enviando poesia pelo Twitter.

Lou deu uma última olhada na câmera de segurança e terminou sua bebida. Seus vinte minutos tinham terminado; estava na hora de voltar à selva. Pegou sua bolsinha de maquiagem. A selva podia esperar mais alguns minutos. De jeito nenhum ela iria voltar para a batalha sem outra camada de pintura de guerra.

ALICE

Alguém dissera a Alice uma vez que, para ser bonita, a mulher precisava sofrer. Na hora Alice achou aquilo ridículo. Ela era da escola de beleza que pregava Creme Nivea e dormir cedo. Todas aquelas mulheres que se sujeitavam a dolorosas depilações e peelings eram loucas. Mas agora, depois de passar seu domingo praticando andar em cima de um salto destruidor de dedos, entortar o arco do pé e realinhar a espinha dorsal (e ainda assim achá-los o máximo), Alice começava a entender o que a pessoa quisera dizer. E agora estava se recuperando, com a ajuda de seu foot spa e uma caneca de chá.

Ela suspirou e pensou — possivelmente pela milionésima vez naquele dia — no baile. Qualquer ideia que pudesse ter tido sobre implorar para que Audrey levasse Bianca em vez dela tinha desaparecido no exato minuto em que fora até o caixa da butique e entregara seu cartão de crédito. Agora que tinha a roupa para vestir — e não apenas uma roupa qualquer; a mais legal de sua vida inteira — estava, de fato, ansiosa para ir. Passara o dia inteiro abrindo o guarda-roupa só para olhar o vestido. Tirava-o e o segurava diante do corpo, tentando se lembrar de como ficara no espelho de corpo inteiro. Quando escurecera, ela tinha acendido as luzes e deixado as cortinas abertas de forma que pudesse ver seu reflexo na janela. Toda vez que via a si mesma, sua respiração acelerava. Será que realmente conseguiria dar conta daquilo?

Alice moveu gentilmente os pés na água, deixando as bolhas fazerem cócegas nas solas. Claro, também tivera pelo menos trinta fantasias, só naquela tarde, sobre o que iria acontecer se a noite do baile fosse também a noite em que seu Príncipe Encantado decidisse aparecer (bem, era isso o que eles supostamente deviam fazer nos bailes). Obviamente, todas no salão estariam clamando pela atenção dele. Mas ele só teria olhos para Alice, cuja mão ele tomaria e beijaria, antes de conduzi-la à pista de dança. Seria um completo momento Cinderela, exceto que nem morta ela deixaria um de seus sapatos novos para trás!

Mas havia uma falha óbvia nessa fantasia. Alice já conhecia os homens que estariam no baile; eram todos membros da ADAR e — se as reuniões pudessem ser consideradas parâmetro — todos passariam a noite absortos no decote de Sheryl Toogood. É claro que podia haver outros homens, mas eles seriam os acompanhantes de membros da ADAR e, portanto, não estariam disponíveis para casamenteiras de imaginação fértil e viciadas em romance, por melhores que fossem seus sapatos.

Assim, Alice tivera de se contentar com a fantasia mais problemática, que era a de encontrar o Príncipe Encantado a caminho do baile. Até agora, o melhor cenário que pudera imaginar era que ele fosse o motorista de seu ônibus, ou talvez um passageiro de bom coração que estivesse indo fazer trabalho voluntário numa instituição de caridade. Ele tiraria os olhos de seu livro surrado, ajustaria os óculos e se deslumbraria diante da visão de Alice em seu traje de gala. Seria um caso único de amor à primeira vista. Quase funcionava, pensou ela ao abraçar seus joelhos e remexer os dedos, já muito melhores, no foot spa. Até que ele olhasse para baixo. De jeito nenhum Alice conseguiria bambolear até o ponto de ônibus com seus saltos altos, e nem mesmo a *sua* imaginação tão poderosa conseguia conceber o herói tomando nos braços uma heroína de vestido com decote nas costas e tênis encardidos.

"Ah, paciência", pensou ao desligar o foot spa e pegar uma toalha. Teria de encontrar o Príncipe Encantado outra noite. Era uma pena, no entanto. Agora que tinha se visto de salto alto e vestido elegante, sabia que ia ser muito mais difícil conseguir que o Príncipe Encantado se apaixonasse loucamente e prometesse amor eterno com ela vestindo um cardigã básico.

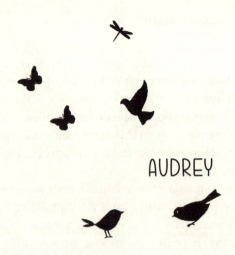

AUDREY

— Max, bom-dia! Como vai?

Audrey usava sua melhor voz de telefone enquanto sorria para o bocal. Anos atrás ela havia pagado uma soma exorbitante por uma sessão com um life coach. Todos os demais donos de agência estavam fazendo e nem morta ela ficaria de fora. Tinha sido um completo desperdício de dinheiro e a única coisa de que podia se lembrar era a instrução que ele lhe dera para que sorrisse ao telefone. Sorrir relaxava as cordas vocais; as pessoas ficarão mais dispostas a fazer negócios com você, ele lhe prometera. Audrey não gostava de fazer aquilo se as garotas pudessem vê-la. Mas, nessa manhã, ela sorria de orelha a orelha para Max Higgert.

— Ah, Audrey. — A voz de Max parecia tensa. — Estou bem, obrigado. E você?

— Oh, maravilha. — Audrey sorriu, de forma afetada. Tão poucos clientes se importavam com as cortesias básicas. Ela, de alguma forma, sempre soubera que Max estava acima da média. — Só pensei em ligar para você para ver como foi seu almoço com Penelope Huffington ontem. Ela é um sonho, não é?

— Ela é... hã... uma mulher encantadora. Muito, hã...

— Preparada! — entusiasmou-se Audrey. Ela havia esquadrinhado os cadastros da agência para encontrar a mulher certa para Max, e Penelope era perfeita.

— Sim, muito preparada.

— E elegante!

— Ah, sim.

— E culta! — Audrey jogou seu ás. Homens como Max valorizavam uma mulher culta.

— Muito! Me senti um asno!

— Então você gostou dela? Vocês se conectaram? Eu sabia que iriam!

— É...

— Eu *sabia* que iriam se divertir muito!

— Foi muito agradável, Audrey, mas, é, bem, não foi exatamente o que eu estava esperando.

Audrey piscou. — Perdão? — Seu sorriso baixou um grau.

Max tossiu.

— Bem, como eu disse, ou você disse, ou um de nós disse — vacilou ele — ... ela é encantadora e instruída, preparada e culta e provavelmente perfeita para muitas pessoas. Mas, ééé, não acho que eu seja o tipo dela, na verdade.

— Você está muito enganado. Já falei com ela pelo telefone. Pediu-me para organizar um segundo encontro.

— Ah, certo. Bem, me sinto lisonjeado. Que ela queira se encontrar novamente comigo, quero dizer. E, por favor, agradeça a ela, mas...

— Ela vem da família Whitting, sabe, os banqueiros? Eles são donos do Whitting Country Club. Pessoas adoráveis. Têm dinheiro há muitas gerações. E Penelope é uma grande apreciadora das artes, está sempre comparecendo a lançamentos e exposições. E ela ajuda a catedral com os concertos beneficentes. Ela faz tanto pela caridade, a Penelope. Uma mulher maravilhosa!

— Sim, certamente. Mas infelizmente não acho que sejamos certos um para o outro.

— Oh, não seja bobo! Vocês formam um par perfeito.

O sorriso de Audrey começava a provocar cãibras em seu maxilar. Que se danasse o sorriso; seus músculos já estavam doendo.

Max prosseguiu, com nervosismo. — Na verdade, eu estava pensando se você teria mais alguém em mente. Uma pessoa não *tão* preparada, culta e bem-sucedida.

— Hum...

— Uma pessoa carinhosa... e gentil. Um pouco mais... *normal*!

— Certo, entendo. — Audrey alisou o cabelo, perplexa. — Mas, bem--arrumada, no entanto? E elegante?

— Bem, realmente não me...

— Alguém que possa receber seus clientes e acompanhá-lo a jantares?

— Isso não é exatamente o qu...

— Claro, Penelope é um pouco rígida. Na verdade, sempre achei que ela fosse um tanto fria; um pouco ansiosa demais para falar sobre suas obras de caridade. Acaba até ficando um pouco vulgar, quando joga isso na cara das pessoas. Mas não se preocupe! Tenho a mulher certa para você! — Audrey recomeçou a girar objetivamente em sua cadeira. — Ela é uma combinação perfeita. Na verdade, é por isso que estou telefonando... para ver se posso marcar um almoço. O nome dela é Hermione Bolton King. Foi casada com um corretor da Bolsa de Valores fantasticamente bem-sucedido e se saiu muito bem no divórcio. Ela tem uma mansão de seis quartos na villa privativa Holly Bush. Você sabe, aquela com a fonte e os portões eletrônicos?

Alguns minutos depois, Audrey desligou o telefone tendo obtido a permissão de Max para propor um encontro com Hermione. Sinceramente, ele poderia ter ficado um pouco mais entusiasmado, pensou ela com amargura. Não conseguia imaginar por que ele não tinha gostado de Penelope Huffington. Ela havia se dedicado tanto a fazer aquela seleção; ele podia ao menos ter dado uma segunda chance. Mas tudo bem; Max iria adorar Hermione. E com a impressionante mansão que Hermione tinha, com aquela estufa feita inteiramente de vidros venezianos, Max certamente ficaria impressionado!

Olhou para seu relógio e franziu a testa. Eram 11h30. Onde diabos estariam suas flores? Normalmente chegavam às 11h.

Abriu sua porta e marchou para o escritório principal.

— Está tudo bem, Audrey? — perguntou Bianca com doçura.

Não havia flores em lugar algum.

— Sim, sim. — Forçou-se a usar um tom civilizado, passando os olhos pelas mesas desprovidas de flores. — Certo, bem, estou muito ocupada.

Voltou a seu aquário e fechou a porta de vidro. Se as flores não chegassem até o meio-dia, aquele florista ia ouvir poucas e boas.

Decidiu se animar telefonando para o Presidente Ernie. Na opinião de Audrey, era um imperativo profissional manter um bom relacionamento pessoal com o presidente da Associação das Agências de Relacionamentos.

Audrey conhecera Ernie quando a Mesa Para Dois estava começando e ela ainda era uma casamenteira novata. Ernie já estava no ramo havia vinte anos, na época, e qualquer coisa que ele não soubesse, era porque não valia a pena saber. Com cabelo grisalho prateado e corpo firme, ele atraía todos os olhares nas reuniões da Associação, e vivia cheio de ideias inteligentes sobre formas de trabalharem em conjunto. Ele já estava chegando aos 60, e Audrey não queria nem pensar no dia em que ele decidisse que já era o suficiente e se aposentasse.

— Audrey, que maravilha ouvir notícias suas!

— Bom-dia, Sr. Presidente!

A despeito dos protestos de Ernie, Audrey insistia em chamá-lo daquela forma. Um mundo sem hierarquia era um mundo em vias de deteriorar-se.

— Então, você já está sabendo sobre Nigel, da Cabana do Cupido? — alcovitou ele, com ares importantes.

— Sabendo o quê, em particular? — Audrey tentou manter o tom leve. Detestava passar a impressão de não estar totalmente informada sobre as fofocas da indústria.

— Bem, você não ouviu da minha boca, mas sei que posso confiar em você. Nigel demitiu a Beverly!

Aquela notícia era *mesmo* excitante. Audrey ficou feliz por ter dado o telefonema.

— Ele tem tão poucos clientes no momento — continuou Ernie alegremente — e eles o estão desertando em bandos. A Sheryl da Pombinhos tem recebido vários ex-membros da Cabana do Cupido que vêm bater em suas portas todos os dias. Estou dizendo, Nigel está a perigo. E, até o baile, ele já estará fora do ramo.

— Minha nossa! — exclamou Audrey, zonza.

— Fico surpreso que você não tenha recebido nenhuma visita dos ex-Cabana do Cupido...

— Mas é claro que recebemos! — explodiu Audrey. — Eu só não queria esfregar na cara do pobre do Nigel. A última coisa que ele iria querer é todo mundo fofocando.

— Concordo.

— Mas não é terrível? Quem você acha que errou lá?

— Longe de mim especular, mas aposto que tem alguma coisa a ver com o que está acontecendo na casa dele. Nigel e Marjorie têm tido alguns problemas. Aparentemente, Marjorie desenvolveu uma tendência à infidelidade e Nigel tem ciúme de qualquer homem que tenha contato com ela. Ele só sai de casa de manhã depois que o carteiro vem e se vai. É claro que os negócios acabariam sofrendo!

— É claro! — concordou Audrey vigorosamente.

— Você sabe tão bem quanto eu, Audrey, não se pode trabalhar no ramo da criação de amor a não ser que você tenha amor em casa. Caso contrário, é como um vigário que não acredita em Deus, ou um policial que acorda um dia e decide ser um anarquista. Sem uma vida doméstica feliz, seu dom de fazer casamentos está perdido. Nós devemos aos nossos clientes garantir que nossa própria situação doméstica esteja em ordem. Um casamento feliz resulta num escritório feliz que resulta em clientes felizes; é o que eu digo!

— Verdade! Então, você acha que Nigel perdeu seu dom de construir casamentos?

— Eu apostaria meu dinheiro nisso!

— Céus!

— Mas onde há perdedores, também há ganhadores; Sheryl está fazendo a festa! Temos de admirá-la!

Audrey emitiu um ruído baixo de tosse que podia ser interpretado como uma ligeira concordância.

— Claro, teremos de ser absolutamente discretos na próxima reunião da Associação e fingir que não estamos sabendo de nada. Bico fechado, hein!

— Pode deixar, Sr. Presidente — soltou Audrey.

— De qualquer forma — prosseguiu Ernie, loquaz —, ouvi dizer que você vai trazer Alice Brown ao baile como sua "aprendiz de casamenteira".

Os sentidos de Audrey entraram em alerta máximo. Ela se esforçou para ouvir a zombaria na voz dele.

— E faz muito bem! — continuou Ernie, enfaticamente. — Ouço falar maravilhas da jovem Alice. Ela é uma verdadeira estrela em ascensão!

Audrey olhou pelo escritório na direção de Alice. Ela usava outro de seus cardigãs cor de mingau, junto com o que parecia ser a blusa de sua mãe. Certamente Ernie não estava falando sério. Ele só podia estar brincando com a cara dela.

Audrey desligou o telefone, sentindo-se confusa. Houve uma batida em sua parede de vidro e Alice entrou de mansinho, carregando um buquê pesado.

Audrey levou a mão ao peito numa surpresa teatral.

— Ah, aquele bobo! — disse em sua voz mais palpitante. — Ele é tão perdidamente romântico. Vivo dizendo a ele para parar com isso, mas ele as continua mandando!

— São lindas. — Alice sorriu. — Seu marido deve te amar muito.

— Ele ama. — Audrey lhe dirigiu um olhar estranho e agarrou as flores de encontro ao peito. Dispensou-a com um aceno de mão. Precisava pensar, e aquele cardigã estava lhe dando outra de suas dores de cabeça.

KATE

Kate fechou com força a porta da frente de seu apartamento no centro da cidade e desceu correndo as escadas. Detestava se atrasar.

Embora tivesse planejado sair do trabalho às 18h, tomar um banho demorado e fazer a maquiagem com calma, houvera um cliente de última hora e ela só pudera sair quase às 19h30. Estava atrasada demais para pegar sua roupa cuidadosamente selecionada na lavanderia, então teria de se satisfazer com uma velha favorita de reserva. Tendo os preparativos fantasiados ido pelo ralo, ela tomou uma chuveirada rápida, polvilhou talco no cabelo e passou seus últimos e valiosos minutos virando o quarto de pernas pro ar à procura de sua calcinha modeladora. Não tinha sido um começo ideal para a noite.

Enquanto avançava na direção do The Privet, tentou não se prender ao fato de que aquele era seu primeiro encontro em quase dois anos. Sebastian era uma reintrodução assustadora ao mundo dos encontros: toda vez que pensava nele, seu estômago se revirava de medo. Quando abrira o e-mail de Alice mal pudera acreditar no que via. Sebastian não era um homem; era um deus! Sua fotografia tinha sido tirada por um profissional e ele estava olhando para a esquerda como se estivesse sendo chamado por um grupo de amigos glamorosos. O ângulo mostrava perfeitamente seu nariz reto, o queixo imaculado e o cabelo escuro e viçoso. Ele parecia ser o tipo de homem que namoraria uma estrela de cinema, e não que fosse perder tempo com uma tamanho 44 qualquer, cabelo cheio de talco e calcinha modeladora.

Ruborizando-se, Kate se lembrou da foto dela que Sebastian tinha recebido. Era uma foto instantânea tirada num pacote de viagem em que fora com Lou, cinco verões atrás. Tinha sido tirada meio de longe e estava um pouco borrada, mas ela a escolhera porque a distância e seu bronzeado a faziam parecer cinco quilos mais magra.

Kate virou apressadamente a última esquina e o The Privet surgiu, intimidante, à sua frente. Agora não havia mais volta. Este podia ser o momento, pensou ela, zonza; o fim de sua existência de solteira e o começo de sua nova vida! Uma vida começando num encontro no The Privet e terminando numa casa de quatro dormitórios, com um marido maravilhoso, dois filhos e um golden retriever!

— Fez reserva? — Uma mulher alta e metida examinou Kate com desconfiança.

Kate pigarreou e tentou falar com firmeza.

— Sim, vim me encontrar com Sebastian Lincoln.

A mulher ergueu uma sobrancelha.

— O Sr. Lincoln? — Ela examinou Kate de forma rápida, mas inconfundível. — Por aqui.

Docilmente, Kate a seguiu conforme ela atravessava a área de jantar e serpenteava habilmente entre as mesas. Kate olhou para os espaços mínimos entre as mesas e seu coração se apertou. Seus quadris eram largos demais para um lugar como aquele; estava fadada a derrubar alguma coisa. Mas a mulher já desaparecia rapidamente e não havia escolha. Então, respirou fundo e foi em frente, espremendo-se toda vez que se aproximava de uma mesa. Percebeu que alguns comensais afastavam a taça de vinho da borda conforme ela chegava perto.

De repente, a metidinha parou.

— Sua mesa, senhora.

A mulher sumiu e Kate se viu diante da realidade em carne e osso de Sebastian Lincoln.

— Katinha. — Sebastian assentiu brevemente para ela, mas não se levantou. Ele estudava a carta de vinhos. Kate fez uma pausa, cogitando se deveria ressaltar o fato de ele ter usado o diminutivo (agressivo demais, estranhou; não é legal). Rapidamente, sentou-se na cadeira vazia e fingiu olhar o cardápio. Tentou controlar a respiração. Sebastian era um modelo de perfeição física.

— Traga-nos o Chateauneuf-du-Pape 68 — ordenou Sebastian a um garçom expectante.

O garçom assentiu e se retirou antes que Kate pudesse pedir qualquer coisa. Ela quis se chutar por ter perdido a oportunidade. Com a caminhada rápida até o restaurante e a secura na boca por causa do nervosismo, ela estava desesperada por um copo d'água.

— A lagosta daqui é divina — sugeriu Sebastian, erguendo os olhos e analisando Kate como se estivesse decidindo se efetuava ou não a compra.

Ela corou quando os olhos dele passearam abertamente por seu corpo. — É claro, o cervo também é delicioso, mas sempre achei a carne um pouco... *pesada*.

Kate ignorou a ênfase na palavra *pesada* — provavelmente estava sendo paranoica — e tentou sorrir. Seus lábios se esticaram secamente sobre os dentes. — Então, é lagosta! — Sempre quisera experimentar lagosta e, estando no The Privet com o homem mais bonito do mundo, aquela parecia ser uma oportunidade de ouro. Além disso, no cardápio dizia que vinha com batatas fritas.

O garçom reapareceu e serviu o vinho. Kate olhou para o seu com tristeza. Tinto não teria sido sua escolha. Sempre deixava um contorno preto em volta dos lábios, manchando os dentes de cinza e fazendo sua boca parecer podre. Dificilmente levaria a um beijo de fim de encontro (ela se ruborizou à ideia de que poderia estar beijando Sebastian dentro de algumas horas!). Mas não se atrevia a pedir vinho branco agora que ele já tinha pagado por uma garrafa. Teria de simplesmente escapulir para o banheiro feminino depois de cada copo e esfregar os lábios com as unhas.

—Você é muito maior do que na foto — observou Sebastian de repente. — Mais madura, inclusive.

Kate ofegou. Resmungou alguma coisa sobre ser uma foto antiga.

— Sim, esse tipo de coisa parece acontecer muito — discorreu Sebastian. — Todas as mulheres que conheci por meio da Mesa Para Dois são pelo menos cinco anos mais velhas e cinco quilos mais pesadas do que na foto.

As bochechas de Kate arderam como se ela tivesse levado um tapa.

— Todas gostamos de pensar que ainda temos 21 — brincou ela, meio desanimada.

— Humm. — Sebastian conseguiu parecer ao mesmo tempo cético e entediado. Felizmente, ele mudou de assunto. — Então você é a garota da assessoria de comunicação, não é?

— Sim — disse Kate, tomando um gole para estabilizar seus nervos e decidindo ignorar o uso condescendente da palavra "garota". — Sou diretora de contas na Julian Marquis AC.

Sebastian ergueu a sobrancelha. — Julian Marquis? Julinho e eu nos conhecemos há séculos. Estudamos juntos em Oxford.

Kate gelou.

—Vamos esquiar todos os anos no Natal. Sempre ficamos num lodge fabuloso com uns vinte e poucos amigos de longa data e passamos os feriados por lá. A pista estava perfeita esse ano...

Mas Kate não estava mais ouvindo. Por trás do sorriso engessado, uma mulher agoniada. Esta noite estava rapidamente se transformando num desastre. Primeiro, não podia acreditar que ele tinha mencionado o tamanho dela. Será que era assim tão grande? Sabia que não era magricela, mas seria realmente tão gorda que isso era a primeira coisa que as pessoas notavam a seu respeito? E, depois, seria possível que Sebastian deixasse sua decepção mais óbvia? E, finalmente, para coroar tudo, Sebastian conhecia Julian. Eles poderiam conversar. Ela jamais seria capaz de esconder aquilo se Julian descobrisse que ela contratara uma agência de relacionamentos.

Tomou um grande gole de vinho e, então, seguiu-o com várias taças. Quanto mais Sebastian falava, mais ela bebia. Quando o garçom finalmente trouxe as lagostas — precisamente quando a história de Sebastian chegava ao clímax de como ele havia heroicamente descido a pista mais difícil meramente com seu segundo melhor par de esquis —, ela percebeu que já estava mais do que na hora de ir ao banheiro para limpar o círculo negro de seus lábios.

— Com licença. — Ela rapidamente seguiu para os toaletes, deixando Sebastian com sua história pela metade e sozinho com o crustáceo.

No santuário suavemente iluminado do banheiro feminino, Kate se contemplou no espelho. Como previsto, ela parecia ter comido terra. Seu olhar baixou um pouco e ela analisou tristemente seu vestido. Sabia que tinha feito tudo às pressas, mas por que cargas-d'água tinha decidido usar aquele ali? Não era de admirar que Sebastian estivesse decepcionado. Ela parecia enorme, como um saco de batatas de salto alto. Sentindo-se o cocô do cavalo do bandido, respirou fundo e retornou ao salão.

De volta à mesa, Sebastian atacava sua lagosta com a precisão de um cirurgião esfomeado. Entre suas mãos cintilavam sinistramente utensílios de prata. Kate baixou os olhos para seu prato. Ao lado da lagosta havia um garfo, uma espécie de quebra-nozes e um tipo de forquilha longa de ponta fina. Não havia faca. Ela olhou para a lagosta, e vice-versa. Ainda estava na casca, cheia de olhos, garras e antenas. Com dó no coração, Kate se deu conta de que devia haver uma arte para comer lagostas, alguma forma secreta e chique para romper a casca. Começou a suar.

Mordiscou algumas batatas para ganhar tempo. Olhou disfarçadamente para Sebastian para ver o que ele estava fazendo, mas o que quer que fosse era rápido demais para que seu cérebro processasse.

Enquanto Sebastian quebrava, garfava e mastigava seu jantar, mantinha uma conversa unilateral infindável sobre a situação do mercado financeiro e a importância do trabalho dele. Não parecia necessário nenhum esforço coloquial por parte de Kate, portanto, ela se concentrou em descobrir um jeito de enfrentar seu jantar. Percebeu que os olhos de Sebastian estavam fixos em sua dissecação; ele não estava olhando para ela.

A barra estava limpa.

Agilmente, Kate pegou o quebra-nozes com uma das mãos, levantou a lagosta com a outra e, desajeitadamente, tentou enfiá-la entre os dentes do quebra-nozes. Mas onde trincar? Não na cabeça; era brutal demais. E a barriga era muito grande. Decidiu-se por uma pata. Ela a equilibrou dentro do quebra-nozes, prensou e apertou com o máximo de força que conseguia. Houve um ruído alto e um fragmento de lagosta saiu voando de seu prato, indo parar no carpete embaixo da mesa vizinha. Kate prendeu a respiração e olhou para Sebastian. Ele estava ocupado recalculando quanto dinheiro havia ganhado naquele dia e, misericordiosamente, não estava prestando atenção. Aliviada, Kate pegou sua forquilha, na esperança de espetar um pedaço de carne. Mas a fratura tinha salpicado sua lagosta com estilhaços de casca. Com cuidado, espetou um pedaço pequeno, levou à boca e mastigou. Era como comer uma alfineteira com gosto de peixe. Um dos fragmentos estalou ruidosamente entre seus dentes. Constrangida — não podia cuspi-lo, não no The Privet — tomou um golão de vinho e engoliu, sentindo a casca descer arranhando por sua garganta. Tentou desesperadamente cobrir a comida arruinada com as batatas.

— Madame não gostou da lagosta? — perguntou o garçom ao retirar os pratos. Kate se ruborizou.

— Estava deliciosa. Só que já estou... satisfeita. — Tocou rapidamente em seu estômago, esperando que ele não a entregasse, roncando naquele exato momento.

—Vocês gostariam de ver o cardápio de sobremesas?

Kate se endireitou na cadeira em expectativa. As sobremesas do The Privet eram lendárias. Sempre quisera experimentar o famoso bolo "Morte por Chocolate", servido com sorvete de figo caramelizado. Mas Sebastian dispensou o garçom.

O coração de Kate murchou. A noite tinha sido um completo desastre. Pegou sua taça de vinho e a terminou. Que se danem as manchas pretas, pensou com descuido. As chances de Sebastian querer um beijo de boa noite eram zero.

Finalmente, chegou a conta. Graças a Deus pela convenção antiquada, pensou Kate, quando o garçom a entregou a Sebastian. De jeito nenhum ela iria pagar oitenta libras por quatro batatas fritas. Sebastian jogou, todo exibido, um cartão de crédito platinum sobre a mesa. E não deixou gorjeta.

Momentos depois, eles estavam no ar frio lá fora.

— Bem, foi muito... interessante... vê-la em carne e osso — disse Sebastian rigidamente. A palavra "carne" ficou no ar entre eles. Kate estremeceu. Lá se ia seu beijo de boa noite. Um táxi surgiu magicamente ao lado deles.

— Telefonarei para a Mesa Para Dois com meu feedback — murmurou ele ao entrar apressadamente no carro. — Seu sobrenome não é Biggs? — perguntou, da segurança do banco de trás. Kate o ouviu enfatizar o *Biggs*. Assentiu, quase em depressão.

Sebastian sorriu, como se confirmando algo para si mesmo. — Pode ir — instruiu o motorista. E numa nuvem de fumaça do escapamento, ele foi embora e Kate ficou sozinha na calçada.

AUDREY

Audrey sempre ficava ansiosa pela reunião bimestral da Associação das Agências de Relacionamentos. Era uma oportunidade de ouro para que os chefes e funcionários das agências não só da cidade, mas do país inteiro, fizessem network. As reuniões eram realizadas na última quinta-feira, mês sim, mês não, e todas as agências desligavam os telefones, fechavam as portas e seguiam para a sede da ADAR. Não se organizava um só encontro num raio de duzentos quilômetros. Era como se o Cupido tirasse umas miniférias.

Às 14h15 em ponto, Audrey encerrou os trabalhos e conduziu suas garotas na curta caminhada através do centro da cidade até o QG da Associação para a reunião que começaria às 15h. Gostava de chegar pontualmente; transmitia uma boa imagem. Além disso, dava a ela a oportunidade de conversar com o Presidente Ernie, de profissional para profissional. Mas hoje irritou-se ao ver que Sheryl Toogood e a equipe da Pombinhos já estavam lá. Sheryl tinha tomado a cadeira ao lado de Ernie e estava sentada, descalça e com as pernas encolhidas sob o corpo, como uma gata.

— Aud! — Sheryl se afastou penosamente de seu *tête-à-tête* com Ernie. — Que óóótimo que você pôde vir.

Audrey se eriçou. Desde quando era função de Sheryl dar-lhe as boas-vindas à reunião? E quando fora, em seus 11 anos como membro da Associação, que Audrey não "pudera ir"?

— Boa-tarde, Srta. Toogood, Sr. Presidente — respondeu friamente. Alguém precisava manter as convenções.

Como colegiais risonhas, Bianca, Cassandra, Hilary e Alice seguiram em frente, pendurando os casacos nas cadeiras e tagarelando informalmente com o pessoal da Pombinhos, enquanto se agrupavam em volta da chaleira, escolhendo seus biscoitinhos. Audrey notou que todos os assentos mais próximos de Ernie já estavam tomados. Franziu os lábios e fingiu se ocupar com a leitura do mural de avisos da Associação.

Houve um barulho na porta e Barry Chambers e sua equipe da Um Lindo Romance entraram na sala, seguidos de perto por David Bennett da Parceiros Perfeitos e Wendy Arthur da Ligações Amorosas. O nível de ruído se elevou conforme as pessoas se cumprimentavam e se serviam de chá.

— Audrey! — Wendy se separou do tumulto e foi direto até o mural. —Você está ótima. Que bom te ver. Como vai?

— Vou bem — resmungou Audrey. Wendy sempre monopolizava sua atenção nas reuniões da Associação. Ela só tinha uma agência minúscula. Audrey ficava irritada por ela se considerar da mesma liga.

Wendy mexeu seu chá com entusiasmo. — Me diga, como vai aquele seu marido simpático?

Audrey analisou Wendy atentamente à procura de uma farpa em sua pergunta.

— Bem.

— E como vão os negócios?

— Prosperando. — Audrey deu sua resposta padrão. A Associação era amigável, nas aparências, mas ela não se deixava enganar. Por baixo do verniz, todos estavam resolvidos a expandir suas listas de clientes... mesmo os peixes pequenos como Wendy.

Wendy se aproximou um pouco mais.

—Você soube do Nigel? — sussurrou de forma conspiradora e mergulhou um biscoito no chá.

Audrey ficou desconcertada, dividida entre a promessa de segredo feita a Ernie e o medo de parecer a última a saber. Lutou consigo mesma por um momento.

— Mas é claro! — exclamou intencionalmente. — Que descuido tirar os olhos da bola daquele jeito. Um erro tão amadorístico! Mas a perda dele é nosso ganho. Fomos inundados por clientes insatisfeitos da Cabana do Cupido.

— Opa, nós também. — Wendy assentiu com vigor, não parecendo nada convincente.

Audrey levantou uma sobrancelha num gesto que esperava que fosse sua feição mais contundente e cética.

—Você está bem, Audrey? — Wendy parecia assustada. — Nossa, por um minuto achei que você estivesse tendo um derrame.

Felizmente, foram distraídas por um leve movimento à porta quando Nigel entrou de mansinho, com o rosto pálido e preocupado. Audrey viu

Alice ir até ele e lhe dar uma xícara de chá, tocando em seu braço enquanto dizia algo solidário. Audrey franziu a testa. Como Alice sabia sobre a Cabana do Cupido? Não podia ter sido através de Bianca; ela lhe havia dito expressamente que era segredo. Mas parecia que todo o universo das agências de relacionamentos estava sabendo. Será que ninguém mais entendia o significado da palavra "discrição"?

— Senhoras e senhores — chamou Ernie. — Todos poderiam se sentar, por favor? Vamos começar.

Irritada, Audrey notou que a única cadeira vazia que restava era entre Alice e Wendy. Com relutância, enfiou-se entre as duas.

Na cabeceira da sala e usando um elegante terno cinza que fazia seu cabelo grisalho brilhar, Ernie habilidosamente fez todos ficarem em silêncio.

— Certo, bem, obrigado por abrirem mão de uma preciosa tarde de trabalho... (houve aclamações por parte dos puxa-sacos). Não há muito na pauta de hoje, então seremos breves. Obviamente, o assunto na boca de todo mundo é o baile vindouro da ADAR... (mais aclamações), portanto, sem mais delongas, gostaria de lhes apresentar Sheryl Toogood, que está fazendo um trabalho maravilhoso na organização do evento deste ano.

Houve um vigoroso estrondo de aplausos e Sheryl se levantou. Audrey revirou os olhos. Sheryl usava um terninho rosa-bebê com uma saia ofensivamente curta e um decote perigosamente profundo. Barry Chambers e David Bennett, de repente, começaram a prestar atenção. De todos os homens na sala, apenas Nigel pareceu *não* ficar enfeitiçado; sua atenção, em vez disso, enraizou-se num ponto no meio do carpete.

— Primeiramente — Sheryl fez uma pausa, dramática —, Ernie e eu estamos encantaaaados por tantas carinhas novas que irão ao baile como "aprendizes de casamenteiro". Que safra de talentos temos nesta sala! — arrulhou ela e, lentamente, de forma muito deliberada, olhou direto para Alice.

O queixo de Audrey caiu, com surpresa. Com certeza devia estar enganada. Mas, a seu lado, Alice se remexeu na cadeira e começou a ficar ruborizada. Audrey não podia acreditar. Por que diabos Sheryl estava olhando para Alice? O que ela queria dizer com aquilo? E o que ela tinha dito mesmo? *Ernie e eu estamos encantados*. Então era sobre isso que eles estavam fofocando antes! Estavam rindo da "aprendiz de casamenteira" da Mesa Para Dois. O pescoço de Audrey ficou vermelho e seu sangue ferveu. Sabia que não devia ter convidado Alice para o baile. Bem, não iria fazer papel ridículo. Já se cansara de Alice fazendo-a passar vexame, com sua bicicleta idiota e seus cardigãs XXG. Iria chamá-la em seu escritório logo cedo no dia seguinte e lhe dizer que tinha havido um erro. E, então, convidaria Bianca para o baile, em vez dela.

Audrey baixou o olhar. Os nós de seus dedos estavam brancos. Obrigou-se a respirar fundo.

Finalmente, conforme os minutos foram passando, algumas palavras de Sheryl começaram a penetrar sua mente.

— E, daí, o prêmio será entregue — anunciou Sheryl, seu busto trepidando de excitação, fazendo Barry Chambers e David Bennett se remexerem estranhamente na cadeira — pela nossa celebridade local, a atriz de novelas Lucy Lucinda!

Audrey recobrou a atenção.

— Prêmio? Que prêmio? — sibilou para Alice.

— Para a Agência do Ano! Vai começar este ano. Ernie vai escolher a agência vencedora.

Audrey piscou com descrença. Um prêmio! Por que ela não tinha ouvido nada a respeito daquilo?

— Obrigado — disse Ernie suavemente quando Sheryl, muito relutante, cedeu a palavra. — Tenho certeza de que todo mundo concorda que o baile deste ano promete, está parecendo ser melhor do que nunca. Obrigado, Sheryl, por seus fantásticos esforços.

Ernie tagarelou sobre outros itens dos negócios antes de perguntar:

— E, finalmente... atualizações dos sócios. Alguém tem alguma alteração de equipe a reportar para o grupo?

Todos os olhos se voltaram para Nigel, que ainda contemplava o carpete. Silêncio.

— Hã-hum. — Uma tossezinha veio da frente da sala. — Na verdade, eu tenho. — Sheryl estava novamente de pé. — Senhoras e senhores, gostaria de apresentar o Matteus. — Ela estendeu uma imensa unha rosa-bebê na direção de um jovem chiquérrimo e inegavelmente bonito. Matteus se levantou e fez uma mesura diante do grupo. Pelo canto do olho, Audrey viu Cassandra dar uma cotovelada em Bianca e murmurar "caramba!". Ela apertou os lábios. Por que suas garotas tinham de vexá-la toda vez?

— Matteus é novo na área — continuou Sheryl —, mas ele vem com um currículo fantástico. Acaba de deixar a equipe de gerência da NamoroParaDesesperados.com!

Houve murmúrios de admiração. A NamoroParaDesesperados.com era o maior site de relacionamentos do país. Angariava mais membros novos numa semana do que todas as agências da ADAR conseguiam juntas em seis meses.

— Claro, todos nós sabemos que as compatibilizações feitas por casamenteiros profissionais são muito mais propensas a levar ao amor do que os trabalhos no estilo faça-você-mesmo pela internet — Sheryl pregou à audiência, com um sorriso intencional —, mas a extensão da experiência de Matteus, para não falar das fortes habilidades interpessoais — Cassandra cutucou Bianca de novo; até Wendy já tinha começado a se abanar com a agenda — ... fazem dele a cereja que faltava ao bolo da Pombinhos.

—Viva! — Ernie conduziu uma salva de palmas e Matteus sorriu com júbilo.

Houve uma pausa.

— Mais alguém? — perguntou Ernie. Mais uma vez, Nigel pareceu distraído, isolado em sua própria desgraça pessoal. — Nesse caso — Ernie pareceu desapontado —, a reunião está encerrada.

A sala ganhou vida com as mulheres marchando na direção de Matteus. Elas o rodearam, com olhos brilhantes e faces rosadas. Até Wendy se juntou. Audrey franziu a testa e, então, percebeu de repente que a debandada não deixara ninguém entre ela e Nigel. Devagar, e com pesar, ele se virou na direção dela, abrindo a boca como se fosse falar alguma coisa. Audrey se sobressaltou. Ele não podia de forma alguma falar com ela. O fracasso era contagioso e ela não queria ser vista socializando com um naufrágio.

— Oh, Sr. Presidente! — chamou ela, depressa. — Posso dar uma palavrinha com o senhor?

Ernie estava absorto numa discussão com Sheryl e pareceu irritado com a interrupção.

— Em particular — pediu Audrey enfaticamente, desviando Ernie de Sheryl e levando-o a um canto silencioso.

— Sim? — perguntou ele com certa impaciência.

— Sr. Presidente, é sobre o baile.

— Sim?

— Sobre a minha "aprendiz de casamenteira". — Ela se moveu para bloquear a linha de visão dele. — Eu gostaria de saber se é possível mudar de ideia? Quero levar a Bianca.

Agora conseguira sua atenção. Ele olhou para ela de forma penetrante.

— Mas a Bianca já foi ao baile. Várias vezes, se me lembro bem. E, além disso, Alice já foi convidada.

— Mas eu não tinha me dado conta do significado da minha escolha.

Ernie olhou fixamente para ela. Audrey tentou parecer injustiçada.

— Eu não tinha percebido o tamanho da aprovação profissional que implicava ser convidada como "aprendiz de casamenteira".

— Mas Sheryl deixou isso muito claro.

— Não o bastante — retrucou Audrey enfaticamente, contente em ter a chance inesperada de culpar Sheryl. — E levar Alice daria a impressão errada às minhas garotas.

— Mas você não pode convidá-la e depois mudar de ideia!

— Ah, não se preocupe com isso!

— Pense em como seria desmoralizante para a garota!

— Não acho que seria tão rui...

Ernie parecia furioso.

— Não, Audrey! Não vou permitir isso. Alice é um talento genuíno. E, falando sério... não pensei que você fosse capaz de ser tão cruel.

Ele se virou, deixando Audrey se sentindo aborrecida. Não era justo. Por que tudo que suas garotas faziam ou diziam, de alguma forma, refletia prejudicialmente sobre ela?

Ernie tinha voltado a conversar baixinho com Sheryl e os outros membros da Associação ainda estavam babando em cima de Matteus. Só Audrey e Nigel estavam de fora do grupo. Sem mover sua linha de visão um só milímetro — contato visual poderia ser interpretado como um convite à conversa —, Audrey marchou de volta à sua cadeira, apanhou seus pertences e foi fumegando até a porta. Deixou a tagarelice da reunião para trás e saiu pisando duro até o ponto de ônibus.

ALICE

Era sexta-feira à tarde e Alice estava mergulhada no trabalho, olhando pela janela da Mesa Para Dois. Devaneando.

Sexta era sempre o dia mais cheio da semana, quando a maioria dos clientes tinha seus encontros. A equipe da Mesa Para Dois ficava imersa em telefonemas, fazendo reservas de última hora em restaurantes e encorajando os clientes mais nervosos. O trabalho de Alice era ser em parte organizadora, em parte conselheira e em parte mãe, dando abraços verbais pelo telefone e aguardando nervosamente enquanto sua prole de clientes avançava com bravura para o mundo dos encontros.

Nessa sexta, em particular, todos os telefonemas de Alice já tinham sido dados, todos os planos completados para a miríade de jantares a ocorrer por toda a cidade ao longo do fim de semana. Todos estavam cientes de seus destinos e horários de encontro; todas as fotografias e históricos pessoais tinham sido enviados. Embora o resto da equipe da Mesa Para Dois ainda estivesse ocupada, o telefone de Alice estava em silêncio. Ela olhou para seu relógio; 15h30. Sorriu. Tinha algumas deliciosas horas para gastar formando pares. Respirou fundo e fechou os olhos.

Alice adorava formar pares. Em nível de igualdade com plantar flores em seu jardim, era quando sentia-se mais viva. Ela seguia uma rotina especial. Primeiro, limpava a mente e se isolava dos sons do escritório. Imaginava estar em seu jardim, o sol batendo no rosto, a grama sob os pés e o canto dos pássaros em seus ouvidos. Respirava fundo, deixando que o estresse do dia se esvaísse conforme os músculos liberavam a tensão. Sabia que devia parecer estranha; Audrey e as outras provavelmente achavam que ela estivesse dormindo. Mas ela não ligava, e, de qualquer maneira, nunca tinha ouvido nenhum comentário delas. Transportava-se para o mundo das uniões, um lugar silencioso, romântico, onde a negatividade não podia entrar.

Dentro de um ou dois minutos, estaria pronta. Às vezes, abria os olhos e olhava fixamente pela janela, sem realmente ver. Outras vezes se esquecia e ficava de olhos fechados. Alguém que a observasse jamais poderia adivinhar a atividade abundante e vívida em andamento dentro da cabeça de Alice. A magia das uniões fervilhava em sua mente.

Quando Alice formava pares, era como se conduzisse seus clientes a um filme de cores vivas onde tudo era melhor, mais interessante e mais romântico do que na vida real. Todo mundo tinha cabelos sedosos e roupas favorecedoras. Era um mundo próprio para que as pessoas se apaixonassem.

O processo de união de Alice começaria. Partiria pelo homem. Ela o imaginaria no restaurante, vestido com elegância e completamente à vontade. Ele estaria esperando ansiosamente por sua parceira.

Em seguida, Alice escolheria uma mulher que, segundo sua intuição, poderia ser uma companheira adequada. Ela a observaria entrando no restaurante e tirando o casaco. Ela estaria deslumbrante: em sua melhor forma.

O casal se cumprimentaria e ele puxaria a cadeira para ela se sentar. Eles sorririam um para o outro alegremente, ambos agradecendo sua sorte em ser compatibilizado com alguém tão atraente. E, então, eles começariam a conversar.

Essa era uma parte crucial do encontro. A conversa fluiria? Encontrariam assuntos em comum? Iriam mesmo precisar? Talvez ficassem encantados por serem totalmente opostos, fascinados por descobrir alguém cuja vida e interesses fossem tão diferentes dos seus. Algumas pessoas desejavam semelhanças; outras, diferenças. Somente quando Alice assistia ao desenrolar do encontro, nos recantos privados de sua mente, era que sabia se a união poderia dar certo.

Às vezes os encontros azedavam entre o prato principal e a sobremesa. Perguntas educadas, por si só, não faziam a magia florescer. Então, o casal agradeceria um ao outro por uma noite adorável e iria para casa. Alice os conduziria em segurança até a porta de seus respectivos lares e, então, voltaria ao restaurante, limpando a mesa e preparando a cena para um novo encontro e outro parceiro.

Mas às vezes — as melhores — o encontro na cabeça de Alice borbulharia e cintilaria de romantismo. As conversas encaixariam, os sorrisos durariam muito além e Alice despertaria de seu devaneio para, excitada, anotar o par combinado.

Era isso o que havia acontecido quando Alice imaginara o encontro entre Jason e Jennifer. Houvera tamanha química que ela praticamente sentira o ar transmutando em volta deles. E agora eles iriam se casar! Alice sentia algo mais profundo até do que orgulho. Era o sentimento de paternidade que um pintor tinha por sua obra de arte.

Alice adorava mergulhar em seu restaurante imaginário e formar pares, sempre que podia; em momentos tranquilos no trabalho, noites em que o escritório estava vazio, ou nos fins de semana, enquanto tirava o mato de seu jardim. Toda segunda-feira ela teria uma extensa lista de encontros a organizar, todos eles nascidos na sua imaginação. Era sua lista de fantasia, sua lista de esperança romântica. Naquele estágio, nenhum dos relacionamentos tinha ainda acontecido; eram apenas centelhas nos olhos de Alice. Mas em sua mente já floresciam. E quando os relacionamentos finalmente chegassem a brotar no mundo real, muitos de fato davam um belo jardim.

A consciência de Alice foi gradualmente penetrada por um ruído tilintante. Conforme o ruído se tornou mais insistente, o restaurante começou a desaparecer à sua volta. Ela afastou o olhar da janela. Estava de volta à terra do escritório e o telefone estava tocando. Os últimos vestígios do restaurante sumiram e ela, relutantemente, atendeu.

— Posso falar com Audrey Cracknell, por favor? — pediu uma voz masculina.

— Infelizmente, ela saiu — respondeu Alice. Todas ali haviam suspirado de alívio quando Audrey declarara que iria sair e não voltaria mais. Ela estivera num péssimo humor o dia todo. Alice se perguntara se teria alguma coisa a ver com a reunião da ADAR do dia anterior; tinha visto Audrey ir embora cedo, com o pescoço vermelho e o semblante fechado.

— Posso ajudar em alguma coisa? É a Alice.

— Oh, hã... Não tenho certeza. Ah. Bem, talvez. Humm. Na verdade, sim. Meu nome é Max, Max Higgert. É, ah, sobre os encontros que tive. Humm, bem, os encontros que Audrey organizou para mim.

Alice ouviu.

Vinte minutos depois, desligou o telefone. Queria ajudar, mas seria algo complicado.

O que Max finalmente lhe dissera era que ele não estava tendo encontros com o tipo de mulher que desejava. Ele queria uma mulher gentil, carinhosa; alguém caseira e despretensiosa com quem compartilhar noites na frente da TV. Mas Audrey continuava mandando-o para encontros com mulheres ricas, alpinistas sociais, peruas com roupas de grife; o tipo de mulher que seria uma esposa-troféu e que caçava implacavelmente um marido rico; o tipo de mulher que fazia Max ter vontade de fugir correndo.

Alice não conseguia se controlar. Sabia que era suicídio profissional se meter com as uniões feitas por Audrey. Não havia o menor problema que um membro da equipe mexesse na lista de clientes de outro, mas a lista de Audrey era sacrossanta. Mas Alice sabia que não iria conseguir dormir se simplesmente ficasse parada, vendo o caminho para o amor verdadeiro ser devastado por um trator. O real objetivo de seu trabalho não era formar pares perfeitos? O Cupido certamente não guardaria suas flechas só porque seu alvo não estava na lista certa, e tampouco ela deveria fazer isso. Olhou pela janela e começou a construir novamente o restaurante.

Alguns minutos depois, Alice voltou ao presente com um tranco enérgico. Eram 17h27. Correu até Bianca, que desligava seu computador.

— Bianca, por favor... posso te pedir uma coisa? — Suas palavras jorraram, apressadas. Bianca já abotoava o casaco. — É sobre um dos clientes de Audrey; Max, o arquiteto. Encontrei o par perfeito para ele e preciso que você o sugira para Audrey.

Bianca voltou os seus grandes olhos azuis para Alice e piscou, sem entender.

— Por que você mesma não sugere?

— Porque ela não vai ouvir, se vier de mim! Ela descartaria completamente, apesar de eu achar que eles são feitos um para o outro. *Principalmente* por eu achar que eles são feitos um para o outro!

— A Audrey não é assim! — disse Bianca, ofegando. — Se for uma boa ideia, ela vai ouvir.

Alice quase riu alto.

— Tenho certeza que você tem razão. Mas não posso arriscar. Max *precisa* conhecer essa mulher. Ela é o "felizes para sempre" dele!

As duas sorriram uma para a outra; casamenteiras não conseguiam deixar de se amolecer com a ideia do "felizes para sempre". Alice deixou que a natureza romântica de Bianca a dominasse por um instante, e então se aproveitou da vantagem.

— A Audrey ouve você. Ela vai levar a sugestão a sério, se achar que é ideia sua.

— Mas não quero me apropriar da *sua* ideia...

— Aproprie-se! Por favor, pode usá-la!

— Bem, se é isso mesmo que você quer... E se vai fazer Max feliz... eu digo a ela. Vou sugerir essa união a Audrey.

Alice apertou Bianca num abraço enorme. — Obrigada! Você não vai se arrepender, prometo!

Alice só podia esperar que ela também não se arrependesse.

AUDREY

Audrey levou sua bandeja de jantar até a cozinha e serviu-se um xerez extragrande. Pickles, o gato, se enroscou em seus tornozelos, esfregando a pelagem amarelada em sua meia-calça e ronronando, feliz. Audrey carregou cuidadosamente seu copo de volta à sala de estar e se acomodou em sua poltrona favorita. A poltrona era o único assento na sala que era usado. O sofá de três lugares estava tão afofado e impecável quanto no dia em que fora trazido à sua casa, 11 anos atrás. Audrey nem sequer tirara a capa de plástico durante os primeiros anos, e mesmo agora, não conseguia se lembrar da última vez em que havia sentado nele. E nunca recebia convidados. Nunca havia ninguém para convidar.

A poltrona de Audrey, por outro lado, já vira muita ação. Os braços estavam escorregadios e puídos e várias molas sob o estofamento já tinham ido para as cucuias; mas era tão confortável quanto um par de pantufas velhas e tão acolhedor quanto um banho de banheira. Audrey passava muito tempo sentada ali; sete noites por semana, se não tivesse que dar uma de suas palestras sobre "O Segredo Para Encontrar Seu Par Perfeito". Em algum lugar do passado, a poltrona tinha sido de um tom rosa-velho, mas ao longo dos anos, tinha mudado para uma cor de doce de leite e se moldado exatamente aos contornos do traseiro de Audrey. Na frente da poltrona havia um pequeno pufe, decorado com uma camada de pelos do Pickles e marcados por dois sulcos profundos, onde os pés de Audrey repousavam.

Audrey tomou um grande gole do xerez. Esta noite, nem sua série predileta de detetive estava prendendo sua atenção. A mente não parava de divagar e o enredo tinha se tornado incompreensível. Audrey acreditava piamente que assistir a séries de detetives era muito melhor do que a qualquer daqueles programas caros de neurolinguística comercializados na TV. Um fã de seriados de detetives tinha de ficar sempre atento. Uma dieta regular de reapresentações de *Morse*, *Cracker* e *Prime Suspect* mantinham sua mente em forma e rápida como um raio. Isto é, à parte desta noite. Hoje ela estava confusa e dispersa.

Levou o xerez aos lábios. Pickles pulou de repente em seu colo, fazendo o xerez de Audrey espirrar em sua boca e deixando um bigode grudento de álcool. Sentiu um lampejo de irritação, mas assim que veio passou. Não podia ficar brava com Pickles. Ele era sua companhia constante, seu único amigo verdadeiro. A despeito de quão duro fosse seu dia no trabalho, ele estava sempre esperando-a em casa, ronronando alegremente só por estar na sua presença. Pickles fazia Audrey se sentir amada, e em retribuição, ela lhe concedia uma rara tolerância. Eles estavam juntos no jogo, ela e Pickles.

Enquanto Pickles massageava seu colo, Audrey acariciava seu pelo diletantemente. Seus dedos percorreram o caminho familiar pelas costas, desde as orelhas, passando ao longo das laterais da coluna até a ponta do rabo, antes de começar novamente nas orelhas. Após três ou quatro passadas, tudo fora esquecido. Só o que Audrey podia ver era John.

Sempre que Audrey fantasiava com John, ela o imaginava em sua vida, não ela na dele. Que ela o imaginasse relaxando com um uísque em sua sala de estar, ou batendo panelas em sua cozinha enquanto lhes preparava um jantar romântico, não era mais do que natural. Ela nunca tinha visto a casa de John. Nem sequer sabia onde ele morava. Sempre que tentava tocar no assunto, ele dizia algo vago do tipo "não muito longe", antes de, com naturalidade, trazer a conversa de volta a ela.

As noites de Audrey com John ocorriam inteiramente em território neutro. Eles se encontravam na segurança da porta da casa dela. Em sua excitação, ela se vestia antecipadamente e puía o carpete entre a cozinha e a porta da frente, bebericando goles de xerez encorajadores na primeira volta, e espiando pela janelinha manchada na segunda. E assim sucessivamente. Estava sempre esperando com ansiedade por seus encontros e nunca tivera nenhum motivo para convidá-lo a ultrapassar a soleira da porta e penetrar no terreno fértil do corredor.

Quando John chegava, ele beijava sua mão em cumprimento, dirigia até o local do baile e, então, quando a noite terminava, levava-a de volta para casa. Ele jamais havia aceitado quando ela oferecia uma saideira. Recusava graciosamente, dizendo: "Algo que aprendi ao longo dos anos é quando encerrar uma ótima noite. E esta noite foi exatamente isto... uma ótima noite."

Portanto, Audrey tinha pouquíssima geografia a usar na hora de posicionar John em seus sonhos.

Mas o único lugar que conhecia — e conhecia muitíssimo bem — era o interior do carro dele. O nervosismo que sentia antes de suas noites juntos se acalmava no instante em que John abria a porta do passageiro do Audi e ela deslizava para dentro. As propagandas do carro na TV estavam certas em usar a sedução, pensou ela. O carro de John era uma máquina perfeita e ronronante. Desde o desenho discreto do painel até os bancos de couro bege, tudo naquele carro fazia com que Audrey se sentisse protegida. Ela deslizava a mão pelo interior da porta, saboreando sua solidez, enquanto John dava a volta até o banco do motorista. Ela respirava o aroma do carro e, silenciosamente, deliciava-se com a potência abafada do motor quando John acelerava, afastando-se de sua rua e dirigindo-se à noite que ambos teriam adiante.

Esse era o marco zero de suas fantasias. Não os sonhos vigorosos das mulheres mais jovens; Audrey sonhava com domesticidade e parceria. Ela imaginava John buscando-a no trabalho numa tarde chuvosa; imaginava-o levando-a de carro até o Lake District para um fim de semana romântico; imaginava a rotina prazerosa de uma ida ao supermercado numa manhã de sábado.

Tímida demais para olhar diretamente para John no começo da noite, Audrey disfarçadamente espiava suas mãos, tão masculinas, enquanto ele girava o volante, transportando-os pelas ruas escuras da cidade. Às vezes — se era verão — ele usava uma camisa de mangas curtas, o blazer esperando alinhadamente no banco de trás. Então, Audrey admirava seus antebraços, surpreendentemente musculosos; sua pele tão uniforme e cheia de vitalidade que ela morria de vontade de se inclinar e tocá-la.

Esses eram seus momentos favoritos. Audrey se orgulhava de ocupar, na vida, o banco do motorista, mas a excitação de um homem guiando-a pela cidade escura fazia com que se sentisse tão feminina! Rendia-se! Vislumbrava seu reflexo na janela do passageiro e se espantava. As rugas tinham desaparecido, os anos de decepção tinham se apagado; ela parecia inocente e pueril, como uma adolescente em seu primeiro encontro.

Audrey estremeceu. O programa de detetive tinha terminado e o noticiário das dez já estava se encerrando. Em seu colo, Pickles jazia imóvel, de olhos fechados. Ela olhou para seu xerez pela metade. Era tarde demais para terminá-lo agora; estava na hora de ir para a cama. Gentilmente, colocou Pickles no chão e limpou sua saia. Pelo de gato flutuou no ar à sua volta.

ALICE

Alice soprou a superfície de seu cappuccino e fez o possível para não olhar para os seios de Sheryl, que lutavam para escapar da blusa de oncinha. Se Alice erguesse os olhos acima deles, sabia que veria Sheryl sorrindo cheia de dentes sobre seu *latte* desnatado, com os lábios pegajosos de gloss escarlate. Alice especulou se Sheryl alguma vez usaria uma blusa de gola polo, ou qualquer peça de roupa que não exibisse um enorme decote em V. Será que seus peitos nunca sentiam frio? Alice estava aninhada em duas camadas de suéter. Com certeza os peitos de Sheryl deviam implorar por um dia de folga; um tempinho sem serem expostos ao relento. Deviam sonhar em ser embrulhados numa macia e aconchegante gola rulê.

Alice soprou seu café novamente.

— Então, Alice. — Sheryl lambeu os lábios e pousou sua caneca de café. Cuidadosamente, ajeitou a saia justíssima. — Não sou de fazer rodeios. Já faz muito tempo que venho escutando como você é uma casamenteira maaaa-ravilhosa. Gostaria que você viesse trabalhar para mim.

Alice engasgou, produzindo um ruído estranho.

— Gostaria que você pedisse demissão da Mesa Para Dois, com efeito imediato, e se juntasse a nós na Pombinhos. Naturalmente, espero que seus clientes venham com você.

Alice tentou não deixar o queixo cair.

— Simples assim?

— Simples assim. — Sheryl sorriu com um beicinho.

— Mas e a Audrey? — perguntou Alice, espantada. — E meu contrato? Eu dei minha palavra.

— Contratos são feitos para serem rompidos, toda mulher sabe disso. Não existe um só contrato no mundo do qual não se possa escapar e aposto que os de Audrey são tão cheios de furos quanto uma rede de pesca. Posso pedir que nossos advogados deem uma olhada. Não vejo nenhum motivo para que você não comece na Pombinhos na segunda-feira.

Ela dirigiu a Alice um olhar penetrante.

Alice se aferrou à sua caneca de café e se concentrou nos joelhos de Sheryl.

— Eu, hã, não sei direito o que dizer — resmungou.

— Diga que sim. O que quer que Audrey esteja te pagando vou dobrar. E farei de você minha vice na agência.

— Uau. — O queixo de Alice caiu de novo. Dobrar o salário? Ela ficaria rica. Poderia comprar todas as plantas da loja de jardinagem. Poderia até comprar uma estufa; sempre quisera uma estufa! E vice na agência... Ela quase estaria no comando. Nunca, nem em seus sonhos mais loucos... e alguns sonhos de Alice podiam ser bastante loucos... havia imaginado chegar tão alto. Era incrível! — Isso é... — ela sorriu abertamente, incapaz de acreditar em sua própria sorte — é muita generosidade sua.

— Não sou uma mulher generosa; sou uma mulher de negócios. Você é um recurso valioso e eu preciso de uma vice-comandante para ficar em cima dos clientes de serviço personalizado, enquanto eu me concentro em expandir nosso serviço on-line. O site de relacionamentos é uma galinha dos ovos de ouro e pretendo tirar todos os ovinhos possíveis. Portanto... — Sheryl se inclinou na direção de Alice como uma cascavel saindo do cesto —, de uma empresária a outra, o que você me diz?

O cérebro de Alice estava zunindo. Empresária? Nunca tinha pensado em si mesma nesses termos. Será que podia fazer aquilo? Poderia trabalhar para Sheryl e ser uma... casamenteira *de alto escalão*?

— Humm, Srta. Toogood, obrigada — resmungou, atordoada. — Obrigada por ter tanta fé em mim...

— Não é fé. — Sheryl pegou sua caneca de café. — Você pode me trazer clientes, ganhar dinheiro para mim. — Ela tomou um gole, os olhos fixos em Alice.

— Mas e a Audrey? — questionou Alice novamente, conforme voltava à realidade. — Eu não poderia simplesmente abandoná-la. Foi ela quem me deu minha primeira oportunidade, meu primeiro emprego como casamenteira. E agora ela vai me levar ao baile como aprendiz; eu não deveria retribuir assim! E ela jamais me deixaria levar meus clientes... e eu não poderia roubá-los.

Do outro lado da mesa, podia ouvir Sheryl fazendo "tsc, tsc, tsc, tsc" enquanto descruzava as pernas, produzindo um forte ruído de náilon.

— Eles não são clientes de Audrey, são seus! Você muda de lugar e eles te seguem. Eles não querem ficar empacados com uma mocreia como a

Audrey. *Você* deixaria que alguém como ela decidisse a *sua* vida amorosa? Acredite em mim; eles irão correndo atrás de você!

— Mas são pessoas, com vidas e sonhos! — protestou Alice. — Não são posses para serem carregadas de um lado a outro nem fichas com as quais apostar. E eu não poderia deixar Audrey na mão. Precisaria lhe dar aviso com tempo de sobra para que ela pudesse organizar tudo. No mínimo, alguns meses. — Alice viu Sheryl desviar o olhar, com uma expressão peculiar no rosto. — Audrey detesta recrutar gente nova — explicou. — Quando alguém finalmente começasse, seria tarde demais. Relacionamentos embrionários já teriam perdido o impulso. Meus clientes voltariam a ser solteiros e a pensar que estão condenados a isso. E Audrey ficaria numa situação terrível com a carga de trabalho extra.

Sheryl revirou os olhos.

— A Audrey é durona. Cascuda como uma barata.

— Eu teria de lhe dar pelo menos seis meses. Caso contrário, não seria justo.

— Oh, Alice, que doçura! — Sheryl deu uma risadinha ríspida. — A vida de um adulto grande e malvado não é justa, sabe? Às vezes, as crianças grandes roubam os doces das menores.

Alice se ruborizou e baixou os olhos para seu café. — Seria a coisa certa a fazer — sussurrou.

— A coisa certa a fazer! — Sheryl ergueu as mãos, exasperada. — Daqui a pouco você vai dizer que une os casais porque acha que eles vão se apaixonar!

— É claro! Esse é o objetivo, não? — respondeu Alice, espantada.

Sheryl abafou um sorrisinho duro.

— Alice, minha queriiida, esse é o objetivo *secundário*. Uma coincidência de sorte, só isso. Nós todos estamos nisso... eu, Audrey, até mesmo você, embora, obviamente, ainda não consiga enxergar... em primeiro lugar para ganhar dinheiro, e em segundo para fazer relacionamentos. Não existe nenhum benefício em ser o melhor Cupido do mundo se você não pode pagar o aluguel! Não estamos nisso pela bondade de nosso coração; toda essa coisa de amor é só a decoração da vitrine. Estamos nisso para obter lucros. Ninguém forma deliberadamente um par perfeito antes que tenha arrancado pelo menos seis meses de taxas de um cliente. É loucura financeira dar-lhes seus finais felizes cedo demais.

Alice encarou Sheryl. Não podia acreditar no que acabara de ouvir. Certamente todos tentavam ajudar os casais a encontrar o amor, não? Esse era o objetivo de ser casamenteiro! Arquitetar uniões ruins só para as taxas continuarem entrando era asqueroso; sentia-se suja só em pensar naquilo.

— Audrey não faz isso — afirmou Alice com muita convicção.

— Ah, não? — cutucou Sheryl.

— É claro que não! — Alice estava chocada com a simples ideia. — Ela não seria capaz! E, além disso, todo mundo sabe que ela uniu tão bem seus cinco primeiros pares que todos se casaram.

Sheryl sorriu com afetação.

— Todo mundo sabe que três deles já estavam namorando, e todos os cinco já estão divorciados há muito tempo.

Alice ofegou, horrorizada. Ãh?!? Já estavam namorando? E *divorciados*? Certamente que não! Audrey nunca dissera nada. Mas, também, será que ela diria? Ela sempre ficava um pouco estranha à menção da palavra começada por "D", tanto que todas elas haviam aprendido a nunca dizê-la em voz alta no escritório.

— Além do mais — Sheryl mexeu seu café com astúcia —, a Audrey foi assim tão eficiente, desde então? Ela era inexperiente, naquela época. Aposto que ela não une mais ninguém assim tão depressa hoje em dia. Na verdade, aposto que ela praticamente não forma mais nenhum par de sucesso.

Alice abriu a boca para saltar em defesa de Audrey, mas então, lentamente, voltou a fechá-la. Era verdade que as uniões promovidas por Audrey invariavelmente fracassavam. Os clientes ficavam séculos em suas listas; alguns já estavam há anos. Mas Alice sempre achara que isso se devia ao fato de Audrey não ter muita sintonia com as pessoas, não por estar fazendo algo desonesto. Então, pensou em Max Higgert e em como ele queria um tipo de mulher e, no entanto, Audrey parecia decidida a juntá-lo com outro.

Sheryl suspirou e suavizou a voz.

— Olha, Alice. Acho maravilhoso que você tenha ideais elevados; que você *acredite* na vocação de casamenteira. Esse idealismo pode ser útil para mim. Você pode lidar com os sonhos e eu lido com o extrato bancário. Você é exatamente o que estou procurando.

Trêmula, Alice pousou sua caneca de café.

— Não acho que eu seja certa para você — disse baixinho.

— Que bobagem. — Sheryl jogou o cabelo. — Agora me escute, Alice. Estou acostumada a conseguir o que quero, e quero você trabalhando para a Pombinhos dentro de, no máximo, duas semanas. A cara de Audrey seria impagável.

Alice tentou argumentar, mas Sheryl insistiu.

— Olha, você pode se esconder por trás de sua moralidade, mas quando foi o último aumento que a bruxa velha te deu? Se é que já deu algum!!!

Todos sabem que a Audrey gosta de te manter como a última da fila. Mas estou te oferecendo um aumento de cem por cento e a chance de ser meu braço direito! A Pombinhos está crescendo; tem futuro. Audrey é um dinossauro; ela está fadada à extinção.

Ela apanhou seu casaco e sua bolsa.

— Preciso pensar — disse Alice, insegura, a ninguém em particular. O ambiente parecia girar. O mundo inteiro parecia girar sob seus pés.

Sheryl se levantou. Ela pairou ameaçadoramente sobre Alice, do alto de seus saltos.

— Você pode pensar, mas não se atreva a dizer não, garotinha. Ofertas como essa não dão em árvores. Eu te darei alguns dias, mas é só. A vida está aí para ser aproveitada, Alice... — Sheryl vestiu o casaco com um floreio impaciente — portanto, aproveite!

Ela se virou nos saltos e saiu da cafeteria, emitindo um toque-toque maligno e deixando a porta bater ruidosamente atrás de si.

JOHN

Eram nove da manhã e John já havia passado os olhos pelo jornal. Ele estava sentado à mesa da cozinha e olhava para o jardim lá fora quando o telefone tocou. Era Geraldine.

— Bom-dia! — gorjeou ela. — Boas notícias: tenho outro trabalho para você. É de uma cliente regular.

O coração dele se apertou. Sabia exatamente o que viria a seguir. Tivera sorte de escapar por tanto tempo.

Geraldine prosseguiu.

— É Audrey Cracknell. Ela tem um daqueles bailes da Associação.

John respirou, tenso, e tentou manter a voz calma.

— Que ótimo, Geraldine. — De alguma forma, conseguira parecer pelo menos um pouco sincero. — No Town and Country Golf Club de novo?

— Acertou em cheio. Espere um pouco, deixe-me pegar os detalhes. — Enquanto ele a ouvia remexendo papéis, tentou combater a sensação de estar sendo obrigado a entrar num baú pequeno e apertado.

— Vamos lá — trinou ela. — Você deverá pegá-la às 19h30 na próxima quinta-feira. É um evento de gala e ela quer que você use sua faixa azul-celeste. Aparentemente, combina com seus olhos! Haverá um jantar e tudo deverá terminar por volta da meia-noite.

— Sem problema. — Ele tentou parecer animado. — Vou esperar ansiosamente.

— Você é um doce. — Geraldine riu alegremente. — É por isso que elas sempre querem repetir a dose.

Ele desligou o telefone.

— Que bosta! — praguejou alto, fazendo Parceiro, seu retriever negro, erguer a cabeça em seu cesto. Audrey era uma daquelas clientes que faziam com que seu trabalho, normalmente agradável, se tornasse profundamente desagradável. Mesmo na segurança de sua cozinha, podia visualizar o rosto dela, demorando-se infinitamente para sair do carro sempre que ele a levava para casa no final de uma noite. Ela olhava para ele com um coquetismo monstruoso, como uma adolescente faceira e superdesenvolvida esperando por um beijo de romance barato de banca de jornal.

John tinha tentado racionalizar por que odiava tanto suas despedidas de final de noite com Audrey, e acabara concluindo o seguinte: atitude de menininha inocente não ficava bem em ninguém que fosse velha demais para ser chamada de menina. Mulheres de trinta e tantos anos, ou mais, eram atraentes precisamente por não serem inocentes; já tinham vivido um pouco. Tinham histórias, opiniões, cicatrizes de guerra e triunfos. E suas experiências as haviam ensinado a se comportar com altivez, a se controlar e a não hiperventilar toda vez que ficassem perto de um homem. John conhecera muitas mulheres através de seu trabalho: algumas muito experientes com os homens, outras que não tinham um parceiro há séculos. Mas todas tinham dignidade, ou ao menos um sistema íntimo de freios que as impedia de cruzar uma linha invisível. Quando Audrey se virava no banco do passageiro e olhava para ele em meio a cílios trêmulos e agitados, tudo que ele podia ver era seu busto montanhoso arfando para cima e para baixo, e se perguntar se a respiração dela iria embaçar os vidros do carro.

John estremeceu.

Detestava admitir, porque se orgulhava de gostar das mulheres — tinha escolhido esse trabalho *precisamente* por gostar de mulheres —, mas Audrey Cracknell lhe dava arrepios. É claro que ele jamais conseguiria se obrigar a lhe dar um beijo de boa-noite, nem mesmo no rosto. Então sorria, dizia a ela que tinha se divertido muito e sustentava seu olhar o suficiente para que não ficasse chateada. Então, colocava o pé muito de leve no acelerador, só o bastante para sugerir a ideia de sua partida. Uma vez que ela pisasse na calçada e a porta do passageiro estivesse finalmente fechada, ele se afastava dirigindo calmamente. Mas, assim que virava a esquina da rua da casa dela, seu pé pisava com tudo no acelerador e ele voava para casa feito um adolescente num racha. Alívio por ter escapado.

John despejou o resto de seu café na pia. A coleira do Parceiro tilintou conforme este o seguiu pela cozinha, na esperança de sair para passear. John afagou a cabeça do animal distraidamente. Xingou a si mesmo por não ter dito a Geraldine que não queria mais programas com Audrey. Já fazia anos que desejava fazer isso, mas ainda não tivera coragem. Ele não era bobo. Podia ver o que Audrey sentia por ele e o que suas noites significavam para ela. Ele teria de ser cego, surdo e leso para não perceber.

John calçou suas botas enlameadas de jardinagem. Parceiro iria ter de esperar. O jardim o chamava.

Mais tarde, depois de duas horas cavando furiosamente, ele se sentiu melhor. Respirou profundamente e sorveu o ar fresco de inverno. Era difícil ficar irritado quando se estava rodeado pela natureza. Ele pegou o graveto que seu cão tinha deixado cair a seus pés e o jogou com força no ar. Parceiro o apanhou com suas mandíbulas babosas.

Tinha tomado sua decisão. Sairia com Audrey e seria um profissional perfeito. Só que, dessa vez, ele se certificaria de telefonar para Geraldine logo em seguida para dizer que, no que dizia respeito a jantares com uma certa dama cheia de hormônios, ele não estava mais no cardápio.

Assentiu com firmeza. Aí estava: esse era o plano. O baile na quinta-feira no Town and Country Golf Club seria a última ceia de Audrey. E a faixa de cintura ficaria exatamente onde devia ficar: no sótão.

— Vamos lá, cara — chamou com animação, pegando a pá e voltando para casa, com um leve, mas definitivo, toque de ânimo no caminhar. — Está na hora do seu passeio.

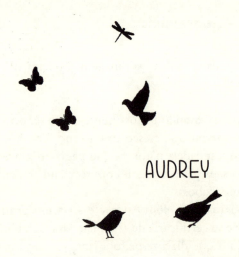

AUDREY

— Hayley? — repetiu Audrey com incredulidade. — A enfermeira veterinária? A do dedo esquisito?

No outro lado da mesa de Audrey, Bianca mudou de um pé para o outro e assentiu com nervosismo.

— O que é que te faz pensar que eles seriam um bom par?

Bianca olhou rapidamente pela divisória de vidro, na direção do escritório, como se em busca de uma resposta.

— Instinto — respondeu. — Simplesmente sei que eles darão um par perfeito.

— Bem — disse Audrey, surpresa, enquanto tirava os óculos. — Um par perfeito? Bianca, devo dizer, você me surpreende. Você obviamente pode ver algo que o resto de nós não vê. Mas o que uma mulher como Hayley pode oferecer a um homem como Max Higgert?

Bianca vacilou por um momento, como se tentando se lembrar de algo.

— Suavidade. Max trabalha duro o dia inteiro, lidando com clientes e com a peãozada. Todos exigem alguma coisa dele. Mas quando ele chega em casa à noite quer alguém diferente. Alguém gentil e atencioso. Alguém que *não* seja exigente.

Audrey bufou.

— Hayley é muito atenciosa — acrescentou Bianca rapidamente. — Ela cuida de animais doentes!

Audrey olhou para ela com ceticismo.

— Mas ela é uma reles enfermeira veterinária. Max é um profissional de alto gabarito. Não, simplesmente não consigo ver como isso poderia funcionar. Sinto muito, Bianca, mas você está indo pelo caminho errado.

— Mas talvez possa funcionar exatamente por isso. Se Max quisesse uma profissional de alto gabarito, já não teria arrumado? Ele deve conhecer dúzias todos os dias! Talvez ele queira o oposto.

— O quê, uma profissional do baixo escalão? — zombou Audrey. — Bem, Hayley é certamente adequada, então!

Bianca olhou na direção do escritório. Com sua visão periférica, Audrey notou Alice sorrindo feito uma maluca.

— Por favor, Audrey. Estou com um feeling muito bom nesse caso. Se estiver errada, estou errada. Mas Max parece um cara legal; não acho que ele nos culparia por um erro.

Audrey olhou para ela com olhos penetrantes.

— *Me* culparia — consertou Bianca, penitente.

Audrey deu um suspiro profundo.

— Bem, está certo — cedeu. — Mas só porque é você. Vou ligar para ele num minuto.

— Obrigada, Audrey! — Bianca soltou um sorriso de gratidão.

— De nada. Agora, volte a seu trabalho, por favor. Tenho coisas a fazer. Ah, e mande Alice vir aqui. — Ela a dispensou com um aceno monárquico. Não viu o gesto clandestino de assentimento que Bianca deu a Alice enquanto fechava a porta.

Hayley Clarke! Bem, ou Bianca era um gênio dos relacionamentos ou estava perdendo o juízo. Mas se a garota queria tanto assim promover aquele encontro, não seria ela a ficar no caminho. Além disso, já estava ficando sem mulheres com quem unir Max.

Houve um toque tímido à porta e Alice entrou, sorrateira como um camundongo e vestindo o conjunto de tricô descolorido do dia. Ela olhou para Audrey, toda expectativa.

— Então. — Audrey alisou o cabelo enquanto retomava os pensamentos. — Como você sem dúvida já sabe, o baile anual da Associação das Agências de Relacionamentos será na quinta-feira.

Alice sorriu e assentiu com a cabeça.

— Você *comprou* um vestido novo, não comprou? — perguntou Audrey incisivamente.

— Ah, sim; é lindo!

— E é novo? Não me apareça com roupa de brechó!

Alice pareceu confusa.

— Comprei-o numa butique nova na King Street. Aquela que Lucy Lucinda abriu.

— Maravilha — disse Audrey com um tom inegável de alívio. Ela remexeu seus papéis com atenção. — Agora, eu só queria repassar algumas coisas que você deve e não deve fazer nesta ocasião. Obviamente, chegarei com John, então me encontrarei com você lá dentro. Você sabe que é no Town and Country Golf Club, não sabe? Devo insistir para que você vá de táxi até lá.

— Oh, Audrey, é muita gentileza, mas totalmente desnecessário.

— É muito necessário. Eu insisto.

— Bem, muito obrigada entã...

Audrey levantou a mão para silenciá-la. Não estava sendo benevolente. Não queria que Alice a humilhasse chegando de bicicleta.

— Apenas se lembre de guardar o recibo. E se quiser dar gorjeta para o motorista, faça-o com seu próprio dinheiro. Não sou uma instituição de caridade.

Alice assentiu avidamente.

Audrey prosseguiu. — Então, você irá se sentar na mesa principal comigo e com John, com o Presidente Ernie e sua esposa Patricia, com Barry Chambers da Um Lindo Romance e sua esposa Eileen, e a Srta. Toogood da Pombinhos e seu parceiro, Brad. Você não acha que deveria estar anotando tudo isso? Não quero que você me envergonhe se esquecendo do nome do cônjuge de alguém.

Alice vasculhou nos bolsos de seu suéter e sacou um caderno cheio de orelhas, uma esferográfica e escreveu com empenho.

— Ah, e aquele garoto novo da Pombinhos estará lá também, para completar os pares. Não me lembro do nome dele. Matos? Algo assim.

— Matteus?

— Sim, sim. E não quero você se derretendo toda pra cima dele. Vi a reação que ele provocou na reunião da semana passada. Desagradabilíssimo. Nunca vi tamanha exposição de hormônios.

Alice riu.

— Não se preocupe; ele não é meu tipo.

Audrey olhou para Alice. Até mesmo ela notara como Matteus era bonito. Um pouco pegajoso, e bem exagerado com a loção pós-barba, mas definitivamente o tipo que algumas mulheres pareciam apreciar. Alice, por outro lado, era totalmente sem sal, o tipo de garota que se mimetizaria numa parede bege. — Não, imagino que não seja mesmo — disse secamente.

— Não se discutirá sobre clientes — continuou, de forma autoritária. — Lembre-se... não existe isso de amizade entre agências. Todo mundo deve ser tratado com desconfiança.

Alice assentiu.

— Preciso te lembrar da cláusula de confidencialidade no seu contrato? Em boca fechada não entra mosca, mocinha.

Alice piscou e assentiu novamente.

— Com isso em mente, é bom que você se modere com a bebida. Eu ficaria muito aborrecida de vê-la bêbada. Sugiro uma de água para cada uma de álcool. Você sabe como é isso?

Alice assentiu.

— Quer dizer um copo de água para cada copo de bebida alcoólica consumida — prosseguiu Audrey. — Assim, você permanece no controle de suas faculdades e nós permanecemos no controle de nossa lista de clientes.

Audrey notou que Alice olhava para ela de forma peculiar. — Mais alguma coisa? — perguntou Alice.

Audrey remexeu em seus óculos e tentou pensar em algo.

— Não, isso é tudo.

Audrey franziu a testa ao ver Alice voltar lentamente à sua cadeira e retomar a ação de olhar pela janela. Não conseguia lembrar por que cargas-d'água a havia convidado para o baile; aliás, nem por que deixara Hilary convencê-la a contratá-la, para começo de conversa. Tinha sido a última vez que aceitara um conselho de Hilary e, depois disso, nunca mais se arriscara a sair de férias. Um grande erro, aquela quinzena em Norfolk Broads, quando deixara Hilary no controle da agência. Tinha chovido todos os dias e, na volta ao escritório, encontrara Alice operando os telefones. Hilary usara um argumento tão convincente para mantê-la — alguma coisa sobre os números terem subido e os clientes estarem felizes — que ela acabara concordando. Fora a única vez que Alice veio trabalhar bem-arrumada. No momento em que se estabelecera no escritório, seu ferro a vapor misteriosamente desaparecera. Audrey não tinha muita certeza se clientes felizes valiam a pena de tolerar aquilo. Observou com tristeza pela divisória de vidro enquanto Alice, distraidamente, tirava uma caneta esferográfica do cabelo. Esperava do fundo do coração que Alice houvesse marcado uma ida pré-baile ao cabeleireiro. Devagar, Alice começou a usar a extremidade da caneta, toda mastigada para coçar a nuca.

Audrey virou o rosto. Não podia mais suportar ver aquilo.

ALICE

— Ela disse o *quê*?

A voz de Ginny era de incredulidade, acima dos gritos de estourar os tímpanos que Scarlet emitia ao fundo. Eram dez da noite. Scarlet, obviamente, estava tendo dificuldade para dormir... *de novo*.

— Ela disse que nenhum casamenteiro forma um par perfeito deliberadamente, antes de arrancar pelo menos seis meses de taxas de um cliente — repetiu Alice o mais alto que podia sem, de fato, gritar ao telefone.

— Que horror! Você acha que é verdade? — gritou Ginny para ela, tentando ter uma conversa normal, como se um bebê aos berros não estivesse rompendo os limites saudáveis e seguros de decibéis, ao mesmo tempo que socava raivosamente seu ombro.

— Não pode ser. É imoral. E, além disso, se o Ernie da ADAR soubesse de alguém fazendo isso, ele certamente fecharia a agência.

— Então você acha que é só a Pombinhos?

— Deve ser — respondeu Alice, incerta. — Não consigo imaginar Audrey fazendo isso. Quer dizer, sei que ela é uma...

— Brutamontes? Ogra? Sociopata?

— ... chata, mas ela fica tão feliz quanto nós quando fazemos uma boa união, principalmente quando termina em casamento.

— Claro, é um docinho, aquela Audrey — ironizou Ginny sabiamente. Alice a ouviu empurrar a bebê Scarlet para Dan. De repente, os sons de gritos foram se afastando. Os ouvidos de Alice latejaram ao se reajustar a volumes normais.

— Audrey tem seus defeitos, mas ela não é como Sheryl — argumentou, tanto para si mesma quanto para Ginny.

Ginny riu.

— Não é 171; só é escrota mesmo.

A frase pairou pesadamente entre elas. Alice olhava fixamente para o espaço.

— E quanto a Sheryl, então? — Ginny rompeu seu devaneio. — Você vai aceitar? Dobrar seu salário... ofertas como essa não aparecem todos os dias.

— Não vejo como poderia aceitar — respondeu Alice, desanimada. — Não agora que conheço as táticas dela. Eu não seria capaz de fazer o que ela faz; não poderia agir dessa forma com os clientes. Você consegue imaginar como deve ser horrível para eles, enfrentar seis meses de encontros ruins?

— A maioria das pessoas tem *anos* de encontros ruins no mundo real.

— Mas é este o ponto: meu trabalho é *tirá-los* disso tudo. Eu não poderia deliberadamente fazê-los infelizes, sabendo que poderia fazê-los felizes.

— Mas e quanto a fazer você mesma feliz, Alice? E quanto ao dinheiro, à promoção e à estufa? E quanto a obter o reconhecimento que você merece depois de todos esses anos?

Alice pensou por um momento.

— Você faria isso, Ginny? Sabendo o que sabemos, você aceitaria o emprego de Sheryl e dormiria bem à noite?

— Você está perguntando à mãe de uma bebê de um ano se ela dormiria bem à noite? Eu venderia a alma ao Diabo por oito horas de sono, com tampões de ouvido e uma cama de casal vazia.

— Cama de casal *vazia*?

— Exato, espaço para se esticar e não precisar brigar pelo edredom.

— Então, isso é um "sim"?

— Sim! Não! Ah, sei lá. — Ginny suspirou. — Olha, Alice, você tem que fazer o que é certo para você. Você é uma casamenteira brilhante cujo talento está sendo ignorado por uma vaca de uma chefe que utiliza métodos de uma ditadora de terceiro mundo. Você pode ficar onde está e continuar sendo pisoteada, ou pode pular desse barco e ter seu talento reconhecido por uma *nova* vaca de uma chefe que tem a moral de um político inescrupuloso. A escolha é sua, mas é bastante óbvio para qualquer pessoa que te conheça qual opção você vai escolher.

— Escolho os clientes — disse Alice simplesmente. — O que significa que escolho Audrey. Pelo menos ela é honesta. — Não queria encarar a assustadora possibilidade de que talvez não fosse. Não queria nem mesmo sugerir a ideia em voz alta.

— E lá vai a estufa por água abaixo? — advertiu Ginny.

— Lá vai a estufa — repetiu Alice solenemente.

LOU

Lou quase não atendeu o telefone. Eram 23h30 e não valia a pena se dar ao trabalho de ter uma conversa fiada com alguém depois das dez. A não ser que fosse num bar, com um gostosão, com a chance de acabar na cama. Mas estando ela enrolada num cobertor, mandando ver numa garrafa de vinho tinto e devorando barras de chocolate, na frente de um programa de TV sobre uma estrela pornô italiana esticada, siliconada, botocada e infortunada que trocara uma vida de filmes eróticos pelo mundo da política, então conversas fiadas estavam, definitivamente, fora de cogitação.

Mas o toque do telefone era muito persistente.

Só podia ser a Kate.

Sem desgrudar os olhos da TV, Lou encontrou o telefone.

— Acabei de ter a segunda pior noite da minha vida!

Na mosca!

— Obviamente, *nada* poderia ser pior que meu encontro no The Privet com Sebastian. Mas hoje chegou bem perto.

Acima dos ofegos na TV, Lou pôde ouvir que Kate também estava ofegante. Obviamente, estava ansiosa para compartilhar suas fofocas.

— Então, tive meu encontro com Michael esta noite. Você sabe, o dono daquela start-up pontocom?

— Ã-hã. — Lou já descobrira há muito que as conversas telefônicas com Kate requeriam uma participação mínima. Às vezes, podia passar uma meia hora sem pronunciar nada que o Aurélio qualificasse como palavra.

— Bem, depois do meu encontro com Sebastian, Alice sugeriu que, dessa vez, eu escolhesse o local. Então, eu disse a ele para me encontrar no Luigi's.

Lou encheu a taça. Claramente, ia ser um clássico telefonema de Kate: uma narrativa minuto a minuto de sua noite.

— Então, lá estava eu, às 20h30, *conforme o combinado*. Nem sinal dele. Portanto, esperei. E esperei. Você nunca vai adivinhar que horas o sujeito apareceu!

— Humm — murmurou Lou, a boca cheia de vinho.

— Às 21! — retrucou Kate, com raiva. — Nove horas da noite! Que cara de pau! Ele teve muita sorte de eu ainda estar lá! Me senti uma idiota sentada ali, sozinha, com todo mundo pensando que eu tinha levado um cano... inclusive eu!

Lou fez tsc-tsc. A atriz pornô italiana estava se consultando com um especialista de jaleco branco que lhe dizia que, por motivos médicos, seu quarto aumento mamário devia ser o último. Lou olhava espantada para os seios gigantescos da mulher. Pareciam bolas pula-pula gigantes... e com mamilos. Ela era maluca se queria aumentá-los ainda mais.

— Então, finalmente, ele aparece e dá uma desculpa qualquer sobre ter muito trabalho e ser difícil sair no horário. Quer dizer, como se eu não soubesse! *Eu* também tenho muito trabalho. *Eu* também acho difícil sair no horário. E nem por isso *eu* cheguei trinta minutos atrasada. "Além disso", eu disse, "você não é o chefe? Não pode simplesmente delegar ou coisa parecida?". Só que, obviamente, eu disse com muito mais jeito, porque não quero que ele pense que sou uma dessas mulheres que se estressam com tudo. E ele simplesmente olha para mim com um sorrisinho besta e, então, o Blackberry dele toca e ele *atende a merda do telefone!* Às 21h05! Sendo que ele tinha acabado de chegar... atrasado... para um encontro!

— Veado — murmurou Lou automaticamente. A atriz pornô ia fazer mais uma cirurgia, apesar de tudo.

— Então, fiquei ali sentada, tentando sorrir e parecer zen, e ele, por fim, desliga o telefone e pede uma bebida. E tínhamos acabado de começar a conversar sobre o que ele faz da vida e o telefone toca de novo... *e ele atende!* Faz vinte minutos que estamos juntos e ele já passou dez ao telefone!

Lou fez tsc-tsc e deu uma mordida no chocolate.

— Enfim, depois disso, nós conseguimos conversar um pouco e ele é bem legal, sabe? Bonito, apesar de parecer um pouco cansado. E, claramente, ele é muito inteligente, porque seu negócio está indo superbem. Então, eu penso, bem, talvez eu o perdoe por ter se atrasado e atender o telefone porque ele, obviamente, é ambicioso e será bem-sucedido. Então, fui ao banheiro para dar uma olhada no meu cabelo, mas quando volto ele está com o laptop aberto, mexendo numa planilha qualquer. Aparentemente, ele acabou de ter uma ideia que tem que acrescentar à apresentação do dia seguinte e, se não adicionar naquele exato minuto, vai esquecer. Então fiquei ali sentada vendo-o digitar. E, no segundo seguinte, sei que ele está respondendo aos e-mails também. Ele não para de se desculpar, dizendo que é o preço de ter sua própria empresa, mas, enquanto isso, estou sentada ali feito uma idiota, olhando para o logo do laptop dele e me perguntando quando é que nosso encontro vai, de fato, começar.

— Pesadelo — comentou Lou, inexpressiva.

— Aí, por volta das dez, ele finalmente guarda o computador e nós pedimos mais uns drinques e começamos a conversar. E eu pensando: bem, entendo por que você precisou contratar a Mesa Para Dois. Perguntei a ele quantas noites por semana ele trabalha até tarde e ele disse: "Todas." "Mas e as namoradas?", perguntei. "Ah, sim", disse ele. "Não tenho tido sucesso em mantê-las." Aparentemente, nenhuma durou mais do que algumas semanas; todas se encheram e sumiram. Que coisa, não! Enfim, ele se ofereceu para me acompanhar até em casa e eu pensei, por que não? Ele é muito bonito e eu sempre quis um namorado que tivesse seu próprio negócio. Mas no minuto em que saímos, o telefone dele toca e ele fala com um amigo chamado Mo que administra seu escritório no Japão, *durante todo o caminho para casa*. Não desliga nem quando chegamos à minha porta! Ele só pede para o Mo esperar um pouco! Você acredita nisso?

Lou aproveitou a chance para bufar alto em exasperação solidária. A atriz pornô chegou até o Parlamento italiano, aonde vai sempre muito bonita, numa coleção de terninhos justos e óculos de professorinha. Mas, com relação à saúde, más notícias. Um dos implantes de silicone vazou para sua corrente sanguínea. Os médicos lhe disseram que ela só tem alguns meses de vida, mas ela luta corajosamente, cumprindo com seus compromissos políticos e não deixando que o público saiba de sua doença para que os rompantes de compaixão não afetem sua importante carreira política.

— E, daí, ele se inclina, me dá um beijo no rosto e diz: "Ótima noite, vamos repetir qualquer hora dessas." Ótima noite? Em que planeta esse cara vive? Ele passou a maior parte do jantar no escritório! Não é de admirar que esteja solteiro! Ele não tem tempo para uma namorada. Já está casado com o trabalho!

— Quem tem teto de vidro... — murmurou Lou de forma obscura.

— O quê? — Kate estava indignada demais para ouvir. — Vou telefonar para Alice e dizer a ela para falar com ele. Ele nunca vai encontrar alguém a não ser que desligue o Blackberry. Ela precisa ajudar esse homem. Ele é tão bonito, mas está jogando fora os melhores anos de sua vida!

Lou sorriu maldosamente.

— Está dando resultado, então, a Mesa Para Dois?

— Epa, epa! Não quero saber da sua negatividade, viu! Foram só alguns tropeços, típicos de início de caminhada só isso. Não se pode pegar numa raquete de tênis e sacar um ace logo de cara.

— Certo.

Era tarde demais para metáforas inesperadas. A atriz pornô italiana tinha batido as botas e estava recebendo um funeral com honras de Estado. Milhares de pessoas desfilavam diante de seu caixão, olhando para o rosto imaculadamente maquiado e, sem dúvida, se perguntando como os funcionários iriam fazer para fechar a tampa sobre aqueles peitos gigantescos.

— Tenho toda confiança em Alice — protestou Kate passionalmente.

— Cê que sabe — concordou Lou com moleza, e secou a taça.

AUDREY

Audrey pendurou cuidadosamente suas roupas trazidas da lavanderia no cabideiro e fechou a porta de casa. Suspirou. Tinha sido um dia terrível. Hilary tivera a falta de consideração de marcar uma consulta com a parteira no meio da manhã, então não apenas sobrara para Audrey cuidar do website, com a subsequente dor de cabeça que aquilo acarretava, mas também vira seu azar complementado por ter atendido o telefone só para descobrir que era Maurice Lazenby no outro lado da linha. Nas palavras de Cassandra, ela tinha sido verdadeiramente *mauriciada*; durante quarenta longos minutos, viu-se obrigada a suportar suas mais recentes histórias de tragédias amorosas. A única parte boa do dia fora sua conversa com Max Higgert, que ficara surpreendentemente entusiasmado com a possibilidade de um encontro com Hayley, a enfermeira veterinária. Audrey ainda tinha suas dúvidas com relação àquele par. Só esperava que Hayley tivesse o bom-senso de manter a mão no colo. Só Deus podia saber o que Max pensaria se vislumbrasse aquele dedo defeituoso.

Mas esta não era uma noite para lutar com a vida amorosa de seus clientes. Havia muita coisa a fazer. O baile anual da Associação das Agências de Relacionamentos seria dentro de 24 horas!

Audrey alisou minuciosamente a capa plástica em volta de seu vestido de baile. O vestido era um longo azul-petróleo, entalhado com generosidade e seu amigo fiel há muitos anos. Mangas na altura do cotovelo e um decote comportado ocultavam as áreas problemáticas dos braços robustos e do colo enrugado. Audrey ainda tinha de passar sua estola bege, mas já confirmara o horário para arrumar o cabelo no dia seguinte, na hora do almoço, e já havia escovado seus melhores sapatos de camurça no fim de semana anterior.

Ainda de casaco, apanhou o telefone.

— Alô, Geraldine? Aqui é Audrey Cracknell. Só estou confirmando se está tudo em ordem com John Marlowe amanhã à noite... Preciso dele às 19h30 em ponto. Sim, eu sei que já te disse isso... Sim, provavelmente duas vezes.

O olhar de Audrey se desviou até seu reflexo, no espelho acima da mesinha do telefone, e ela domou a rebelde mecha alaranjada. Seus cabelos nunca tiveram forma nem textura. Anos atrás, alguém havia cruelmente observado sua semelhança capilar com Donald Trump. Aquilo ainda doía.

—Viu, é um evento de gala — continuou ela ao telefone —, e eu gostaria que John usasse a faixa azul-cele... Oh, também já tinha dito isso? Bem, excelente. Melhor prevenir do que remediar... Certo, bem, adeus.

Audrey foi até a cozinha, com o casaco inflando às suas costas e Pickles miando em seus calcanhares. Amanhã será um dia perfeito, pensou. Seu amplo peito já estava trepidante com a ideia de abrir a porta e ver John na varanda, já se inclinando para beijar sua mão em cumprimento. Ele era um homem belíssimo. Um *cavalheiro* belíssimo, corrigiu-se ao tirar uma refeição individual pronta do congelador. Não sabia como teria suportado tantos bailes da Associação das Agências de Relacionamentos se não fosse por ele. Ele representava seu papel à perfeição, indo buscar bebidas para as outras damas, trocando piadas com os homens e assentindo em lembranças compartilhadas de suas férias recentes, ficticiamente criadas por Audrey para o grupo. Depois dos primeiros anos ela nem mesmo precisava pedir a ele para usar uma aliança de casamento.

Audrey pegou um garfo, furou a embalagem de celofane que cobria sua refeição pronta e a enfiou no micro-ondas.

Sim, ela e John formavam um casal tão natural que não podia conceber nenhum motivo para que eles, de fato, não estivessem juntos. Ele a havia acompanhado a todos os compromissos desde que ela abrira seu próprio negócio. Não seria bom que se espalhasse a notícia de que alguém que ganhava a vida terminando com a solteirice das pessoas fosse, ela mesma, solteira. Então, ela tomara o assunto em suas próprias mãos e — após obter confirmação por escrito de Geraldine de que John não aceitaria eventos com nenhuma outra profissional casamenteira, para garantir a discrição quanto à verdadeira natureza de seu relacionamento — pediu um cavalheiro para acompanhá-la naquela noite. Como poderia saber que todos iriam pensar que eram casados? E por que não deveria deixar que pensassem? Afinal, eles é que tinham tirado conclusões precipitadas. Ela não havia mentido, de fato.

Assim, ao longo dos anos, eles haviam, pelo menos para o mundo exterior, se tornado o casal Audrey e John; Audrey e John Cracknell. Era uma falsidade tão fácil de assumir e, com o tempo, ela passara a pensar em John como seu. Bem, ele era mesmo, de certa forma. E ela tinha certeza de que ele também queria isso, a despeito de sua insistência antiquada em ficar firmemente dentro do carro quando a deixava em casa no final de suas noites. Mas ele também devia sentir o coração acelerado e a respiração ofegante toda vez que se despediam.

O micro-ondas apitou alto. Audrey despejou sua refeição num prato, pôs uma faca, um garfo e um cálice pequeno de xerez numa bandeja e a levou para a sala de estar. Estava tão excitada que não tinha certeza se conseguiria comer. Mas tentaria com empenho e se premiaria com um pouquinho de *Morse* antes de passar sua estola e mergulhar os pés no foot spa. Depois, pintaria as unhas. Nada muito chamativo. Só um discreto perolado. John iria gostar.

ALICE

Alice entrou feito um tufão em casa e tirou o capacete, revelando bochechas coradas e cabelos suados e desgrenhados. Essa história de "ser uma dama" era muito mais complicada — para não dizer cara — do que imaginara.

Comprar o vestido e os sapatos tinha sido uma coisa, mas agora já estava passando dos limites. Tudo custava uma fortuna e cada tarefa (como a escolha do esmalte) conduzia a outra tarefa (a necessidade de lixar e dar forma às unhas). Parecia um pesadelo em forma de boneca russa, com um tal de arruma aqui, depila ali, alisa acolá. E se os preparativos anteriores ao baile a assustavam, a perspectiva de ir ao baile pendia sobre sua cabeça como se fosse a contagem regressiva para uma cirurgia sem anestesia. Alice estava começando a cogitar a possibilidade de Audrey tê-la convidado para o baile como uma forma engenhosa de torturá-la.

A mais recente emergência fora a questão absolutamente ridícula da maquiagem. Ou, mais especificamente, a percepção de última hora por parte de Alice de que ela não tinha nenhuma maquiagem. Mais cedo, naquela tarde, Hilary casualmente perguntara como ela iria fazer a maquiagem para o baile. Ninguém jamais tinha visto Alice com nada além de um rímel aguado e um pouco de brilho nos lábios. A cor se esvaiu do rosto de Alice. Maquiagem era mais uma coisa com que se estressar. Uma pesquisa rápida no escritório (felizmente, Audrey havia saído) revelou que até Cassandra achava inconcebível que Alice fosse ao baile sem, pelo menos, os cosméticos mais básicos. O problema era que o baile seria em 24 horas e Alice não sabia por onde começar.

De volta à segurança de seu apartamento, soltou a sacola de maquiagens recém-adquiridas sobre a poltrona e ouviu os potinhos de cremes e cores tilintando dispendiosamente. Passara as últimas horas vagando, toda desajeitada, pelo ambiente alienígena dos balcões de cosméticos, evitando

os aterrorizantes olhares das vendedoras e se sentindo o próprio Crocodilo Dundee enquanto observava os tubos de não-sei-quê iluminador e sei-lá-
-o-quê acetinado. Olhou com melancolia para sua sacola de compras; lá se iam mais cem libras.

Alice checou as horas. O tempo estava passando. Ainda não tinha nem preparado o jantar, muito menos raspado as pernas, lavado o cabelo ou passado as duas horas que normalmente levava para aplicar o esmalte de um jeito decente. E agora ainda havia a complicação extra de ter de praticar fazer maquiagem. De repente, a noite começou a parecer curta demais.

Pressionou a mão contra o estômago, tentando acalmar os nervos. Era difícil saber do que tinha mais medo.

Primeiro, estava a apreensão de ter que conversar informalmente com Audrey.

Depois, a lista de regras de Audrey. Havia tantas que mal conseguiria se lembrar, quem dirá obedecer a elas.

Além disso, o medo paralisante de ser vista em público com o vestido e os sapatos novos a espreitava. Uma coisa era desfilar por seu apartamento, imaginando-se uma *femme fatale*, mas usar de fato tudo aquilo da porta para fora, como a simples Alice Brown...? Certeza que iria tropeçar naqueles saltos e parecer uma idiota.

E agora a preocupação extra da maquiagem mal aplicada (por que ela não vinha praticando desde os 13 anos de idade, como todo mundo?).

E, para finalizar, a perspectiva excruciante de ver Sheryl Toogood de novo.

Imediatamente após sua conversa com Ginny, Alice tinha virado a noite compondo com todo o cuidado um e-mail para Sheryl. Agradecera educadamente pela oferta, mas recusara respeitosamente o emprego. Quanto mais pensava nas más uniões feitas por Sheryl por dinheiro, mais enojada se sentia. Receava vê-la novamente. Sheryl não era do tipo que aceitava rejeições, ainda que fossem por parte de Alice. Ela só faria um jantar líquido esta noite, decidiu, enquanto vasculhava a cozinha à procura de uma garrafa de vinho. Estava nervosa demais para comer. O máximo que podia fazer era servir o vinho numa taça. Por um momento, sentiu-se tentada a tomar diretamente no gargalo.

AUDREY

Audrey entrou causando no Town and Country Golf Club, de braço dado com John e a cabeça empertigada. Seu vestido de baile azul-petróleo farfalhava elegantemente em volta dos tornozelos. Em sua imaginação, ela e John fizeram uma entrada triunfal: distintos, elegantemente nobres. Ela gostava de pensar que os demais membros da associação os consideravam os respeitados líderes do galanteio. Formavam um casal experientemente apaixonado; nada daquela exibição melosa da paixão juvenil, mas sim o amor mais profundo, tardiamente desabrochado de, digamos, Príncipe Charles e Camilla. Audrey havia desenvolvido um apreço carinhoso por Camilla ao longo dos anos. Ela não era nenhuma pintura, claro, mas estava sempre impecavelmente arrumada.

Audrey assentiu solenemente para vários membros da Associação conforme ela e John seguiram até o bar. Ela sempre se sentia feminina, de braço dado com John. Era o único lugar do mundo onde ela brilhava. Sentiu a eletricidade brotar no ponto em que o paletó dele se encontrava com o braço dela. Esta noite era para ela seu aniversário, Natal e Domingo de Páscoa, tudo ao mesmo tempo. Esta noite, ela não era apenas Audrey; era a metade da laranja Audrey & John.

De repente, uma nuvem negra surgiu em sua linha de visão. Audrey franziu a testa. Por que Sheryl Toogood era sempre a primeira pessoa com quem eles se encontravam? E que diabos era *aquilo* que ela estava vestindo?

Audrey deixou seus olhos se ajustarem enquanto absorvia o espetáculo que era o traje de Sheryl. Ela estava espremida num vestido prateado muito decotado, com saltos de acrílico e uma carteira prateada. Gotejava diamantes cintilantes, os únicos toques de cor sendo suas unhas e lábios rosa-fúcsia. Sheryl parecia, notou Audrey franzindo seus próprios lábios pintados de coral, uma vedete popularesca de Las Vegas. Isso, ou um abajur dos mais bregas.

Ao passar os olhos de cima a baixo pelo ofensivo traje, seu olhar recaiu, de repente, na cintura de Sheryl. Aquela parte não era feita do mesmo material brilhante do resto, mas sim de chiffon prateado transparente. Sheryl estava mostrando a barriga! Audrey ficou horrorizada. Ninguém, *mas ninguém*, acima de uma certa idade deveria mostrar a barriga! Audrey não tinha muita certeza de que idade era aquela, e estava levemente ciente de que há alguns anos mostrar a barriga tinha sido a última moda para jovenzinhas de classe questionável. Mesmo assim, se tivesse que citar uma idade segura para se mostrar o ventre, ela provavelmente arriscaria oito anos. Audrey sentiu um leve ímpeto de triunfo. Sheryl tinha errado feio. Estava ridícula! Qualquer esperança que ela tivesse de afundar suas garras de Barbie em John — e isso era claramente o que ela queria — fora totalmente destruída.

— Oh, Sheryl! — soltou Audrey. — Quase te confundi com uma fada madrinha!

— Oh, Auuuuuudrey — retrucou Sheryl. — O seu vestido está *igualmente* bonito como no ano passado!

Audrey sentiu o primeiro fluxo de sangue em seu pescoço. Houve uma pausa venenosa, antes que John tomasse a dianteira, galante.

— Não se pode melhorar um clássico — observou ele, em apoio, antes de se virar educadamente para Sheryl. — Que bom vê-la novamente, Sheryl. Audrey me disse que foi você que organizou esta noite; deve ter estado muito ocupada.

— Bem, sim, John, *estive* mesmo ocupadérrima — Sheryl sorriu, com desdém —, mas não foi nada de que eu não pudesse dar conta. Embora pudesse ter participado mais, se houvesse um pouco menos de movimento na Pombinhos! — Ela deu um toque sedutor no peito dele, com uma unha rosa-fúcsia. Audrey não estava de óculos, mas podia jurar que ela estava empinando os peitos na direção dele enquanto falava. — Os negócios estão absolutameeeeeeente estratosféricos. Você sabe, se nós não ganharmos o prêmio de "Agência do Ano" esta noite, vou comer minha tiara de sobremesa!

— Bem, veremos — interrompeu Audrey bruscamente. Ela se virou para John, tentando garantir que os olhos dele estivessem nela e não na cintilante Srta. Toogood. — Eu te contei, querido? — Ela tentou fazer o "querido" parecer casual, mas mesmo a seus ouvidos soou estranho. — Nós contabilizamos nossos maiores lucros *de todos os tempos* neste trimestre! E o Presidente Ernie se referiu à Mesa Para Dois no último boletim informativo

da Associação como *um templo de excelência e uma das últimas agências de relacionamentos a honrar a antiga tradição de serviço e discrição para com o cliente*... Oh!
— Ela interrompeu a conversa com um sobressalto. Alice havia se unido silenciosamente ao grupo. — Alice! — exclamou, sem graça. —Você está...
— Provocante! — disse Sheryl e soltou um assovio baixo.

As duas mulheres suspenderam as hostilidades para analisar Alice. Audrey ficou boquiaberta, mas Sheryl estudou Alice com astúcia, avaliando-a como uma concorrente analisa a adversária. Vários longos segundos se passaram. Alice parecia estar procurando em vão por um ponto neutro onde fixar o olhar.

— Alice! — disse John, de repente, rompendo de novo o silêncio constrangedor. Todo mundo tinha momentaneamente se esquecido de que ele estava ali. — Eu sou John. Fico feliz por finalmente conhecê-la. — Ele lhe apertou a mão calorosamente. — Audrey me falou tanto a seu respeito.

— Ah! — reagiu Alice com timidez. — Muito obrigada. É um prazer conhecê-lo também. Nós todas lá da agência estamos bastante impressionadas com os lindos buquês que você envia para Audrey.

Audrey viu a confusão passar rapidamente pelo rosto de John.

— Sim, bem, vejo que você conseguiu chegar aqui inteira — interrompeu ela.

Sheryl ainda estava avaliando Alice.

— Minha nossa! — empertigou-se ameaçadoramente. — Que caixinha de surpresas você é, Sssssenhorita Brown. Teremos de ficar de olho em você no futuro. — E lançou na direção de Alice o que só poderia ser descrito como um "olhar matador".

Audrey piscou, sem compreender. Não fazia a menor ideia do que o "olhar" queria dizer. Ela só queria que Sheryl saísse das vistas de John o mais rápido possível.

— Sim, bem, não nos deixe segurá-la, Sheryl. Você deve ter um milhão de coisas a fazer.

Os olhos de Sheryl se afastaram de Alice.

— Sabe, Audrey — disse ela, de forma amigável —, pela primeira vez na vida você está absolutamente certa! Preciso verificar se Lucy Lucinda...
— ela deu um sorriso para John — nossa *celebridade convidada*, tem tudo de que precisa. Vocês sabem: que encham seu copo, afofem suas almofadas, apliquem seu Botox. Deixei Brad cuidando dela, o pobrezinho. Ela estava tão encantada com ele; é provável que o tenha comido vivo! — Ela se virou para John, o peito empinado provocativamente. — John, maravilhoso...

te ver novamente! E, Audrey, que vença a melhor mulher! — E se afastou rebolando, toda espevitada.

"Vença o quê?", pensou Audrey, sombria e, instintivamente, apertou o braço de John.

Uma garçonete passou com uma bandeja de bebidas. Quando John apanhou taças de champanhe para as damas, Audrey se conscientizou novamente da presença de Alice. Ela estava ali parada, sem jeito, procurando alguma coisa que dizer.

— Tenho certeza de que a Mesa Para Dois tem uma chance muito boa de ganhar como Agência do Ano — conseguiu dizer Alice, humildemente.

— Muito boa? — eriçou-se Audrey. — Nós temos muito mais clientes AA+ do que Sheryl. Os clientes dela são majoritariamente de baixa renda.

— Eu não sabia que esse tipo de coisa importava — disse Alice inocentemente.

— É claro que importa! — zombou Audrey. — Classe sempre importa. — Ela sorriu para John e então, deliberadamente, deixou que o silêncio constrangedor se instalasse.

Alice entendeu a dica.

— Bem, tenho certeza de que você não me convidou por causa da bebida grátis. Farei meu network. Prazer em conhecê-lo, John. — Ela sorriu, virou-se e foi em direção à multidão. Quando ela se afastou, Audrey viu suas costas desnudas, delgadas, tonificadas e surpreendentemente jovens em contraste com o cetim negro de seu vestido. Parecia... *sexy*.

— Éééé! — exclamou ela com um ruído ofegante.

— Você está bem, Audrey? — perguntou John, preocupado.

— Perfeitamente, obrigada — respondeu com acidez e o guiou até um canto mais tranquilo, onde tivessem menos chance de serem perturbados por visões irresistíveis.

Três taças de champanhe depois, o cerimonialista convocou todos ao salão principal para o jantar. Audrey sempre achara o cúmulo que um clube de golfe chamasse sua cantina, cheia de correntes de ar, de "salão principal". Mas esta noite, em seu vestido favorito e sentindo-se uma estrela de Hollywood, com John a conduzindo pela cintura, ela decidiu ignorar o fato.

Enquanto lutava para recuperar o fôlego sob o calor do toque de John, eles encontraram seus lugares numa posição nobre, na frente do palco. Enquanto John trocava apertos de mão com seus companheiros de mesa, Audrey aproveitou a oportunidade para inspecionar os cartões de identificação.

É público e notório que a pessoa junto da qual se é colocado num jantar reflete diretamente a posição que se ocupa numa organização. Ela espiou o cartão ao lado do dela. Com certeza devia haver um erro! Olhou de novo. Tinha sido colocada ao lado de Matteus. *Matteus!* Seu humor cintilante se despedaçou. Uma mulher de sua posição deveria se sentar ao lado do Presidente Ernie — *ou pelo menos da esposa do Presidente Ernie.* Não do Matteus! Ele não era nem sequer um vice-diretor de agência. Era apenas a mais recente mixaria contratada pela Pombinhos, provavelmente depois de ter passado pelo teste do sofá de Sheryl. E, para piorar, ele não era nem casamenteiro de verdade. Ele não tinha trabalhado naquela farsa de site de relacionamentos? Mal tinha qualificações suficientes para estar no baile.

A leve urticária no pescoço de Audrey, que vinha esfriando desde seu encontro anterior com Sheryl, irrompeu novamente. Ela tomou, de um gole só e com raiva, sua taça de champanhe. Oh, como Sheryl devia ter dado risada com aquele truquezinho barato. Ela tinha sido colocada no equivalente à Sibéria do networking.

Audrey, de repente, percebeu que seu maxilar estava travado e que John poderia ver, com sua visão periférica. Tentou relaxar. Escutou o final de uma piada que John contava a Barry Chambers e conseguiu soltar uma risada aguda. John olhou para ela e Audrey forçou os lábios num esgar rígido que esperava que passasse por um sorriso. John sorriu e se voltou novamente para Barry. Audrey se sentou pesadamente.

Olhou em volta da mesa para ver onde as demais pessoas estavam sentadas. É claro, Sheryl tinha se premiado com a melhor posição, entre Brad e o Presidente Ernie, com uma vista frontal do palco. Era o VIP do VIP. Ao lado de Brad estava Alice (*Alice! Até Alice tinha um lugar melhor que o dela!*), então Matteus, depois Audrey e John (as costas de Audrey estavam viradas exatamente para o palco). Barry Chambers, sua esposa Eileen e a esposa do Presidente Ernie, Patricia, completavam o círculo.

Sheryl estava tirando o máximo proveito de seu acesso ao ouvido do Presidente Ernie e sussurrava algo que fez com que ele, de repente, se reclinasse e soltasse uma gargalhada.

Audrey apertou o punho com frustração, as unhas pintadas de coral cortando meias-luas em suas palmas. Mal notou John completando seu copo nem a garçonete colocando o jantar diante dela. A imagem daquela presunçosa e provocadora da Sheryl Toogood enchia sua visão.

Naquele momento, Matteus chegou.

— Audrey! Ciao! — Ele sorriu, inclinando-se para beijá-la em ambas as bochechas. O pescoço de Audrey se avermelhou ainda mais. Que audácia, pensou ela, enquanto lhe dirigia o mais leve aceno de cabeça. Ele provavelmente nem sequer era italiano ou espanhol ou o que quer que fosse que fingisse ser. Seu sotaque era distintamente das regiões menos privilegiadas da Inglaterra. *E* ele estava atrasado.

Audrey voltou a olhar feio para Sheryl, que havia momentaneamente abandonado o ouvido de Ernie em favor da orelha de Brad, a qual mordiscava sem o mínimo pudor. Brad era um desses caras, notou Audrey, que provavelmente passavam várias horas por dia na academia e várias outras mais se olhando no espelho. Era um homem que gostava demais de gel de cabelo. *E* o "bronzeado" era cor de abóbora.

Audrey tomou um gole longo de seu champanhe e deu um sorrisinho tenso para John. As mãos de Sheryl estavam ficando cada vez mais animadas, percorrendo todos os centímetros de Brad. Estava tirando a vontade de Audrey de jantar. Sheryl se inclinou e sussurrou alguma coisa para Brad, que sorriu de forma grosseira e lambeu os beiços num óbvio gesto sexual. Audrey sentiu uma pontada de indigestão. Tenha dó! Essa não era a maneira de se comportar num compromisso profissional. E Brad era jovem demais para Sheryl, e vaidoso, e superficial, e tapado ainda por cima. Não era um homem de verdade. Estava mais para um garoto de programa, sarado e escravo de grifes, provavelmente burro feito uma porta.

Audrey enfiou com ódio uma batata assada na boca e olhou furtivamente para John. Indiferente tanto à raiva que borbulhava a seu lado quanto ao espetáculo pornô à frente, ele conversava educadamente com Eileen Chambers. Audrey tentou se concentrar na sensação de orgulho. John era o completo oposto de Brad: bonito, inteligente e discreto. E ele era dela e só dela, ainda que por apenas algumas horas e a um preço exorbitante. Ela sentiu uma onda súbita de amor por ele. Ela sabia que, no fundo, ele também estava ansioso pelo dia em que eles pudessem deixar a cautela de lado e abandonar aquela bobagem toda de notas fiscais e de lidar com a supervisão de Geraldine. Ele também devia ansiar pela hora em que pudessem ficar oficialmente juntos. Prendendo a respiração e acalmando os nervos, Audrey deixou que o champanhe a dominasse. Se Sheryl Toogood podia ficar impune com suas manobras dignas do *Kama Sutra* no outro lado da mesa, então Audrey com certeza podia arriscar uma intimidade discreta, mas carinhosa, não?

Zonza de excitação, ela se aproximou mais de John e tentou dar uma fungada afetuosa em seu braço. No mundo ideal, John teria respondido com espontânea ternura, colocando o braço em volta dela e atraindo-a para um abraço. No entanto, no mundo ideal, Audrey não teria sido naturalmente desajeitada e não teria ficado inconscientemente alta. Seu movimento desequilibrado não teria pegado John de surpresa, o esperançoso mergulho de nariz não teria se chocado com o ossinho do cotovelo dele e feito com que ele lançasse o garfo pelo ar, evitando por um triz uma colisão com os brincos de pingente da esposa do Presidente Ernie. No mundo ideal, a fungada inesperada de Audrey não teria parecido para todo mundo uma cabeçada mal direcionada. Espantado, John interrompeu sua conversa e girou na cadeira, só para ver Audrey terminar de executar uma manobra que parecia uma tentativa bêbada de limpar o nariz na manga dele.

— Audrey, você está bem? — John pareceu alarmado.

Envergonhada, ela rapidamente se endireitou, deu as costas à expressão preocupada de John e se lançou numa conversa animada com Matteus. Enquanto Matteus começava a recitar seu currículo para ela, e John, hesitante, retomava sua conversa com Eileen Chambers, Audrey fez o possível para ignorar tanto o borrão de batom coral na manga dele quanto o ponto bem no meio de sua testa que latejava após a trombada com o cotovelo de John. Dor física e dano cosmético eram fáceis de esconder. Mais difícil de ignorar era o interminável cacarejar que vinha do lado da mesa em que Sheryl estava.

ALICE

Alice estava fazendo o possível para ver sua taça de champanhe como meio cheia. Conforme fora instruída, tinha cuidadosamente dosado o álcool, para garantir que não bebesse demais e cumprisse a previsão de Audrey de envergonhar o bom nome da Mesa Para Dois. Sob quaisquer outras circunstâncias, teria descrito sua meia taça de champanhe como meio vazia. Mas, esta noite, contra todas as previsões, estava fazendo o possível para se manter otimista. Sua taça estava meio cheia, e ponto final. Endireitou-se na cadeira e tentou dar a impressão de estar vivendo a melhor noite de sua vida.

A verdade era que já fazia vários minutos que ninguém falava com ela. À sua esquerda, Brad estava ocupado demais sendo apalpado por Sheryl, e era difícil para Alice continuar fingindo que não podia ver o que estava acontecendo embaixo da mesa. De quando em quando, Brad e Sheryl emitiam uma risadinha sem-vergonha, ou faziam uma pausa para compartilhar uma piada com Ernie, mas já passara muito tempo desde a última vez em que Brad lhe dirigira a palavra. Provavelmente, era melhor assim. Na última vez em que falara com ela, ele tinha sido tão safadinho que ela não soubera como responder, e demorara tanto para pensar numa resposta adequada que ele se entediara e virara para o outro lado.

Além disso, ficar invisível para aquele lado da mesa provavelmente era um bom negócio, Alice disse a si mesma enquanto todos conversavam animadamente à sua volta. Sempre achara Sheryl intimidante, com sua autoconfiança a toda prova e ambição do tamanho do mundo. Mas, agora que Sheryl havia compartilhado com ela seu desprezível segredo profissional, Alice passara a pertencer a seu âmbito de interesse, o que era bastante assustador. Quer ela quisesse ou não, agora possuía informações sobre Sheryl — informações dadas somente com o entendimento de que iria trabalhar para ela. Contudo, Alice a havia rejeitado e Sheryl não parecia ser o tipo de pessoa capaz de deixar aquilo barato. Esperar por sua punição era uma agonia... mas nada se comparava à agonia de decidir o que fazer com aquele segredo recém-descoberto.

Não podia não fazer *nada*; havia clientes sofrendo. Tá, tudo bem, não eram clientes *dela*, mas a preocupação com eles a estava mantendo desperta à noite do mesmo jeito. Não era seu dever moral acertar as coisas...? Mas como? A quem deveria contar? A Audrey? Improvável. Audrey era tão intimidante quanto Sheryl e contar para ela significaria admitir que cometera traição profissional indo tomar café com Sheryl pelas suas costas. Além disso, e se Audrey também fizesse parte da fraude dos relacionamentos? Não, primeiro precisava ter certeza da inocência de Audrey. Mas, se aquilo demorasse muito, a quem mais poderia dizer, então? A Ernie? Afinal, ele era o presidente da ADAR e um homem de padrões irrepreensíveis irrepreháveis irreprocháveis. E praticamente havia escrito o livro de regras, no que se referia ao agenciamento de uniões. *Mas*, pensou Alice, vendo Sheryl apertar o braço de Ernie enquanto riam de uma piada que só eles podiam ouvir... *mas*... seria sua palavra contra a de Sheryl. Por que cargas-d'água Ernie deveria acreditar na reles funcionária de uma agência de médio porte contra a famosa e bem-sucedida proprietária da agência em ascensão da cidade?

Alice tomou outro gole de champanhe e se obrigou a sorrir, como se participasse da animação geral do ambiente e não fosse apenas uma espectadora do circo. Bem, o que havia esperado?, perguntou-se com severidade. É claro que iria ser ignorada pela maioria da mesa; eles eram os pesos pesados na área de relacionamentos. Estava decepcionada com Matteus, no entanto. Ele era a única outra pessoa que não era diretor de agência nem cônjuge, e ela esperara um pouco de solidariedade por parte dele. Mas Matteus chegara atrasado para o jantar, soltara um breve "olá" na direção dela e, então, passara o resto da refeição ou se vangloriando para Audrey, ou perturbando Ernie no outro lado da mesa com excessiva intimidade.

Portanto, Alice tinha passado a refeição toda se sentindo uma mistura de penetra e "segura-vela". Olhou em volta à procura de uma garçonete que enchesse seu copo. Precisava de uma bebida. Mas as garçonetes estavam todas ocupadas em alguma outra parte. Então, olhou para Audrey, que encarava Matteus com olhos fixos e vítreos enquanto ele lhe narrava em alto e bom som suas conquistas profissionais ilimitadas. Alice conhecia todas as expressões de Audrey — principalmente as negativas — e o olhar que ela exibia naquele momento lhe disse que ela não estava ouvindo uma só palavra do que ele dizia. Provavelmente porque, a não ser que Alice estivesse muito enganada, Audrey já estava pra lá de Bagdá. Ah, que beleza a ironia daquilo! Alice suprimiu seu primeiro sorriso genuíno da noite.

Seus pensamentos foram na direção de John. Ele parecia simpático. Muito mais do que ela esperaria do marido de Audrey. E também era mais jovem do que ela pensara e, na verdade, interessantíssimo. Ela se perguntou o que ele teria visto em Audrey; eles pareciam um casal tão desencontrado. Tentou ter pensamentos bons, positivos. O amor era sempre desconcertante. Tantos casais que, em teoria, não deveriam combinar, mas que se apaixonavam de forma intensa e duradoura. Era o que devia ter acontecido com Audrey e John. E Audrey devia ter um monte de pontos positivos — ainda que os mantivesse escondidos. Talvez ela fosse uma cozinheira fantástica, ou uma parceira gentil e cuidadosa, ou até mesmo — a simples ideia fez Alice se sentir constrangida — uma amante insaciável. Talvez fosse isso! Talvez Audrey fosse um furacão na cama! De que outra forma poderia explicar o bonito, educado e cavalheiresco John casado com sua grosseira e diplomaticamente desastrosa chefe?

Naquele momento, John ergueu os olhos e flagrou Alice olhando para ele. Ele sorriu. Alice enterrou o olhar em seu prato, as bochechas ardendo. Tentou se lembrar do que seu rosto estivera fazendo enquanto olhava para ele. E se estivesse imaginando Audrey como uma amante fogosa justo quando ele olhou para ela? E se ele pudesse perceber?

Fingiu estar absorta num exame minucioso de seu prato. Alguns momentos depois, a voz de Sheryl atravessou o burburinho do salão.

— Obviamente, somos profissionais muito negligentes! — ela pôde ouvir Sheryl dizendo. — Nós nos orgulhamos de nossa capacidade de encontrar o amor para as pessoas e, no entanto, temos uma solteirona entre nós!

Alice teve uma sinistra sensação de mal-estar.

— Quer dizer, aqui estamos nós... *num baile*, minha gente... e temos à mesa nossa própria Cinderela da vida real. — Sheryl soltou uma risada capaz de estilhaçar vidraças. — Que ironia que a pequena Alice Brown encontre o amor para todo mundo, menos para si mesma! Deveria ser a missão de todos nós resolver a vida amorosa de Alice e encontrar um homem para ela. É uma questão de orgulho profissional! Não podemos ter uma das nossas ficando para titia! — Ela riu cruelmente e outras vozes riram baixinho com ela.

Alice sentiu-se em brasa, da ponta das orelhas às pontas dos dedos. Não podia acreditar que Sheryl estivesse dizendo aquelas coisas! E como ela sabia que ela estava sozinha? Audrey havia lhe contado? Alice se sentiu tão envergonhada que praticamente perdeu o fôlego. Podia sentir o coração batendo alto em seus ouvidos.

— Audrey! — chamou Sheryl. — Sim, Terra chamando Audrey! Você não acha um risco profissional ter uma solteirona em sua equipe? O que seus clientes devem pensar?

Por que Sheryl estava fazendo aquilo? Por que estava sendo tão maldosa? Era *assim* que ela iria se vingar... humilhando-a e expondo-a como um fracasso romântico? Ela estava sendo cruel; uma verdadeira brutamontes. Mas por que ninguém a impedia de fazer aquilo? Alice olhou para Ernie. Ele sempre fora tão simpático, esforçando-se para elogiá-la em seus trabalhos. Mas esta noite o rosto dele estava avermelhado pela bebida e ele parecia ocupado demais olhando para os peitos de Sheryl — que arfavam, cintilavam e se derramavam para fora do vestido — para saltar em defesa de Alice. Audrey também parecia não ter nada a dizer. Audrey sempre tinha palavras ferinas à mão quando Sheryl estava por perto. Mas, tipicamente, quando Alice mais precisava dela, Audrey ficou ali imóvel, o rosto vermelho como uma beterraba e a boca firmemente cerrada.

— No entanto, pelo menos sabemos que é uma funcionária fiel — continuou Sheryl maliciosamente. — Praticamente parte do mobiliário da Mesa Para Dois, não é, Alice? Sabe, gente, Alice está nesse ramo pelo amor. Ela realmente acredita em formar pares perfeitos, não é mesmo, meu doce? Acha que é o dom dela; sua *raison d'être*! Toda manhã ela se levanta e pedala sua bicicletinha engraçada feito uma louca, acreditando piamente que seu papel na vida é disparar flechas e fazer o mundo cair no feitiço do Cupido!

Alice se sentiu nauseada. Olhou para seu colo. O esmalte vermelho parecia ridículo em suas mãos. No que estivera pensando, se arrumando toda daquele jeito? Quem ela pensava que era, tentando se fazer passar por uma mulher glamorosa; uma casamenteira profissional e respeitada? Todos sabiam que ela era a pobre e simplória Alice Brown. Pobre, simplória e *solteira*. Tão patética que mal podia arrumar um homem.

De repente, teve consciência de que havia alguém mais falando — alguém que não era Sheryl. Era John.

— Bem, eu acho que essa sim é a melhor razão possível para ser casamenteira — opinou ele, calmamente, os olhos azuis sustentando o olhar de Sheryl de igual para igual. — Se eu fosse contratar uma agência de relacionamentos algum dia, gostaria de ter Alice como minha casamenteira. Não a conheço muito bem; na verdade, só a conheci esta noite, mas posso ver que ela é uma mulher honesta e íntegra, com um bom coração. E, para mim, essas parecem ser as melhores qualidades numa casamenteira.

A mesa tinha ficado em silêncio. Até Sheryl havia se calado.

John prosseguiu, em voz baixa, limpando algumas migalhas da mesa enquanto falava: — E se ela é solteira, não é da conta de ninguém. Garanto que existe alguém lá fora que irá considerar o dia de mais sorte de sua vida quando finalmente conhecer Alice.

John se virou para Alice e lhe deu um sorriso tranquilizador.

— Obrigada — enunciou silenciosamente para ele, antes de arrastar a cadeira para trás e pedir licença para sair da mesa. Com a vista turva, dirigiu-se o mais rápido que podia ao banheiro feminino, mal se importando se andava direito com seus saltos altos. Não dava a mínima se caísse e quebrasse o tornozelo, desde que se afastasse o suficiente da mesa. Enquanto avançava aos trancos e barrancos pelo salão, sentiu uma lágrima escorrer pelo rosto.

Com um soluço de alívio, finalmente saiu do salão principal. O banheiro feminino estava à vista, mas a chapelaria também estava. Sem hesitar um só instante, Alice pediu seu casaco e saiu correndo do prédio.

Havia uma fila de táxis aos pés da escadaria da entrada e Alice respirou fundo várias vezes, enquanto esperava que o primeiro se aproximasse. Seus soluços abafados pairaram como nuvens brancas no ar frio da noite. O clamor do baile continuava atrás dela, todo o divertimento, de repente, parecendo-lhe cruel.

— Alice, espere! — chamou uma voz.

Ela se virou. John descia correndo os degraus na direção dela, o paletó aberto esvoaçando na noite. Ela disfarçadamente enxugou uma lágrima.

— Quero me desculpar pelo comportamento de todos lá dentro — pediu ele, apressadamente, a preocupação estampada no rosto. — Me sinto envergonhado por estar na companhia deles... de todos eles.

Alice tentou encontrar seu olhar, mas o constrangimento e as lágrimas foram mais fortes, então ela se concentrou nos pés dele. Aflita, viu uma lágrima gorda rolar pela bochecha e pingar no sapato de John. — Obrigada por... deixa pra lá... — ela resmungou, apontando vagamente na direção do salão, esperando que aquilo o distraísse do tremor em sua voz e da mancha úmida em seu pé.

Houve uma pausa sem graça e, então, John lhe entregou seu lenço. Sem olhar para ele, Alice o aceitou. Apesar de seus esforços, mais lágrimas estavam escapando; uma particularmente grande tremulava indecisa na ponta de seu nariz.

— Diga-me, você está bem? — perguntou ele, com toda gentileza. — Gostaria que eu levasse você para casa? Meu carro está logo ali.

— Não! — exclamou ela, alarmada. — Quer dizer, sim! Sim, estou bem, e não, obrigada; chegarei bem em casa. — Aquilo deixaria Audrey feliz da vida: seu marido acompanhando sua funcionária menos apreciada até em casa. —Você não deveria voltar para a Audrey? — perguntou ela, erguendo os olhos brevemente até o meio do caminho, para mostrar que estava bem, e piscando com força para tentar manter tudo sob controle. Seu táxi agora estava ali. Ela estendeu o lenço de volta.

— É, acho que deveria — respondeu ele e empurrou o lenço gentilmente para ela. — Por favor, fique com ele.

— Obrigada — fungou ela. E, então, ela se virou e entrou no carro. Os sons de John e do baile morreram em volta dela. Conforme o táxi acelerava, seu corpo foi amolecendo de alívio e ela cedeu às lágrimas. Devagar, entre fungadas em busca de ar, ela limpou a maquiagem no lenço de John. Os cosméticos pareciam corrosivos no linho branco e puro. Mais do que qualquer coisa no mundo, ela queria um sabonete, uma toalha de rosto e seu pijama. E nunca mais ver ninguém da ADAR.

JOHN

John se sentou e tentou disfarçar a raiva. Felizmente, todo mundo se encontrava ocupado. Audrey estava bombardeando Barry Chambers com estatísticas otimistas sobre o sucesso da Mesa Para Dois, prevendo confiantemente sua vitória na premiação de "Agência do Ano". Por algum motivo, John duvidava que ela fosse ganhar. Ele não sabia muito sobre agências de relacionamentos, mas não tinha a menor dúvida de que Audrey não tinha nem a *finesse* para ser uma empresária de sucesso nem a empatia necessária para ser casamenteira. Nunca conhecera ninguém que fosse menos sensível às pessoas do que Audrey. Não podia haver uma mulher no planeta menos propensa a realizar as fantasias românticas dos solteiros.

John franziu a testa. Por que Audrey não tinha defendido Alice? Por que ficara ali quieta e deixara que ela fosse esculhambada? Que tipo de mulher ela era? Sempre a achara um tanto sem educação, mas aquela falta de bondade já era outra coisa.

Ergueu os olhos. No outro lado da mesa, Sheryl fingia absorver cada palavra de Ernie, mas John via claramente o que ela estava fazendo. Podia reconhecer uma caçadora a quilômetros de distância. Sheryl inclinava deliberadamente o corpo na direção de Ernie, no ângulo exato para dar a ele a visão perfeita de seu decote. A sua vez, Ernie curtia o cenário. Sua pobre esposa, Patricia, estava ali ignorada e esquecida, contemplando, pobrezinha, os restos de seu crème brûlée. John pensou em começar uma conversa com ela, mas, subitamente, sentiu-se muito cansado. Olhou para seu relógio. Calculou que tivesse mais uma meia hora antes de levar Audrey para casa e esquecer completamente aquela noite infeliz.

De repente, um holofote radiante deslizou por sua mesa, fazendo-o piscar. O holofote se fixou em Sheryl, refletindo-se em seu vestido num milhão de centelhas que se espalharam pelo salão como uma miríade de diamantes. Ela parecia um estroboscópio gigante. Exagerando sua surpresa e jogando beijos para as outras mesas, Sheryl se levantou.

— Ah, não, pelo amor de Deus! — exclamou Audrey grosseiramente, batendo a taça de champanhe na mesa enquanto o salão todo se levantava.

— Ela conseguiu! — gritou Barry Chambers. — A Pombinhos venceu o prêmio! Parabéns, garota! — Ele levou os dedos à boca e soltou um assobio penetrante.

Sheryl se dirigiu até o palco, diretamente atrás de John e Audrey. Quando ela passou por eles, John sentiu que ela correu o dedo sugestivamente por suas costas. Surpreso, olhou para ela, mas sua atenção estava focada no palco e numa loura minimamente vestida e minimamente nutrida que segurava um troféu e dava um sorriso artificial de showbiz. Ela devia ser a subcelebridade do momento, pensou John. Tinha o ar de alguém que estava sendo pago para estar ali. Ele reconhecia a expressão; ele mesmo a exibia. Sheryl, por outro lado, parecia ter nascido para estar sob os holofotes, absorvendo a atenção como uma dançarina numa boate de strip.

— É brincadeira! — resmungou Audrey alto e revirou os olhos. Ela apanhou a garrafa de champanhe mais próxima e, de forma selvagem, encheu sua taça, antes de também se levantar, mas com relutância.

Quando Sheryl iniciou seu discurso de agradecimento, John olhou para Audrey. Seu rosto estava franzido e seus lábios estreitos e apertados. Não era o rosto de uma boa perdedora. Com sua expressão malévola e seu vestido azul-petróleo, ela parecia uma mancha de óleo. Hoje tinha sido uma das noites mais desagradáveis de sua vida profissional, pensou John. Definitivamente, telefonaria para Geraldine no dia seguinte para dizer que nunca mais iria acompanhar Audrey. Nem que sua vida dependesse disso.

O discurso de Sheryl estava chegando ao fim. John se uniu ao aplauso quando ela saiu lentamente do palco, espremendo até o último nanossegundo de atenção. Com um sobressalto, ele percebeu que ela não estava voltando para sua cadeira. Ainda iluminada pela luz periférica do holofote, ela parou bem diante dele.

— Você não vai me dar um beijo de parabéns? — exigiu ela acima do barulho dos aplausos.

A perspectiva de beijar Sheryl era tão atraente quanto a de mergulhar o rosto num ninho de ratos. E ele, certamente, não queria fazer aquilo na frente de Audrey que, afinal, era sua cliente. Rapidamente, tentou pensar em como recusar de maneira educada.

Por sorte, Audrey interrompeu a cena, seu tom de voz cheio de autoritarismo e posse.

— Não acho que seria apropri...

Ignorando-a completamente, Sheryl tomou a cabeça de John em suas mãos e o puxou com força na direção dela, depositando um beijo forte e demorado quase em sua boca. A cabeça dele latejou sob o aperto de morsa e a movimentação insistente dos lábios dela. Ele tentou se afastar. Podia ouvir Audrey ofegando, horrorizada. Finalmente, Sheryl o soltou.

Ele se virou para Audrey, pedindo desculpas com o rosto. Ela era sua cliente e não deveria ter de testemunhar um comportamento desses. Mas Audrey não olhava para ele. Ela estava olhando para Sheryl, e parecia prestes a cometer um assassinato.

— Sheryl Toogood, você não passa de uma vagabunda; uma prostituta barata e vulgar! — O rosto e o pescoço de Audrey estavam cobertos por uma erupção vermelha, sua expressão, além da fúria. — Você não pensa em nada além de sexo, sexo, sexo. Você me dá nojo!

Sheryl deu um sorrisinho afetado e, enfaticamente, limpou o canto da boca com um dedo esmaltado.

— Amor, fidelidade e casamento não significam nada para você — trovejou Audrey. — Você está mais interessada em quantidades. Você não sabe que os homens não gostam desse tipo de gente? Homens decentes, quero dizer, não desse tipo de machos decorativos e fracassados dos quais você se rodeia. Você precisa crescer, se cobrir e parar de agir como uma piranha adolescente. Você não está à altura de ganhar esse prêmio. Você é um constrangimento para a Associação!

— Ora, vamos, Audrey, você foi longe demais. — Ernie estava em pé, vacilando um pouco de embriaguez e balançando o dedo na direção de Audrey. — Exijo que você peça desculpas à pobre Sheryl imediatamente. Todos nós achamos que ela está muito bonita hoje; parece um diamante.

John olhou para Audrey, que encarava Ernie, perplexa. Sua boca estava aberta de surpresa e horror.

Houve uma longa pausa. Sheryl se moveu de forma insolente, um sorriso desrespeitoso nos lábios, enquanto inspecionava Audrey e esperava seu pedido de desculpas. Que, claramente, não viria.

Estava na hora de agir.

John pôs a mão sob o cotovelo de Audrey e, gentilmente, tentou afastá-la dali.

— Muito bem, pessoal — disse ele, de forma simpática. — Foi uma noite muito agradável, mas está na hora de Audrey e eu irmos embora.

Com alívio, ele sentiu Audrey girar no eixo.

— Vejo todos vocês no ano que vem! — Ele lançou um sorriso amplo na direção da mesa, virou-se e seguiu rumo à saída, meio guiando, meio empurrando Audrey pelo cotovelo. Felizmente, ela seguiu com ele.

Ele a guiou para fora do salão principal, passando pela chapelaria e indo diretamente para seu carro.

AUDREY

Audrey olhava fixamente para a frente enquanto John guiava o Audi em direção à sua casa. O zumbido abafado do motor sugeria uma atmosfera enganosa de paz. Nenhum dos dois dissera uma palavra desde que entraram no carro, uns bons dez minutos antes. Só agora que a raiva provocada por Sheryl e a sensação de traição por parte do Presidente Ernie haviam se acalmado é que Audrey percebeu que John estava irritado. Não houve nada daquela sua conversa normal, tranquila. Em vez disso, ele dirigia num silêncio rígido, a testa franzida e o perfil sério. A raiva de Audrey se transformou instantaneamente em pânico. John não podia estar bravo com ela, podia? Ele nunca ficava bravo. Era sempre gentil e calmo. Sua boca ficou seca e seu estômago se revirou.

Ela pigarreou e tentou pensar em algo leve para dizer, mas nada lhe veio à mente. Em vez disso, observou com pesar enquanto as mãos dele giravam o volante, cada movimento levando-a mais perto de casa, cada mudança de marcha apressando o final da noite.

Audrey sentiu um mal-estar. Havia desejado — ansiado — aquela noite durante tanto tempo. Mas algo dera errado. E o que quer que fosse fora por culpa de Sheryl.

Rápido demais, eles chegaram à sua casa. Com uma sensação de tristeza, Audrey notou que John não desligou o carro, não soltou seu cinto de segurança nem se virou no banco para olhar para ela. Estava terminado, pensou ela com desespero; a noite estava terminada. Não havia mais nenhum minuto precioso a ser vivido. Não por vários meses, de qualquer forma. Não até que surgisse uma ocasião profissional adequada, o que poderia demorar séculos.

— Café? — sugeriu ela, em pânico.

— Não. — Ele suspirou pesadamente. Houve uma pausa constrangedora. — Você me surpreendeu esta noite, Audrey.

— Eu?

— Eu... não sabia que você era assim.

— Assim como? — inquiriu Audrey, sentindo-se de repente muito pequena. Os olhos de John estavam fixos num ponto no outro lado do para-brisa.

— Tão... dura. Tão desprovida de compaixão.

— Foi a Sheryl — justificou-se afobada. — Ela deliberadamente me provocou. Ela *sempre* faz isso.

— Não, não foi Sheryl. Olha, deixa pra lá. Não cabe a mim dizer.

— Não cabe a você dizer o quê?

Um silêncio pesado recaiu sobre eles.

— Por favor... eu quero saber. *Preciso* saber o que você está pensando! — Mas mesmo enquanto dizia as palavras, ela não tinha certeza se queria ouvir a resposta. Estava tudo errado. Não era assim que a história devia acontecer. Esperou, sem fôlego, pela resposta dele.

Mas John apenas olhou em frente, durante um longo tempo.

— Desculpe — pediu ele, por fim —, mas tenho que acordar bem cedo amanhã.

Audrey assentiu, muda. Fora dispensada.

Ela apalpou para abrir a porta, ainda esperando que ele mudasse de ideia e abrisse um de seus sorrisos típicos, que faziam seus olhos se enrugarem e o coração dar pulos. Mas os olhos dele estavam fixos no asfalto.

Audrey desceu do carro, murmurou um sentido "obrigada" e fechou a porta gentilmente. Caminhou devagar até sua entrada, demorando-se o máximo que podia com cada passo para dar a ele a chance de chamá-la de volta, alcançá-la, tocar a buzina, qualquer coisa. Mas antes que ela chegasse à porta da frente, ouviu o carro dele partir e só restou o discreto zumbido do motor na noite.

Com a mão trêmula, pegou as chaves de casa. E, então, estava lá dentro, a porta fechada e John em outro lugar qualquer.

Foi direto para o quarto. Pickles estava dormindo em sua cama e mal se mexeu quando ela entrou. Ela foi até o espelho de corpo inteiro e olhou. Queria ver a si mesma — não como normalmente fazia, verificando se a saia estava reta ou que não houvesse batom nos dentes. Queria ver o que John via. Queria ver a si mesma: Audrey Cracknell: a cliente, a mulher.

Olhou. Continuou olhando.

E, então, abriu o zíper do vestido e se despiu. Descalçou os sapatos e colocou os pés inchados no chão reto e acarpetado.

Estava de roupas íntimas, meia-calça e maquiagem. Olhou novamente.

Não gostou do que viu.

Sua barriga se elevava sobre a calcinha recatada e as coxas desciam bem juntas, do abdome até o joelho. Seus braços gorduchos se salientavam, mais largos que os ombros, fazendo com que sua silhueta fosse flácida e em formato oval. Não tinha nenhuma das linhas duras e malhadas de Sheryl. Até seu busto, certamente tão amplo quanto o de Sheryl, era flácido e disforme. O busto de Sheryl era atrevido e pneumático: um travesseiro sedutor que chamava os homens. O busto de Audrey era como duas batatas encaroçadas pendendo num par de meias.

Audrey olhou para seu rosto. O cabelo — imaculado quando saíra de casa no início da noite — estava crespo novamente; rebelde e mais alaranjado que nunca. Havia uma marquinha vermelha no meio de sua testa do encontrão desastroso com o cotovelo de John. Sua maquiagem parecia um guache seco, quebradiço, opaco, rachando nos cantos. A boca era pequena, tão pequena que ela mal podia vê-la. Minúscula e apertada demais para ser beijada.

É isso, pensou ela. Essa sou eu. De repente, sentiu-se oprimida. Não havia como fugir daquela mulher no espelho. Essa era ela, Audrey Bridget Cracknell. Cinquenta e um anos e 80 quilos; uma burra de carga, sustentada à força de muita determinação e lingerie modeladora. Seria esse um corpo capaz de usar um vestido prateado? Seria esse um corpo que incitaria homens a defendê-la? Não era de admirar que John houvesse dado aquelas desculpas. Ele podia ter qualquer mulher que quisesse. Por que escolheria *isso*?

Na cama, Pickles despertou momentaneamente, bocejou, lambeu suas patas e voltou a dormir.

Na frente do espelho, uma pequena lágrima cintilante brotou no canto do olho de Audrey. Mais tarde, muito tempo depois, quando o frio da noite finalmente penetrou em sua desgraça, ela vestiu a camisola e foi se deitar.

KATE

Kate chegou cedo ao café e se sentou numa mesa de canto. Eram quase 15h45 e o local estava cheio de pais que haviam trazido os filhos para uma fatia de bolo depois da escola. Rostos jovens e animados embaçavam gulosamente o vidro da vitrine de doces, tentando decidir qual escolher. Kate sorriu diante da agonia com que sopesavam cuidadosamente o mil folhas com doce de leite versus a bomba de chocolate.

— Preciso me apressar — repreendeu a si mesma, com severidade.

Não que seu relógio biológico a estivesse advertindo, exatamente; era mais uma sensação cada vez maior de pânico e do tempo passando sem dó nem piedade. Era como se alguém, em algum lugar, estivesse rindo dela; e, lentamente, mas de forma igualmente certa, estivesse colocando seu plano de vida numa picotadora de papel. A despeito dos constantes lembretes de Lou, ela não tinha apenas 33 anos; tinha 33 anos, cinco meses e uma semana. *Droga, tinha quase 33 e meio.* As coisas estavam ficando sérias; 35 estava a apenas 569 dias. Se ela perdesse um momento mais, ficaria sem tempo; os salões de festa poderiam estar todos reservados; ela poderia ter de se casar no cartório; dois filhos poderiam se transformar em um, *ou talvez nenhum*. Precisava que Alice fizesse sua mágica, e depressa.

Já fazia três semanas inteiras desde que Kate contratara a Mesa Para Dois e, até agora, só tivera dois encontros. Tudo estava acontecendo devagar demais. Seu encontro com Sebastian tinha sido um desastre e o com Michael não fora muito melhor. Ela sempre soubera que teria de beijar alguns sapos, mesmo tendo Alice como filtro da saparia, mas, naquele ritmo, poderia levar meses para encontrar um namorado. Ela precisava apressar as coisas. Precisava que Alice lhe marcasse dois encontros por semana — *ou três!*

— Olá. — Alice estava parada do lado da mesa, parecendo pálida e cansada. Kate nem sequer a vira entrar. Ela se levantou para cumprimentá-la.

— Alice! Obrigada por vir. Posso pedir um chá para você?

Alguns minutos depois, ambas estavam instaladas por trás de xícaras de chá. Kate foi diretamente ao assunto.

— Então vamos apressar as coisas, está bem? — sugeriu Alice quando Kate finalmente parou para respirar. — Na verdade, já tenho alguém em mente para seu próximo encontro. Aqui está ele: encontro número três!

Ela tirou um papel de sua bolsa. Kate examinou ansiosamente a folha. O encontro número três se chamava Harvey. Sua foto era absolutamente linda e uma rápida análise de seus dados revelou que ele regularmente tirava férias em locais distantes e luxuosos e dirigia uma Maserati. Parecia promissor.

— Tem uma coisa que eu quero perguntar. — A voz de Alice rompeu o devaneio de Kate. — É com relação aos seus critérios.

— Sim? — Kate olhou para o papel.

Alice pareceu constrangida.

— Bem... eu estava pensando se você teria mudado de ideia quanto...?

— Como assim? — perguntou Kate, um sinal de alarme disparando dentro de si.

— Bem, você ainda está procurando por todas as coisas que você especificou originalmente?

— É claro! — Aonde Alice estava querendo chegar? Estaria dizendo que ela não tinha sido suficientemente boa para Sebastian e Michael? Eles haviam se queixado dela? Eles tinham dito que ela não era bonita o suficiente? Ou gorda demais? A boca de Kate secou.

— Então, você ainda quer conhecer alguém alto, bonito, moreno...?

— Sim.

— ...com um maxilar forte e olhos azuis...?

— Sim!

— ... e um emprego formal, que tire férias regularmente e tenha um carro bacana? Alguém esportivo, com um bom físico...?

— *Sim, sim!* — Kate podia perceber sua voz ficando cada vez mais aguda. — Por que você está perguntando? — Ela olhou incisivamente para Alice, em busca de respostas. Estaria lhe dizendo para baixar seus padrões? Estaria lhe dizendo que ela era inferior a esse tipo de homem?

Alice se ruborizou e pousou a xícara de chá. A despeito de suas bochechas coradas, ela ainda parecia pálida e exausta.

— Só queria confirmar se eu ainda estava no caminho certo.

Kate sentiu o alívio se espalhar pelo corpo.

— Sim, tudo parece perfeito. Exatamente o tipo de homem que estou procurando!

— Então você não consideraria ninguém que não tivesse um salário alto e todas essas outras coisas?

— Hã... — Kate se sentiu confusa, como se estivesse sendo testada. Tentou rir. — Eu sei que ser rico e bonito não fará dele uma pessoa melhor. Dinheiro não é tudo, claro. É só que, bem... as meninas querem se casar com príncipes, não querem? Não com lixeiros. Não que haja alguma coisa errada com os lixeiros, é só que... bem... um lixeiro nunca fez parte dos meus planos de vida. — Ela sorriu debilmente.

— Está bem.

Kate relaxou.

— Então devo continuar procurando mais do mesmo?

— Sim! — disse Kate com certeza. Exceto que um pouquinho de incerteza estava começando a aparecer. Mais do mesmo que Sebastian e Michael? Ela detestara seus encontros com eles. Mas eles haviam *cumprido* com todos os seus requisitos. Ela apenas dera azar. Sebastian e Michael eram certos no papel, mas errados na vida real. Isso não significava que *todos* os homens altos, morenos e bonitos fossem errados. Alto, moreno e bonito e com um carrão. E um grande extrato bancário e belos dentes.

— Sim — repetiu ela ao pegar sua xícara de chá e olhar para Alice. — Mais do mesmo, por favor.

ALICE

Quando Alice voltou ao escritório, a primeira coisa que viu foi o florista saindo.

— Oh, Audrey — ofegou Bianca. — Que flores fantásticas. São do John?

— Hum-hum. — Audrey nunca havia ficado tão desinteressada ao receber uma montanha de botões que requeriam ambos os braços para segurar.

— Não há muitos homens que ainda mandem buquês como este para a esposa, depois de vinte anos de casamento! — exclamou Bianca com doçura. — Não é seu aniversário de casamento, é?

— Não. — Audrey deixou o buquê na mesa de Hilary para que ela o arrumasse num vaso. O olhar de Audrey captou Alice enquanto esta esperava à porta. Ela pareceu estufar o peito. — São apenas por eu ser quem eu sou — disse ela com rigidez e se virou, voltando para seu escritório.

Alice foi rapidamente para sua mesa. Audrey estivera num humor estranhíssimo. Tinha aproveitado todas as oportunidades possíveis para colocar Alice em seu lugar. Tinha até mesmo mandado que ela saísse na chuva para comprar-lhe um almoço, coisa que normalmente não exigia de ninguém. Era provável que estivesse brava por ela não ter voltado à mesa na noite anterior. Com um surto rápido de vergonha, Alice se lembrou de como havia corrido para casa. Por que não tivera mais coragem? Podia ao menos ter dito adeus!

Mas Audrey não havia, de fato, *dito* que era isso que a estava incomodando. E ela *tinha* ficado bastante alta. Talvez não pudesse se lembrar, pensou Alice esperançosamente. Mas sua esperança logo se evaporou. Mais provável que ela *pudesse* se lembrar e que tivesse visto John segui-la e lhe dar seu lenço. Talvez fosse isso o que a estava irritando: que seu marido tivesse sido simpático com a ovelha negra da Mesa Para Dois.

Alice deu uma sacada disfarçada no buquê de Audrey enquanto Hilary tentava enfiá-lo num vaso. Era ainda mais enorme do que de costume. E era *só por eu ser quem eu sou*. Alice tinha de reconhecer: Audrey devia ter feito alguma coisa bem incrível depois que ela fora embora. John não tinha dado a impressão de um homem no clima de torrar cinquenta libras em flores para a esposa. Ele, na verdade, tinha se mostrado bem irritado.

Tentando parecer o mais invisível que pudesse, Alice foi de mansinho até Hilary, sob o pretexto de ajudá-la a arrumar as flores.

— Posso te perguntar uma coisa? — sussurrou ela. Olhou nervosamente na direção de Audrey, mas a chefe já estava fechada em seu aquário e franzia a testa diante do monitor.

— Eu tenho cara de florista, por acaso? — murmurou Hilary enquanto enfiava outro jacinto no vaso. — O Kevin nunca me manda flores. Você acha que ela faz isso só para me torturar?

— Você já trabalha aqui há um tempão... — começou Alice delicadamente.

— Tempo demais!

— Você conheceu os cinco primeiros clientes? Você sabe, aqueles que se casaram todos?

— Eu não tinha começado ainda quando Audrey os uniu — respondeu Hilary, empurrando um punhado de samambaia. — Ela me contratou alguns meses depois. Mas eu os conheci mais tarde; ela vivia convocando-os para sessões de fotografia para o jornal do bairro.

Alice lançou um olhar rápido para o escritório de Audrey para garantir que a porta estivesse firmemente fechada.

— Eles pareciam felizes?

— É claro que não... eles já estavam casados!

— O que quero dizer é... você acha que eles passaram no teste do tempo? Você acha que todos eles ainda estão casados?

— Duvido. Na verdade, pelo menos uma das clientes voltou aqui alguns anos depois. Ela queria ajuda para voltar a namorar, depois do divórcio.

— Divórcio?!? — Alice sentiu os cabelinhos da nuca se eriçarem.

— Audrey nunca menciona isso, é claro. Ela não queria aceitá-la de novo como cliente. Acho que ficou morrendo de medo que alguém se lembrasse dela, de toda a publicidade.

— Então só *um* casal se divorciou...? — sussurrou Alice, esperançosa.

— Ah, no mínimo! Houve também rumores sobre um dos outros casais. — Hilary fez uma pausa no seu arranjo de flores, tentando se lembrar. — Ela era africana; da Nigéria, acho. Poucos meses de visto.

Alice ofegou. — Você está dizendo que Audrey arranjou um casamento de conveniência? — Não podia acreditar no que estava ouvindo. Era ainda pior do que Sheryl dissera. Desejou não ter começado a cavucar.

Hilary deu de ombros.

— Foi só um rumor; quem sabe? Não estou dizendo que ela teria feito isso deliberadamente. Conhecendo Audrey e sua capacidade de entender o ser humano, que é menos que zero, ela provavelmente nem se deu conta. Mas com certeza a chance de dar sorte ao fazer uma união se elevou mais, muito mais, com uma das partes querendo pôr um anel no dedo em 15 dias. — Hilary franziu a testa diante de seu arranjo floral tortuoso.

— Você não ouviu rumores sobre algum dos casais já estar namorando antes que ela promovesse o encontro deles, ouviu? — perguntou Alice inocentemente, mal conseguindo respirar.

Hilary disfarçou uma risada.

— Não, mas eu *sempre* achei que houvesse algo estranho com o primo de Audrey.

— Primo de Audrey? — ecoou Alice, desanimada, a cabeça começando a girar.

— É, ele era um primo de segundo grau, ou coisa parecida. Seja como for, ele nunca pareceu muito apaixonado pela esposa. Acho que nunca o vi trocar duas palavras com ela. Era um cara esquisito; parecia ter passado por maus bocados. Não acho que tivesse um tostão furado. Era o tipo de cara que você quer levar para casa e dar uma refeição decente. Acho que Audrey teve que comprar um terno para ele poder tirar as fotos. Eu costumava me perguntar se ela não teria pagado a ele para se casar; você sabe... para ajudar a elevar as estatísticas e colocá-la nos jornais. Suas quatro primeiras uniões dando em casamento não soa tão bem quanto as cinco primeiras, né?

Alice vacilou, chocada.

— Claro, provavelmente não é verdade — continuou Hilary ao pegar outro ramo de flores e olhar, exasperada, para o vaso completamente estufado. — Mais provável que os outros quatro casais estejam em estado de êxtase perene, todos vivendo na Avenida Utopia...

Alice voltou para sua mesa e se sentou, a sala girando ao seu redor. Então Sheryl estava certa sobre os divórcios. E se estava certa sobre aquilo, como ficava todo o resto do que ela tinha dito? Alice olhou para Audrey, que tentava raivosamente esmagar uma mosca em sua mesa com uma revista de vestidos de noiva. Será que Sheryl estava certa? Estaria Audrey também na fraude dos encontros-ruins-por-dinheiro?

Entorpecida, a mão de Alice havia mergulhado no bolso de seu cardigã. Seus dedos tocaram em algo macio. Era o lenço de John. Alice o lavara na noite anterior, pretendendo devolvê-lo hoje a Audrey. Mas alguma coisa a havia impedido — medo, provavelmente. Como uma mulher reagiria se sua funcionária lhe devolvesse o lenço de seu marido, ainda mais Audrey? E como Alice poderia explicar tê-lo sem admitir que estivera chorando? Podia imaginar o desprezo de Audrey. E, então, ela olharia nos olhos de Alice e notaria como estavam inchados. Não seria preciso ser um gênio para deduzir que Alice passara a maior parte da noite aos prantos.

O que Alice mais queria era apagar definitivamente aquela noite de sua memória — na verdade, apagar a *semana toda*! Depois que tomara aquele café com Sheryl, tudo tinha ido de mal a pior. Primeiro, Sheryl a fizera duvidar da integridade de sua profissão. Depois, o baile — supostamente a melhor noite de sua vida e o auge de sua carreira como casamenteira — havia terminado em humilhação. E agora Hilary havia, sem saber, virado seu mundo de cabeça para baixo, e tudo que ela pensou que soubesse sobre sua chefe, de repente, podia ser mentira.

Com isso, Alice não conseguiu se obrigar a devolver o lenço de John para Audrey. Ao invés, deixou-o aninhado e aconchegado no bolso de seu cardigã. A verdade era que estava começando a gostar de tê-lo ali. Em meio a toda confusão e tumulto, o lenço era algo macio, confortante e simples. Era a única coisa na qual podia pensar que, de fato, lhe dava uma sensação boa.

JOHN

— Bebe alguma coisa? — perguntou Geraldine ao acenar para John com uma garrafa de vinho tinto e vasculhar a gaveta à procura de um saca-rolha.
— Não sei você, mas eu sinto que mereço uma. Foi uma longa semana.

Ela experientemente tirou a rolha, serviu o vinho em duas taças enormes e as levou até o sofá. O escritório de Geraldine era amplo, vintage e bagunçado; no entanto, John jamais a vira perder algo ali e sempre se espantava ao ver quantas coisas estranhas e maravilhosas ela podia evocar de seus armários. Uma vez, ela servira um chá da tarde de improviso com pãezinhos, requeijão e geleia, tudo cortesia de seus baús.

— Todas as reuniões após as 17h30 deveriam ser acompanhadas por uma taça generosa de vinho — disse ela afavelmente, deixando-se cair no sofá. — É a lei. Ou pelo menos deveria ser.

John riu. Geraldine tinha razão: tinha sido uma longa semana.

— Então. — Geraldine deu um tapa no sofá entre eles, com animação. —Tenho certeza que você tem coisas melhores a fazer do que se arrastar por toda essa distância até o escritório, numa sexta à noite, só para bater papo. Não que eu esteja reclamando: você é a melhor visão que tive a semana toda. Mas como sei de fonte segura que você tem um telefone, não preciso ser a Miss Marple para deduzir que, provavelmente, você tem algo sério em mente. — Ela o espiou com curiosidade.

John deu uma risadinha.

— Declaro-me culpado. Olha, Geraldine, infelizmente não há uma forma fácil de dizer isto...

— ... mas...? — Geraldine ajudou-o.

— ... mas eu gostaria de falar com você sobre uma cliente em particular — disse John com cuidado —, e sobre como não quero mais nenhum programa com ela.

— Correeeeeto. Então, suponho que a cliente em questão seja uma certa empresária?

John deu um sorriso amarelo.

— Uma certa empresária com cabelo ruivo e sua própria agência de relacionamentos?

Apesar de tudo, John não pôde evitar rir.

— E uma queda de proporções épicas por você, e a incapacidade de ouvir "não" como resposta?

— Eu não diria exatamente dessa forma!

Geraldine suspirou.

— Bem, admito que vai ser um pouco complicado, mas não posso dizer que culpo você. Na verdade, você tem sido um verdadeiro santo por aguentá-la tanto tempo assim. Ela já teria feito homens mais fracos tomarem chá de sumiço há anos!

— Olha, realmente sinto muito se isso te deixa numa posição difícil. Ela é cliente há anos e, no fim da história, é você quem terá de dizer a ela. Mas não posso mais acompanhá-la. Simplesmente não suporto mais.

Geraldine completou o copo dele num gesto de solidariedade.

— Parece justo. Aconteceu alguma coisa no baile de ontem à noite? — perguntou ela, com leveza.

— Não. Sim. Não, na verdade, não. Só cheguei ao meu limite com ela, só isso. — Uma imagem de Alice tentando esconder as lágrimas no táxi passou por sua mente, seguida pelos lábios franzidos de Audrey quando Sheryl ganhou o prêmio.

— Está bem — concordou Geraldine, absorta em pensamentos enquanto sorvia seu vinho. — Olha, você não precisa explicar por que não quer mais acompanhar Audrey Cracknell. Ela é uma criatura estranha e insiste em expor seus sentimentos abertamente. Deve ter sido duro inventar formas diplomáticas de se desviar de seus avanços durante os últimos dez anos.

John deu um sorrisinho.

— Perder Audrey como cliente não me preocupa — continuou ela, com gentileza. — O que me preocupa é potencialmente perder você. Se está cheio de Audrey Cracknell, se é só isso, então, tudo bem. Vamos amortizar nossas perdas e seguir adiante. Mas, se for mais do que isso, então fico preocupada. Portanto, me diga: tem mais alguma coisa que eu deva saber?

John olhou para Geraldine, absorvendo sua expressão gentil, seu rosto amigável e seu escritório confortavelmente surrado. Eles eram amigos há anos. Ela sabia tudo que havia para saber a respeito dele e vinha cuidando de sua programação desde que ele começara naquele trabalho, há 11 longos anos. Haviam passado por poucas e boas juntos. Mas será que ele poderia contar a ela sobre as dúvidas que vinha tendo ultimamente? Sobre os pensamentos que invadiam sua mente em manhãs tranquilas de domingo? Não tinha certeza.

— Não — respondeu com firmeza. — É só a Audrey mesmo. Já fiz tudo que podia por ela. Não posso dar o que ela quer. Eu costumava achar que ela entendia, mas, recentemente, já não tenho tanta certeza.

Geraldine assentiu de leve.

— Então chegou definitivamente a hora. — Ela se recostou. — Claro, vou oferecer a ela outra pessoa no seu lugar, mas estou certa de que ela vai me dizer onde posso enfiá-lo!

Ambos contemplaram suas taças. Lá fora, pela janela, John podia ouvir os sons estressantes da hora do rush da sexta-feira. Sentiu um peso se levantando de seus ombros.

—Você vai dizer a ela logo? — perguntou ele. — Ou vai esperar até a próxima vez que ela ligar para marcar um programa?

Geraldine suspirou. Seus ombros se curvaram.

— Essa, meu amigo, é a questão. É provavelmente melhor fazer isso logo, mas a covardia é uma opção tão convidativa... — E ela terminou a taça de vinho e lhe deu uma piscadela.

ALICE

Eram 23h30 e tanto as desgraças do baile quanto as provações do dia já estavam agradavelmente abafadas e adequadamente distantes. Os poderes restauradores de um belo jantar regado a vinho e boa companhia tinham feito maravilhas. A bebê Scarlet estava finalmente dormindo em paz lá em cima e Dan roncava em sua poltrona, com a lata de cerveja encaixada no colo.

Silenciosamente, Ginny acenou para que Alice a seguisse até a cozinha.

— Vamos deixá-lo em paz — sussurrou e procurou na geladeira por mais uma garrafa de vinho. — Pra fechar?

Ginny serviu o vinho.

— Então, agora que estamos só nós duas, você pode me contar sobre esse tal de John — disse ela, com um sorriso levado.

Alice sentiu o rosto avermelhar.

— Como assim?

— Ah, tenha dó! — Ginny riu baixinho para não acordar Dan. — Você não consegue me enganar. Você está gostando dele!

— Gostando dele? — repetiu Alice, surpresa, ciente de que Ginny a estava observando feito uma águia. Podia sentir seu rosto ficando ainda mais vermelho. — Ele é o marido da minha chefe!

Ginny fez uma expressão de *e daí?*.

— Bem, é claro que gostei dele — admitiu Alice. — Ele me defendeu e, depois, veio até o ponto de táxi para ver se eu estava bem. Ele é obviamente uma pessoa *gostável*. — Agora não parecia ser o momento certo para contar a Ginny como ele era lindo nem como ela ficara surpresa ao ver que ele era mais novo do que Audrey... pelo menos uns cinco anos, talvez até dez.

Ginny sorriu astuciosamente.

— Mas ele é casado — insistiu Alice com recato. — Não gosto dele *desse jeito*, se é isso que você está querendo saber.

— Ah, é?

— Não! — Alice teve de se virar; Ginny a estava enervando. — Além disso — acrescentou, indignada —, não sou o tipo de mulher que cobiça o marido alheio.

— Mesmo que a esposa seja Audrey Cracknell e que seja questionável o fato dela realmente ser qualificada como mulher?

— *Principalmente* se a esposa é Audrey Cracknell. Ela já é assustadora o bastante agora, sem ninguém querendo o marido dela. *E* ela é minha chefe, pelo amor de Deus. Seria suicídio profissional.

Alice pensou sobre aquilo racionalmente por um momento.

— Além disso, seria uma união totalmente implausível — argumentou. — Audrey e eu somos completos opostos, então, o que quer que um homem ame nela não vai encontrar em mim. Nós somos muito diferentes.

— São? — perguntou Ginny, travessa.

— Meu Deus, é claro! Audrey e eu não temos nada em comum. Nada mesmo!

— Exceto John.

— Gin! Para de botar pilha! Que infantilidade! Achei que era eu que tivesse a imaginação fértil!

— Então, você vai devolver o lenço dele a Audrey?

— Hã, bem. É complicado.

— Exatamente o que estou dizendo! — Ginny sorriu e completou sua taça de vinho. — Ah, preciso ser honesta com você; só estou com inveja.

— Inveja? — Alice pousou sua taça, surpresa.

— Ir a um baile, ter um bonitão saltando em sua defesa e, depois, perseguindo você para ver se está bem... para mim parece excitante. Mais excitante do que qualquer coisa que aconteça atualmente na minha vida.

— Não há nada de excitante em ser motivo de chacota e sair correndo para casa aos prantos.

— Sim, mas todas aquelas coisas que ele falou sobre você... sobre ter um bom coração e como algum homem teria sorte em conhecer você. Isso é romântico.

Alice analisou a amiga. Reparou que Ginny estava começando a parecer melancólica.

— Você tem romance na sua vida. Você vive com ele todos os dias. O Dan é fantástico.

— É mesmo? — perguntou Ginny.

A conversa, de repente, nublou.

— O que você está querendo dizer? O Dan é maravilhoso. Minhas clientes dariam qualquer coisa para ter um homem como ele.

— Humm. — Ginny pegou sua taça e olhou para ele, roncando na sala, com ceticismo.

— Como assim? Não estou entendendo mais nada.

— É claro que não está — disse Ginny, com repentina dureza. — Você acha que é Deus no céu e o Dan na Terra! Você acha que ele é um marido perfeito e um pai perfeito!

Alice recuou, chocada.

— Sim. Acho mesmo. Dan é um bom homem. E você o ama.

Houve uma longa pausa. Alice começou a sentir o pânico aumentando. Ginny olhava fixamente para a mesa. A frase de Alice pendia como uma bigorna entre elas.

— Gin, você o ama! — repetiu Alice com um pouco mais de ênfase.

— Amo?

— Sim!

— Será mesmo?

Aquilo não estava indo bem. Não estava indo nem um pouco bem.

— Amiga, qual é o problema? — perguntou Alice, baixinho. Imediatamente, começou a se censurar. Devia ter percebido que havia alguma coisa. Ginny não parecia estar muito feliz ultimamente. E, nesse momento, parecia arrasada.

— Provavelmente você só esteja passando por uma fase ruim, só isso — disse Alice com gentileza quando sua amiga não respondeu. — Você precisa conversar com ele sobre isso.

— É isso que eu tenho que fazer? — Ginny parecia estranha. — Sem querer te desrespeitar, Alice, mas você não sabe nada. Você acha que seu homem perfeito está logo ali, virando a esquina: um cavalheiro num cavalo branco. Você acha que o amor é um conto de fadas: vocês se conhecem, se apaixonam e vivem felizes para sempre. Bem, a vida não é assim. Contos de fadas não existem, ou não duram muito. Com o tempo, todos os Príncipes Encantados se transformam em grosseirões que coçam o saco, enchem a cara de cerveja e dão prioridade absoluta à TV.

Alice ficou muda de choque. Dan não era assim. Ele era uma graça!

— Cuidado com o que você deseja, Alice — advertiu Ginny, sombria. — Pode ser que você beije o sapo e descubra que ele não passa disto: um batráquio.

— Dan não é um sapo — disse Alice baixinho, sentindo-se atordoada pela explosão de Ginny. Que diabos estava acontecendo?

— Não. Não, ele não é — disse Ginny, com cansaço, perdendo de repente toda a agressividade. Ela suspirou. — Você está certa. Provavelmente, é só uma fase ruim. Estou cansada; acho que está na hora de ir para cama.

Alice assentiu, muda, e deu um abraço na amiga.

— Estou aqui se você precisar de mim — avisou, enquanto a apertava com força.

Ginny assentiu, deu um sorriso aguado e se dirigiu até a escada.

Alice foi sozinha até a porta e saiu. Profundamente perturbada, pegou a bicicleta e pedalou em disparada rumo a sua casa.

LOU

— Na sexta à noite, gata, seremos só você e eu — dissera Tony. — Suz acha que eu vou viajar a negócios, mas vou fazer a mala, vir para cá e esperar você no escritório. Você vai me trazer uma cerveja e eu vou ficar te assistindo pelo monitor, olhando sua bundinha gostosa rebolando pelo bar e fazendo todo mundo sorrir. Vou ficar duro que nem um tarado vendo você se abaixar para pegar as Stellas na prateleira de baixo da geladeira, sainha apertada e os peitos balançando na camiseta. Pode até ser que eu bata uma enquanto estiver esperando. E, depois, quando o expediente terminar, nós vamos mandar os funcionários para casa mais cedo, que se foda a limpeza, e eu vou te levar na minha BMW para uma cobertura no White Hotel, onde vou te deixar peladinha, bem devagarzinho, te carregar para a hidro e te esfregar todinha com espuma. E, daí, vou te levar para a cama king-size, te jogar lá e te foder mais do que você já foi fodida em toda a sua vida!

E, então, Tony ergueu uma sobrancelha e lhe lançou seu olhar mais indecente.

Lou não quis demonstrar, mas tinha ficado bastante excitada. Uma noite inteira com Tony, e a manhã seguinte também! Ele nunca havia oferecido aquilo antes; as coisas jamais tinham ido além de algumas horas após o expediente, antes de ele correr de volta para Suzy com o cheiro de Lou na pele. Ele certamente nunca a levara a parte alguma em seu carro, muito menos gastara uma grana preta num quarto do hotel mais hype da cidade. Na verdade, Lou não tinha certeza de já ter visto Tony alguma vez à luz do dia. Tanto seus negócios quanto seus prazeres sempre tinham ocorrido no trabalho, no subsolo sem janelas. Talvez fosse finalmente acontecer, pensou ela. Talvez ele estivesse pensando em deixar Suzy... por ela! Lou sentira um delicioso arrepio de poder, separara sua melhor e menor calcinha e fora para o banheiro para uma noite de minuciosa depilação.

Mas agora era uma da madrugada do sábado e os últimos clientes da sexta à noite já tinham cambaleado escada acima e ido para a rua. Jake trancara a porta e Paul estava fechando o caixa. Nem sinal de Tony.

Lou começou a recolher furiosamente os copos vazios, espirrando cerveja sem perceber ao colocá-los com força no balcão. Ele não viria. Tinha falado todas aquelas bobagens para ela sobre terem uma noite especial, sobre como ele mal podia esperar para sentir sua pele nua em contato com lençóis de cetim, em vez de sua costumeira esfregação em pé, encostados em garrafas geladas e cantos pontudos de pacotes de batata frita. Ele a havia enchido de esperanças. E ela tinha deixado sua imaginação voar alto. Estava depilada, exfoliada e hidratada à perfeição, e sua sacola com uma muda de roupas esperava ansiosamente no escritório. Mas Tony não estava aqui. Ela iria matá-lo. Com suas próprias mãos! Ou, falhando isso, ela se armaria com o balde de limpeza e lhe proporcionaria um machucado bem sério e difícil de explicar para Suzy.

Juntou violentamente duas pilhas de copos de cerveja e marchou pelo bar em mais uma ronda de coleta de copos. Podia ver Jake e Paul trocando olhares. Bem, eles podiam pensar o que quisessem. Não ia se acalmar e pronto. Ser uma subgerente sensata e inabalável não estava com essa bola toda, não.

A despeito de si mesma, Lou não podia evitar olhar toda hora na direção da escada, esperando ver Tony descendo por ali, com as chaves do carro e a ereção a postos. E cada vez que olhava, ficava com mais ódio, não só de Tony, mas de si mesma. Não era o tipo de garota facilmente enrolada pelos caras. Sabia que não devia confiar nos homens; eles só prestavam para uma coisa. E Tony nem sequer prestava muito para aquilo. Com frequência ela não tinha que segurar a vontade de arrumar os dosadores das garrafas, no meio da brincadeira?

Finalmente, a limpeza terminou e Lou não tinha mais motivos para manter todos ali.

— Certo, bem, obrigada, rapazes — disse, tensa. — Vocês podem ir.

Jake e Paul olharam um para o outro com alívio.

Lou foi carrancuda para o escritório buscar sua sacola. O monitor estava ligado, a câmera focalizando o bar. Ela praguejou. Cadê o cara que ia ficar ali observando-a a noite toda, de língua de fora, num estado de luxúria suspensa? Ela desligou o monitor e saiu.

Subiu a escada, acionou o alarme e trancou a porta da frente. Olhou ao longo da rua. Não havia nenhuma BMW à sua espera; só seu táxi de todas as noites, com o escapamento soltando fumaça. Ela iria para casa. Sozinha.

Cansada, abriu a porta do táxi, cumprimentou o motorista com um aceno de cabeça e, imediatamente, desejou ter fumado um cigarro antes de partir.

— A noite foi boa? — perguntou o taxista, com animação.

— O que você acha? — resmungou Lou sarcasticamente. Olhou pela janela e observou sem ver a cidade passar.

— Tome... parece que você está precisando de um.

Ela se virou. O taxista agitava um maço por cima do ombro, mantendo os olhos fixos no caminho.

— Tem certeza? — perguntou, surpresa. — A polícia antifumo não vai te acusar de crimes contra os pulmões?

Os olhos dele encontraram os dela pelo retrovisor. — Você é minha última passageira; acho que posso arriscar! — Os olhos dele se enrugaram, mostrando que ele sorria.

Lou pegou um cigarro. Acendeu e inalou. Conforme a fumaça seguia até seus pulmões, sentiu um formigamento morno de prazer. Era incrível o poder dos cigarros, pensou. A brigada antifumo jamais entenderia. Eles achavam que podiam mudar a cabeça dos fumantes colocando palavras assustadoras nas embalagens ou veiculando propagandas repugnantes na TV, com entranhas enegrecidas ou cigarros soltando pus. Como se isso funcionasse! Qualquer idiota sabe que cigarro faz mal. Mas o que os samaritanos não conseguiam captar é que o cigarro faz *bem*. Cigarros fazem você se sentir melhor, pura e simplesmente, pensou ela. Fumar é uma das melhores sensações do mundo.

Ela se recostou e tragou com satisfação. Olhou para o taxista, ou o que podia ver dele no espelho retrovisor: os olhos, as sobrancelhas e metade da testa.

— Você não me é estranho.

— É, bem, eu te levo pra casa três vezes por semana. Você normalmente está mais alegre do que hoje. Quer desabafar?

— Não!

— Quer ouvir uma piada?

— Não!

O táxi parou num semáforo. A atenção de Lou foi subitamente atraída por três meninas bêbadas de minissaia, indo em zigue-zague para casa. Duas delas seguravam a terceira em pé. Todas cambaleavam, lutando para se equilibrar nos saltos altíssimos, que não pareciam assim tão ousados e sensuais com espetinho de kebab grudado nas solas. A amiga bêbada, com vômito na blusa, tampouco carregava um acessório muito sexy.

— Nossa verde e aprazível nação, hein? — observou o taxista sarcasticamente.

Lou voltou a olhar para ele. Ele estava rindo consigo mesmo. Quantos anos teria, ela se perguntou. Era difícil dizer, com sua visão limitada. Mas ele parecia ter todos os cabelos na cabeça e a camisa parecia moderna e cool. E tinha olhos bonitos. Da sua posição, no banco de trás, podia ver o lado esquerdo do rosto dele, sombreado em vermelho pelo reflexo das luzes do trânsito. Ele estava com a barba por fazer, mas tinha boa pele. Pele jovem. E um queixo forte.

Poderia?

Deveria?

Bem, e por que diabos não? Tony tivera sua chance e a estragara. Estava ocupado demais brincando de casinha no subúrbio com a Suzy "Bronze Artificial" e seus medonhos 2,4 filhos. Ela iria matá-lo na próxima vez que ele aparecesse no bar. Como ele se atrevia a tratá-la daquele jeito? Quem ele pensava que era? Bem, ele que se foda! Ela ia lhe mostrar uma coisa.

Inclinou-se para a frente no banco, deixando seu casaco se abrir para mostrar o profundo decote V da blusa. Deu uma longa tragada no cigarro, virou o rosto para o teto do carro e então exalou devagar, a boca fazendo um deliberado biquinho.

— Como é mesmo que você disse que se chamava? — perguntou ao taxista, com um sorriso sedutor.

ALICE

Alice ficou parada do lado de fora da loja de jardinagem Dedos Verdes, franzindo a testa enquanto esperava as portas abrirem. Sua ida ali normalmente se reservava aos domingos, mas depois dos estresses da noite anterior, sentia que precisava do bálsamo imediato das plantas.

— Problemas? — perguntou Dudley ao destrancar a porta e deixar os entusiastas madrugadores entrarem.

— Hein? Não, estou bem. Obrigada, Dudley. Como vai você?

Alice não tinha dormido muito na noite anterior. Não podia acreditar que o relacionamento de Ginny e Dan estivesse problemático. Sempre pensara neles como o casal perfeito. Com tristeza, ficara observando os números vermelhos de seu despertador se aproximarem das quatro da manhã.

Mas agora já era dia e o céu estava atipicamente ensolarado. Ela correu até a área externa e contemplou a cena. Sempre se demorava alguns segundos embebedando-se dos poderes restauradores da imagem tranquila e natural diante dela: os corredores de plantas lindamente saudáveis e o calmo e constante gorgolejar das fontes de água. Sua peregrinação nunca falhava em apagar os problemas da semana.

Hoje, porém, mesmo enquanto olhava para o pátio externo, sentia o corpo pesar. Juntando as acusações de Sheryl, seu pavor de ir ao baile e, posteriormente, a terrível realidade de estar lá, aquela semana tinha sido infernal. Todas as noites haviam sido insones. Mas a noite passada... *a noite passada* fora a pior delas. Sua própria infelicidade era uma coisa; a infelicidade de sua amiga era outra bem diferente.

Ela percorreu o primeiro corredor. As tulipas estavam começando a desabrochar, como gotas púrpuras gigantes, de cabeça para baixo, se equilibrando na extremidade dos caules robustos. Ela pegou uma, notando a sensação reconfortante do vaso com terra em sua mão; tão simples, comparada à sua cabeça que fervia e rodopiava.

Alice percorreu de cima a baixo os corredores de prímulas e violetas que se abriam em flor. Pouco a pouco, todos os pensamentos sobre Ginny, Audrey e Sheryl foram se esvaindo e ela iniciou uma descida deliciosa que a levaria a se perder completamente no mundo vegetal. Minúsculos veios de terra começaram a se formar na ponta de seus dedos conforme ela acariciava as plantas, verificando cuidadosamente os níveis de umidade na terra e afagando as folhas aveludadas. Era sua própria versão de terapia, e infinitamente mais barata. Lentamente, sem que ela se desse conta, sua tensão desapareceu, seus olhos ficaram mais brilhantes e tudo se encaixou no lugar. Vinte minutos depois, ela estava novamente ereta, os ombros direitos e o rosto mirando o sol.

Alice virou no último corredor, cantarolando baixinho consigo mesma enquanto abraçava várias plantas junto ao corpo. No final do corredor, notou um cúmplice madrugador curvado sobre o que parecia ser uma *Stachys byzantina*. Alice sorriu ao reconhecer uma mente afim, igualmente fanática por plantas. Era, com toda certeza um jardineiro, e não um mero amador. Acariciava delicadamente as folhas da planta entre o polegar e o indicador, saboreando o toque aveludado e dando toda a impressão de ajoelhar-se diante dela em estado reverente de adoração. Alice apertou ainda mais suas plantas, sentindo um repentino impulso de alegria. Era isso que importava. Não as políticas do escritório ou se preocupar com o que as pessoas pensavam dela. Era ali que Alice era apenas Alice e nada podia afetá-la. Era seu porto seguro. Ela sorriu e se virou para inspecionar o corredor. Estendeu a mão para tocar numa margarida rechonchuda.

— Alice?

Uma voz rompeu o silêncio tranquilo. Alice deu um pulo, como se a realidade voltasse com tudo. Relutante, ela se virou para ver quem era.

Era o jardineiro do final do corredor, que havia se virado para encará-la. Com um choque, percebeu que o conhecia.

Era John.

— Alice! Que bom te ver! — Ele sorria calorosamente para ela.

Seu cérebro zuniu à velocidade da luz. Era John Cracknell! O que ele estava fazendo ali? Ele gostava de jardinagem? Ele parecia diferente de antes — mais relaxado. E, nossa, ela tinha se esquecido de como ele era absurdamente bonito. *Aqueles olhos!* Rapidamente, desviou o olhar de seu rosto e, com surpresa, viu o jeans velho e desbotado com uma porção de terra seca em um joelho, as botas enlameadas e o blusão de lã, furado no cotovelo. Ele parecia um jardineiro. *Era* um jardineiro.

Mas, então, a mente de Alice se escureceu... Audrey estava com ele? E se sua chefe de repente surgisse em meio aos corredores de plantas, estragando seu lugar especial para sempre...? E se John estivesse — precisamente naquele instante — tendo um flashback mental de seu nariz escorrendo e suas lágrimas, no ponto de táxi? Mas quando olhou para ele algo se acendeu em grandes letras vermelhas em seu cérebro. "Ele é igualzinho a mim!", dizia. E, então, desapareceu.

— Hã, oi — gaguejou ela, repentinamente ciente de que se esquecera de escovar os dentes aquela manhã.

— Eu só estava admirando essa *Stachys byzantina*. É maravilhoso vê-las novamente em flor.

Ela tinha consciência de que ele estava olhando para ela, à espera de que ela dissesse alguma coisa. Tentou não olhar para seu rosto; havia algo em olhá-lo diretamente que parecia fazê-la corar.

— Não sabia que você era jardineiro — soltou ela. — Quer dizer, Audrey nunca disse nada.

Ela percebeu uma expressão estranha passar pelo rosto dele e, então, desaparecer.

— Eu *amo* meu jardim — revelou ele. — É a parte mais importante da casa.

Alice assentiu. Que coisa perfeita de se dizer! Mas que estranho que fosse John Cracknell a dizê-la. E o que significava? Com certeza Audrey não era jardineira, ou era? Impossível! Alice tentou imaginá-la regando seu jardim, falando com as plantas ou ajoelhada diligentemente na terra enlameada, enquanto plantava carinhosamente uma frésia. Será que poderia ter interpretado Audrey tão erroneamente? Esperava que não. Não gostava de pensar em si mesma como sendo, em qualquer aspecto, semelhante à sua chefe.

— A... é... Audrey está com você? — Tentou manter a voz alegre.

John riu.

— Não.

Ele disse aquilo de uma forma muito enfática. Então, Audrey não era mesmo uma jardineira! Alice tentou não deixar seu alívio transparecer.

— Então, você está aqui nas primeiras horas de uma manhã de sábado, agarrando essas clemátis como se a sua vida dependesse disso — continuou John, com leveza. — Suponho que você seja uma jardineira, então?

— Sim, sim! Adoro. — Alice deu uma risada rápida e relaxou o aperto nas plantas.

— Que ótimo! — Ele sorriu. — Nunca conheci uma jardineira de que eu não gostasse.

Alice olhou para os próprios pés, o rosto novamente em brasa.

— O que eu quero dizer é... — acrescentou ele, depressa — que acho jardineiros pessoas calmas e generosas, só isso.

Alice ergueu os olhos e assentiu, muda. Sabia o que ele queria dizer, mas não sabia o que dizer. Esperava que ele não chegasse mais perto; não o queria à distância de seu hálito, só por precaução.

— Olha — John deu um passo na direção dela —, eu sei que não começamos da melhor maneira possível. Quinta-feira foi... bem, tenho certeza que nós dois já tivemos noites melhores...

Alice olhou mais uma vez para os pés. No entanto, poderia ter novamente se chutado por seu comportamento no baile. E que vergonha que John Cracknell tivesse testemunhado tudo.

— ... mas eu gostaria muito de deixar isso para trás, começar de novo — ela o ouviu dizer.

Houve uma longa pausa enquanto Alice tentava pensar numa resposta.

— Olha, Alice, você tem de ir a algum lugar?

— Ir?

— Quer dizer, você está com pressa? Eu estava pensando se não poderíamos tomar um café. Quem sabe, bater papo sobre plantas perenes e a melhor época para a poda. — Ele deu uma risadinha sem jeito.

Alice respirou fundo.

— Não! — disse rapidamente. — Não acho que seria... apropriado, e você?

— Apropriado?

Alice ficou surpresa. Ele parecera ser um homem atencioso. É claro que não podia ir tomar café com ele! O que ele tinha na cabeça?

— *Audrey!* — disse Alice enfaticamente.

Ele a olhou sem qualquer expressão.

— Eu só me referia a um café. E Audrey não é problema, na verdade...

Alice agarrou suas plantas, empertigada. Não podia acreditar na forma desleixada como ele pusera de lado a esposa! Será que ele de fato achava que não tinha problema ir tomar um café com a funcionária de sua companheira, e que Audrey não se importaria? Ou talvez ele estivesse querendo alguma coisa...? Alguma coisa completamente diferente. Ficou óbvio que ela havia se equivocado sobre ele. Teve um raro rompante de raiva. Que tipo de homem dispensa a esposa como "não sendo problema"?

— Tenho que ir! — soltou. Ela girou nos calcanhares, abaixou a cabeça e acelerou o máximo que podia. Ouviu John chamar seu nome, mas continuou em frente, com pressa, rumo à saída. Ao se aproximar dos caixas, percebeu que ainda carregava as clemátis. Realmente queria levá-las, mas não podia se arriscar a parar para pagá-las. E se John a alcançasse e tentasse continuar a conversa? Rapidamente, deixou-as num expositor de anões de jardim e correu para a porta de saída.

— Tchau, Alice! — gritou Dudley quando ela passou voando por ele. Alice correu até sua bicicleta e pedalou para casa o mais rápido possível, xingando-se por não ter comprado as clemátis e questionando sem parar como podia ter se equivocado tanto com John e sua gentileza cavalheiresca.

KATE

Kate riu. Gostou dele.

Diante dela estava sentado Steve, e ele acabara de contar uma história hilária sobre uma série de micos estratosféricos que pagara no trabalho, uma gafe mais vergonhosa que a outra, que haviam culminado com seu chefe o qualificando como *o cocô mais inútil a passar boiando diante de sua mesa*.

O maxilar de Kate doía de tanto rir. Ele, com certeza, era diferente dos outros homens com quem Alice a compatibilizara. E os múltiplos gins-tônica também estavam ajudando. Sentia-se relaxada, como se pudesse se soltar e ser ela mesma. Era uma sensação boa.

Quando parou de rir, Steve apanhou os copos, declarou em voz alta que era "sua vez de pagar" e foi até o bar.

Kate se acomodou na cadeira e o observou. Ele era ótimo, mas ela não tinha se sentido atraída.

Não que houvesse alguma coisa *errada* com ele. Ele cumpria vários de seus requisitos, como ter um bom emprego e um relacionamento próximo com a família. E, ao contrário dos outros homens com quem Alice lhe marcara encontros, ele era interessante e divertido e, de fato, ouvia o que ela tinha a dizer. Portanto, em muitos aspectos, Steve era um excelente partido.

Porém, percebera dois grandes pontos negativos e ela mal podia esperar para telefonar para Lou e analisá-los.

O primeiro era difícil de assinalar, mas era uma sensação nítida, que ficava mais forte conforme a noite progredia. Havia algo nele que não fazia sentido. Alguma coisa que Steve, por mais franco e autodepreciativo que fosse, não estava lhe dizendo. Como suas histórias engraçadas, por exemplo. Eram brilhantes. Mas havia algo nelas que era esmerado demais. Elas pareciam... o quê, hein? *Ensaiadas!* Como se ele as houvesse contado antes. Muitas vezes.

Mas repetir-se não é crime, ponderou Kate. Todo mundo faz isso, principalmente as mulheres. Algo não aconteceu de verdade a não ser que você conte a pelo menos dez amigas, em todos os detalhes mais sórdidos. Não; era mais o fato de as histórias de Steve parecerem *perfeitas*. Ele nunca confundia nada nem errava a ordem. Ele parecia um comediante seguindo seu script. Só que para uma audiência de apenas uma pessoa... ela.

Kate viu Steve chamar a atenção do barman e pedir os drinques.

A segunda coisa que a impedia de se sentir atraída por ele era o rosto. Detestava ter de admitir, mas ele simplesmente não era bonito o bastante. Está bem, aquilo parecia terrível — e era algo que só admitiria em voz alta para Lou, por medo que qualquer outra pessoa a achasse superficial —, mas não podia evitar. Queria um namorado lindo de morrer, e Steve estava mais para morrer do que para lindo. Além disso, se estava à procura do Sr. Para Sempre, então não era melhor que ele tivesse um rosto que ela iria querer contemplar... bem, *para sempre*?

Era estranho que Alice tivesse indicado Steve, pensou Kate, de repente. Afinal, ela sabia o que Kate queria num homem e a aparência sempre estivera no alto da lista de prioridades. E Harvey, com quem Kate havia se encontrado na noite anterior, era tão maravilhoso quanto Sebastian e Michael, embora um pouco lerdo e não muito ligado no mundo à sua volta. Kate ficara surpresa ao descobrir que ele jamais lia jornais nem assistia aos noticiários.

— Como você sabe o que está acontecendo no mundo? — perguntara, com curiosidade.

— O que há para saber? — respondera ele com um sorriso moroso.

Harvey sabia tudo sobre quem ganhara o último reality show da TV ou que jeans da Dolce & Gabbana tinha a maior lista de espera. Mas não fazia a menor ideia que partido político estava no poder, que escritor estava atualmente em voga ou que escândalo tropical dominava os jornais.

Portanto, quando Kate conhecera Steve, tinha se flagrado feliz por ele não ser como os outros encontros promovidos pela Mesa Para Dois. Não era obcecado consigo mesmo, arrogante, grosseiro, workaholic, preguiçoso ou cabeça-oca. Não atendia o celular no meio do encontro e não a fazia sentir-se burra nem gorda. Pela primeira vez, Kate começou a questionar se não vinha procurando de forma errada, com os critérios que dera a Alice. Mas, então, olhou para Steve com sua pele pálida e lustrosa, cílios que mal se podiam ver e orelhas de abano, e soube que era um rosto ao lado do qual jamais poderia acordar.

Além disso, havia aquela sensação estranha que não conseguia ignorar...

Steve voltou do bar e colocou um gim-tônica do tamanho do mundo sobre a mesa, fazendo um floreio. Kate sorriu. Ele era legal. Mas não servia para namorar. Nem para casar. Nem para ser pai. Era uma boa diversão, nada mais. E após seus encontros desastrosos recentes, ela queria mais era curtir o momento.

Pegou o copo e mandou ver.

ALICE

Ouviu-se um suspiro irritado no outro lado do telefone.

— Não entendo qual é o objetivo real dessas análises posteriores — resmungou Maurice. — Ou dá certo, ou não dá, e nesse caso... assim como em todos os outros... não deu.

Ele estava começando a parecer furioso.

— De qualquer jeito, mesmo que eu responda às suas perguntas ridículas, você vai continuar me mandando exatamente o mesmo tipo de mulher nos meus próximos encontros; vocês sempre fazem isso. Cadê a sua imaginação? Eu contratei a Mesa Para Dois para conhecer mulheres *diferentes*... não essa fila tediosa de falsas loiras divorciadas e sem graça.

Alice abriu a boca para falar. Seus clientes normalmente ficavam satisfeitos, então ela não sabia o que fazer quando alguém não ficava; e Maurice, claramente, não estava satisfeito. Todas as garotas já tinham cuidado dele, em algum momento ao longo dos últimos anos, e todas o haviam passado adiante, exasperadas. Seus falatórios já tinham virado lenda no escritório. Até mesmo Audrey, que gostava de um bom confronto, apenas concordara em mantê-lo nos cadastros porque ele era um dos raríssimos clientes do sexo masculino e porque Alice prometera assumir seu caso. Alice não suportava a ideia de que a Mesa Para Dois falhasse com ele. Todos mereciam encontrar o amor... até o Maurice.

— Então — resumiu ela, cuidadosamente —, você está procurando alguém incomum... alguém que não se encaixe nos moldes.

— Até que enfim! — exclamou ele com sarcasmo.

— Alguém com um emprego interessante... com opiniões fortes ou um passatempo pouco comum... Alguém que não se intimide em ter uma boa discussão?

— Bem, isso me faria achar que as taxas exorbitantes que venho pagando nos últimos quatro anos não foram completamente desperdiçadas!

— Sinto muito pelas perguntas, mas acabei de assumir seu caso e quero ter certeza de que entendo perfeitamente que tipo de mulher você gostaria de conhecer.

— Sim, sim, mas já contei a tantas de vocês aí da Mesa Para Dois que me sinto um papagaio. Vocês não podem simplesmente conversar umas com as outras? Comunicar-se?

Não parecia fazer muito sentido explicar-lhe que, se todas as outras haviam se equivocado com relação à sua mulher ideal, então obter instruções delas não era uma boa ideia.

— Não vejo por que a Sra. Cracknell não pode cuidar do meu caso — resmungou Maurice. — Se as funcionárias dela não são capazes de achar um par para mim, então ela deveria fazê-lo.

— Tenho certeza de que ela adoraria — respondeu Alice com delicadeza. — Mas as listas de Audrey estão completas no momento.

— Foi *mauriciada*, é? — perguntou Hilary, com solidariedade, quando Alice finalmente conseguiu desligar o telefone.

Alice assentiu, cansada. A conversa difícil deixara sua boca completamente seca. Tomou um gole de água e mergulhou a mão no bolso do cardigã para pegar seu bálsamo labial. Estava aconchegado em algo macio e reconfortante: o lenço de John. Alice sentiu uma onda de excitação ao tocá-lo.

Tinha cogitado a possibilidade de ter exagerado um pouco, quando voltara da Dedos Verdes para casa. Ele tinha apenas sugerido um café, não um fim de semana sórdido em Amsterdã. E, provavelmente, ele queria, *de fato*, conversar sobre épocas ideais para a poda; afinal, não era sempre que se encontrava um colega jardineiro. Além disso, ele era um homem bem casado!

Quanto mais Alice pensava no assunto, mais certeza tinha de que havia errado feio. E o que ele devia ter pensado, então, quando ela saiu correndo daquele jeito? *De novo!* Ficou com vergonha só de pensar.

Alice sacudiu a cabeça. Precisava se concentrar; tinha que arrumar um par — um *bom* par — para Maurice. Acomodou-se confortavelmente, olhou pela janela e deixou sua mente devanear...

Quando Alice reemergiu, tinha vários nomes anotados em seu bloco: Felicity Dingle, Abigail Brookes e Rita Harrington.

Felicity era uma taxista espevitada, de cabelos negros como um corvo, cujo trabalho implicava não ter muito tempo livre para conhecer homens.

O lado positivo, no entanto, era que ela podia conversar sobre qualquer coisa: de esportes, passando por política, a astronomia. Se ela tivesse as noites livres para se socializar mais, Alice não tinha dúvida de que seria garfada por um pretendente sortudo em menos de uma semana.

Abigail era uma artista cujo estilo desgrenhado Alice sempre admirara. Ela *era* uma loura falsa, mas sempre deixava cinco centímetros de raízes escuras desafiadoramente à mostra. Era uma loura irônica e cheia de atitude.

E Rita era uma diretora de escola e, anteriormente, fora líder estudantil na universidade. Se Rita não era capaz de tirar qualquer teia de aranha mental com uma discussão intelectual das boas, então ninguém mais poderia fazê-lo. Ela, com certeza, iria fazer Maurice ficar alerta.

Nenhuma delas era divorciada e nenhuma poderia ser classificada como sem graça.

Alice apanhou o telefone para ligar para Maurice, mas algo atraiu sua atenção. Era mais um arranjo floral gigantesco que estava sendo entregue. Agora que Alice sabia quanto John amava seu jardim, a frequência das entregas de flores fazia sentido. No entanto, havia algo, naquela entrega em particular, que não fazia. Em vez de ser a costumeira coleção de rosas e lírios, era um buquê de exóticas aves-do-paraíso. Era selvagem e vibrante, e só podia ter sido escolhido por alguém que realmente conhecesse plantas. Instintivamente, Alice se levantou para admirar o buquê de perto. Estranhamente, ele parecia estar vindo na sua direção. Cada passo dado pelas pernas humanas sob o buquê o trazia mais perto da mesa dela.

— Alice Brown? — perguntaram as pernas.

Alice assentiu, muda.

— São para você.

— Obrigada. — Alice estava estupefata. O buquê foi empurrado para seus braços.

— Caramba! Quem mandou essas flores? — Hilary bateu o telefone com tudo e correu até ela o mais rápido que seu corpo grávido permitia.

Alice percebeu subitamente que Audrey a observava com atenção, do outro lado do escritório. Entorpecida, procurou pelo cartão.

Querida Alice.

De um amante das plantas para outra, com as intenções mais puras. Por favor, reconsidere aquele café.

Não havia assinatura, só um endereço de e-mail.

— Admirador secreto! — exclamou Hilary, excitada, lendo o cartão por cima do ombro de Alice.

Audrey ainda a observava como um falcão. Alice deliberadamente evitou trocar olhares. A entrega era obviamente de John. Mas e se Audrey descobrisse? Ela já era bruxa o bastante sem motivos para ficar brava.

—Você faz ideia de quem são? — inquiriu Hilary.

Alice fez o possível para parecer casual.

— Ninguém especial. É só um amigo fazendo uma brincadeira, só isso.

Ela colocou o buquê no chão ao lado de sua mesa, sentou-se e tentou parecer absorta na papelada. Decepcionadas, as garotas voltaram a suas mesas. O trabalho normal foi retomado e Alice sentiu o peso do olhar de Audrey se desviar dela. Mas, por dentro, seu coração estava aos saltos. John havia lhe mandado flores! Ele não a achava uma idiota por ter fugido dele no centro de jardinagem. Ou por ter assoado o nariz em seu lenço. Ele não ligava que Sheryl a tivesse humilhado, que ela fosse uma casamenteira sem namorado ou que tivesse se esquecido de escovar os dentes antes de ir a Dedos Verdes.

John queria se encontrar com ela!

Obrigou-se a respirar fundo. Precisava pôr de lado todos aqueles pensamentos sobre olhos sorridentes e pele bronzeada. Tinha de ser sensata.

Não era John quem queria tomar um café com ela; era John *Cracknell* — o marido de Audrey — e isso era uma história completamente diferente. Ou ele era um homem casado a fim de ter um caso tórrido, ou era um homem casado querendo uma amizade inocente com uma colega jardineira, para discutir técnicas de drenagem ou a melhor forma de se livrar dos caramujos. Nenhuma das opções era algo com que se animar.

Alice queria ler o cartão de novo, mas não se atrevia, com medo de que alguém visse. Então, tentou se lembrar das palavras e decifrar seu significado. Ele dissera que suas intenções eram puras, mas será que ela podia acreditar nele? Só havia uma maneira de descobrir.

Embora... como diabos iria explicar para Audrey que estava marcando um encontro com seu marido?

Talvez Audrey já soubesse. Talvez ela e John tivessem rido durante todo o seu almoço de domingo da cena de Alice saindo correndo, aterrorizada pela proposta de um cafezinho. Talvez fosse por isso que Audrey a estivera observando de forma tão estranha quando o buquê chegou.

A cabeça de Alice estava começando a doer. E o tempo estava passando. Ela ainda precisava falar com Maurice sobre suas sugestões de pretendentes. E, depois, havia a ronda de telefonemas de segunda-feira de manhã, para ver como foram os encontros do fim de semana. Não tinha tempo para ficar devaneando.

Alice pegou o telefone novamente e ligou para o número de Maurice. Havia chegado a uma decisão. Era de bom tom agradecer alguém quando te mandavam um presente, então ela escreveria um e-mail rápido para John. Não mencionaria o café, mas tampouco deletaria a assinatura que aparecia automaticamente no final de seus e-mails e que incluía o número de seu celular. Se John ligasse para ela naquele número, não seria culpa sua. Seria tudo muito inocente e claro: de intenções totalmente puras! Além do mais, ela nunca tivera um colega jardineiro e ele poderia ter alguma sugestão para ajudá-la a salvar seus gerânios dos pulgões.

O telefone foi atendido por Maurice, que já parecia mais calmo. Alice abriu a boca e, com confiança, começou a falar sobre os possíveis pares.

AUDREY

Audrey ocupou seu assento favorito, na primeira fila da parte elevada do primeiro andar do ônibus 119. Ela nunca viajava no andar de cima; estava sempre cheio de adolescentes e bêbados. Em vez disso, preferia sua posição vantajosa no andar de baixo, de onde podia formular críticas contundentes sobre os passageiros que desciam.

Essa noite, porém, nem as reprovações desdenhosas do público em geral estavam conseguindo prender a atenção de Audrey. A todo instante seus olhos se desviavam para as ruas, cinzentas e molhadas, e seus pensamentos voltavam a John.

Já haviam passado seis dias inteiros desde o baile e da conversa horrível que tivera no banco do passageiro de seu Audi. Durante seis dias e seis noites, ela tinha repassado as palavras dele até que se entranhassem em seus sonhos quando ela dormia e surgissem diante de seus olhos quando estava desperta.

Eu não sabia que você era assim... dura... tão desprovida de compaixão.

Por várias vezes, Audrey quase pegara o telefone para ligar para Geraldine e exigir uma explicação sobre o que ele quisera dizer com aquilo. Sua mão chegara a tocar o fone em algumas oportunidades, mas ela acabou não telefonando. Afinal, como poderia se explicar sem admitir que havia, de alguma forma, incorrido na desaprovação de John? John, que era tão tranquilo com relação a todo mundo.

Não, seria muito melhor se Geraldine simplesmente desse a Audrey o número do telefone de John para que ela pudesse ligar pessoalmente. Pediria desculpas, prometeria mudar, fazer uma doação à instituição de caridade preferida dele, qualquer coisa que o fizesse perdoá-la.

Mas tampouco havia telefonado para pedir o número dele. Sabia que não dariam. Já havia tentado antes, anos atrás. Tinha usado todo o seu poder de persuasão, mas o número de John continuara firmemente fora de alcance. Era a política da agência. Audrey não tinha coragem de tentar de novo. Não podia encarar uma recusa, não agora que se sentia tão fragilizada.

Em vez disso, havia impotentemente esperado que John entrasse em contato com ela, que ele se desculpasse e implorasse com seus olhos de Paul Newman para que ela esquecesse o incidente todo. As esperanças de Audrey tinham se elevado quando as flores inesperadas chegaram. Tinha prendido a respiração enquanto o entregador tirava o papel do bolso e era direcionado para a mesa certa. Quando ficou claro que ele não estava vindo para seu escritório envidraçado, Audrey já prendera o fôlego por tanto tempo que sua visão estava salpicada de pontinhos negros. Devia saber que John não se desculparia daquela forma. Além disso, ele jamais teria escolhido um buquê de flores tão desagradáveis.

Mas se ela não iria telefonar para Geraldine, e se John não iria telefonar para ela, então o que deveria fazer? Conseguiria viver no limbo até que surgisse outro compromisso profissional? E se os sentimentos de John se endurecessem mais, nesse ínterim? E se o descontentamento da quinta-feira ficasse mais forte? Seria um risco que podia correr? E justo quando vinha sentindo uma evolução no relacionamento deles! As últimas vezes em que vira John, tinha sentido que ele estava cada vez mais perto de declarar seu amor. Mas, agora, a ideia de recuar novamente vários degraus a fez sentir vontade de chorar de raiva e frustração.

Não, não podia simplesmente deixar que as coisas se resolvessem sozinhas. Se havia algo que ela sabia, era que os homens *jamais* podiam ser deixados ao acaso.

Audrey começou a considerar outra opção. Poderia marcar uma noite com John — não para acompanhá-la a um evento; só uma noite normal da semana, para que eles pudessem desfrutar a companhia um do outro. Poderiam sair para jantar. Seria o tipo de noite que os outros casais têm sempre e, sem a pressão devastadora de um evento formal, talvez o amor deles pudesse voltar a florescer.

Era um grande passo a ser dado, no entanto. Primeiro, haveria o fator constrangedor de ter de agendar o programa. Geraldine, certamente, perguntaria o motivo do encontro. E iria entender imediatamente o porquê do pedido de Audrey e saberia que ela estava desesperada. E havia também o golpe em sua conta bancária a ser considerado. Uma noite com John não era barata e ela não iria poder disfarçá-la como despesa profissional.

O ônibus entrou na rua Sidwell e ela tocou o sinal. Passou pela porta dupla e desceu na calçada. Tinha começado a chuviscar.

Que escolha ela tinha com relação a John?, perguntou a si mesma ao subir rapidamente a rua, a chuva leve já fazendo seu cabelo encrespar. Teria de fazer aquilo. Teria de enfrentar Geraldine, marcar um restaurante e encarar a despesa de uma noite com John sem um evento que a justificasse. Era um risco, mas talvez sua jogada compensasse. John veria que ela queria passar tempo com *ele*, e não apenas contratá-lo por motivos profissionais. E esse poderia ser o impulso de que ele precisava para revelar seus sentimentos. Ao diabo com o dinheiro! Se tudo corresse de acordo com o planejado, talvez nunca mais precisasse pagar pela companhia dele! Poderia ser a primeira de centenas de noites descompromissadas com John. Poderia ser a noite em que 11 anos de sonhos finalmente se realizariam!

Os passos de Audrey ficaram mais saltitantes. Estava decidido, pensou consigo mesma, o peso da inércia se esvaindo de seus ombros. Ela tinha um plano!

ALICE

Alice analisou Steve, por trás de seu suco de laranja. Kate tinha razão; havia definitivamente algo estranho. Ele mal fazia contato visual; em vez disso, seus olhos ficavam se movimentando pelo bar ou dardejando na direção da porta, esperando que seu camarada chegasse. E essa era outra coisa: Steve já sabia há mais de uma semana que eles iriam se encontrar para discutir seu progresso na Mesa Para Dois, então por que tinha marcado com o amigo exatamente na mesma hora? Esse não era o doce e sincero Steve de que Alice se lembrava. Alguma coisa estava acontecendo.

— Então, você está totalmente satisfeito com a maneira como estão indo as coisas? — perguntou Alice, interrompendo o milionésimo passeio visual de Steve pelo interior do bar.

— Sim, sim. Está ótimo — animou-se ele, distraído, ainda sem olhar para ela.

— Só que você já teve primeiros encontros com várias mulheres, mas não quis se encontrar com nenhuma delas novamente.

— Sim, isso mesmo.

Alice ficou confusa. Clientes não eram geralmente tão impassíveis. O normal era que, se o Cupido não tivesse dado as caras lá pelo terceiro encontro, eles telefonassem para reclamar.

— Então não está ótimo realmente, está? — insistiu ela.

— Hã? — Os olhos dele focaram rapidamente nela. — Não, sério. Está tudo bem.

— Mas você não está se sentindo frustrado?

— Frustrado? — Ele soltou uma fungada. Então se recompôs rapidamente.

— Pelo fato de ainda não termos resolvido seu problema?

— Não, não. Quer dizer, bem, é um trabalho difícil, né, unir as pessoas. Vocês estão fadados a alguns fracassos, antes de acertar na loteria.

Alice estava perplexa. Os clientes nunca diziam esse tipo de coisa!

— Olha. — Steve voltou sua atenção brevemente a ela. — Se você está aqui porque está preocupada que eu ache que está fazendo um mau trabalho, bem, não fique, *mesmo*. Preocupada, quero dizer. Tenho certeza de que está fazendo o melhor que pode.

O tom de voz dele não era conciliatório, nem elogioso, nem condescendente. Era apenas... o quê? Não fazia sentido!

— Então é isso — tentou concluir Steve.

— Bem, não exatamente.

Steve se enrijeceu um pouco. Por um momento, pareceu ter sido apanhado ou encurralado.

— Olha, não quero continuar te marcando encontros com..."fracassos". — Alice se forçou a usar a descrição dele. — Meu trabalho é encontrar um par perfeito... a mulher com quem você disse que queria envelhecer, lembra?

Seria a imaginação de Alice ou Steve ficou lívido?

— Não quero desperdiçar seu dinheiro tampouco decepcioná-lo — insistiu ela. — Tenho que pensar na sua felicidade! Então, vamos parar de gastar seu tempo em encontros com mulheres nas quais você não está interessado e vamos encontrar "a" perfeita e tirar você do mercado.

Steve olhou fixamente para a mesa. Alice tentou engolir seu assombro.

— É isso que você quer, Steve. Não é?

Sua pergunta ficou pairando entre eles. Ela viu as bochechas dele ficarem ruborizadas, a vermelhidão se espalhando pelo rosto, cobrindo sua palidez e incendiando suas orelhas. Houve alguns longos segundos de silêncio. E, então, justamente quando ele estava abrindo a boca para responder, sua atenção foi atraída por alguém entrando pela porta, e uma expressão — de alívio? — passou por seu rosto.

— Tommy! — Ele se levantou de um salto. — Tudo bem, cara? Esta é Alice da Mesa Para Dois. Alice, este é meu amigo Tommy.

Relutantemente, Alice afastou os olhos dele. Um homem de aparência robusta e amigável vinha na sua direção, com um sorriso no rosto e alegria no olhar.

— Então é você a moça com a tarefa de encontrar uma garota desesperada o bastante para se apaixonar pelo mané aqui, é? — Ele deu um sorriso amplo, sacudindo a mão dela em cumprimento.

Tommy era um tipo grandalhão e forte, de constituição sólida e com um charme descontraído. Quando Steve se moveu para ficar ao lado dele, Alice notou que ele parecia ainda menor e mais pálido do que antes.

— Pois é, bem, só porque basta você piscar para uma mulher para ela tirar a calcinha... — resmungou ele, amargurado.

Houve um silêncio repentino. Tommy abafou uma risada. Alice notou o rubor de Steve retornar com mais força ainda do que antes.

—Você mantém o poeta que vive em você bem escondido, não é, cara? — comentou Tommy preenchendo a pausa. — Agora, Alice, o que posso trazer do bar para você? Deve estar precisando de uma bebida forte, depois de aguentar este maluco aqui!

Alice ficou observando enquanto Tommy ia a passos largos até o bar, com Steve correndo atrás dele, as pontas das orelhas queimando num doloroso tom de rosa. Ela se recostou em sua cadeira e pensou. As peças estavam finalmente se encaixando.

LOU

Desde que Tony lhe dera o cano, Lou vinha se sentindo malévola. E quando se sentia malévola, gostava de beber.

— Então — interpôs Kate, quando Lou terminou de descrever seu chefe com a lista dos adjetivos mais venenosos do idioma. — Essa foi a *última* chance dele, né?

Lou e Kate estavam na metade de sua primeira garrafa risivelmente cara de vinho, no recém-inaugurado bar da moda do bairro mais chique de Londres. Como abrira há apenas uma semana, elas tiveram a sorte de conseguir a última mesa, ainda que ficasse espremida perto dos banheiros.

— Você não pode transar com ele de novo — continuou Kate. — Ele deixou claro suas prioridades.

Lou franziu a testa. Kate tinha um jeito realmente irritante de acertar no alvo.

— Como se eu aqui me importasse com aquele escroto covarde de pau pequeno — respondeu ela alegremente.

— Então está tudo acabado?

— Nunca nem começou — disse Lou, com indiferença.

— Mas então é isso, né? Chega de transar com o Tony?

Lou tomou um gole demorado de vinho. *Chega de transar com o Tony* soava estranho.

— Lou! Tenha dó! — exclamou Kate. — Ele escolheu a Suzy!

— Como se eu quisesse que ele deixasse a esposa! — retrucou Lou. — Eu só estou *transando* com ele. *Jésus!*

Houve uma pausa.

— Então, como eu disse... Chega de transar com o Tony.

— Às vezes eu estou a fim e o Tony simplesmente está por perto!

— Bem, você vai ter que exercitar um pouco o tal do autocontrole.

— Não acredito em exercícios.

— Não me referi a esse tipo de exercício!

— Olha, o escroto de pau pequeno já era — disse Lou, indiferente. — Foi por isso que eu quis vir aqui hoje. Dar uma olhada nos peixes disponíveis num lago novo, ou ver se há alguma isca que seja interessante de morder.

As mulheres bebericaram mais um pouco enquanto escaneavam o bar.

No geral, não eram más opções, pensou Lou. Eram todos do tipo engravatado e próspero; não exatamente do tipo rude que ela preferia, mas bons o bastante para uma quinta à noite.

— Caralho! — exclamou Kate, de repente.

— Essa é a ideia — comentou Lou.

Kate abaixou a cabeça e encurvou os ombros.

— Ai, não! Caralho, caralho, caralho!

Lou olhou assustada para a amiga. Kate não falava muitos palavrões e, quando falava, era algo superficial, como droga ou, uma vez ou outra, merda. Tinha de ser algo muito sério para merecer que ela baixasse ao nível da palavra começada com cara e terminada com alho.

— É ele!

— Quem? — Lou espiou pelo bar, com entusiasmo.

— Não olhe! O idiota! O bizarro com quem eu saí. O que disse que eu era gorda e fez piadinha com o meu sobrenome.

— Quem, o Sebastian?

— Shhh! Ai, meu Deus, não, isso não pode estar acontecendo.

— Onde ele está? Qual deles?

— Lá... — Kate indicou com as sobrancelhas, mantendo a cabeça desviada do ambiente.

— Qual, o bonitinho?

— *Lou!*

— O quê? É fato! Ele é sexy!

— Nós temos que ir embora — implorou Kate. Ela parecia prestes a chorar.

— Tá, deixa só eu terminar meu vinho.

— Eu quis dizer *agora*! Não posso deixar esse cara me ver. Ele vai fazer algum comentário horrível sobre o meu porte.

Lou olhou incisivamente para Kate.

— *Você*, Kate Biggs, é maravilhosa e *ele* é um babaca de marca maior. E é afetado. E pretensioso, e nem é tão gostoso assim. Na verdade, ele tem cara de quem tem mau hálito e pau fino.

— Não está ajudando — sibilou Kate, por baixo do cabelo.

— Ele que se foda, Kate! Não deixe que ele te impeça de curtir seu vinho.

— Lou, *por favor*! — Kate já estava quase chorando.

— Está bem, está bem! Só preciso pagar a conta. Você vai indo e me espera lá fora que eu vou acertar tudo. Um minutinho.

— Promete? Não demore. Ele pode sair e me ver.

— Prometo. Vá e me espere na esquina. Vá olhar a vitrine da Partridges. Estarei lá em um minuto.

Kate contornou desajeitadamente o bar, mantendo as costas viradas para Sebastian e o cabelo pendendo sobre o rosto. Finalmente, Lou a viu chegar à porta da frente e escapar.

Lou apertou os lábios, semicerrou os olhos e mirou Sebastian. Ele usava um terno caro e tomava uma taça de champanhe, megapinta de lorde. Tinha certamente cara de babaca. O bronzeado perfeito demais e o cabelo imaculado de salão diziam tudo. "Coxinha", pensou Lou maldosamente, com uma sensação de prazer selvagem. Como ele se atrevia a magoar sua melhor amiga?

— Uma garrafa de Veuve Clicquot, por favor. — Ela pediu a uma garçonete que passava. — E a conta.

Lou sorriu perversamente, sem tirar os olhos de Sebastian. Então, vasculhou em sua bolsa à procura da carteira, do batom e uma caneta.

— Com licença! — Lou chamou a garçonete alguns minutos depois. — Eu pedi esse champanhe, mas acabo de receber um telefonema importante e tenho que ir embora. Você se importaria em dá-lo ao cavalheiro ali, com meus cumprimentos? — Ela sorriu com doçura e entregou à garçonete um bilhete e a garrafa de champanhe.

— Claro! — A garçonete olhou de relance para o papelzinho e sorriu conspirativamente. — Ele é lindo, não é? Boa sorte. Espero que te ligue!

— Ah, ele vai ligar! — Lou se levantou da mesa e rebolou na direção de Sebastian. Conforme ela se aproximou, ele interrompeu sua conversa e a olhou de cima a baixo, com ar avaliador. Lou remexeu os quadris, fixou nele seu olhar mais pornográfico e esbarrou de leve no sujeito a caminho da porta. Atrás de si, pôde ouvir a garçonete o abordando.

— Graças a Deus! — esbaforiu-se Kate quando Lou virou a esquina da deliciosa Partridges. — Por que você demorou tanto?

— Digamos apenas que a vingança é um prato que se come borbulhante. — Lou sorriu misteriosamente.

— O qu...? Ai, meu Deus, você não falou com ele, falou? — Kate entrou em pânico.

— Claro que não! Eu lhe mandei uma garrafa de champanhe!

Kate parecia ter tido uma parada cardíaca.

— Aquele homem foi horrível comigo. Tão grosseiro, cruel, maldoso; e você mandou um *champanhe* para ele?

— Bem, foi algo mais que um simples champanhe.

Alguma coisa na expressão de Lou captou a atenção de Kate. Ela parou de hiperventilar.

— O que foi que você aprontou? — perguntou, desconfiada.

— Só peguei emprestada uma ideia clássica da Sharon Osbourne e dei uma repaginada *à la* Lou. Ela é uma deusa, aquela mulher. Reescreveu completamente o livro de regras sobre como controlar os homens. As iniciantes deveriam estudar a autobiografia dela como se fosse um livro didático. Deveria fazer parte do currículo escolar. Deveria haver um "diploma na arte de se vingar e fazer os homens de capacho segundo Sharon Osbourne".

— Do que você está falando? A única vingança que conheço da Sharon Osbourne foi que ela fez cocô na... Ai, meu Deus. O que foi que você fez?

— Mijei no champanhe dele!

Kate cobriu a boca com a mão, horrorizada.

— Levei a garrafa de champanhe para o banheiro feminino, joguei metade na privada e completei com um pouco de *Eau de Lou*. E, daí, pedi para a garçonete entregar a Sebastian com meus cumprimentos.

— E ele aceitou? — perguntou Kate, fascinada.

— É claro que ele aceitou! Babaca vaidoso, egoísta! Ele é narcisista demais para desconfiar.

— Ai, meu Deus! — Kate pensou por um momento. — Então, Sebastian está lá dentro *bebendo o seu xixi*?

— Ã-hã! — Lou riu. — E não para por aí. Também pedi para a garçonete entregar a ele um número de telefone.

— Qual, o seu?

— Não!

— Ai, meu Deus, não o meu, né?

— Não seja tonta! Do Tony. O telefone da casa do Tony.

Kate pareceu confusa.

— Não entendi.

— Ah, bem, esse é meu segundo lance de gênio. O Tony quase nunca está em casa, mas se ele por acaso estiver quando o Sebastian ligar... *e ele vai ligar*... o Tony vai ficar completamente desconcertado. O Sebastian é tão convencido que não vai se deixar intimidar por um homem atendendo o telefone. Ele com certeza vai pedir para falar com a Suzy.

— Suzy?

— É. Eu escrevi o nome dela ao lado do telefone. Então, de qualquer forma, o Tony vai ficar no mínimo desconfiado e vai surtar, pensando no que sua esposinha querida anda aprontando. Mas, com sorte, será Suzy quem atenderá ao telefone, e Sebastian irá lhe agradecer pelo champanhe e, como ele supõe que ela esteja interessada nele, irá convidá-la para jantar. E Suzy, sendo tão narcisista quanto Sebastian... e provavelmente entediada à morte com seu marido inútil e flácido... aceitará. E eles se encontrarão e pronto. Esses dois foram feitos um para o outro. Ela é uma interesseira sem cérebro e ele é um ricaço que despreza as mulheres.

Ela sorriu maldosamente.

— Assim, posso ir para a cama com um sorriso no rosto, sabendo que há uma grande chance de que a esposa do Tony o faça de idiota — continuou, triunfante. — E você vai para a cama sabendo que o Seboso Sebastian bebeu o xixi da sua melhor amiga!

— Lou, você é uma pessoa má, muito, muito má — ralhou Kate. — Mas eu te amo muito, muito, muito!

Lou fez tsc-tsc.

—Você sabe que eu não gosto dessa palavra que começa com A, né?

— Desculpe, me esqueci! — Kate sorriu. — Bem, eis aqui algumas palavras para você... "Eu" e "convido". — Ela passou o braço pelo de Lou. —Vou pedir o melhor sangue de boi que o Luigi's puder arrumar!

E as duas seguiram pela King Street, rindo feito menininhas.

ALICE

Da segurança de sua sala de estar, Alice acessou seu Hotmail. Com um pouco de nervosismo, vasculhou a bolsa, pegou o caderno e digitou o e-mail de Kate. Ficou olhando para ele enquanto a TV tagarelava baixinho ao fundo. Audrey a mataria se descobrisse. Só Deus sabia quantas cláusulas de seu contrato estava a ponto de infringir. Mas iria em frente, de qualquer maneira. Tinha uma sensação muito forte a respeito daquilo. E, além do mais, amor era amor. Não seria impedido por um contrato, um pedaço de papel.

Começou a digitar.

Kate
Encontrei um par PERFEITO para você! Mas ele não faz parte dos cadastros da Mesa Para Dois. Qual é a sua opinião a respeito de um encontro de "mercado negro"?
Por favor, não responda para o meu e-mail do trabalho. Se Audrey descobrir, estarei trabalhando numa lanchonete no minuto seguinte.
Alice
P.S.: Ele não cumpre todos os seus requisitos, mas confie em mim!

Ela se recostou, nervosa, e releu o que havia escrito. Um momento depois, estendeu a mão para o mouse e apertou o botão "enviar". Feito. O coração estava acelerado.

De repente, seu celular adquiriu vida, fazendo-a dar um pulo violento de susto. Não podia ser Kate, podia? Alice olhou para o relógio. A maioria dos seus amigos não telefonaria tão tarde, a não ser que fosse Ginny precisando conversar. Esperava que fosse. Vinha pensando constantemente nela, desde a noite de sexta. Tinha telefonado várias vezes para ela, mas era sempre a secretária eletrônica que atendia.

Mas não era Ginny. Era John.

— Espero que não seja muito tarde para ligar.

Ela sentiu uma emoção deliciosa correr pelo corpo. Seu plano tinha funcionado.

— Obrigada pelas flores! — Ela tentou parecer calma e tranquila.

—Você gostou?

— Adorei! Tão melhores do que rosas! — Ela se contraiu. Só Alice mesmo para mencionar o símbolo universal do amor. Por sorte, John pareceu não notar.

— Bem, se você não decepou a cabeça delas e me mandou os caules de volta, então... — provocou ele — e também não bateu o telefone na minha cara... então, tenho a esperança de que não esteja mais brava comigo.

— Eu não estava brava com você — respondeu Alice depressa. — Só estava...

— ... afrontada, porque pensou que eu estava fazendo uma proposta indecente através de um café?

Alice vacilou. Parecia tão bobo quando ele colocava daquela forma...

— Devo admitir, fiquei um pouco surpreso em vê-la saltar sobre as dálias e correr pela loja daquele jeito. — Ele riu. — Em termos de recusa, foi bastante espetacular! Obviamente, podia ser só uma questão de você ter bom gosto e querer sair de perto de mim o mais rápido possível. Mas me dei conta de que também podia ter sido a forma como me expressei.

O cérebro de Alice zunia, tentando manter-se um passo à frente.

— Olha, sério, por favor. — John de repente pareceu nervoso. — Eu não sou assim.

— Certo. Ótimo — respondeu Alice, querendo, mas não conseguindo, dar a impressão de que sabia do que ele estava falando. — Assim como?

— Bem, você sabe. Não sou um conquistador libidinoso que espreita pelas lojas de jardinagem tentando pegar mulher.

Ambos riram, sem jeito.

Houve uma breve pausa.

— Apesar de que eu estaria mentindo se dissesse que só queria tomar café com você para discutir os méritos das superfícies das herbáceas — acrescentou ele, encabulado.

Houve uma pausa mais longa. Alice tentou digerir o que acabara de ouvir. Então, ele não era um conquistador libidinoso à espreita de um caso extraconjugal. Mas também não queria só falar com ela sobre jardinagem.

Então, o que era exatamente que ele queria? Um caso semilibidinoso com um toque de floricultura? Alice ficou confusa. Não tinha certeza se devia se sentir ultrajada ou não.

— A Audrey sabe que você está me ligando? — contornou ela. — Ela está aí com você agora?

— Ah, não! De jeito nenhum. Audrey não está comigo agora. — John riu. — E a não ser que ela tenha mandado grampear meu telefone, então, não, ela também não sabe que estou te ligando.

— Então, você, hã, está fazendo isso pelas costas dela?

Ela esperou, com nervosismo, pela resposta dele.

— Não é da conta de Audrey para quem eu ligo ou quem eu convido para um café.

— Ah!

Houve mais uma pausa, interrompida pelo suspiro de John.

— Argh, eu só queria esclarecer tudo, mas estou me complicando cada vez mais. Estou a ponto de levar um telefone na cara?

— Não tenho muita certeza do que devo fazer. Não tenho muita experiência em lidar com telefonemas tarde da noite do marido da minha chefe.

— Marido?!? Sim, imaginei mesmo que foi por isso que você fugiu.

— Olha, John. — Alice tentou ser objetiva. — Você foi gentil comigo no baile. Um cavalheiro de armadura lustrosa, na verdade. E eu fico muito agradecida. E pelas flores também. — Ela respirou fundo antes de seguir adiante. — Obviamente, você ouviu tudo aquilo que Sheryl disse a meu respeito. Ela me fez parecer uma figura trágica e desesperada. Mas eu não sou. A questão de eu ser solteira é verdade, mas isso não quer dizer que seja presa fácil ou que vá me jogar na cama do primeiro homem que me pagar um cappuccino. Principalmente se ele for casado. E, mais principalmente ainda, se ele for casado com a minha chefe!

Ela se sentiu zonza pelo esforço de ser tão franca.

— Sinto muito, John, se isso me faz parecer moralista — acrescentou timidamente.

— Longe disso. Faz você parecer... Olha, é como eu disse na Dedos Verdes; eu acho que nós dois tivemos a impressão errada. O que estou pedindo é que comecemos de novo. Com uma folha em branco. Não sei muito bem quem você pensa que eu sou, mas não existe uma maneira de te dizer a verdade sem parecer que estou tentando te enrolar. E eu sou uma pessoa muito honesta. Sou, antes de mais nada, um jardineiro, pelo amor de Deus!

Alice pensou por um instante. Sua mente repassou uma série de flashbacks: de John defendendo-a no baile; correndo até o ponto de táxi para se desculpar pelo comportamento de todos; entregando seu lenço para ela gentilmente, quando ela achou que estava conseguindo esconder as lágrimas.

— Está bem — murmurou ela. — Uma folha em branco.

— Ótimo... — Ele parecia aliviado. — Então, eu gostaria de contar uma coisa para você em segredo. É muito importante que você não conte a ninguém da Mesa Para Dois nem a nenhuma outra agência de relacionamento. Você me dá a impressão de ser uma pessoa que cumpre com a palavra dada.

— E sou.

Houve uma longa pausa.

— Não sou casado com Audrey — disse ele, finalmente. — Na verdade, não sou casado com ninguém.

Houve outra pausa.

— Como assim, quer dizer que você e Audrey nunca se casaram? — perguntou Alice estupidamente. — Vocês são apenas parceiros... de longa data?

— Somos... *amigos* de longa data.

— Então acabou a paixão no relacionamento e agora você sai com outras mulheres?

— Não! — Havia um indício de riso na voz de John. — Quero dizer que nunca houve nenhuma paixão. Não há nem nunca houve nenhum tipo de relacionamento apaixonado. É um relacionamento... — ele buscou pela palavra certa — *especial*. Mas não é o que você pensa.

— Então você e Audrey não são...?

— Não.

— Mas... Mas... todos aqueles lindos buquês que você manda para o nosso escritório!

— Flores para Audrey? Não tenho nada a ver com isso.

— E quanto ao seu aniversário de casamento? Você a levou para Paris.

— Não, negativo. Nunca fui além do Town and Country Golf Club com a Audrey.

Alice lutava para encontrar sentido naquilo.

— Mas e o baile? E quanto à cerimônia? Todo mundo pensou que você fosse o marido dela.

— Podem ter pensado, mas eu nunca disse isso.

— Então você e a Audrey não estão juntos? — Alice ainda não conseguia acreditar.

— Não da forma convencional.

— Certo... — Ela pensou por um momento. Haveria uma forma não convencional de se estar junto? Tipo aqueles relacionamentos permissivos, de casais que trocavam de parceiros, que ela tinha visto na TV de madrugada? Mas isso não tinha a ver com festas sexuais e roupas obscenas de borracha com chicotes e algemas? Não queria nem começar a pensar em Audrey naqueles termos.

— Adiantaria alguma coisa se eu te pedisse para confiar em mim? Se eu dissesse que vou explicar tudo quando for o momento certo?

— Humm... — Alice não sabia o que dizer. Não fazia a menor ideia do que ele estava falando.

— Olha, Alice, eu gosto de você. Gostei de você desde o instante em que te conheci. Você foi especial naquele baile; linda e natural. Você brilhou, em meio ao batom e as punhaladas nas costas. Depois que foi embora, não consegui parar de pensar em você. E, então, quando me encontrei com você na Dedos Verdes, de jeans e cabelo despenteado, gostei mais ainda. E você é jardineira! Não é fantástico? Você tem *coração* e ainda por cima é *jardineira*!

O corpo de Alice se aquecia lentamente com a magia das palavras dele.

John continuou, com cautela.

— Meu relacionamento com Audrey é complicado e há coisas entre nós... segredos... que não posso revelar. Mas posso dizer, com toda honestidade, nunca nem sequer a beijei. E nunca beijarei.

Alice estava espantada. Audrey não era casada com John! Ela vivia se gabando de ter o casamento perfeito. Mas era mentira! Por quê?

Por outro lado, John não era casado com Audrey! O lindo, cavalheiresco, acho-você-linda-e-natural John não era casado em absoluto! E ele ainda estava dando satisfações!

— Não estou tentando te enganar e não estou tentando ter um caso. Sou solteiro. Gosto de você.

Houve uma pausa. A mente de Alice estava ocupada demais para falar. Felizmente, a voz de John preencheu o vazio novamente.

— Então, Alice — ela o ouviu dizer —, você poderia *por favor* reconsiderar e me deixar te levar para tomar aquele café?

AUDREY

Audrey atravessou rapidamente as portas da Partridges, consultou o mapa de localização e se dirigiu para a escada rolante, rumo ao departamento de roupas íntimas no primeiro andar. Departamentos de roupas íntimas eram raramente visitados por Audrey. Ela preferia fazer suas compras por catálogo, escapando assim da infernal dose dupla: as luzes dos provadores e os esbarrões e as cotoveladas vingativas das shoppaholics.

Mas hoje era uma exceção. Nessa particular hora de almoço de sexta-feira, Audrey se aventurou desafiadoramente a penetrar na zona hostil do departamento de roupas íntimas da Partridges com apenas uma coisa em mente: calcinhas modeladoras.

Desde a noite do baile, Audrey vinha sendo torturada por duas imagens. A primeira era do corpo envolto em prata, imaculadamente apresentado e injustamente proporcional de Sheryl Toogood. E a outra era de seu próprio corpo, flácido e cheio de furinhos, no espelho do seu quarto. Toda vez que se lembrava de sua imagem, sentia um calafrio. Se estava decidida a reconquistar John, então precisaria dar um jeito em si mesma. E a roupa íntima correta, dizia-se, podia te fazer perder cinco quilos.

Quando Audrey saiu da escada rolante, armou-se de sua carranca mais não-desperdice-o-meu-tempo. Iria resolver aquilo o mais rápido possível.

Se não fosse pelo casamento de Jason e Jennifer no dia seguinte (como arquiteta da união, ela estava fadada a ser fotografada com o feliz casal para o jornal do bairro; o que não só era excelente publicidade para a Mesa Para Dois, mas também havia a chance de que John pudesse ver), então, provavelmente teria adiado a compra de roupas íntimas por mais algumas semanas. Mas a necessidade imperava, então, entrou afobadamente no primeiro corredor de calcinhas e sutiãs, analisando com desconfiança os frágeis fragmentos de cetim e renda.

Era assim a lingerie modeladora dos dias de hoje?, perguntou-se. A sua, comprada quando ela era vinte anos mais jovem e dois números menor, já estava em farrapos. Certamente, as lingeries modeladoras tinham evoluído muito desde então, não? Audrey tocou numa bonita calcinha azul-turquesa e se perguntou se seria aquilo.

— Posso ajudá-la, senhora? — perguntou uma voz.

Audrey deu um pulo, culpada.

— Sim! — vociferou, um tanto rude, fazendo o possível para não parecer perturbada. — Quero uma calcinha modeladora. Para me fazer parecer mais magra.

— Pois não, senhora — disse a vendedora com tranquilidade. — Por aqui.

Ela guiou Audrey pela loja, os tons delicados de rosa e amarelo gradualmente dando espaço para os negros e os beges mais robustos, ao passo que as cinturas ficavam mais altas e os reforços mais baixos. Finalmente, a vendedora parou diante de um mostrador de peças que mais pareciam culotes do que calcinhas. Aquilo não podia ser lingerie, pensou Audrey. Aquelas ali eram para velhas em asilos sem o mínimo controle da bexiga.

Porém, como previsto, a boca da vendedora estava se movendo e palavras como "linhas suaves" e "melhor que uma lipoaspiração" estavam penetrando nos ouvidos descrentes de Audrey. Ela olhou para as calcinhas com desânimo. Algumas eram tão compridas que você tinha de içá-las acima dos ombros. Será que *realmente* iriam ajudá-la a reconquistar John?

No entanto, lembrou a si mesma da importância de sua missão e dispensou a vendedora. Pegou rapidamente um culote bege e seguiu feito uma locomotiva para a fila.

Mas algo a deteve em pleno progresso.

Uma cachoeira loura estava na fila dos caixas. Sua dona vasculhava dentro de uma imensa bolsa de crocodilo, equilibrando-se num par de chamativos saltos agulha.

— Vem cá, querida. Quando vocês vão receber mais daquela calcinha fio dental de plumas roxas? — Uma voz rude e conhecida emanou de sob o cabelo. — Bem, vou ter que me virar com as rosa-choque até lá, então. Enfim, acho que não importa. Elas nem ficam no corpo por muito tempo mesmo!

A loura emitiu uma gargalhada estridente.

— Deixam os machos maluquinhos! — continuou a loura, grosseira. — Não sei se é porque são tão minúsculas, ou se é a sensação das plumas, mas assim que põem os olhos nelas, ficam indóceis para arrancá-las!

O estômago de Audrey se revirou de mal-estar e ela correu para trás de um mostrador de meias-calças. Sheryl Toogood! Sentiu uma camada de suor se formar em seu lábio superior. Será que ela a tinha visto? Certamente que não! Sheryl nunca perdia a oportunidade de tripudiar e se ela tivesse visto Audrey rondando as roupas íntimas de terceira idade, teria vindo direto enfiar a faca até o cabo.

Audrey se agachou, desajeitada, amassando a calcinha modeladora na mão.

— Estou te dizendo, mocinha — confidenciou Sheryl em voz alta para a vendedora —, você precisa comprar um daqueles sutiãs transparentes. Tão atrevido, ver os mamilos quando ainda se está com a lingerie! Meu macho fica doido com isso. Vira um verdadeiro animal. Quando saímos para jantar fora ele mal coloca o garfo na boca e já vai me perguntando se estou usando o sutiã. Vira fogo e paixão. Nem consegue comer. Você tem que comprar um. Jamais se arrependerá!

Audrey se sentiu nauseada. A última coisa que queria era uma imagem mental de Sheryl e Brad no quarto, ou na mesa de jantar, ou em qualquer lugar, para dizer a verdade. E, especialmente, não queria imaginar os mamilos de Sheryl. Será que John era o tipo de homem que se transformava num animal?, pensou, com repentino pânico. Será que ele era do tipo que gostava de sutiãs tão frágeis que pudesse ver através do tecido?

Finalmente, Sheryl pagou por sua mercadoria e foi para o piso térreo. Quando o último vislumbre de seu cabelo louro desfiado desapareceu escada abaixo, Audrey se arriscou a sair de seu esconderijo e foi depressa até os caixas. Empurrou o culote mole e úmido de suor sobre o balcão e começou a freneticamente tirar o dinheiro da bolsa. Dinheiro seria mais rápido do que o cartão de crédito, e quanto antes ela saísse dali, melhor, caso Sheryl voltasse para comprar mais alguma coisa pornográfica.

— Mulher desavergonhada! — murmurou consigo mesma. — Meretriz vulgar!

— Como? — A vendedora parecia afrontada.

— Não é com você! — disse Audrey bruscamente, ao agarrar sua compra e se dirigir à saída de emergência mais próxima. Desceria pela escada, muito obrigada. De jeito nenhum correria o risco de trombar com Sheryl. De jeito nenhum neste mundo de meu Deus.

JOHN

John olhou para Alice, que bebia um cappuccino. Seus olhos estavam brilhantes e as bochechas coradas por ter vindo de bicicleta. Ela havia insistido para que eles se encontrassem no lado oposto da cidade com relação à Mesa Para Dois. Irrompera porta adentro do café às seis em ponto, capacete na mão e cabelo despenteado. As mulheres com quem John normalmente se encontrava estavam sempre vestidas de forma imaculada para algum evento. Mas Alice parecia selvagem, desmazelada e cheia de energia. Quase o deixara sem fôlego.

Ele pigarreou. Acabara de tomar um gole de café, mas sua boca ainda estava seca. Ficou surpreso por estar tão nervoso assim. Ganhava a vida conversando com mulheres. Não deveria, supostamente, ser bom nisso?

— Então, o que fez você decidir se tornar uma casamenteira? — perguntou ele, sem jeito.

Alice sorriu e mexeu seu café.

— É a única coisa que já quis fazer na vida. Não penso nisso como um trabalho; é um privilégio.

— Que interessante. — Ele se inclinou para a frente em sua cadeira e, então, percebendo que seus joelhos estavam tocando os de Alice, voltou a se afastar. — O que faz com que você junte duas pessoas? Como você sabe que elas vão combinar?

Alice riu.

— Vai parecer estranho...

— Estranho é bom.

Ela contou a ele como ficava olhando pela janela da Mesa Para Dois e mergulhava num mundo imaginário.

— Você já juntou duas pessoas que realmente se detestaram?

— Algumas — disse ela, confidencialmente. — Mas foi de propósito.

— De propósito? Mas unir casais é a sua paixão!

— É! — respondeu, com sinceridade. — Foi por isso mesmo que eu fiz. Às vezes *preciso* fazer uma união ruim pelo bem do cliente. Como essa que tenho no momento. — Ela se remexeu na cadeira, aproximando-se. — Ela é uma graça; bonita, bem-sucedida, uma boa pessoa, divertida. Não deveria ter problemas para encontrar alguém. Ela não percebe, mas está se impedindo de conhecer um homem. Ela tem dois grandes obstáculos em seu caminho e foi ela mesma que os colocou ali!

— Que tipo de obstáculos?

— Bem, o primeiro é o emprego. Ela é uma workaholic — explicou Alice, o rosto iluminado pela paixão. — Ela se esconde por trás das longas horas de trabalho como uma desculpa para não sair e conhecer homens. Na verdade, eu acho que ela tem medo, caso tente e falhe. Quebrar a cara a atemoriza.

— E o segundo?

— Ela tem expectativas pouco realistas com relação ao homem que quer conhecer. Muitas mulheres fazem isso. É como se elas tivessem decidido seu homem ideal aos 13 anos de idade e, depois, nunca mais atualizaram a fantasia. Ela quer tudo: aparência, dinheiro, um carro bacana, um corpo perfeito, um homem de família. Um homem de filme, sem qualquer imperfeição. Mas esses homens já não existem, nem em Hollywood!

— Então, você marcou um encontro ruim para ela deliberadamente? — perguntou John, fascinado.

— Tive de fazê-lo! — respondeu Alice de forma enfática. Mas, então, vacilou por um momento e seu rosto pareceu franzir. John observou, em estado de fascinação, enquanto ela parecia debater alguma coisa consigo mesma. — Mas isso não me torna igual a ela! — insistiu Alice, de repente.

— A quem? — perguntou ele, confuso.

Ela olhou para ele de forma estranha, como se subitamente houvesse se lembrado de sua presença.

— A... Não importa. — E, então, ela voltou aos trilhos. — Mas você tem de entender... eu só marquei encontros ruins para *ajudar* essa mulher — explicou, com honestidade. — Porque ela tem de ver que aquilo que ela está procurando não é o certo para ela. Então, marquei encontros com os homens mais ricos e bonitos em nossos cadastros. Mas só porque eles são ricos e bonitos não significa que sejam interessantes, carinhosos ou divertidos! Não me leve a mal: eles são perfeitos para *alguém*. Mas não para *ela*.

— Mas como você pode ter tanta certeza? — perguntou ele. — Quer dizer, se ela está dizendo que quer uma coisa, por que você está convencida de que ela precisa de outra?

— Se riqueza e beleza fossem certas para ela, eu saberia.
— Como?
— Por tudo! Pela forma como ela se veste, como arruma o cabelo, a forma como se porta, as coisas que diz...
—Você sabe o que as pessoas querem pela roupa que estão usando?
— É claro! — Alice assentiu com entusiasmo. — Dinheiro atrai dinheiro e as mulheres que estão atrás de homens ricos sabem disso. Portanto, elas se vestem à altura, com roupas de grife e cabelo imaculado, unhas imaculadas...
— E como essa sua cliente se veste? — perguntou John.
Alice pensou.
— De forma perfeita. As roupas são realmente importantes para ela. Mas seus trajes são sua proteção... como uma armadura. Eu acho que, por baixo de tudo, ela é insegura, na verdade. Os saltos altos e os terninhos estão ali como um campo de força.
— Então ela não está se vestindo para atrair um homem rico?
— Não; ela se veste para se sentir melhor. Você precisa ser extremamente confiante para ser parceira de um homem rico. E ter couro duro também. Essa vida não é para ela.
— E para quem você se veste? — John se ouviu perguntar.
Alice riu e puxou seu vestido simples e o cardigã comprido.
Ambos se ruborizaram.
— Então. — Ele tentou trazer a conversa de volta a um território seguro. —Você mandou sua cliente para a toca do leão, sabendo que ela vai ter um péssimo encontro. E você fez isso para que, depois, possa colocá-la no caminho certo com o tipo certo de homem?
— Exatamente!
— Será que vai funcionar?
— Com certeza! — Alice sorriu, com confiança.
— E você já encontrou alguém que *seja* certo para ela?
— Sim, acho que encontrei. Ela ainda não o conheceu e ele certamente não é rico nem bonito, da forma convencional. Mas ele fará com que ela se sinta rica.
— É uma estratégia pra lá de arriscada; poderia se voltar contra você.
— Eu sei. — Alice sorriu. — Mas o amor não é algo pelo qual vale a pena assumir riscos?
John olhou para ela. Ela irradiava calor e bondade. Era difícil imaginá-la trabalhando no mesmo mundo que Audrey e Sheryl. Ela parecia ser um raio de pureza, cheia de honestidade e de entusiasmo pela vida. Quase não usava

maquiagem, mas, longe de parecer sem graça, aquilo a iluminava. Ela parecia natural e viva. E tinha o costume de puxar o suéter para junto do corpo e se aconchegar nele. Aquilo o fazia querer tomá-la nos braços para que ela pudesse se aconchegar nele, ao invés.

— Então — disse ela —, já sabemos que você não está casado com Audrey, mas você já foi casado?

— Já — respondeu John honestamente. — Eu era muito jovem... jovem demais. Não deu.

— Sinto muito.

— Sim, eu também. Mas já faz muito tempo.

— Você tem filhos?

— Sim, uma filha. — O rosto de John irrompeu num sorriso. — Emily. Ela tem 23 anos e é inteligente que só ela. Ela se parece com a mãe, nesse aspecto.

— Ela é bastante próxima da mãe?

— Não. A mãe dela faleceu... acidente de carro. Emily tinha só 8 anos.

— Ah, que terrível. Sinto muito, não tive a intenção de bisbilhotar.

— Não, tudo bem. Depois que a minha esposa... o nome dela era Eve... depois que Eve morreu, eu criei Emily sozinho.

Ele normalmente não contava às pessoas sobre Eve; mas, também, normalmente não ia a encontros de sua própria escolha. E, de repente, sentiu-se bem ao falar sobre o passado.

— Foi uma época difícil. Às vezes, parecia que Emily era mais madura a respeito daquilo do que eu. Mas nós sobrevivemos. E agora somos muito próximos.

— Isso é ótimo — disse Alice simplesmente.

— É, sim.

Eles sorriram um para o outro.

— E quanto a você? — perguntou John. — Você já foi casada?

— Hã, não! — Ela riu.

John olhou para Alice. Como é que ela nunca fora fisgada? Era tão adorável — o arquétipo de garota acessível, simples. Não era exatamente o que os homens queriam? Toda aquela dissimulação machista que os homens faziam sobre querer garotas de cabelo louro e seios grandes... enquanto, por baixo da bravata, no fundo mesmo, eles não estavam nem aí para as Sheryl Toogood da vida? Eles não queriam *na verdade* alguém exatamente como Alice?

O encontro estava chegando ao fim e ele a ajudou a vestir o casaco. Não queria que ela fosse embora. De repente, ficou mudo. Nunca tinha perdido a fala num encontro profissional. Mas ali, no café, vendo Alice manipular a tira do capacete, sentiu que perdia o jeito. Era excitante, como se ele estivesse em território desconhecido.

— Fui tão rude — disse Alice de repente. — Nem perguntei o que você faz da vida!

— É uma longa história — despistou John. — Para outro dia... espero.

— Eu gostaria muito. — Alice sorriu com nervosismo e olhou nos olhos dele.

— Eu também — respondeu John, encontrando e sustentando seu olhar. — Gostaria muito... mesmo.

ALICE

— Onde está a casamenteira, por favor? A casamenteira! — gritou o fotógrafo do jornal *Gazette*.

— Aqui. Estou aqui! — Audrey atravessou a multidão de convidados do casamento como um torpedo cruzando o mar.

— Oh! — O rosto da noiva se imobilizou conforme Audrey abria caminho e assumia posição ao lado dela e do noivo. — Talvez devêssemos chamar a Alice também.

— É outra casamenteira? — Estava claro que o fotógrafo queria tirar logo a foto e ir para casa o mais depressa possível.

— Ela é uma das minhas assistentes — interrompeu Audrey autoritariamente.

— Mas ela foi realmente crucial — acrescentou a noiva.

— Alice! — gritou o fotógrafo, irritado, na direção da assembleia ruidosa. — Preciso da Alice aqui!

Movendo-se o mais depressa que podia, caso o fotógrafo gritasse novamente seu nome, Alice se uniu ao trio diante da câmera.

— Parabéns! — sussurrou ela, alegremente, para Jennifer e Jason. Dez segundos depois, o fotógrafo resmungou que já tinha tudo de que precisava. Audrey imediatamente se adiantou e passou a lhe dar instruções de como deveria publicar.

— Estamos tão felizes que você tenha vindo! — Jennifer segurou as mãos de Alice e sorriu, radiante. — Temos tanto pelo que te agradecer!

— É verdade, é verdade! — concordou Jason. — Vamos dar ao nosso primeiro bebê o nome de Alice em sua homenagem. Se for menina, lógico!

— Bem... — Alice riu. — Mas, é sério, vocês não precisam agradecer a Mesa Para Dois. Foram vocês dois que fizeram a parte mais difícil do trabalho.

— Ah, mas sem você... — reforçou Jennifer com um brilho nos olhos. — Vou mirar em você mais tarde para jogar isto aqui — acrescentou ela conspirativamente, indicando o buquê com a cabeça e dando uma piscadela.

Alice se ruborizou, mas, por sorte, tanto a noiva quanto o noivo foram imediatamente rodeados por um grupo de pessoas que vinham especialmente cumprimentá-los.

— Bem, tudo correu às mil maravilhas — Audrey se reuniu a ela, arrumando o chapéu e endireitando a jaqueta do tailleur. — Mais uma vitória da Mesa Para Dois!

— São os finais felizes que fazem tudo valer a pena — murmurou Alice, bebendo com os olhos o brilho que emanava de Jennifer e Jason.

— Sim, bem, não vamos ficar paradas aqui olhando feito bobas — ralhou Audrey com acidez. — O lugar está cheio de clientes em potencial! Circulando!

Alice se moveu em meio à multidão, feliz em colocar um pouco de distância entre ela e sua chefe, que já estava entregando cartões da agência. Se Audrey pensava que ela iria começar a angariar clientes, disse Alice a si mesma, podia tirar o cavalinho da chuva. Esse era o dia mais feliz da vida de Jennifer e Jason e de jeito nenhum ela iria usá-lo como oportunidade comercial. Portanto, ocupou-se em conversar com uma coleção de tias velhas, para grande irritação de Audrey.

Rápido demais, Jennifer chamou todas as mulheres solteiras para que pudesse jogar o buquê. Alice ficou para trás, tentando se fazer invisível. Nem morta iria se meter no meio da multidão arfante de encalhadas, que tinham até largado as bebidas para aumentar suas chances, apontando cotovelos em ângulos ameaçadores e calculando as melhores trajetórias em que se atirar.

Conforme Jennifer se virou e jogou o buquê, Alice notou Audrey se erguer em meio à multidão e fazer um esforço poderoso para pegar as flores que caíam. Mas foi derrotada por uma ágil garota de vinte e poucos anos que deu um gritinho de alegria e correu até o namorado para mostrar o prêmio. Alice viu a expressão fugaz de Audrey quando o buquê foi atirado para fora de seu alcance, alguns provocantes centímetros separando-a de seu final feliz. Por um instante, ela pareceu desesperançada. E então, um segundo depois, sua velha expressão ressurgiu e ela declarou em voz alta que não deveria nem sequer estar ali, sendo a mulher realizadamente casada que era.

Alice se virou, cheia de culpa. Quase desejou não saber o segredo de Audrey. Desde que John lhe contara, tinha sido tanto uma bênção quanto uma maldição. Bênção porque John era solteiro. A lembrança do encontro do dia anterior, ele se inclinando na cadeira, dando-lhe aquele adorável sorriso que enrugava os cantos de seus olhos, deixou-a tão feliz que ela quase riu em voz alta.

Mas, então, havia também a maldição. Por que Audrey mentira sobre John ser seu marido? Se ela era solteira, por que simplesmente não dizia? Audrey nunca mencionava ter amigos, apenas contava histórias sem fim sobre John. Mas se John de fato não fazia parte de sua vida, então quem fazia? Será que o turno de 9h às 17h na Mesa Para Dois *era* sua vida?

E se — uma voz irritante não parava de perguntar — Audrey fingisse ser casada com John porque, no fundo de seu coração, era isso que ela queria? E se ela estivesse perdidamente apaixonada por ele? E se a esperança de que esse amor fosse correspondido era a única coisa que a ajudava a sobreviver cada dia?

Alice foi passando entre os convidados, rumo ao banheiro feminino. Fechou a porta e apoiou a cabeça no espelho, querendo varrer de sua mente a imagem de uma Audrey solitária e melancolicamente apaixonada. Mas, então, sua visão foi inundada por uma nova imagem, do sonho que tivera na noite anterior: um sonho em que John lentamente se inclinava na sua direção e ela ficava a segundos de distância de seu beijo. Culpa e felicidade se mesclaram, em confusão. Alice exalou com um tremor, sua respiração formando uma pequena névoa no espelho.

JOHN

John estacionou no hotel Four Seasons, deu a volta no carro até a porta do passageiro e ajudou Janey a descer. Ela sorriu com gratidão. Estava rígida de tanto medo. Ele enganchou seu braço no dela e a guiou pela escada e para dentro do saguão do hotel.

Essa noite era seu segundo programa com Janey, e era o temido evento de sua empresa. Janey trabalhava na área de seguros e seus colegas pareciam ser particularmente impiedosos. Quando o marido a deixara repentinamente, e aos três filhos pequenos, para ficar com uma mulher da metade de sua idade e dois terços do seu manequim, Janey não quisera contar aos colegas de trabalho que seu mundo havia colapsado. O que ela temia não era a compaixão; não haveria nada disso por parte deles. Era a forma como sua situação pessoal seria inevitavelmente usada contra ela. Se perdesse qualquer reunião, a culpa seria atribuída a problemas com as crianças e suas prioridades seriam questionadas; se ela não alcançasse suas metas de vendas, seria por causa de seu frágil estado de espírito. Tudo viraria munição contra ela na hora de ser considerada para uma promoção — promoção essa que viria acompanhada por um aumento de salário do qual, agora, precisava mais do que nunca. Portanto, decidiu manter seus problemas conjugais em segredo e continuar lutando, sem que ninguém soubesse da sua tristeza.

E tinha feito direitinho. Seus colegas não faziam a menor ideia, ela não perdera um só dia de trabalho e suas metas tinham sido atingidas. Mas a vida estava prestes a colocar mais dois obstáculos em seu caminho.

O primeiro fora o casamento de um velho amigo muito querido, ao qual seu ex-marido e a nova parceira também haviam sido convidados. Não ir não era uma opção. A humilhação de ir sozinha e ver o ex de chamego com uma mulher com um corpo firme de quem nunca teve filhos e olhos que não estavam enrugados de chorar parecia inevitável. Mas, então, outra amiga sugerira que Janey respondesse à altura, agendando para si um acompanhante bonito que fingisse ser seu novo parceiro. E esse acompanhante tinha sido John.

O segundo obstáculo a surgir sinistramente na agenda de Janey fora a inevitável festa da empresa. Os cônjuges sempre eram convidados e, se Janey aparecesse sozinha, haveria comoção. Porém, se seus colegas descobrissem sobre o fim de seu casamento *ao mesmo tempo que* conhecessem seu novo homem, Janey iria parecer forte. Ainda poderia granjear uma promoção. Portanto, telefonara novamente para Geraldine e contratara os serviços profissionais de John mais uma vez.

E ali estavam eles, no dia que Janey vinha temendo havia tanto tempo.

John a ouviu respirar fundo quando entraram no salão de festas; então, calmamente, pôs a mão na cintura dela para tranquilizá-la. Ele sabia qual era sua missão. Era o devotado novo namorado de Janey, e estava feliz por fazer aquele papel. Mulheres como Janey — mulheres comuns que, ao longo das porradas da vida, haviam perdido sua autoconfiança — eram a razão pela qual ele fazia aquele trabalho. Queria ajudar as mulheres que vinham temendo comparecer a um evento inescapável sem acompanhante; mulheres que haviam perdido a crença em si mesmas e em seu próprio poder de atração; mulheres que haviam perdido a segurança de ser a metade de um casal. O trabalho de John era ajudá-las a enfrentar qualquer evento que pudesse lhes causar insônia. Mostrar-lhes afeição e assumir o papel que elas precisavam que ele representasse era parte do trato. Aquelas mulheres estavam famintas por elogios; ninguém notava o que elas vestiam ou como penteavam o cabelo. Mas elogiar sua aparência, segurar sua mão ou acariciar suas costas quando alguém importante estivesse vendo eram coisas que ajudavam a trazê-las de volta à vida, ajudavam-nas a manter a cabeça erguida e a brilhar novamente. Ver uma mulher começar a acreditar em si mesma era a maior fonte de satisfação profissional do mundo.

É claro, quando ele explicava a seus amigos o que fazia da vida, que era um acompanhante, a reação era sempre a mesma:

"Ai, meu Deus, *você é um gigolô!*", gritavam. "Então, você *tem* que transar com as mulheres, certo?"

A resposta verdadeira, que invariavelmente decepcionava quem a ouvia, era não. As clientes precisavam assinar um contrato rigoroso de comportamento. Nele, Geraldine estipulava cuidadosamente os parâmetros dos serviços de John: seus atos deveriam ser estritamente cavalheirescos. Poderia haver beijos nas mãos em cumprimento, poderiam ocorrer breves beijos nos lábios ou nas bochechas, mas as roupas não sairiam do lugar e qualquer contato sexual estava estritamente proibido. Ele não deveria entrar na casa da cliente nem antes nem depois do encontro (se a mulher não estivesse pronta quando ele chegasse, ele deveria esperar na frente da casa ou dentro de seu carro). Se o evento ocorresse num hotel, ele deveria permanecer no térreo. Quartos não deveriam ser visitados em nenhuma circunstância.

Os contratos existiam para o benefício de John. Em 11 anos ele só tivera algumas clientes que tentaram ultrapassar o limite, e ele ficara grato pela possibilidade de apelar para as cláusulas do contrato e ressaltar que ele não tinha a *permissão* de levar as coisas além. Tal recusa era menos desmoralizante para a cliente. Não era pessoal, estava no contrato!

Mas a grande maioria das mulheres se contentava em manter a relação nos devidos moldes; John era um parceiro atencioso por aquela noite, que aparecia quando era preciso e desaparecia quando necessário. Normalmente, ele era contratado duas ou três vezes por uma cliente e, depois disso, a vida dela seguia adiante e ela não precisaria mais dele. Ninguém confundia as coisas nem acreditava que a representação dele fosse mais do que apenas isso.

Ninguém, exceto Audrey Cracknell.

John sorriu carinhosamente para Janey quando ela o apresentou a seus colegas. Fingiu não notar que eles olhavam para ele com surpresa. Entrou em seu papel, oferecendo bebidas a todos, participando — mas sem dominar — das conversas e deixando que Janey brilhasse. Seus colegas mais tarde a elogiariam pela forma corajosa com que lidara com o colapso de seu casamento e também por ter arrumado imediatamente um novo parceiro, e Janey iria embora da festa se sentindo ainda mais orgulhosa do que quando chegara, com um novo brilho nos olhos e a sensação de que, no fundo, não importava o que seu marido houvesse dito e feito, ela, Janey, *ainda estava podendo*!

Observando Janey conversar com seus colegas, John não viu uma profissional ameaçada, uma mãe exausta ou uma divorciada de coração partido. Viu uma mulher — uma mulher inteligente, bonita e independente. Ele sorriu. Não achava que iria ter notícias de Janey novamente.

KATE

Kate parou na frente do Seven Eleven e olhou novamente para o relógio. Eram 19h30 e, agora, estava oficialmente no horário. Podia finalmente entrar no bar.

Tinha enrolado durante dez minutos para não chegar adiantada ao encontro com Tommy. Lou a havia aconselhado chegar com pelo menos vinte minutos de atraso, mas não achava certo. E se ele se enchesse e fosse embora? Além disso, desde quando Lou era expert em relacionamentos? Podia ser uma autoridade em sexo sem compromisso, mas em relacionamentos?

Kate checou seu reflexo na vitrine do Seven Eleven e deu uma última olhada no vestido de seda curto e estampado e nos sapatos de fivela. Alisou o cabelo, respirou fundo e deu os derradeiros passos até o bar, tentando parecer confiante ao abrir a porta e entrar.

Um homem que só podia ser Tommy estava sentado perto da porta, concentrado num livro. Ela olhou para ele, aproveitando os poucos instantes antes que ele sentisse sua presença e erguesse os olhos.

Não era, definitivamente, seu tipo de homem, mas, a despeito disso, era *atraente*. O paletó estava jogado na cadeira ao lado e ele havia tirado a gravata e enrolado as mangas da camisa, revelando antebraços musculosos. Ele enchia a camisa da melhor maneira possível, o tecido esticado sobre o peito largo e forte e o colarinho aberto revelando um tufo de pelos no peito. Kate não conseguia ver muito do rosto, mas ele parecia já ter quebrado o nariz, e o queixo era forte e sombreado pela barba por fazer. Certamente não tinha uma beleza típica de modelo, não como Sebastian. Mais parecia um bombeiro ou um jogador de rúgbi em férias — cem por cento macho alfa.

Algo se agitou dentro de Kate. Ela sentiu uma vontade bizarra de se inclinar e acariciar a aspereza daquela barba. De repente, imaginou-se rodeada por aqueles braços musculosos e apertada de encontro à muralha que era o peito dele.

— Kate?

Tommy estava sorrindo para ela.

Kate se sobressaltou, culpada.

— Opa, olá! — Tommy parecia surpreso. Ele se levantou e a beijou no rosto. — Agora entendo por que Steve faz isso! Eu não estava esperando... quer dizer, uma coisa é brincar com a ideia de marcar encontros pela internet, mas eu achei que as mulheres que contratavam agências de relacionamentos *de verdade* fossem um tanto... você sabe, *desesperadas*. Mas uau...!

Kate ficou roxa de vergonha e não soube o que dizer.

— Não que você seja, é claro... Desesperada, digo. Uma mulher como você... longe disso — complementou, encabulado. E riu. — Enfim, vou calar minha grande boca agora. Eu pedi uma taça de champanhe para você.

Foi só então que Kate percebeu uma taça de champanhe borbulhando energicamente ao lado da cerveja dele.

— Obrigada — agradeceu, surpresa.

Eles se sentaram.

Kate sentiu a boca seca. Tentou pensar em algo para dizer.

— Então, você é amigo do Steve? — perguntou nervosamente.

— Infelizmente! — Tommy sorriu, malicioso. — Ele ficou bem irritado quando Alice disse a ele que você não se interessou! Também não ficou feliz que eu me encontrasse com você hoje. Acho que este ano não vou receber cartão de Natal dele, viu...

Kate bebericou seu champanhe, sentindo-se bastante satisfeita por ser objeto de rivalidade. Podia sentir os olhos de Tommy absorvendo-a, movendo-se por seu rosto e corpo. Ficou estranhamente excitada. Endireitou-se na cadeira e tentou encolher a barriga.

— Então, o que te motivou a experimentar? Um encontro marcado, digo?

— Conheci Alice na outra noite, com Steve. Ela veio ao bar para saber como os encontros dele estavam indo... apesar que, na verdade, acho que ela estava mesmo dando uma avaliada nele...

Kate não conseguia parar de espiar o pedacinho de peito no alto da camisa dele. Não se sentia normalmente atraída por peitos peludos, mas, longe de ser repelente, aquilo só fazia com que Tommy parecesse ainda mais másculo.

— ... Ela perguntou se poderia marcar um encontro para mim; aí eu pensei, por que não? É só uma noite. E eu queria ver que tipo de mulher uma especialista acha que é certa para mim. Minha visão não fica lá muito precisa, depois de algumas cervejas.

— Ah! — Kate combateu um repentino desânimo. — E isso, hã, acontece com muita frequência?

— Achar toda mulher linda depois de tomar umas? Tem diminuído, mas ainda algumas surpresas acontecem quando amanhece!

Então, ele era promíscuo, Kate pensou, desanimada, subtraindo alguns pontos mentalmente. Mas, mesmo assim, não pôde evitar se ruborizar quando ele sorriu para ela.

— Bem, você tentou me impressionar pedindo o champanhe — ela se ouviu dizer, toda coquete. — Então, deixe-me adivinhar. Aposto que você é corretor da bolsa. Ou talvez algo importante em petróleo. — Ela lhe dirigiu o que esperava que fosse um sorriso atrevido.

— Sou vendedor de uma empresa que coleta informações de crédito.

Kate se esforçou para disfarçar a decepção.

— Ah, isso é...

— ... o emprego mais chato do mundo?

Kate tentou sorrir. Não sabia o que dizer.

— Posso ver como você murchou! — brincou Tommy. — Mas tenho certeza que você tem a mente aberta demais para julgar alguém pelo emprego. Só pessoas superficiais e criaturas midiáticas que se beijam no ar é que fazem isso. Como se o que você fizesse das nove às cinco tivesse qualquer influência no fato de você ser uma pessoa interessante ou não!

— Isso é uma bobagem! — apressou-se Kate a concordar. E concordava mesmo. Realmente parecia estupidez, quando ele colocava daquela forma. Ela se lembrou, encolhendo-se por dentro, da rigidez dos critérios que dera a Alice. O que lhe dissera sobre o emprego de seu homem perfeito? Não tinha de ser um gerente com salário alto e potencial de chegar à diretoria? Esperava que Alice não houvesse mencionado aquilo para Tommy.

— Você gosta de ser vendedor? — perguntou ela, educada.

— É um emprego. E você? O que você faz?

— Ah, bem, eu sou dessas criaturas midiáticas que se beijam no ar. — Kate riu. — Trabalho com assessoria de comunicação. Não beijo uma bochecha há anos!

— Opaaa! — Tommy sorriu, constrangido. — E você gosta de trabalhar nisso?

— Amo!

— É estranho conhecer pessoas que amem seu emprego. Pensei que vocês fossem uma lenda urbana. Acho que eu não poderia amar *nenhum* emprego. Quando eu tinha 10 anos, nossa professora perguntou para a classe o que queríamos ser quando crescêssemos. Eu disse a ela que queria ser um playboy. Eu não sabia o que significava. Foi a parte do "play" que me atraiu.

Uma imagem inundou a mente de Kate: Tommy numa banheira de hidromassagem com um bando de garotas parcamente vestidas. Ela não fazia o tipo dele, pensou, chateada. Estava claro que ele gostava de mulheres fáceis, com muito peito e pouca moral, muito embora ele só tivesse 10 anos na época.

— Então, o que fez você se tornar um vendedor? — questionou ela, em voz alta.

— Paga a maior quantidade de dinheiro pela menor quantidade de esforço. Eu só preciso ir, cumprir meu dever e dar o fora! Nunca serei rico. Prefiro ser feliz... Sabe como é, trabalhar para viver, não viver para trabalhar.

Kate congelou. Um monte de pontos foi sendo descontado dele. Ele era preguiçoso.

— Não sou preguiçoso. — Ele riu, como se lesse seus pensamentos. — Apenas não vejo motivo para trabalhar horas extras não remuneradas, quando há tantas coisas melhores que você poderia estar fazendo!

Kate não tinha tanta certeza. Que outras coisas havia? Ela era mais do tipo que vivia para trabalhar. Mas, ao pensar nisso, percebeu que não gostava daquela definição. Nenhuma garota queria viver para trabalhar. Ao menos não o tipo de mulher que Tommy iria querer ter como namorada. E olhando para ele, com seus braços fortes, olhos risonhos e jeito tranquilo, ela de repente percebeu que — a despeito de si mesma — *queria* ser sua namorada.

Mas será mesmo que iria querer ficar com um mulherengo sem nenhuma ambição profissional?

No entanto, quantos caras sem ambição tinham um corpão como aquele? Ele dava a impressão de conseguir levantá-la só com a mão esquerda — e ainda segurar a cerveja com a direita. Kate passava todos os dias de sua vida se sentindo um pouco curvilínea demais. Mas sentada ali, na frente de Tommy, de repente se sentia miúda, delicada e feminina.

Estava confusa. Não conseguia parar de sorrir e seu corpo inteiro formigava, como se tivesse colocado o dedo na tomada.

Quando suas bebidas terminaram, Tommy sugeriu que eles fossem jantar. Ao saírem do bar, ele pegou sua mão. A mão dele era morna, forte e grande em volta da mão dela.

Chegaram ao restaurante e se sentaram à janela, uma vela centelhando entre eles. Tommy pediu o vinho enquanto Kate analisava o cardápio, excluindo rapidamente os pratos que não deveria escolher. Espaguete, não: muita sujeira. Bem como os cogumelos ao alho: bafo de onça. Lagosta estava obviamente fora de cogitação. E as saladas eram pouco substanciais, depois de todo aquele champanhe. Ela pediu um filé ao molho béarnaise com fritas.

— Ótima escolha! — aprovou Tommy. — Gosto de mulheres que gostam de comer. Nunca apreciei as magricelas. Fico louco da vida quando elas pedem um jantar perfeito, comem uma garfada e fingem estar satisfeitas.

— Nossa, nem me fale! Eu fico *pê da vida* quando as magriças dizem: "Ai, esqueci de almoçar" — concordou Kate com ardor. — Dá vontade de bater nelas com uma barra de KitKat tamanho família. Eu nunca na vida me esqueci de fazer uma refeição!

— Fico feliz em saber — declarou Tommy. — E você fica muito bem assim. Tem um corpo ótimo.

— Ah! Você acha? — Kate ficou surpresa. Nenhum homem elogiara seu corpo antes.

— Com certeza! Curvas em todos os lugares certos. É o tipo de físico que os homens com H maiúsculo realmente querem.

A conversa fluía com facilidade entre eles. Kate contou a Tommy sobre seu trabalho e como estava envolvida na missão de fazer com que ração canina fosse sexy. E, então, contou a ele sobre Lou e como gostaria de ser mais parecida com ela; Lou era do tipo que usava calcinhas com abertura, enquanto Kate estava fadada a ser uma garota-pijama de flanela.

— Já conheci garotas do tipo da Lou — observou Tommy. — Elas chegam todas confiantes e devoradoras de homens, mas só estão tentando sobrecompensar. Aposto que ela, no fundo, é uma sentimental e, na verdade, quer um namorado. Você diz que quer ser mais como ela, mas ela provavelmente quer ser como você!

— Não, não a Lou — discordou Kate com segurança. — Eu sou a última pessoa do mundo com quem ela gostaria de se parecer. Somos completamente opostas. Ela ficaria entediadíssima sendo eu. E ela acha que eu sou uma idiota por contratar a Mesa Para Dois.

— Bem, eu não diria que você seja idiota — corrigiu Tommy sorrindo —, mas também estou me perguntando por quê.

Ele olhava para ela com atenção. Kate sentiu seu fôlego diminuir.

— Não entendo, Kate. Você é linda! Tem um corpo maravilhoso, é boa companhia e gosta de comer. Você poderia ter qualquer homem que quisesse. Então, por que está solteira?

— Eu... hã... não sei. Acho que ainda não encontrei o homem certo.
— Ou a tal da Lou te assustou.
— Não, não é isso.
— Não é?
— Eu provavelmente trabalho demais. Não saio o suficiente.
— Ah! — exclamou Tommy com confiança, enchendo o copo dela. — Bem, nisso eu posso ajudar.

Mais tarde, em casa, Kate estava excitada demais para dormir. Seu queixo ainda formigava da aspereza da barba de Tommy e seus lábios estavam deliciosamente inchados. Ela se sentou na cama, abraçou os joelhos junto ao peito e sorriu.

A noite tinha passado num turbilhão de bebidas e elogios. Finalmente, depois que ambos haviam se entupido de sobremesas altamente calóricas, Tommy a conduzira para fora do restaurante e para dentro de um táxi. Tinha sido a coisa mais atípica por parte dela, mas deixara que ele a puxasse para seu colo, desfrutando a sensação de cair em seus braços musculosos e não se preocupar se estava pesando demais em suas pernas. As pernas de Tommy eram fortes como troncos.

Eles haviam se beijado deliciosamente enquanto o táxi atravessava o centro da cidade. Kate tinha sentido seus mamilos endurecerem e ficara tão excitada que sentira vontade de ignorar o taxista, esquecer toda cautela, arrancar a roupa e exigir satisfação imediata.

Quando o táxi parou em frente a seu apartamento, Tommy a olhara nos olhos e dissera:

— Você sabe que vai ser minha namorada, Kate. Resistir é inútil.

Ela sentira o corpo inteiro se incendiar diante daquela afirmativa tão confiante. Ele queria que ela fosse sua namorada! Tinha simplesmente anunciado!

— Vou te ligar — afirmou ele, honestamente e, então, o táxi foi embora, deixando-a ali na calçada, sorrindo como uma colegial.

Tinha que dar o braço a torcer para Alice, pensou, ao se aconchegar alegremente na cama, nem ligando que seu vestido de seda estivesse jogado no chão do quarto, seus dentes não tivessem sido escovados ou que, pela primeira vez em dez anos, não houvesse limpado, tonificado e hidratado o rosto. Alice entendia muito de relacionamentos. Então, apagou a luz e caiu em segundos num sono satisfeito e repleto de sonhos.

ALICE

— Até que enfim! Estava superpreocupada com você! — Alice tinha finalmente conseguido entrar em contato com Ginny. Girou na cadeira, procurando bloquear o barulho do escritório. — Está tudo bem?

— Não exatamente — respondeu Ginny de forma lacônica. Algo em sua voz deixou Alice ainda mais preocupada. — Alguns dias depois que você veio aqui, Dan e eu tivemos uma briga terrível. Tudo veio à tona: todas as coisas ruins que venho pensando. Mal posso acreditar nas coisas horríveis que eu disse: que ele não era a pessoa pela qual eu havia me apaixonado, que eu o detestava por não se esforçar mais, por não me levar para sair, me dizer que ainda sou atraente... Eu disse até que só estava com ele por causa da Scarlet e que, na primeira oportunidade, seria capaz de fugir com o carteiro... ou com qualquer outro que se desse ao trabalho de me olhar duas vezes.

— Ai, meu Deus, Gin! — Alice estava estupefata. — Eu não fazia ideia que as coisas estivessem tão ruins assim. — No entanto, assim que as palavras saíram de sua boca, lembrou-se de alguns sinais que não percebera antes. Revendo agora, não tinham sido óbvios? Ginny estivera tão esquisita naquela noite, na cozinha. E há meses ela vinha fazendo comentários estranhos, sugerindo que nem tudo em sua casa eram rosas. Sentindo-se culpada, Alice compreendeu que havia desprezado os sinais de estresse da amiga, reduzindo tudo ao fato de Ginny não dormir direito por causa de Scarlet. Por que não pudera enxergar; por que não cutucara um pouco mais? Ginny era sua melhor amiga no mundo inteiro e Alice não tinha feito nada para ajudá-la. E, agora, seu casamento estava com problemas — problemas sérios.

— Mas você não faria mesmo isso, faria? — perguntou ela, hesitante, quase com medo de ouvir a resposta de Ginny. — Fugir com outro homem, digo...

— Claro que não! Só falei para machucá-lo. Eu fui uma verdadeira bruxa.

Era um pequeno alívio.

— O que Dan disse?

— Não muito, no início. Mas daí ele ficou bravo. Disse que também estava muito infeliz, que amava Scarlet e que achava que ainda me amava, mas que, às vezes, era difícil se lembrar por quê.

— Ui!

— Ele disse que eu tinha sido uma chata de galocha neste último ano. Que sabia que era porque eu estava esgotada e que Scarlet podia dar muito trabalho, mas que ele *também* estava cansado e que nem por isso descontava em mim. E aí ele disse que ficou indignado comigo por ameaçá-lo com uma traição... que ele pensava que eu fosse uma pessoa melhor.

— Ah, Ginny! — Algo se apertou no estômago de Alice, retorcendo-se de forma incômoda num nó cego e desagradável. Não era só a agonia de perceber que sua amiga se encontrava profunda e dolorosamente infeliz: era a forma como tudo aquilo estava *errado*. Ginny e Dan eram perfeitos um para o outro. Haviam se apaixonado à primeira vista e sido inseparáveis desde então. O relacionamento fazia todo sentido; formavam uma equipe e tanto. Não eram melosos um com o outro nem exageradamente sentimentais ou grudados a ponto de se sufocarem; tinham um amor duradouro e realista, baseado em amizade, respeito e em se gostar ao extremo. Sempre acreditara que o casamento deles fosse tão forte a ponto de colocá-lo num pedestal e transformá-lo no exemplo perfeito, sempre que tentava compatibilizar seus clientes. Ginny e Dan *não podiam* estar com problemas. Se eles estivessem, então qualquer um também poderia estar. De repente, o mundo parecia menos seguro.

— Isso me abalou muito — admitiu Ginny numa vozinha frágil. — Eu não tinha me dado conta de que ele também estava infeliz; pensei que fosse só eu. Mas, agora, sei que ele tem tido suas dúvidas... É assustador pra caramba, Alice. Não acredito que disse coisas tão horríveis para ele. Eu não falei a sério. Mas agora o estrago está feito e não sei como voltar atrás.

— O que eu posso fazer para ajudar? Posso ir até aí? — ofereceu Alice, séria.

— Obrigada, mas acho que precisamos passar um tempo sozinhos. Você sabe... sendo uma família.

— Sim, claro. Mas acho que você e Dan se beneficiariam muito com um tempinho juntos, só vocês dois. Sair uma noite dessas; ser "Ginny e Dan" só por algumas horas, e não "Ginny, Dan e Scarlet". Se vocês quiserem sair, é só me dizer e eu vou direto para aí cuidar da Scarlet.

— Você ficaria de livre e espontânea vontade com a nossa capeta que berra o tempo inteiro? — perguntou Ginny, incrédula.

— Sem nem pestanejar.

— Você é uma mulher muito corajosa, e uma amiga incrível — elogiou Ginny, a garganta apertada de emoção. — Enfim... — Ela fez o possível para aliviar o clima. — Chega de falar de mim; estou cansada de pensar em mim. Me conte sobre você. Rolou alguma coisa com o Príncipe Encantado?

— Tem certeza que você quer saber? — perguntou Alice, em dúvida.

— Sim, cem por cento! Vamos lá, pode ir contando tudo. Estou mesmo precisando me animar um pouco.

— Bem... — Alice olhou rapidamente pelo escritório para ter certeza de que Audrey não estava por perto. E, então, da forma mais discreta possível, colocou Ginny a par da situação.

— Nós nos encontramos para almoçar ontem — terminou ela em voz baixa, mas com uma animação indisfarçável —, e ele vai me levar para jantar amanhã à noite.

— Eba! — animou-se Ginny, quase voltando a ser ela mesma, pela primeira vez durante a conversa. — Três encontros! É quase um relacionamento!

Alice sorriu, alegre.

— Então, como é sair com um homem mais velho?

— Ele não é velho! — protestou Alice. — Tem 41!

— São sete anos mais que você! E você não disse que ele é grisalhão?

— Um *pouco* do cabelo dele é grisalho. Assim como um *pouco* do cabelo do George Clooney é grisalho!

— Imagino que, aos 41, ele tenha sorte de ainda ter cabelo! — provocou Ginny.

— Eu gosto do fato de ele ser mais velho. — Alice mal podia pronunciar as palavras, com o sorriso enorme que se estampava em seu rosto. — Faz com que ele seja mais interessante. Ele não está tentando se mostrar nem provar nada. É confiante, maduro e inteligente, e sabe ouvir.

— Então, você não está preocupada com a Audrey?

— Como assim? — O sorriso de Alice congelou.

— Bem, você acredita que eles não sejam casados?

Houve uma pausa. Alice podia perceber que Ginny estava esperando atentamente pela resposta.

— Sim, acredito — sussurrou Alice. — Eu acredito nele. Mas, sim, estou preocupada com ela. Me sinto supermal pelo que estou fazendo.

—Vocês só fizeram um lanche e tomaram um café juntos! — zombou Ginny. — Não é exatamente Sodoma e Gomorra, né!

—Você sabe o que eu quero dizer.

— Ora, por quê? Se eles não são casados, você não está fazendo nada de errado!

—Tirando estar agindo pelas costas dela e partindo seu coração?

Ginny riu com deboche.

—Você não pode partir algo que não existe!

— Isso não é justo — disse Alice, baixinho.

— A Audrey nunca foi justa com você.

Um pouco depois, Alice desligou o telefone. A despeito de todas as suas preocupações, e a despeito de se sentir triste por Ginny, não podia se controlar: ela estava tão excitada com o jantar com John que mal conseguia se concentrar. Mas não era justo deixar a vida amorosa de seus clientes em suspenso só porque tinha um encontro naquela noite. Precisava trabalhar e muito. Seu olhar recaiu sobre uma pilha de papéis. Trabalho administrativo, pensou ela, decidida. Provavelmente, era só para aquilo que servia.

Começou a destrinchar a pilha de papéis, separando as faturas cuidadosamente a um lado, antes de levá-las até o escritório envidraçado de Audrey e colocá-las em sua bandeja. Quando deu meia-volta, sua visão foi atraída por uma foto emoldurada, ao lado do computador. Já a vira centenas de vezes, mas ainda era um choque. Era John, elegantemente vestido com seu smoking, igualzinho a quando o vira na noite do baile da ADAR. Alice parou. Ele estava tão bonito; sentiu seu gêiser interno de excitação começar a borbulhar novamente. Mas o que ele estava fazendo na mesa de Audrey? Por que ela mantinha uma foto dele ali, justamente onde podia vê-lo mil vezes por dia? Ela *tinha* que estar apaixonada por ele. John dissera que não nutria sentimento algum por ela, mas por que a levava ao baile todos os anos? Por que deixava todo mundo pensar que estavam juntos?

Alice voltou para sua mesa com a testa franzida. O que estava realmente acontecendo?, perguntou-se. O que havia naquela história que não tinham lhe contado?

JOHN

Não havia muitas coisas das quais John se orgulhava: seu trabalho, levando em conta quantas mulheres havia conhecido e que agora eram confiantes e felizes, seu jardim e sua filha, Emily, que estava sentada diante dele na mesa do jantar.

Emily, pensava ele, era simplesmente a melhor coisa que já lhe acontecera e agora que ela havia chegado à mui madura idade de 23 anos, sentia-se absurdamente orgulhoso dela. Emily tinha se transformado numa jovem incrível; inteligente, sensata e bonita, igualzinha à mãe. Durante anos a semelhança o havia atormentado. Mas, agora, quando olhava para Emily e via um eco fugaz de Eve, só sentia orgulho. Havia criado a melhor filha do mundo.

Olhou para ela enquanto fatiava a carne assada que acabara de tirar do forno. Emily trabalhava para uma instituição de caridade e acabara de voltar de um período na África. Seu rosto estava coberto por uma camada nova de sardas, que ressaltavam o cabelo avermelhado, longo e crespo.

— Você emagreceu — observou ele com gentileza.

— Você sempre diz isso. — Ela riu.

— Eu me preocupo com a minha princesa, principalmente quando ela está no exterior. Você trabalha demais e se esquece de comer.

— Sim, mamãe! — disse ela, brincalhona.

John sorriu, mas colocou uma porção extragrande no prato dela.

— Então, o que está acontecendo na sua vida? — perguntou ela quando eles começaram a comer.

— Nada de mais — respondeu John casualmente. — Um ou outro encontro.

— E quando é que você *não* tem um ou outro encontro, pai? — respondeu Emily sarcasticamente. No entanto, algo no rosto de seu pai a deteve.

— Você quer dizer encontros *de verdade*? Encontros que não foram agendados pela Tia Geraldine?

John não pôde se controlar. Abriu um sorriso.

— Não acredito! Jura? Por que você não me contou nada?

—Você estava na África!

— Sim, mas isso é importante. Meio como a queda do Muro de Berlim ou a chegada do homem à Lua. Então, é verdade mesmo que rolou um?

John assentiu, feliz.

—Vamos lá, então! Com quem?

— Ela se chama Alice.

— E?

— E o quê?

Emily atirou as mãos para o alto numa exasperação excitada.

— O que ela faz? Como ela é? Ela sabe que você é gigolô?

— Epa!

— Desculpa, mas tenho que perguntar. — Emily sorriu. — *Impossível* fingir que não temos um elefante na sala!

John desistiu de tentar comer e contou tudo a ela.

— Então, ela não sabe?

— Sobre o serviço de acompanhante? Não.

— Mas você vai contar para ela, certo?

John suspirou.

— Suponho que terei.

— É claro que tem! — exclamou Emily. — Quer dizer, você *gosta* dessa mulher, você quer ter um relacionamento com ela. Então, diga a verdade!

— Eu sei — respondeu John, relutante.

— Se Alice é tão boa quanto você diz, ela vai entender.

— Mas e se não entender? — John olhou para ela com ansiedade. — E se ela ficar assustada e terminar tudo?

— Bem, você só tem que explicar direito. Não deixe que ela só ouça a manchete da notícia. Conte a ela por quê. Conte a ela que você é um trapalhão.

—Vai ajudar muito!

— Pai! Você precisa parar de se esconder da vida! — criticou Emily. — Você é um acompanhante, não o assassino da serra elétrica. E já que estamos falando nisso, você tem que parar de se condenar tanto! O passado já passou. Por que você não se empolga logo e conta a história toda para ela? Já está mais do que na hora de você revelar a verdade!

— Bem que eu disse a ela que você era inteligente que só.

— Está certíssimo! E você deveria ser um bom pai e fazer o que estou dizendo!

John riu, antes de ficar novamente em silêncio, melancólico.

— Tem mais uma complicação.

Ele contou a ela sobre Audrey.

— Deus meu, maldita Audrey! — Emily bateu o garfo no prato, com raiva. — Ela só tem dado problema, desde o maldito dia que você começou a acompanhá-la!

— Se Audrey descobrir que eu e Alice saímos juntos, vai tornar a vida de Alice bem... — John procurou pela palavra certa — *difícil*. Alice ama o trabalho; quero dizer, ama *de verdade*. E um relacionamento comigo poderia lhe custar o emprego.

— Então você acha que isso é motivo para não contar a verdade a ela?

— Talvez.

— Pai, tenha dó! — ralhou Emily. — Alice é uma mulher adulta. Se você contar a ela e ela decidir tentar, então é a decisão dela. Mas se você não contar, ela vai acabar descobrindo e ficará brava com você por ter guardado segredo dela. E será o fim! Você terá dado a maior mancada e ficará encalhado por mais 15 anos!

John olhou para seu prato, infeliz.

— E, pai, eu garanto que você não quer ser um encalhado! — continuou ela com sabedoria. — Você já passou tempo demais sendo um mártir e se escondendo atrás da Tia Geraldine. Está mais do que na hora de viver um pouco. Conte a ela!

John contemplou o olhar faiscante da filha e seu fervor incontestável. Sabia que tinha razão. Ela sempre tinha razão. Ele se sentia um verdadeiro principiante quando o assunto era relacionamento. Se fossem encontros organizados, aí ele sabia se comportar como um profissional. *Ele era um profissional!* Mas na vida real, era como passear num campo minado.

— A mamãe iria querer que você contasse à Alice — disse Emily com sinceridade, aplicando o golpe final. — A mamãe teria dado um chute no seu traseiro e dito para você parar de se esconder e seguir adiante com a sua vida. A mamãe iria dizer que vale a pena se arriscar pela felicidade.

John assentiu. Emily estava certa.

Ele pegou o garfo e comeu o jantar frio.

KATE

Eram quatro da tarde e Kate estava na mais badalada feirinha de orgânicos da cidade, usando uma camisa branca engomada e um avental. Ela e o resto da equipe da Julian Marquis AC tinham passado o dia como garçons e garçonetes, enlouquecidas entre as barracas e garantindo que tudo corresse bem no primeiro dia do Festival de Comida Canina Gourmet Kachorro Kente. Já estava naquela correria desde as 8h30, armando as barracas, entregando ingredientes frescos para os chefs e instalando microfones para que os visitantes (e seus cães) pudessem ouvir as demonstrações culinárias ao vivo.

Os primeiros visitantes haviam chegado às dez horas, com os cães puxando pela coleira ao farejar as delícias gourmet sendo elaboradas em sua homenagem. Por volta das 11h30, o lugar já estava lotado.

Uma porção de jornalistas também viera, incluindo vários dos jornais de circulação nacional e uma jovem equipe de um canal de TV a cabo, à procura de uma matéria de fechamento para o dia. A equipe conseguira manter a seriedade durante a entrevista com Geoffrey Laird, da KK, e até mesmo fazer cara de paisagem durante os 45 minutos em que tentaram filmar as reações entusiásticas por parte dos cães.

Agora que as coisas já estavam se acalmando, Kate sentiu-se invadir por uma súbita onda de felicidade. O festival não poderia ter sido melhor. O cliente estava encantado, os jornalistas tinham se divertido e ela contribuíra para a alegria de milhares de cães. Em suma, nada mal para um primeiro dia de trabalho.

Julian se aproximou silenciosamente por trás dela.

— Bom trabalho, Katinha querida. Você se superou mais uma vez.

Obviamente, Julian fora além de se vestir simplesmente de garçom e viera caracterizado como maître, inclusive com um crachá que deixava bem claro qual era sua hierarquia com relação ao resto do pessoal. Kate, no início, erguera as sobrancelhas com uma irritação perplexa, mas tinha de admitir que ele dera conta do recado. Julian conseguira agradar igualmente aos jornalistas, ao público e aos cães, e tinha até mesmo apartado uma rixa entre dois são-bernardos que disputavam o último pudim de passas ao rum.

— Muito obrigada. — Kate não pôde controlar um amplo sorriso de orgulho.

—Vamos encerrar isto aqui às cinco — murmurou Julian. — Depois, que tal tomar umas no outro lado da rua, no Star Bar? Acho que merecemos uma comemoração! — Ele atravessou rapidamente a praça para dar um adeus extravagante à editora de reportagens especiais do *Daily Post*, que estava prestes a partir com Xavier, seu poodle com cara de náusea. Xavier, ao que tudo indicava, tinha realmente caído de boca no festival. Kate podia apostar que a editora, mais tarde, acabaria tendo de limpar o estrago no carpete de casa.

Kate tentou disfarçar o sorriso e foi ajudar a distribuir as marmitinhas caninas.

Pouco depois das 17h, a nata da equipe da Julian Marquis AC estava aboletada no Star Bar, entornando a segunda rodada de mojitos e se parabenizando aos brados por mais um estrondoso sucesso. Eufórico por seu contato com a fama, Geoffrey havia se juntado a eles e agitava seu cartão de crédito corporativo no ar, liderando os pedidos de champanhe.

— Um brinde às comidas maravilhosas, aos cães gulosos e a seus donos pretensiosos! — brindou ele, em voz alta. Tinha até afrouxado o nó da gravata; o homem, claramente, estava pronto para a festa.

Todos brindaram e gritaram em anuência.

— Tenho que reconhecer, Julian, meu rapaz. — Geoffrey cambaleou com dificuldade até Julian e Kate. — Excelente exposição, a de hoje. Meus parabéns. — Ele lançou um olhar paternal na direção de Kate. — Que assistentezinha mais esperta você tem, para dar uma ideia como essa. É melhor você rezar para que ela não decida fugir para ter bebês.

Kate se enrijeceu. Como Geoffrey sabia que ela queria um bebê? E *assistente*? Era isso que as pessoas pensavam que ela era? Olhou para Julian, esperando que ele pusesse Geoffrey em seu lugar.

— Bebês?!?! — zombou Julian. — Ela já está um pouquinho velha para essas coisas, não é mesmo, Katinha?

Kate sentiu como se tivesse levado um soco. Como Julian podia dizer aquilo? Ela só tinha 33! E por que ele não disse a Geoffrey que ela era uma diretora de contas, e praticamente a segunda-no-comando na agência?

Dardejou um olhar assassino para Julian. Mas ele não percebeu; estava ocupado demais tirando uma folhinha de hortelã dos dentes.

De repente, houve um grito animado quando várias garrafas de champanhe chegaram à mesa.

— Boa-noite, gente! — veio uma voz conhecida da porta. — É uma festa particular ou qualquer um pode penetrar?

— Lou! — gritou Kate, aliviada. — Estou tão feliz por você ter conseguido vir!

— Birita grátis num bar chique e VIP? O que poderia ser mais urgente? — respondeu Lou, de forma lacônica. — Ooooh, é para mim? — Ela surrupiou a taça de champanhe da mão de Geoffrey, fazendo um biquinho.

Kate se virou para disfarçar o sorriso. Lou estava vestida em seu costumeiro estilo preto e justo de dominatrix; cruzamento de Dita von Teese com Sarah Palin e carregada no batom. Kate viu Geoffrey ficar vermelho diante dela.

— Então, como foi? — perguntou Lou.

— Fantástico! — vibrou Kate alegremente, guiando a amiga para longe do grupo. — Fizemos muitos cachorros felizes.

— Amém. E mister Marquis?

Ambas se viraram para olhar para Julian, que caminhava de forma decidida para o banheiro masculino, a mão remexendo no bolso interno do paletó.

— Espere só para você ver... — observou Kate baixinho e, dito e feito, exatamente dez segundos depois, um excitado Geoffrey o seguiu até lá, o nariz fremindo de expectativa.

— O turno do dono não termina nunca — disse Kate com sua malícia cortante.

— Então... — Lou voltou sua atenção para Kate. — Como foi ontem à noite? Você não teve seu encontro de "mercado negro" com o amigo do impostor da Mesa Para Dois?

— Tommy? Sim, tive.

— Isto aqui que estou vendo são vestígios deixados por uma barba áspera?

A mão de Kate voou até o rosto.

— Ainda está aparecendo? Passei quase um tubo de corretivo!

Lou riu.

— Então, quer dizer que o encontro foi bom?

Kate ficou toda mole.

— Lou, foi tão bom. Nem acredito.

E deu a Lou todos os detalhes.

— Mas espere um pouco — interrompeu Lou, enchendo novamente seu copo com outra garrafa de champanhe que alguém tinha pedido às custas do ausente Geoffrey. — Ele não é o oposto do que você está procurando? O que aconteceu com o bem-arrumado, bem-sucedido e bem-empregado? Pensei que você quisesse um marido-troféu.

— Ué!!! — Kate dispensou seus velhos critérios com um gesto da mão. — Regras existem para serem desrespeitadas.

Lou ficou surpresa.

— Mas seguir as regras é a sua regra número um! Você tem mais objetivos, planilhas e cronogramas do que qualquer pessoa viva! Você é a única pessoa no mundo que mantém uma galeria de fotos de seus trajes mais bem-sucedidos no iPhone. — A atenção de Lou foi subitamente desviada. — O-ooh, cuidado. Tem gente que está pronta para a festa!

Julian e Geoffrey haviam voltado do banheiro masculino parecendo ainda mais dispostos a comemorar. Ambos de rosto corado e olhos brilhantes. Julian tinha tirado o paletó e amarrado o suéter de caxemira em volta dos ombros.

— Lou, Lou, Lou. — Ele agarrou a primeira garrafa que viu e começou a encher o copo das garotas. — Que bom te ver. Esta festa precisa de gente mais animada! Não posso fazer tudo sozinho.

— Pelo visto, está tentando — observou Lou simplesmente.

Julian riu.

— E se me permite dizer, Lou, você está deliciosa como sempre. Você, definitivamente, é minha amiga favorita da minha funcionária favorita.

— Espero que seja mesmo! — respondeu Lou, coquete, inclinando sua taça para que Julian enchesse até a boca. — E você está muito... charmoso... também. — Ela olhou para o suéter dele de forma ambígua. — Esse look clássico de catálogo nunca sai de moda. E eu adoro homem com cheiro de Purina!

Kate ofegou. Só mesmo Lou para dizer um insulto e ainda assim fazer com que soasse sedutor.

Julian riu alto.

— Maravilha, então. Devo estar totalmente irresistível para as cachorras. — Ele olhou para Lou cheio de maldade.

— Au, au! — latiu Lou, os olhos grudados em Julian.

Kate se virou, terrivelmente envergonhada. Não era possível que Lou estivesse dando em cima de Julian. Ela só podia estar brincando! E Julian, então? Ela sabia que Lou aceitava qualquer coisa, mas nunca tinha pensado em Julian como um ser sexual. Ele azarava descaradamente as clientes, claro, mas eram apenas negócios. Além disso, Lou certamente não fazia o tipo dele, né? Ele era metido e ridículo; as namoradas dele deviam ser Camillas inatas, que andavam de pônei e se vestiam de bege. Porém, Kate notou, ele estava *realmente* perto demais de Lou. E, enquanto observava, viu-o estender a mão por trás de sua amiga, roçando os dedos deliberadamente em seu traseiro. Ai, meu Deus, não, pensou Kate com uma sensação ruim. Por favor, não!

Olhou para seu relógio. Eram 17h45 e Tommy tinha prometido ligar às 18h. Não via a hora.

— Sabe, não existe melhor estilo do que o estilo cachorrinho — ronronou Lou para Julian.

— Humm, coce minha barriguinha e me chame de menino malvado — respondeu ele com lascívia.

Kate se afastou depressa.

Passado um minuto das 18h, o celular de Kate tocou. Ela o agarrou com gratidão e correu para fora, onde estava mais silencioso.

— Acabei de assistir às chamadas do noticiário — cumprimentou-a Tommy com animação — e eles têm uma matéria especial sobre o primeiro festival de comida canina gourmet do mundo!

Kate soltou um gritinho feliz.

— Parabéns! Você é a rainha da propaganda! — aclamou Tommy. — Então, que tal me conceder outra noite de seu tempo?

Kate se retorceu de felicidade, o friozinho na barriga finalmente estava de volta. Sentiu-se cinco quilos mais leve, como se pairasse acima da calçada. Tommy era com certeza melhor do que qualquer dieta que já tivesse feito.

— Posso te pegar às oito?

— Às oito está perfeito!

Ao desligar, vislumbrou Lou e Julian pela janela. Lou estava sentada no colo de Julian, o champanhe espirrando levemente conforme ela se inclinava mais perto dele e lhe contava uma história. Julian tinha os olhos arregalados de admiração, o nariz diretamente na altura dos peitos dela.

Kate balançou o celular na mão e cogitou se era realmente preciso voltar para lá.

AUDREY

A tarde começara mal. Audrey estava na metade de um sanduíche de camarão com maionese da Marks & Spencer quando Cassandra gritou, do outro lado do escritório, que Sheryl Toogood estava na linha três. Audrey engoliu com dificuldade, lançando um olhar desaprovador para Cassandra. Por que ela não podia tirar aquele traseiro quadrado da cadeira, vir até ela e informar em voz baixa que Sheryl estava ao telefone? Passava tempo demais com os cavalos, aquela. Por isso era tão xucra.

Irritada, Audrey atendeu o telefone.

— Sheryl — atendeu com frieza, abandonando o sanduíche e sugando um pedaço de camarão dos dentes.

— Aaaaaaaaaudrey!

Aquele era o som da azia.

— Escute, querida, não vou tomar seu tempo. Estou terrivelmente ocupada e, pelo barulho, você está farejando atrás de trufas.

Audrey se enfureceu. Não sabia direito o que a ofendia mais: ser comparada com um porco fuçador, ou que Sheryl a chamasse de "querida".

— Sei que você gosta de ser a primeira a saber das novidades, então achei melhor dar uma ligadinha para contar as últimas.

Audrey sentiu o sanduíche entalar no esôfago. Tentou parecer pouco interessada, mas sua mente já estava a mil por hora.

— Continue.

— Você está falando com a nova dona da Cabana do Cupido! — gralhou Sheryl, triunfante.

— Você comprou a Cabana do Cupido?

— Por uma ninharia!

— Mas eu não sabia que Nigel a tinha colocado à venda.

— Ele não colocou! Mas todo mundo sabia que ele não estava mais animado com a agência. "Leve Marjorie para fazer um cruzeiro", eu disse a ele. "Esqueça toda essa bobagem de agenciar casamentos. Dedique-se ao seu próprio casamento." Bem, Aaaaaaaudrey, deixe-me contar: ele avançou na oferta feito um cachorro esfomeado!

— Mas se ele houvesse anunciado para todo mundo... colocado a empresa no mercado... — protestou Audrey.

— Você teria feito uma oferta? — Sheryl deu uma risada longa e cética. — Empresárias não esperam que as situações se apresentem; nós vamos em frente e fazemos com que aconteçam. Além disso, todos sabemos que você já está ocupada demais tentando lidar com a sua agenciazinha. Como vai a Alice, a propósito?

— Bem — rebateu Audrey automaticamente.

— Não se esqueça de repassar minha novidade para ela, viu? Tenho certeza que ela vai ficar muito interessada em saber sobre a minha aquisição.

— Ã-hã. — Audrey não tinha palavras e seu sanduíche de camarão já estava se fazendo lembrar. Queria morrer por ter perdido uma oportunidade de negócio tão estupenda.

— Então, você não vai me dar os parabéns? — tripudiou Sheryl. — Quer dizer, não é todo dia que você tem a chance de falar com uma magnata, né?

Audrey desligou o telefone e fervilhou de indignação.

Por que Nigel não havia contado a ela que queria vender o negócio? Eles sempre se deram tão bem; não podia acreditar que ele não tinha vindo falar com ela primeiro. Mas, agora, Sheryl tinha colocado as mãos na Cabana do Cupido, o que significava que ela estava no comando das duas rivais mais próximas da Mesa Para Dois. Era uma notícia muito ruim, sem dúvida alguma.

Houve uma batida em sua porta. Bianca estava ali.

— Estou com Maurice Lazenby na linha um. Ele insiste em falar com você.

— Ah, pelo amor de Deus! — retrucou Audrey. — Passe-o para a Alice!

Ela viu Bianca empalidecer diante de seu tom.

— Alice saiu.

— Como assim, "saiu"? Foi aonde?

— Se encontrar com um cliente.

— Se livre dele, então! — ladrou, com raiva. — Estou com cara de quem quer falar com Maurice Lazenby?

Bianca recuou, pálida.

Onde diabos estava Alice? E qual era, exatamente, o propósito de Alice? Se ela não estava na rua aumentando as despesas da Mesa Para Dois com cafés desnecessários com clientes, então estava olhando pela janela de forma sonhadora, feito uma imprestável.

Uma lembrança repentina acometeu Audrey.

Por que Sheryl insistira tanto em que Alice soubesse sobre a compra da Cabana do Cupido? Será que Sheryl estava mais uma vez fazendo pouco caso de Audrey? Ela não a havia chamado de "solteirona" no baile? Será que era isso que as pessoas pensavam dela e de sua equipe na Mesa Para Dois... que eram um bando de solteironas?

Audrey olhou feio para o resto de seu sanduíche e, com raiva, jogou-o na lata de lixo.

A tarde se arrastou. A indigestão fez sua participação inevitável. Audrey tomou duas xícaras de chá de camomila e tentou alguns exercícios respiratórios. Mas só fizeram seu peito queimar ainda mais e a cabeça latejar. No final, decidiu deixar de lado as inconveniências do trabalho. Em vez disso, iria cuidar de um assunto pessoal muito mais alegre. Iria agendar um encontro com John sem ter em vista nenhum evento específico.

Audrey fechou cuidadosamente a porta de seu escritório, respirou fundo e ligou para o número de Geraldine.

— Como assim, você não pode aceitar minha reserva? — urrava Audrey, um minuto depois. — Isso é um ultraje!

— É como eu disse — explicou Geraldine com paciência. — Infelizmente, John Marlowe não está mais disponível para você. Sinto muito. Acontece, às vezes.

— Mas por quê? — retrucou Audrey, o pânico começando a dominá-la. — Por quê? Por quê!?!

— É uma decisão pessoal, tomada por John, e que ambas devemos respeitar — continuou Geraldine calmamente. — Sinto muito, meu amor. Mas ele achou que já tinha lhe prestado muitos anos de bons serviços e que estava na hora de vocês dois seguirem adiante.

— Não, não e não! — A voz de Audrey tremia.

— De verdade, Audrey, você deveria ficar agradecida por ter desfrutado a companhia dele por tanto tempo. Você foi a cliente mais duradoura dele, de longe.

— Mas eu não o reservo com frequência — apelou Audrey —, só algumas vezes por ano. Por que não podemos continuar assim?

As emoções de Audrey eram incoerentes; fúria, medo e incompreensão giravam à sua volta como as bolinhas da loteria. A bola da indignação foi sorteada e lançada pela abertura.

— Isso é uma completa loucura! — trovejou ela. — É totalmente inaceitável!

— Não obstante — continuou Geraldine, no mesmo tom —, é a decisão de John.

— Eu *preciso* dele!

— Tenho vários outros cavalheiros interessantes nos meus cadastros.

— Não! — gritou Audrey histericamente. — Outro homem não serve. Tem que ser o John!

Por que aquilo estava acontecendo? Por que John estava lhe dando as costas? Sentiu que não podia respirar, como se o aparelho de respiração artificial que a vinha mantendo viva há tanto tempo estivesse fora da tomada. Ela precisava se aferrar ao fio, lutar com unhas e dentes para ligar novamente sua vida.

— Mas eu preciso dele. Preciso! Você não entende. Todo mundo o conhece. Esperam vê-lo. Como posso fazer as coisas sem ele?

— Sinto muito, Audrey.

— Mas eu sou a cliente. O cliente sempre tem razão. Não fiz nada de errado. Não é justo. Tenho meus direitos!

Houve uma breve pausa antes que a voz serena de Geraldine voltasse na linha.

— Que tal você pensar um pouquinho no assunto? Dê um tempinho. Eu entendo que isso tenha sido uma surpresa. Deixe a novidade assentar por alguns dias e, aí, veja como você se sente. E nesse meio tempo, posso lhe enviar um link do nosso site para você dar uma olhada nos nossos outros cavalheiros. Acho que você terá uma surpresa agradável.

— Não quero ter uma surpresa agradável — retrucou Audrey. — Quero o John. O que devo fazer? Dizer a todo mundo que me divorciei?

Houve uma longa pausa.

Audrey soltou um gemido agonizante e bateu o telefone com força. As paredes de seu escritório pareceram se fechar ao redor dela, esmagando-a e fazendo com que fosse difícil respirar.

Ela vestiu o casaco, pegou a bolsa e saiu fumegando do escritório. Quando foi atingida pela tarde fria, ofegou, tentando recuperar o fôlego.

Gritou de angústia.

John estava se recusando a vê-la. Sua vida tinha virado de cabeça para baixo.

Puxou o casaco para junto do corpo e estava prestes a ir até o ponto de ônibus, ansiosa em colocar a porta de sua casa entre ela e o mundo. Mas, antes que desse um passo, seu olhar recaiu sobre algo encostado no gradil. Era a bicicleta de Alice.

Audrey sentiu um terrível surto de raiva, perverso e incontrolável. A bicicleta era um furúnculo, empoleirada ali como um fungo ao lado da entrada da Mesa Para Dois. Era nada mais, nada menos, que um insulto pessoal, um gesto obsceno feito a ela pela irmã Von Trapp. Bem, ela não iria mais aguentar aquilo.

Deu dois passos à frente, balançou a bolsa para trás e bateu com toda força nos raios da roda dianteira. Cinco quilos compostos por agenda, maquiagem e um livro capa dura da biblioteca atingiram o metal fino. O som foi estranhamente gratificante. Balançou a bolsa novamente e deu um segundo golpe. *Bang*. Os raios da bicicleta agora exibiam dois vincos característicos. Audrey teve uma violenta sensação de triunfo.

ALICE

— Sabe, é como você disse, quando a gente se conheceu. — Kate sorriu do outro lado da mesa de canto, na loja de chás. — É preciso ter a mente aberta. A vida é *realmente* mais excitante quando você se permite ser surpreendida!

Seus olhos brilhavam e ela estava cheia de energia, perseguindo com o garfo os últimos vestígios do bolo de chocolate em seu prato.

— Então, imagino que não precise marcar mais nenhum encontro para você, por enquanto. — Alice sorriu.

— Não, obrigada! — disse Kate, radiante. — Quero ver como vão as coisas com Tommy. Eu sei que ele não cumpre nenhum dos meus requisitos estúpidos, mas você estava completamente certa com relação a ele!

— Fico muito feliz em saber disso — respondeu Alice, tentando se controlar para que sua imensa satisfação não transbordasse e inundasse a loja de chás. Não havia nada melhor do que fazer uma união bem-sucedida. — Às vezes é bom correr riscos, não é?

Kate assentiu com veemência.

— E lembre-se: nem uma palavra para ninguém da Mesa Para Dois. — Alice tentou inserir na frase um tom de advertência, mas era difícil parecer séria com o sorriso de júbilo estampado em seu rosto.

Algumas horas depois, Alice ainda sorria alegremente ao sentar-se diante de John, num restaurante à luz de velas num bairro bucólico da cidade.

Tinha sido uma noite incrível. Alice nunca conhecera ninguém que a fizesse se sentir tão atraente e à vontade quanto John. Sentia que podia dizer qualquer coisa a ele, admitir qualquer coisa — até mesmo vestir qualquer coisa, de seu cardigã mais folgado a suas roupas de jardinagem mais surradas. Contudo, havia alguma coisa em John que a fazia querer ficar bonita, usar um vestido, passar um pouco de batom. Ele fazia com que se sentisse mulher. E eles ainda nem haviam transado!

Toda vez que Alice pensava na possibilidade de ir para a cama com ele, ficava toda mole de excitação. Sexo, ou o que podia se lembrar a respeito, sempre fora uma experiência superficial para ela, uma coisa a cumprir logo para se livrar do assunto. Nunca sabia muito bem o que estava fazendo, então ficava na sua e deixava o homem tomar a dianteira. Com John, no entanto... mal podia esperar para transar com ele, adormecer em seus braços para que aqueles olhos e aquele sorriso fossem a primeira coisa que visse ao acordar na manhã seguinte. Esperava que acontecesse logo; esperava que acontecesse esta noite!

— Então, você conseguiu — parabenizou-a carinhosamente do outro lado da mesa, tomando sua mão e entrelaçando os dedos nos dela. — Você encontrou o par perfeito para a sua executiva!

Alice sentiu um arrepio delicioso subir por seu braço, partindo do toque dele.

— Ainda é cedo para dizer, mas acho que sim. — Não conseguia parar de sorrir. — Ela certamente tinha aquela expressão típica estampada no rosto. De uma mulher que está se apaixonando.

— E tudo isso porque você assumiu correr um risco — disse John enfaticamente.

Alice olhou em seus olhos. Eram exatamente do mesmo tom de azul dos miosótis. Parecia perfeito que aquilo que achava mais atraente nele fosse algo em comum com uma das flores mais lindas e descomplicadas.

— Mas foi mais do que isso, não foi? — continuou ele, apertando os dedos dela. — Foi porque você a fez perceber que ela precisava estar mais aberta e dar uma chance às pessoas.

Ele se inclinou na direção dela, olhando-a com sinceridade. Alice se sentiu derreter lentamente sob aquele olhar, como um sorvete escorrendo sobre uma torta quente de maçã. Era assim, então?, ela se perguntou. Era essa a sensação de se apaixonar? Com certeza era boa. Melhor do que qualquer coisa que houvesse sentido antes.

— Você está me fazendo parecer muito inteligente, mas não sou, na verdade. — Ela tentou aliviar a intensidade dos elogios dele. — Só acho que acreditamos que nosso par perfeito tenha de ser de uma determinada maneira. Mas não é verdade, não mesmo. Pares perfeitos vêm em todas as formas e tamanhos.

— Precisamos estar mais abertos às surpresas.

— Exatamente!

Ela o sentiu retirar a mão. De repente, ele pareceu hesitar. Ela o viu pegar a colher de sobremesa e brincar com ela, pensativo.

— John, está tudo bem? — perguntou ela, hesitante.

— Sim, sim — respondeu ele, mas seu rosto dizia o contrário. — Olha — disse ele, de repente —, eu sei que só tivemos alguns encontros e que ainda é cedo... Mas espero que você saiba quanto eu gosto de você.

Alice tentou sorrir, mas, subitamente, se sentia nervosa.

— Vejo um futuro para nós, de verdade. — Seus olhos de miosótis se encontraram com os dela. — Não tenho um relacionamento há muito, muito tempo e, agora que te conheci, não quero te perder.

O sorriso de Alice se congelou. Por que ele iria perdê-la? Qual era o problema?

John suspirou pesadamente.

— Tem uma coisa que eu preciso te contar. Quero que você saiba a verdade para que possamos seguir adiante... juntos.

— Ai, meu Deus, você *é* casado... — soltou Alice, em pânico.

— Não.

— É a Audrey, então. Você tem um relacionamento com ela, afinal.

Alice estava começando a se sentir mal.

— Mais ou menos — disse John com hesitação. — É sobre isso que preciso conversar com você.

Um nó cego se formou no estômago de Alice. Devia saber que era bom demais para ser verdade. John era bom demais. Mulheres como ela não saíam com homens como ele.

— As coisas são complicadas — admitiu John.

Ele fixou o olhar na mesa, aparentemente sem saber o que dizer em seguida.

— Então, você e Audrey são mais do que apenas amigos? — Alice se ouviu perguntando. Mal podia suportar ouvir a resposta dele.

Houve uma longa pausa.

— Audrey e eu temos uma... relação *profissional* — revelou John baixinho.

— O quê? — Em sua surpresa, Alice esqueceu o nervosismo. — Você também trabalha na área de relacionamentos?

— Trabalho numa... área semelhante.

— Como assim?

— Por favor, Alice. *Por favor*, não tire conclusões precipitadas.

Os olhos dele lhe imploravam. Ela assentiu, muda.

— Audrey e eu temos uma relação profissional... na qual eu concordo em... *acompanhá-la* em certas noites.

Ele olhou para ela, para ver se estava entendendo. Ela lhe devolveu um olhar inexpressivo.

— Como na noite em que você me conheceu. Eu não estava lá como amigo de Audrey. Estava trabalhando.

— Como assim, trabalhando? Você tem alguma coisa a ver com a ADAR?

— Mulheres... bem... mulheres como Audrey... podem me contratar para ir a eventos com elas. Ser seu par de aluguel.

Ela ainda não parecia entender. John dispensou com um gesto o garçom que viera até a mesa e pegou a mão dela novamente.

— Essas mulheres são solteiras — explicou ele com gentileza. — E, geralmente, o evento é um compromisso de trabalho ou um casamento do qual elas não podem escapar; elas *têm* que ir. Mas estão realmente preocupadas. Têm vergonha de ir sozinhas. Ou, talvez, não queiram que as pessoas saibam que estão solteiras. Então, elas me contratam para ir com elas.

Houve mais uma pausa.

— Não entendo... — A voz de Alice saiu baixa, quase um sussurro.

John segurou sua mão com mais força.

— Alice, levar essas mulheres aos eventos, bem, esse é o meu trabalho. Eu as acompanho.

— Acompanha? — ecoou ela, de forma vazia, o cérebro acelerando para chegar à verdade, mas o coração já querendo desacelerar para não chegar nunca.

— Sim. Elas me contratam através da minha agente e eu as acompanho a qualquer lugar aonde precisem ir.

Ela olhou para a mão dele, que apertava a sua com força.

— Alice, eu sou um... — Ele respirou fundo. — Sou um acompanhante profissional.

Houve uma pausa. As palavras desabaram sobre os ouvidos de Alice. Algo começou a penetrar. Uma sensação fria, dormente, percorria seu corpo como uma anestesia venenosa, amortecendo os membros por onde passava.

— Então essas mulheres pagam pela sua companhia? — A voz dela soou rígida e estranha.

— Sim.

— E você faz tudo que elas quiserem?

— Bem, não exatamente. Elas somente pagam pela minha companhia, mais nada.

— Mas você age como namorado delas? Você é delas por aquela noite?
— Imagino que sim, claro.
— E esse é o seu trabalho? Sair com mulheres por dinheiro?
— Sim.
— E é isso que você faz pela Audrey? É essa sua "relação especial"? Você finge ser o marido dela e ela te paga para fazer isso?

Ele assentiu com um gesto mínimo, silencioso.

Lentamente, ela puxou a mão.

— Alice, por favor... Deixe-me explicar melhor. Não é assim tão ruim quanto parece.

— Não sou burra — disse ela baixinho, a voz trêmula. — Posso ser facilmente ridicularizada porque sou solteira e gosto de jardinagem e não sigo a moda. Mas não sou idiota. Eu sei o que isso significa.

— Mas não significa o que você está pensando! — John tentou pegar a mão dela de novo.

— Eu vivo no mundo real, sabe?

— Sei, é claro. Mas eu juro, por tudo que é mais sagrado, eu só as acompanho, mais nada.

Alice lutou para respirar, tomando o cuidado de não deixar que John a tocasse. Se ele a tocasse, ela desmoronaria, e não podia se arriscar. Se havia uma coisa, no meio daquela noite desgraçada e confusa, era a absoluta certeza de que não podia chorar. Não podia olhar para ele. Não podia nem sequer encher os pulmões de ar. — Preciso ir para casa agora — conseguiu soltar. — Preciso pensar.

— Sim, claro — disse John com relutância. — Mas, por favor, não pense demais. Não é o que você imagina. Ainda sou o mesmo homem.

Alice se levantou.

— Mantenha a mente aberta — implorou ele. — Assim como você diz às suas clientes. *Por favor*, Alice! Siga seu próprio conselho.

Em silêncio, Alice seguiu até a porta.

AUDREY

Era meia-noite.

Pickles tinha saído para uma demorada ronda noturna e Audrey estava deitada na cama, sentindo-se profunda e terrivelmente sozinha.

Não conseguia dormir.

Nada adiantava: nem leite quente, nem contar carneirinhos, nem um segundo cálice de xerez. Nada.

Não dormia direito desde a noite do baile e as coisas só tinham piorado depois do terrível telefonema para Geraldine. As perguntas não paravam de rodopiar em sua cabeça, enchendo sua mente de forma silenciosa, mas ensurdecedora, como um jingle irritante travado no modo de repetição. Por que John estava se recusando a aceitar a reserva? O que ela tinha feito de errado?

Ficou deitada sem se mexer, rígida em sua camisola como uma efígie de pedra na tampa de uma tumba. Não fazia sentido. Ela não tinha feito *nada*. Sua aparência não mudara. Não dissera nada diferente. Fora a mesma de sempre.

Então, por que ele estava fazendo aquilo?

A única explicação possível era que ele precisava de espaço para entender seus sentimentos. Ele devia ter ficado confuso, percebido que ela não era uma mera cliente — que era alguém especial. Talvez fosse por isso que ele tivesse colocado uma certa distância entre eles. Para asfaltar o caminho que conduziria a um novo tipo de relacionamento. Isso explicaria a frieza dele quando a deixara em casa depois do baile e por que ele não queria que ela o contratasse de novo. Devia ser isso! Ele queria limpar as águas, retirar todos os detritos de sua relação prévia, antes de vir até ela, oferecendo-lhe uma nova opção; oferecendo a si mesmo — e seu amor — de graça.

Era a única explicação racional.

JOHN

John estava cansado. Não tivera uma boa noite de sono. Depois que Alice saíra do restaurante, ele tinha pagado a conta e caminhado até em casa, na esperança de encontrá-la pelo caminho.

Ao chegar, deu-se conta de que ainda não estava pronto para entrar; então, continuou andando. Viu-se em frente ao centro de jardinagem Dedos Verdes, onde havia esbarrado com Alice pela primeira vez. Não sabia o que lhe dera na cabeça. O local estava fechado; era meia-noite! Ele deu meia-volta e foi para casa.

John sorveu seu café e acariciou Parceiro distraidamente.

Teria de esperar que o melhor acontecesse, pensou consigo mesmo. Alice acreditava em finais felizes. Ela com certeza lhe daria a chance de se explicar, não? Ele só precisava ficar na dele e dar a ela um pouco de espaço.

Ou não?

Pegou o telefone e ligou para Emily.

— Relaxa, paizão — aconselhou ela calmamente. — Dê o fim de semana para que ela pense no assunto e, então, ligue na segunda.

— Mas e se o fim de semana for tempo demais? E se ela chegar às conclusões erradas?

— Ela só precisa de tempo para digerir por que você começou a trabalhar como acompanhante... qual é seu objetivo mais elevado.

Houve um silêncio constrangedor.

— Você contou a ela sobre a morte da mamãe, não contou, e como você ficou se sentindo solitário? — indagou ela, de repente.

— Humm, eu meio que tinha mencionado isso antes. Há um tempinho — resmungou John.

— Mas não em conjunção com o trabalho de acompanhante? Você não mencionou como isso te ajudou a voltar à vida? Não disse a ela como você ajuda as mulheres a recuperar a autoconfiança, como você faz com que elas se sintam atraentes de novo?

— Não tive muita chance — interrompeu John, com tristeza.

— *Pai!* — Emily usou o mesmo tom severo e exasperado que ele se lembrava de usar com ela quando era pequena. — Eu te disse para explicar direito, lembra? Não me admira que ela tenha ido embora. Provavelmente achou que você fosse um garanhão de aluguel; que metade das mulheres da cidade já tinha te usado!

Ele a ouviu suspirar.

— Olha, esqueça isso de esperar até segunda-feira — instruiu ela, sem piedade. — O estrago será grande demais até lá. Você tem que ligar para ela agora. Diga a ela que você não é o Casanova empesteado de doenças venéreas que ela provavelmente pensa que você é...

John empalideceu, diante da franqueza dela.

— Diga a verdade! — comandou ela. — Diga que você não tem um encontro de sua própria escolha há mais de uma década. Diga que não transa há mais tempo ainda! Diga que não amou ninguém desde a mamãe, mas que acha que pode estar se apaixonando por ela!

Houve uma pausa. As palavras de Emily ecoavam entre eles.

— Bem, é a mais pura verdade, não é? — perguntou com intensidade.

— Sim — John admitiu quase com um sussurro. — É a mais pura verdade.

Ele observou seu café.

— Fiz bobagem, não fiz? — perguntou ele.

— Sim, pai — disse Emily sinceramente. — Você fez bobagem.

LOU

Quando Lou abriu a porta da frente, pôde ver Kate fazendo aquilo que sempre fazia: inspecionando seu apartamento zoneado e disfarçando rapidamente com um sorriso a expressão horrorizada em seu rosto.

— Oiê — cumprimentou Kate, animada, dando um abraço em Lou.

Lou se deixou abraçar sem nem sequer erguer os braços. Sabia que seu apartamento era um caos, mas gostava dele assim. Nunca entendera a razão de ser de um guarda-roupa se havia o chão onde podia deixar tudo. Arrumar as coisas era uma perda de tempo. O apartamento de Kate era tão limpo que Lou sempre se sentia prestes a tomar uma borrifada de desinfetante ou a ser pendurada num cabide. Os livros de Kate eram organizados em ordem alfabética nas estantes e, no armário da cozinha, todas as latas estavam viradas com a etiqueta no mesmo ângulo. Isso não era jeito de se viver. Isso era neurose.

— Uma taça de vinho? — ofereceu.

— Por que não? — respondeu Kate, por um milímetro não sentando no prato de comida pronta da noite anterior, ao se jogar no sofá.

Lou vasculhou a cozinha em busca dos últimos copos limpos.

— Na verdade, acho que devemos comemorar — confidenciou Kate, feliz. — Tive outro encontro com Tommy ontem à noite.

— Certo. — Lou fez o possível para parecer interessada. Havia algo muito irritante em Kate quando ela falava sobre Tommy, concluiu. Acendeu um cigarro para não ter que olhar para ela.

— Foi incrível! — contou Kate com entusiasmo. — Ele é fantástico. Tão engraçado e interessante e gentil e forte. E realmente confiante. E másculo. O tipo de homem que sabe instalar prateleiras, ou que consegue te carregar sem se preocupar em tirar a coluna do lugar.

— Humm — disse Lou com frieza e soprou a fumaça do cigarro numa longa coluna de névoa. Estava cheia daquele papo de agência de relacionamento.

Houve uma pausa constrangedora. Kate pareceu confusa.

— Achei que você fosse ficar feliz por mim — disse ela baixinho.

— Ué, só porque você decidiu que Tommy é a melhor coisa do mundo desde o pão de forma integral?

— Não seja assim. Eu gosto dele de verdade.

— Gosta? Sério, Kate, gosta mesmo? — Os olhos de Lou faiscaram com raiva. — Porque na semana passada você queria um Adônis bem-sucedido na carreira. Você fez a agência caçar por toda parte alguém endinheirado e de bom nível educacional. O Sr. Perfeito, com cadeira na diretoria e um salário de cinco dígitos!

— O Tommy tem um bom nível educacional — protestou Kate.

— Assim como o resto do mundo desenvolvido — respondeu Lou com sarcasmo.

— Mesmo assim — argumentou Kate, parecendo magoada —, não é melhor ter a mente aberta? Talvez todos aqueles pré-requisitos estivessem me impedindo de avançar. Quem sabe eu não devesse estar procurando o Sr. Perfeito, e sim o Sr. Perfeito Para Mim?

— Ah, tão doce! Tão autoajuda!

— Tommy é o que eu quero agora. — Kate empinou o queixo, desafiadora.

— Que seja! — Lou deu uma profunda tragada. Sabia que estava sendo cruel, mas não conseguia evitar. Estava cansada de ser legal. Cansada de ter de ouvir os supostos problemas de Kate com sua vida que, na verdade, era quase perfeita. — Desde que fomos àquela palestra sobre Encontrar o Par Perfeito você está estranha, desperdiçando todo esse dinheiro com aquela agência idiota.

— Você sabe por que eu contratei a agência — disse Kate pacientemente. — Quero encontrar alguém, me casar, ter filhos. É uma coisa bastante normal, sabia?

— Que bom para você, então. — Lou deu rédeas soltas ao sarcasmo. — Você baixou seu padrão e encontrou um Sr. Basicão para te levar ao altar e te emprenhar. Tão maravilhosamente *normal*!

— Não estou dizendo que vou me casar com ele! Ainda nem transamos — acrescentou Kate com um sorriso amarelo.

— Bem, pelo menos uma coisa continua igual.

— O que isso quer dizer, exatamente?

— Quer dizer que pelo menos você não mudou a ponto de ficar irreconhecível. Ainda está usando seu cinto de castidade e andando por aí como se acabasse de sair num dia de folga do convento.

Kate ofegou.

— Lou, qual é seu problema hoje? Parece que você tá procurando briga.

— Só estou cansada de ouvir sobre sua busca insólita por uma aliança no dedo.

— Eu não falo *tanto* assim sobre isso!

Lou deu uma fungada.

— Sei! Bom, pelo menos você parou de falar sobre trabalho. Cinco anos se obcecando pelo Julian é suficiente para o estômago de qualquer ser humano.

— Nunca fui obcecada pelo Julian! E, além disso, com quem mais eu devo conversar, além de você? Nenhuma de nós tem um *namorado* com quem falar sobre essas coisas.

— Ah, voltamos aos namorados, então?

Kate jogou as mãos para cima, exasperada.

— Talvez devêssemos encerrar por aqui hoje. — Ela se levantou do sofá. — Vou para casa.

— E fazer o quê, ligar para o Tommy? — zombou Lou. — Para choramingar sobre a amiga que agora você acha que está abaixo de você?

Kate se deteve por completo.

— Lou! Por que cargas-d'água você acha isso?

Lou tragou com irritação.

— O mundo não anda girando em torno da sua coleção de caras ricos, ultimamente? Tomar uma bebida com sua amiga e deixar a vida te levar não ficou, de repente, meio "chato" pra você? — Sabia que estava sendo injusta, mas agora não podia parar.

— O que está *realmente* rolando, hein? — perguntou Kate. Lou deu de ombros e se concentrou em fumar.

— Olha, você é ótima, Lou, mas não está lá quando vou para a cama à noite ou quando acordo de manhã. Você não me faz uma xícara de chá após um dia difícil nem esfrega minhas costas no banho.

Lou bufou com desprezo.

— Estou cansada de ficar sozinha! — exclamou Kate, agoniada. — Isso é tão errado assim?

Houve um silêncio repentino. As palavras de Kate pareciam pairar entre elas.

— Você transou com o Julian, depois do evento da Kachorro Kente? — perguntou Kate, de repente.

— Isso importa? — respondeu Lou, surpresa.

— Você estava grudada nele feito herpes — disse Kate com acidez. — Foi constrangedor.

— Você sentada lá de braços cruzados e um bico enorme é que foi constrangedor. Foi como ter uma guardiã da moral e dos bons costumes à mesa. Todos os demais estavam conseguindo se divertir.

— Ah, sim, você quer dizer se divertindo em se roçar no meu chefe? Qual é a sua com os chefes, hein? Você tem que transar com todos eles? Bem, se você quer se punir dando pro Tony, ótimo, mas não venha arranjar merda com o Julian.

— Por que você é tão possessiva com relação ao Julian, Kate? — A voz de Lou parecia ácido congelado. — Você está a fim dele? Porque, se estiver, tenho novidades: você não é o tipo dele.

— Claro que não estou a fim dele. Não seja ridícula!

— *Eu* estou sendo ridícula? Não fui eu quem se transformou na polícia sexual. Cresça, Kate! Adultos transam. Engula isso!

— Eu *tenho* que trabalhar com ele! — exclamou Kate, indignada.

— E daí? Você não transou com ele. Qual é a porra do problema?

— O problema — respondeu Kate, a voz rígida de fúria — é que essa coisa de ser devoradora de homens era divertida quando você tinha vinte e poucos anos, mas agora está ficando patética. Você não tem respeito por si mesma, não tem ambição, amor-próprio. Seu único relacionamento significativo na última década tem sido com um homem casado. Você não quer ser amada? Não quer alguém que cuide de você, que de fato se importe se você teve um dia ruim ou não?

Kate fez uma pausa, pendendo entre a raiva e a pena. Olhou para Lou, esperando uma resposta. Lou estava tentando ocultar o fato de estar tremendo. Ela agarrou a garrafa de vinho e encheu seu copo.

Kate suspirou e, de repente, voltou a se sentar.

— Você é inteligente, Lou — disse, com gentileza. — O que você está fazendo trabalhando num bar? O que aconteceu com os planos de ter uma carreira? E se trabalhar num bar é sua carreira, por que você ainda não é dona do bar? Você tem 33 anos. Não devia ser subgerente; devia ser a proprietária!

— Estou feliz assim — resmungou Lou desafiadoramente.

— Não está, não — corrigiu Kate bem serena. — Se estivesse, não estaria vivendo de migalhas e tendo transas sem sentido com homens que não se importam com você.

— Ah, e você é tão perfeita, né! — retrucou Lou com maldade. — Que diabo você sabe sobre transar? Quando foi a última vez que você deu, Kate? Na verdade, quando foi a última vez que você foi *comida*? Sexo não é só flores e poesia e ser adorada numa porra de um pedestal, sabia? Sexo tem a ver com excitação, euforia e dor. É ser fodida até suas últimas forças e não se estagnar na posição papai e mamãe com as luzes apagadas! E relacionamentos? — Lou sentiu-se tremer ainda mais. — Não vou receber conselhos de alguém que precisa pagar uma profissional para organizar sua vida amorosa. É trágico! E trabalho? Você se transformou na pessoa mais ocupada do mundo ocidental, não porque a área de assessoria seja tão importante, mas porque te dá uma desculpa para não sair. Porque, quem sabe, se você saísse, *você de fato poderia se divertir*! Poderia de fato transar e se casar e ter filhos e ter todas essas coisas que você quer. Mas, se você quer tanto assim, por que não desliga seu computador às seis da tarde, como qualquer pessoa normal e, de fato, se embrenha no mundo? Você precisa sair e transar até ficar desnutrida, Kate! Precisa ser comida até acordar e ver no que você se transformou!

Um silêncio súbito recaiu sobre elas.

E, então, Kate apanhou sua bolsa e se dirigiu para a porta.

— Não temos mais 20 anos — disse ela, baixinho. — Não deveríamos mais viver tão grudadas. Preciso dar seguimento à próxima etapa da minha vida. Nós duas precisamos.

E saiu porta afora, fechando-a gentilmente atrás de si.

— Quanto antes você sumir com um marido chato e seus 2,4 filhos, melhor! — Lou gritou maldosamente às costas dela. — Acabe logo com o sofrimento de todos nós!

Ela ouviu os passos de Kate ecoarem pela escada. Tragou o cigarro. Seu apartamento ficara depressivamente silencioso.

ALICE

Alice estava tendo dificuldade para encontrar otimismo. Enquanto avançava a duras penas por sua lista de telefonemas de segunda-feira, ouvindo clientes relatarem os maravilhosos encontros que tiveram no fim de semana, pegou-se divagando completamente.

Tinha sido um fim de semana horrível. A bomba de John a havia deixado sem saber o que pensar nem como se sentir. Seu instinto era ligar para Ginny, mas ela e Dan tinham tirado o fim de semana para "dar um tapa no relacionamento". Normalmente, jardinagem desanuviava sua cabeça, mas nem aquilo ajudou. Nem mesmo pudera fazer sua peregrinação de costume à Dedos Verdes, temendo encontrar John. Além disso, mesmo que quisesse ir, não poderia. Alguém devia ter acidentalmente se chocado com sua bicicleta. Os raios da roda dianteira estavam amassados e não dava para andar direito.

Portanto, havia se instalado rigidamente no sofá e assistido, sem realmente prestar atenção, a alguns filmes em preto e branco; sem absorver nada, apenas repassando uma e outra vez as coisas em sua mente. Não iria chorar; se recusava a derramar uma só lágrima que fosse. Seu telefone tocava a cada trinta minutos, mas ela não moveu um músculo para atender. Sabia que era John, querendo se explicar. Mas o que ele poderia dizer?

O homem por quem ela estava se apaixonando era um prostituto.

Ela tinha sido tão idiota. Mais do que idiota: tola. Tinha realmente se atrevido a acreditar que um homem como John pudesse ter se interessado por uma garota como ela. O que ela tinha na cabeça? John era bonito, refinado, à vontade com tudo e todos. Ele era sexy; as mulheres queriam estar com ele. Ao passo que ela, por outro lado, era uma feiosa tímida e sem graça; a coisa mais emocionante que fazia era ir até a casa de Ginny uma ou outra noite. E estava tão longe de ser sexy que parecia piada. É claro que ele não teria se interessado por ela; qualquer um com meio cérebro podia ver isso.

Como deixara que sua imaginação romântica fugisse tanto do controle? Será que estava tão ridiculamente desesperada para achar seu próprio Príncipe Encantado que não conseguia mais enxergar lógica nem razão?

Até se iludira o bastante a ponto de achar que John pudesse estar se apaixonando por ela! Mas, na verdade, o amor dele estava à venda; seus abraços podiam ser contratados por qualquer uma com cartão de crédito. Os beijos que tinham sido tão mágicos agora pareciam sujos. Ela fora apenas mais um par de lábios para ele, com o mesmo gosto que metade das outras mulheres da cidade. Por que cargas-d'água ela seria especial, quando ele tinha tantas outras mulheres — elegantes, sofisticadas, *experientes* — com quem compará-la? Como poderia competir com isso?

Sentindo-se um zero à esquerda, apertou mais seu cardigã junto ao corpo.

Mas o que John estivera tramando? O que ela tinha sido para ele, exatamente? Não conseguia parar de se torturar enquanto a trilha sonora do filme se elevava e o casal feliz caía nos braços um do outro. Uma distração agradável? Uma experiência estranha? Algum tipo de aposta depravada? Será que alguém — Sheryl, talvez — vinha pagando-o desde o início para que ele enrolasse a pobre solteirona e todo mundo pudesse rir no final? Ou, talvez, Ginny estivesse certa. Talvez ela tivesse algo em comum com Audrey... uma paixonite unilateral por um homem educado demais para explicar as coisas como elas realmente eram.

Qualquer que fosse a resposta, uma coisa estava clara: estava acabado. Ela e John tinham terminado. E, se Audrey o quisesse, que ficasse com ele.

Se *aquilo* estava resolvido, então outra coisa se tornava óbvia: terminar com John era péssimo. E, dentre todas as razões que faziam com que fosse péssimo, a principal era que *ela* tinha sido a grande otária. Tinha criado aquele problema para si mesma, deixando-se levar por sua própria imaginação açucarada, disse a si mesma com severidade enquanto mais uma série de créditos finais subia na TV. Ginny lhe dissera que era boba por pensar que um cavaleiro num cavalo branco resolveria tudo. Bem, precisava parar de sonhar, tirar a cabeça das nuvens e viver no mundo real. Que espécie de mulher adulta ainda acreditava em finais felizes? A vida não era assim. Ginny a advertira que poderia beijar o sapo só para acabar descobrindo que ele não passava disto mesmo: um sapo. Bem, tinha beijado o sapo e agora aprendera a lição. De agora em diante, ela, Alice Brown, iria ser prática. Toda aquela coisa de amor era para os outros, para seus clientes; não para ela. Ela, obviamente, não dava conta de lidar com aquilo.

Levantou o queixo e tentou empiná-lo de forma desafiadora, assim como vira sua chefe fazer tantas vezes. Sim, precisava se tornar realista. Talvez Sheryl tivesse razão, afinal. Talvez o amor fosse realmente só um negócio e ela, apenas uma empresária. O amor não era algo a fazer no tempo livre, à noite e nos fins de semana. Se apenas pudesse aderir à forma de pensar de Sheryl, ficaria bem. John, seu coração partido e seus sonhos despedaçados não importariam. A vida seguiria e, dentro de algumas semanas, estaria perfeitamente bem. Afinal, estava bem antes — antes do baile, das flores e do café. Teria seus amigos, seu trabalho e seu jardim; era tudo de que precisava. A vida seria estável... segura. Tentou ignorar o fato de que o mundo fascinante e colorido que John abrira para ela havia, subitamente, voltado a ser cinza.

Após um fim de semana de autoflagelação e admoestações, tinha sido um alívio voltar a trabalhar. Mas, agora que ela estava ali, rodeada de esperança e romance, não parecia ser exatamente um refúgio.

E, então, Maurice Lazenby chegou, sem ter hora marcada.

A despeito do clima ameno naquele dia, Maurice estava vestido para o frio, com o casaco inteiramente abotoado e o cachecol dobrado primorosamente em volta do pescoço, como se ele tivesse sido vestido pela avó. Abaixo de seu imaculadamente penteado cabelo e da linha branca perfeita do repartido, seu rosto estava tão invernal quanto sua indumentária.

— Srta. Brown — queixou-se ele —, deixei meus receios de lado e compareci aos três almoços que você organizou para mim. Conheci aquela artista plástica desmazelada que parecia ter acabado de se levantar da cama. E a taxista grosseira que não parava de tentar me fazer falar sobre esportes. A diretora de escola era passável, mas não é o que estou procurando. Portanto, você falhou.

Já se sentindo fragilizada, Alice teve um choque. Tinha se sentido tão otimista de que um dos pares iria ser perfeito para Maurice; mas seu julgamento estava, obviamente, falhando em todos os sentidos. Pensou que entendesse de pessoas — tinha se orgulhado de sempre enxergar o verdadeiro caráter das pessoas, seu *verdadeiro eu* —, mas estava ficando claro que não sabia nada de nada.

— Não sei o que dizer. Você não gostou mesmo de *nenhuma* delas?

— Não.

— Mas elas eram diferentes das outras mulheres com quem você tinha se encontrado? Mais ímpares?

— Bem, sim. Mas ainda não eram certas e é só isso que importa.

— Claro. Mas eu achei... Eu tinha tanta certeza... É só que eu...

—Você errou! De novo!

— ... sinto muito — terminou Alice acanhada, parecendo aflita.

— Olha — disse Maurice —, você parece ser uma boa garota e posso ver que me deu mais consideração do que a maioria. — Ele olhou criticamente pelo escritório. — Mas a questão é que você não encontrou a mulher que estou procurando e, portanto, me deixa sem alternativa.

— Ah, Maurice...

— Devo realmente insistir que meu caso seja cuidado pela Sra. Cracknell. É ela a especialista. Tenho que ser uma responsabilidade pessoal dela.

— Mas, por favor, eu...

— Não, é sério, Srta. Brown. O tempo dos "mas" se acabou. Ah, vejo que a Sra. Cracknell está em seu escritório. Bem, nesse caso, não há momento melhor do que o presente...

Como se fosse possível, o coração surrado de Alice se apertou ainda mais. Audrey, mesmo nos melhores momentos, já se irritava com interrupções. Porém, a irritação padrão se transformou num alarme mal-humorado quando ela viu Maurice entrando em seu escritório. Lançou um olhar assassino através do vidro para Alice. Mas, então, recuperou a compostura e Alice a ouviu dizer: "Maurice! Que maravilha vê-lo por aqui!", num tom que parecia ligeiramente genuíno. E, então, Maurice fechou a porta de vidro atrás de si.

Alice abaixou a cabeça e os observou por entre os cílios. Aquilo era um desastre. Na verdade, sua vida inteira era um desastre. Tudo que ela pensava saber sobre todo mundo estava errado e, agora, para coroar, Maurice estava indo com força total para cima de Audrey. Se as circunstâncias não fossem tão ruins, poderia até ter achado graça em ver Audrey tão profundamente irritada; nunca antes vira Audrey incapaz de se expressar. Isso era ruim. Muito ruim. Audrey podia estar levando a pior agora, mas, no minuto em que Maurice fosse embora, ela com certeza castigaria Alice. Ficaria furiosa com ela por tê-la deixado ser abordada daquela forma e Alice não sabia se — hoje, dentre todos os dias — teria forças suficientes para suportar.

Pegou seu celular e mandou uma mensagem para Ginny.

Já voltou? Preciso muito conversar...

E, então, a porta de vidro de Audrey se abriu.

Alice se endireitou na cadeira, tentou forçar seu rosto a dar um sorriso alegre e profissional e ignorar a sensação ruim que queimava seu estômago.

AUDREY

Maurice finalmente foi embora. Audrey fechou a porta atrás dele e fechou os olhos com alívio. O homem era realmente insuportável, com suas queixas insignificantes e sua procura por uma perfeição que nunca existirá. E, mesmo que essa mulher perfeita existisse, ela não se rebaixaria ao nível de um Maurice. O que era mais irritante, no entanto, era que, de alguma forma, no meio daquele falatório todo dele, Audrey havia concordado em assumir pessoalmente seu caso. Não podia acreditar que tivesse feito isso! Talvez fosse a adulação profissional com que ele a cumulara, ou talvez fosse apenas para tirá-lo da sua frente o mais rápido possível. De qualquer forma, era um desastre completo. Como se a vida já não fosse horrível o bastante, com John se recusando a sair com ela, tinha acabado de bater um prego na tampa de seu próprio caixão ao se condenar a ter conversas regulares — e sem dúvida longas — com Maurice Lazenby, até que conseguisse lhe encontrar um par. O que, sendo realista, não aconteceria nunca.

— Coitada de você, Audrey! — exclamou Bianca solidariamente, do outro lado do escritório. — Essa foi a pior *mauriciada* que eu já vi!

Audrey se voltou da porta e fixou os olhos em Alice.

— Alice Brown, você está determinada a me fazer perder todos os clientes? — perguntou ela numa voz capaz de cortar vidro. — Ou está se concentrando apenas em se livrar dos clientes do sexo masculino?

Bianca e Cassandra ofegaram, horrorizadas. Uma casamenteira iria preferir se livrar da própria avó a perder clientes homens.

Alice congelou.

— Ai, Deus, o Maurice saiu da agência?

— Se ele tivesse saído, teria sido por sua culpa — disparou Audrey. — Felizmente, eu estava aqui para convencê-lo a ficar.

Alice relaxou o corpo, aliviada, mas Audrey continuou golpeando.

— Você não apenas irritou o Sr. Lazenby, mas também recebi a notícia de que outro de seus clientes insatisfeitos está saindo.

Alice ficou confusa.

— O que eu não entendo é... o que poderia ter te impedido de encontrar um par para um jovem em ascensão e de aparência perfeitamente aceitável como Steve Walker quando temos dúzias de mulheres desesperadas em nossas listas que se contentariam com qualquer coisa?

— O Steve saiu?

— Sim, o Sr. Walker saiu! Por que ele ficaria? Você não estava marcando encontros para ele!

Alice se remexeu.

— Eu... tinha meus motivos.

— Não dou a mínima para os seus motivos! Ele é um cliente. Você é uma casamenteira. Você encontra mulheres para ele conhecer. Não precisa ser nenhum gênio! — Ela não estava para brincadeiras. Era sério. Seu pescoço estava vermelho, tal era a seriedade. — Já te disse mais de mil vezes, nós temos que valorizar cada cliente do sexo masculino que possuímos em nossos cadastros. Eles são mais valiosos do que as mulheres. Podemos nos dar ao luxo de perder dúzias delas!

— Na verdade, eu acho que a saída de Steve pode ser uma coisa boa.

— Uma coisa boa? — Audrey trovejou, com o máximo de sarcasmo. — Como é que isso poderia ser "uma coisa boa"?

— Não acho que ele tenha contratado a agência pelos motivos certos.

— Ele contratou por trezentas libras, mais cem libras por mês. Parecem ser motivos excelentes para mim.

— Mas ele teve um monte de encontros. Quinze! E não quis se encontrar com nenhuma delas pela segunda vez. Isso não parece estranho?

— Não particularmente. Você, é óbvio, fez 15 escolhas ruins.

— Minhas escolhas foram boas — afirmou Alice com surpreendente convicção.

— Não o suficiente — retrucou Audrey.

— Simplesmente tive uma sensação estranha a respeito de Steve — revelou Alice, pouco convincente. — Alguma coisa nele me deixou desconfiada, então telefonei para as 15 mulheres com quem ele se encontrou para perguntar de novo sobre os encontros. E quer saber de uma coisa? Todas disseram exatamente a mesma coisa... Que o encontro estava indo bem, que elas ficaram lisonjeadas pela forma como ele se interessou por elas e que ele parecia incrivelmente animado. Tão animado, na verdade, que insistiu em arrastar para casa cada uma delas.

Alice claramente esperava que Audrey ficasse ultrajada com a notícia dos avanços pouco cavalheirescos de Steve, mas Audrey nem morta lhe daria aquela satisfação. Em vez disso, ela resmungou: — Se supõe que você seja uma casamenteira, não uma bisbilhoteira. Então, 15 encontros não deram resultado? Grande coisa; marque mais 15.

Alice continuou:

— ...E quando as mulheres disseram não, ele esfriou de repente. Quando eu telefonei para ele na manhã seguinte, ele tinha esfriado tanto que não queria um segundo encontro com nenhuma delas. Agora, isso não te faz questionar os motivos dele? Não faz você achar que ele não estava sendo honesto? E se ele não estava sendo honesto, como ficam todas essas mulheres que ele decepcionou?

Os olhos de Alice estavam enormes de sinceridade. Fosse em outro mundo, pensou Audrey, de repente, num mundo sem leis trabalhistas, consequências ou funcionários servindo como testemunhas, ela a teria estapeado.

— Então, o Sr. Walker não estava tão interessado em suas damas quanto a vaidade delas as fez acreditar — rosnou ela com maldade. — Mas e todas as mulheres que agora *não vão poder* mais ter encontros com ele? E a perda em nossa proporção entre homens e mulheres? E a perda na minha conta bancária? Quem se supõe que eu deva mandar nos encontros com as clientes do sexo feminino agora? O *Sr. Vento*?

Alguma coisa no que ela disse fez Alice ficar alerta. Em meio à névoa de sua ira, Audrey pôde vê-la observando-a de um jeito peculiar.

— Você está dizendo que eu devia ter marcado encontros inadequados para Steve só para elevar os números? — perguntou, de forma estranha.

— O que estou dizendo, sua incompetente, é que o Sr. Walker era um trunfo desta agência e, graças a você, ele se foi.

— Trunfo? — questionou a pobrezinha, toda inocente.

— Deus, dai-me forças! — bufou Audrey com raiva. — Me poupe! Você não aprendeu nada em todos estes anos?

— Não posso fazer uniões nas quais eu não acredite — declarou Alice, afetada. — Os clientes têm que encontrar o amor; e se não puderem encontrar o amor, pelo menos devem aprender alguma coisa sobre si mesmos que os ajude em sua busca.

— Busca? Nós somos uma agência de relacionamentos, não o caminho para a porcaria da iluminação espiritual. E agora temos um homem a menos e o trabalho de todo mundo ficou mais difícil.

Com toda a calma do mundo, Alice disse:

— Sinto muito, mas não posso ser responsabilizada pelo comportamento antiético de Steve.

— Assim como você não pode ser responsabilizada por Maurice invadir meu escritório para reclamar do seu? — cuspiu Audrey de forma venenosa. Quanto mais calmamente Alice protestava inocência, mais furiosa Audrey se sentia. E, nesse instante, estava prestes a explodir.

— Tenho pensado também sobre o Maurice — disse Alice, baixinho. — Acho que ninguém que encontrarmos será suficientemente boa para ele.

— Então, o que você sugere? Que a agência o "perca" também, só porque ele não se contenta com as suas propostas inferiores? — Audrey se empertigou, pronta para explodir. Já tinha se fartado de Alice Brown, com seus ideais, seus olhos grandes e cardigãs folgados, sua bicicleta de solteirona, seu cabelo despenteado e seus sapatos ridículos. Ela, Audrey Cracknell, era apenas humana, e tinha aguentado tanto quanto se podia esperar que uma pessoa decente aguentasse. Aquela era a última gota, o derradeiro prego no caixão, o fim do fim do fim da picada. Ela sentiu um ímpeto de fúria se elevando em seu peito, pronto para entrar em erupção.

— Ah, não! — Ouviu-se uma voz vinda do outro lado do escritório, desviando a raiva de Audrey e fazendo-a perder o fio da meada.

— Ah, não! — disse Hilary novamente. — Fodeu!

— Cale-se, Hilary! — gritou Audrey com irritação. — Não vou tolerar palavrões no meu escritório.

— Sinto muito, Audrey. — Hilary não parecia sentir nem um pouco. Parecia extremamente animada. — É só isso, fodeu; minha bolsa acaba de estourar!

Audrey se virou para Hilary, alarmada.

— Aqui não! — ladrou ela. — Não no carpete!

— Agora já foi! — disse Hilary, alegre.

— Certo, bem... Segure o resto, então! — ordenou Audrey, incerta. Partos eram uma área estranha para ela e, de repente, sentiu-se perdida. Mas não podia deixar que elas percebessem, não quando a tropa toda a estava observando.

O rosto de Hilary se contorceu de repente, da forma menos elegante possível.

— Puta que pariiiiiiu! — exclamou ela, sem classe nenhuma. — Que contração do caralho!

— Talvez eu devesse chamar um táxi, levar Hilary para o hospital? — sugeriu Alice, com máxima sensatez.

Audrey se virou para encará-la, o pânico disputando com a raiva. Nem sequer tinha certeza se poderia apelar ao seguro para pagar pelo carpete danificado.

— Sim, talvez sim — conseguiu dizer, sem graça. — Pelo menos enquanto você estiver fora do escritório não estará perdendo mais nenhum dos meus clientes.

Ela se dirigiu para o santuário de seu aquário e fechou a porta. Apesar de sua dieta noturna de seriados policiais e mistérios de assassinato, nunca suportara ver sangue... nem corpos seminus, para dizer a verdade. Corpos deveriam permanecer vestidos o tempo todo e o nascimento era algo que deveria ocorrer por trás de portas fechadas — que não fossem de vidro. Ela resmungou com tristeza e tentou ignorar a visão de Alice ajudando Hilary a tirar a meia-calça ensopada.

KATE

Kate desabou na cama, suada, as bochechas coradas e o cabelo desgrenhado. Rapidamente, puxou o lençol sobre si e tentou recuperar o fôlego.

— Que coisa... — ofegou Tommy — incrível! — Ele rolou na direção dela e a puxou para perto, com um braço forte e suado. — Você é um furacão, Srta. Biggs!

Kate sorriu. Ninguém jamais a havia chamado de furacão. Mas, também, ninguém jamais a fizera se *sentir* um furacão.

— E estou gostando desse look suado — provocou Tommy, deixando a mão deslizar pela pele molhada dela. — É a última moda.

Ela riu.

Tommy afastou os cabelos dela do rosto com a ponta dos dedos e olhou para Kate com intensidade. Ela sentiu o corpo formigar diante da firmeza gentil do toque dele.

— Você é linda — disse ele, baixinho.

Com timidez, Kate encontrou seu olhar. Ficou surpresa pela forma terna como ele a olhava.

Não tinha pensado em se jogar na cama de Tommy tão depressa. Desobedecera à sua regra do sexto encontro. Anos antes, Kate decidira que não era bom transar cedo demais; mulheres que se entregavam muito depressa nunca faziam a transição de "divertimento" a namorada. Quando tinha seus 20 anos, encerrar a noite com sexo bêbado e pornográfico com um estranho qualquer era quase uma lei. Mas tirar a roupa na frente de um estranho nunca fora a ideia de diversão para Kate e, portanto, impor-se a regra do sexto encontro tinha sido um alívio. Não tinha previsto, porém, que o resultado daquilo seria não transar quase nunca. Os poucos homens que ela conhecera tinham sumido lá pelo terceiro e infrutífero encontro.

Além disso, pensou Kate ao se aconchegar, contente, ao corpo quente de Tommy, não tinha esperado que o sexo com Tommy fosse tão bom assim.

Já passara tanto tempo desde a última vez que transara que quase se esquecera como era. Tinha lembranças de encontros desajeitados em quartos sórdidos de solteiro; agarramentos rápidos e insatisfatórios que terminavam com seu parceiro exaurido e roncando e Kate indo sorrateiramente até o banheiro para passar fio dental e arrumar o cabelo antes de se posicionar lindamente entre os lençóis e sonhar que lhe trouxessem o café na cama. Quando a manhã chegava, seu parceiro de ressaca mal se lembrava de onde era a própria cozinha, quanto menos de servir café com croissants.

Mas nesta noite, com Tommy, tudo havia sido diferente. Eles tinham se divertido muito num show de stand-up. E, no táxi, nem passara por sua cabeça ir para a própria casa.

E, depois, o sexo em si. Quando Tommy tirara a camisa dela, Kate sentira uma sucessão de minúsculos choques elétricos, conforme a pele dele se encostava à sua, e seu corpo, de repente, ansiava em ser tocado. Havia se esquecido de como podia ser bom, pele contra pele — como era estonteantemente erótico. Quando ele puxou gentilmente seu corpo seminu de encontro ao peito, ela quase ficou sem ar. Podia tê-lo deixado tocar sua pele com a dele a noite inteira.

Mas, logicamente, não havia feito isso. As coisas tinham ido muito além. E no quarto à luz de velas ela não tinha ficado constrangida por causa de seu corpo nu. O corpo de Tommy era tão másculo e musculoso que ela não havia se preocupado se seus quadris eram grandes demais, se seu peso o esmagaria ou que ele pudesse mudar de ideia e mandá-la para casa quando visse o tamanho de seu traseiro. Ela, na verdade, se sentira sexy! Tommy correra as mãos pelo cabelo dela e mordiscara seus seios, tomando suas nádegas com as mãos grandes e levantando-a suavemente sobre ele. Seu gemido de admiração fez Kate se sentir sensual pela primeira vez na vida. Um pensamento invadiu sua mente. Devia ser assim que Lou se sentia quando transava. Não era de admirar que fizesse aquilo com tanta frequência.

De repente, voltou à real, com um susto. Enquanto Tommy acariciava seu rosto e o suor começava a secar em seu corpo, Kate sentiu um nó se formando em seu estômago.

Não tinha mais falado com Lou desde sua discussão. Deitada ali na cama de Tommy, com os braços dele ao seu redor, Kate se sentiu solitária. Normalmente, sempre que algo maravilhoso acontecia, ligava imediatamente para Lou. Era como se não houvesse realmente acontecido até que tivesse contado a ela, em todos os mínimos detalhes.

Kate olhou para Tommy, seu corpo ainda formigando deliciosamente do exercício. Sabia que não contaria a Lou sobre aquilo. Algo havia mudado e não tinha mais volta.

— Normalmente, não faço esse tipo de coisa — ela se ouviu sussurrar.
— O quê, transar? — brincou Tommy.
— Não! Sim! Quer dizer, normalmente não faço *isso* tão no começo.
Tommy pareceu confuso.
— Não antes do sexto encontro.
— Por quê? — estranhou ele.
— Porque as garotas boas não fazem... tão cedo.
Tommy atirou a cabeça para trás e soltou uma gargalhada.
— E é isso que os homens querem, então? Garotas boas?
— Não! — disse Kate com afetação. — Eles querem garotas más que fazem na primeira noite.
Tommy se apoiou num cotovelo e olhou para ela com atenção.
— Então, você está dizendo que sua estratégia com os homens tem sido a de *não* dar a eles o que querem?
— Eles recebem, com o tempo — argumentou Kate. — Os homens respeitam as mulheres que os fazem esperar. E, além disso, as coisas são melhores se você espera ansiosamente por elas. É recompensa adiada.
— É por isso que você está solteira! — Tommy riu. — Kate, acredite em mim; os homens não são tão complicados assim! Temos a capacidade de concentração de um peixinho dourado. Se esperarmos demais por qualquer coisa, vamos nos esquecer do que era mesmo que queríamos. É por isso que adoramos tanto o controle remoto. Caso contrário, quando finalmente chegássemos até a televisão, já teríamos esquecido por que nos levantamos.
Kate sentiu-se confusa.
— Mas, se você realmente quiser alguém, não vai se esquecer dela — insistiu. — Vai querê-la ainda mais porque teve de esperar.
— Você é doidinha! — Tommy riu e rolou para longe. — Você *sabe* disso, não sabe?
O rosto de Kate se congelou. Ela entrou em pânico. Tinha entregado seu corpo cedo demais e agora estava se fazendo de idiota ao entregar demais sua personalidade.
— Sou muito linguaruda?
— Não devo esperar até o sétimo encontro para descobrir?
— Pervertido! — Kate riu e bateu nele com o travesseiro.
— Ainda bem que sempre tive uma queda pelas doidinhas — provocou Tommy, esticando-se na cama e puxando Kate para si. — Principalmente, doidinhas que se entregam tão depressa.
E lutou com ela para agarrá-la.

ALICE

Alice abriu a porta de casa e colocou as chaves no pratinho. Era meia-noite e meia e ela estava acabada.

Os últimos dias tinham sido exaustivos. Enquanto segurara a mão de Hilary na sala de parto, gritando palavras de estímulo e apoio da melhor forma possível até que o marido dela, Kevin, encontrasse uma babá e fosse para o hospital, conseguira esquecer as noites insones do fim de semana. Tivera um ataque súbito e poderoso de energia positiva que deixou de lado todos os pensamentos sobre John, sua vida dupla e o penoso vazio que ele havia deixado. Ela fora um verdadeiro bálsamo de otimismo ao elogiar, animar e incentivar sua amiga. Porém, quando o bebê já estava coroando e Kevin chegou, Alice tentou sair da sala de parto de fininho.

— Ei, aonde você pensa que vai? — indagou Hilary com ferocidade, afastando-se de seu óxido nitroso e olhando para Alice como uma demente.

— Pensei em dar um pouco de privacidade para você e o Kevin...

— Privacidade, o escambau! Você já passou as últimas horas olhando para a minha perereca. Pode muito bem ficar para ver eu me borrar toda, gritar que nem uma patricinha histérica e botar essa criatura enorme para fora! — gritou Hilary.

Percebendo que não era páreo para uma mulher em trabalho de parto, Alice ficou e se uniu a Kevin, segurando a mão de Hilary durante os últimos minutos do parto e sentindo todos os ossos de sua mão serem esmagados pela força ancestral da Mãe Natureza em ação. E, quando Kevin segurou seu menininho recém-nascido, pai e filho piscando um para o outro em perplexo reconhecimento, Alice se sentou e deu seu primeiro sorriso verdadeiro em dias. Mas quando Hilary, exausta, tomou o filho junto ao peito com ternura e beijou o alto de sua cabecinha coberta de gosma, alguma coisa estalou de repente na cabeça de Alice, com um clique tão sonoro que mal podia acreditar que as enfermeiras não tivessem escutado. De repente, tudo fez sentido. Ali, naquele quarto, estava o real significado da vida: parceria, nascimento, família. Era o que realmente importava. Mas era o que ela jamais teria.

Hilary e Kevin estavam felizes demais para notar a luz se esvaindo do sorriso de Alice. Ela passou mais alguns minutos com os inebriados pais e, então, discretamente, deixou o quarto.

Ao entrar no táxi, não conseguiu mais segurar as lágrimas. Soluçou indiscriminadamente, assustando o taxista com seus lamentos mal disfarçados. Chorou por Hilary, Kevin e o bebê. E chorou por si mesma e por John, e pelo futuro que ela havia perdido e os sonhos que havia estilhaçado. E chorou por Kate e sua determinação em encontrar o Par Perfeito e ter filhos. Ela nunca tinha pensado em ter filhos; não houvera um homem em sua vida com quem quisesse tê-los. Mas será que poderia ter sido ela e John, um dia, na sala de parto, igual a Hilary e Kevin? Será que eles teriam chegado tão longe? Será que ainda poderiam chegar?

Tirou o telefone do bolso e repassou suas mensagens até encontrar a de Ginny.

Confie nos seus instintos, Alice. Eles nunca se enganaram.

O problema era que já não sabia mais quais eram seus instintos.

Pela primeira vez se perguntou se teria cometido um erro ao se afastar de John e sair do restaurante. Talvez devesse ter ouvido o que ele tinha a dizer, sido mais aberta, dado uma chance? Talvez pudesse se acostumar a passar as noites sozinha, esperando que ele voltasse de seus encontros com outras mulheres. Talvez, no fim, ela pudesse se acostumar a compartilhá-lo. Mas, não: em seu coração ela sabia que jamais poderia fazer aquilo. Algumas mulheres conseguiriam; poderiam ser frias, racionais e tranquilas com relação ao trabalho dele. Mas não Alice. Não a viciada em romantismo. Ela tinha uma imaginação fértil demais para isso. Toda vez que John saísse para trabalhar, sua mente a levaria para passear no inferno.

De volta a seu apartamento, ela despiu o casaco e foi até a cozinha, sem se dar ao trabalho de acender as luzes. As cortinas ainda estavam abertas e a lua cheia iluminava o ambiente. Encheu a chaleira de água e se sentou à mesa da cozinha, exausta. Adormeceu antes mesmo que a água fervesse.

KATE

Kate despertou com alguma coisa dura pressionando sua barriga. Sonolenta, abriu os olhos minimamente, piscando à luz do sol. Ficou confusa; seu quarto não recebia a luz da manhã. Mas, quando seus olhos se obrigaram a abrir, o quarto de Tommy surgiu diante deles. De repente, ela se lembrou de onde estava. E, de repente, se lembrou de que sempre acordava com um baita mau hálito.

— Bom-dia, linda! — Tommy estava sentado na cama, olhando diretamente para ela. — Achei que você fosse gostar disto.

— Oi — disse Kate roucamente, tentando não soltar a respiração. Tentou lembrar onde era o banheiro. Talvez Tommy tivesse um enxaguatório bucal. Ela se sentou.

— Ai, ai, ai! — exclamou Tommy em advertência, levantando uma bandeja do colo em movimento de Kate. Uma bandeja de café da manhã. — Cuidado que tá quente! Achei que você fosse gostar de café fresco. Se eu soubesse que iria ter uma hóspede, teria comprado uns croissants. Mas não comprei, então você vai ter de se contentar com ovo mexido com torradas.

— Ovo mexido com torradas está ótimo — murmurou Kate alegremente por trás de sua mão.

Tommy se inclinou adiante, baixou a mão de Kate e a beijou na boca. Ela sorriu. Ele estava realmente lindo naquela manhã, só de cueca. O sol aquecia seu cabelo castanho-escuro, iluminava a barba por fazer e fazia seus olhos cintilarem. Ela observou o brilho da luz do sol que batia nos músculos do braço e dançava nos pelos do peito. Sentiu vontade de se abraçar de felicidade. Duas semanas antes, nem sequer sabia que esse homem fantástico existia; e, agora, ali estava ela, acordando no quarto dele, tendo lembranças deliciosas de uma noite de sexo e sendo presenteada com café na cama.

— Assim você vai me acostumar mal. — Ela sorriu, feliz.

Tommy se estendeu ao lado dela, colocando um braço em volta de seus ombros enquanto, com a outra mão, se servia de uma torrada.

— A recíproca é verdadeira. — Ele sorriu. — Acho que vou gostar dessa brincadeira de ter namorada.

A torrada de Kate parou a meio caminho entre o prato e a boca.

— Então agora eu sou sua namorada, é? — brincou. Seu corpo entrou em estado de alerta máximo à espera da resposta dele.

— Não é minha obrigação te salvar do mundo dos encontros organizados, com tubarões como Steve tentando te engambelar, olhando para o seu decote e te enchendo de gim-tônica? — Ele sorriu.

— Bem, quando você coloca desse jeito...

— Só estou fazendo o que um cavalheiro deve fazer.

— ...parece uma oferta tentadora.

— Que tipo de homem eu seria se ignorasse uma donzela em apuros? E olha que o Steve é mais que o suficiente para causar apuros notáveis. E você é uma donzela e tanto!

— Ai, que romântico!

— Esse sou eu! O rei do romantismo! Você não sabia? Nós, os vendedores de informações de crédito, somos o maior segredo romântico do mundo. Deveríamos ter pena dessas pobres mulheres ludibriadas, que se veem sobrecarregadas com esses bilionários chatos, donos de iate. Elas estão perdendo tanta coisa boa!

— Café na cama, por exemplo.

— Exatamente!

E, então, Kate disse uma coisa que nunca imaginou que fosse se ouvir dizer.

— Sabe, café na cama é tudo que eu preciso em termos de romantismo.

E sorriu alegremente para ele.

— Ótimo, bem, isso já está resolvido, então! — Tommy selou o trato com um beijo longo e persistente que fez o estômago de Kate dar saltos e seus joelhos se amolecerem, apesar de estar deitada na cama.

— Coma tudo, minha namorada! — Ele riu, quando finalmente parou para respirar. — As magrelinhas são jogadas de volta ao mar!

AUDREY

Audrey entrou apressadamente pelas portas da Mesa Para Dois, com um sorriso dançando nos lábios. Pelo segundo dia seguido, não havia sinal da bicicleta de Alice, não havia nenhuma visão de feiura que fizesse seu dia começar mal. Audrey sentiu-se animada. Sabia que devia ter usado a bolsa contra aquela bicicleta há anos.

Porém, embora a bicicleta não estivesse lá, Alice, infelizmente, estava. Ela ainda poluía o escritório com sua cara de bolacha vencida e seu suéter cheio de bolinhas. E Audrey, agora, deveria se sobrecarregar também com a dor de cabeça que era administrar o serviço de relacionamento on-line, graças ao inesperado adiantamento da licença-maternidade de Hilary. E John ainda não tinha entrado em contato. Mas, pelo menos, a bicicleta havia sumido. Era um minúsculo raio de sol em seu céu profundamente cinza.

Então, notou um homem sentado na cadeira de Alice. Era Max Higgert, seu melhor cliente.

— Sra. Cracknell — ele a cumprimentou, justificando-se. — Sinto muito se a assustei. A Bianca me deixou entrar. Eu só estava, hã... Bem, estava escrevendo uma mensagem rápida. Para a... minha mãe. Enquanto esperava por você.

Audrey o viu esconder um pedaço de papel azul-claro no bolso. Logo atrás dele estava a mancha úmida onde a bolsa de Hilary havia se rompido, no dia anterior. Esperava que Max não tivesse notado. E se o cheiro estivesse forte? E se o aroma do líquido amniótico de uma de suas funcionárias houvesse incomodado o nariz sensível de arquiteto de Max? Tinha deixado instruções estritas para a faxineira de que a mancha deveria ser limpa com todos os desinfetantes que pudessem ser encontrados no mercado.

— É sempre um prazer ver você! — exclamou ela. — Venha até meu escritório. — Tentou guiá-lo para longe da mancha úmida.

— Obrigado, infelizmente, é só uma visita rápida — disse Max se desculpando, sem se mover. — Só vim para dizer olá e adeus.

— Adeus? Por quê?

Max abriu um grande sorriso, parecendo de repente um menininho que acabara de achar dinheiro.

— Estou saindo dos seus cadastros!

— Mas... — começou Audrey. Será que aquilo tinha alguma coisa a ver com Alice?, pensou ela, com uma fúria repentina. Era por isso que ele estava sentado à mesa dela?

— É com muito prazer que anuncio que a Mesa Para Dois é responsável por outra história de sucesso! — Max sorriu, radiante.

— É mesmo?

— Hayley!

— Hayley?

— Hayley Clarke. Vocês me deram um encontro com ela. Um metro e sessenta e três, cabelos louros, um sorriso de iluminar a sala? A enfermeira veterinária...

— Do dedo torto?

— Hã, acho que sim.

— Então deu certo? — Audrey tentou não parecer descrente. — Você e a enfermeira veterinária? — Não podia acreditar que um homem do nível de Max pudesse ser feliz com uma mulher como aquela. Só havia marcado aquele encontro ridículo, para começo de conversa, porque Bianca lhe havia implorado.

— Se deu certo? Para dizer o mínimo! — Max riu alegremente. — Hayley é a mulher mais maravilhosa que já conheci. Sinto como se tivesse ganhado na loteria!

— Oh!

— Não tenho palavras para te agradecer. — Max sorriu. — Encontrei a mulher ideal para mim!

— Bem, isso é maravilhoso — disse Audrey rispidamente —, mas você tem certeza que não quer que eu marque mais alguns encontros? É que nós temos tantas mulheres... — ela conseguiu se impedir de dizer "melhores" — ...*novas* no cadastro interessadas em conhecê-lo. Estou certa de que você iria achá-las interessantíssimas.

— Tenho certeza que sim! Mas não poderiam ser nem metade do que Hayley é. De qualquer forma, só passei para agradecer e pedir que você me retire de seus cadastros. Acho que Hayley já conversou com Alice e fez os arranjos necessários com ela.

— Aposto que sim — disse Audrey, sombria.
— Então... obrigado e adeus. — Max estendeu a mão, radiante.
— Como assim? Terminou e pronto? — explodiu Audrey. — Você acabou de nos contratar! Nós temos um período mínimo de afiliação de três meses, sabia? Eu não posso te dar reembolso.

Max rompeu numa gargalhada gostosa.

— Cada centavo que gastei para encontrar Hayley valeu mil outros. Estou muito agradecido. Nem sonharia em pedir meu dinheiro de volta!

Então, ele se virou e foi embora, deixando Audrey boquiaberta no meio do escritório. Não podia acreditar que um cliente do sexo masculino tão valioso estivesse saindo tão cedo. Tivera a esperança de repassá-lo entre suas clientes mulheres por, no mínimo, mais alguns meses. E por que cargas-d'água ele estava se contentando com uma pobretona chulé de periferia como a Hayley, a enfermeira veterinária, quando havia tantas Penelopes Huffington e Hermiones Bolton-King à disposição? Os homens eram tão tolos... Não sabiam o que era bom para eles.

Ela se virou e entrou em seu escritório, amaldiçoando-se por não ter tido a presença de espírito de pedir a ele que recomendasse a Mesa Para Dois a seus amigos arquitetos solteiros. Eles eram exatamente o tipo de homem de que ela precisava em seus cadastros. Não notou o quadrado de papel azul-claro que Max havia deixado sorrateiramente na mesa de Alice.

ALICE

— Então...

Bianca e Cassandra estavam olhando para ela, numa baita expectativa.

— É um menino! — Alice sorriu triunfantemente, deixando a porta do escritório se fechar atrás de si. — Um menino lindo, forte e perfeito!

Bianca e Cassandra gritaram numa comemoração ruidosa, enquanto Audrey assentiu com a cabeça, apertou os lábios e voltou para seu aquário.

— Excelente, Hilary! — elogiou Bianca. — Finalmente ela deu a Kevin um aliado naquela casa cheia de mulheres! Quantas filhas eles têm, mesmo?

— Duas! — Alice tirou o casaco. — E, segundo ela afirmou ontem à noite, não haverá uma terceira. Ela disse a Kevin que iria processá-lo se ele se aproximar dela novamente!

— Ela diz isso agora! — Cassandra riu.

Alice se soltou em sua cadeira, exausta, mas tentando se inspirar com as boas notícias.

— O que é isto? — perguntou, segurando o bilhete de Max.

As garotas deram de ombros e se afastaram. Ela abriu o bilhete.

Querida Alice,

Você é uma gênia! Não sei o que você disse a Audrey, mas o encontro seguinte em que ela me mandou foi perfeito! Foi com Hayley Clarke, e eu estou encantado. Absoluta e completamente encantado! Muito obrigado por fazer com que Audrey entendesse o tipo de mulher que eu realmente queria.

Tanto Hayley quanto eu seremos eternamente gratos.

Max Higgert

* * *

Alice fechou os olhos e levou o bilhete ao peito. Sentiu lágrimas formigarem sob suas pálpebras. *Ela não estava errada.* Não estava perdendo o juízo, afinal. Tinha acertado em correr aquele risco. Tinha feito um par: um par brilhante. Havia ajudado duas pessoas a encontrar o amor. De repente, sentiu-se relaxar de alívio.

— Ei, olá? — chamou uma voz no escritório.

Alice abriu os olhos. Uma jovem — linda por sinal — estava parada na porta.

— Mesa Para Dois, certo? — perguntou ela para a sala toda.

Pelo canto dos olhos, Alice viu Audrey se agitar em seu escritório de vidro. Podia ver por quê: a mulher certamente chamava a atenção. Tinha uma beleza clássica, como um quadro pré-rafaelita e, ao mesmo tempo, era totalmente moderna, usando um trenchcoat e tênis cintilantes. Tinha uma leve camada de sardas fora de época na pele inglesa perfeita e uma cabeleira avermelhada e indomada. Todas as garotas do escritório se empertigaram na cadeira. Se ela era uma cliente nova, todas iriam querê-la em seus cadastros.

Audrey se moveu primeiro, rápida como uma flecha.

— Sim, sim, nós somos a Mesa Para Dois. Por favor, por aqui, querida. Entre e sente-se no meu escritório. Suponho que esteja aqui para encontrar o amor? Sou a dona da agência; encantada em conhecê-la. Você gostaria de uma xícara de chá? *Cassandra... a chaleira!*

Mas a jovem não moveu um músculo. Em vez disso, olhou para Audrey de cima a baixo.

— Você... — começou ela, a voz repleta de desdém — ... *só pode* ser a Audrey.

Audrey parou, no meio de seu gesto.

— Hã, sim. Sou, sim.

Ela pareceu desconcertada. O escritório inteiro estava olhando, em estado de perplexidade.

A mulher assentiu levemente com a cabeça, como se confirmasse algo para si mesma.

— Faz sentido — disse ela, breve. — Não, você não.

Houve uma inalação coletiva. Ninguém falava com Audrey daquele jeito. As bochechas de Audrey se avermelharam como se tivessem sido estapeadas.

Mas a jovem estava varrendo o escritório com o olhar, inspecionando as demais mulheres.

— Quero a Alice — declarou ela em voz alta. — Dizem pela cidade que ela é a melhor.

De repente, todos os sons possíveis pareciam ter sido sugados do escritório. As sobrancelhas de Cassandra se elevaram até a raiz dos cabelos, e a boca de Bianca se paralisou num "O" mudo. Audrey ficou parada, silenciosa como um túmulo. Lentamente, hesitando, Alice empurrou sua cadeira para trás e se levantou.

— Sou Alice — disse ela baixinho, apertando o cardigã instintivamente em volta do corpo, em busca de proteção. Mas o rosto da jovem, de repente, se abriu num sorriso delicioso.

— Perfeito! Posso ter uma conversinha com você?

Por um instante, Alice ficou perplexa demais para se mover. Quem era aquela mulher e por que havia dispensado Audrey daquele jeito? E, o mais importante: *como tivera a coragem?* Mas, então, Bianca tossiu discretamente e Alice entrou em ação. Ela ignorou o peso do olhar ferido de Audrey e conduziu a jovem para a sala de entrevistas, fechando cuidadosamente a porta.

A jovem olhou ao redor da sala.

— Então, esta é a sala dos corações partidos, hein? — Ela sorriu e apontou para a caixa de lenços que ficava na mesinha entre as duas cadeiras de vime.

— Algumas pessoas têm dificuldade para falar sobre quem desejam conhecer, principalmente se já vêm procurando há muito... — explicou Alice em piloto automático, antes de se deter. A mulher a estava examinando com atenção.

— Sim — confirmou a jovem, claramente satisfeita com algo que vira. —Você é exatamente como ele descreveu. — E se sentou.

Alice sentiu que enrubescia. Como quem a descrevera? E por que essa mulher tinha pedido especificamente por ela?

— Perdão — disse ela, ao sentar-se na cadeira vazia. — Estou confusa. Você está interessada em contratar a Mesa Para Dois?

— Deus do céu, não! — A mulher riu. — Não estou aqui para que me arranjem um relacionamento... estou aqui para arranjar um relacionamento para você!

— Como é que é? — Alice quase engasgou.

A mulher suspirou.

— Homens... Eles podem ser tolos às vezes, não é? São ótimos para as coisas complicadas, como pregar quadros e consertar tomadas. Mas quando se trata das coisas simples... como *conversar*... são uns inúteis! Todos esses anos de evolução e ainda não conseguem abrir a boca e fazer com que as palavras certas saiam de lá.

O cérebro de Alice zunia sem parar. Do que ela estava falando?

— Particularmente meu pai — continuou a jovem.

— Seu pai?

— Sim, você o conhece. Olhos azuis, cabelo levemente grisalho; sujeito gentil. Bem bonito, imagino, se analisar com cuidado.

— John... — A palavra escapou da boca de Alice como um sussurro. Ela poderia realmente estar se referindo a John? Aquela era... aquela era *a filha de John*? Ela parecia ter a idade certa, e certamente era bonita o bastante para ser dele. — *Emily?* — perguntou.

— A própria! — Emily sorriu. Ela se retorceu para a frente na cadeira, a voz se suavizando. — Olha, Alice, me desculpe por despencar aqui no seu trabalho, mas eu tinha que fazer alguma coisa. Meu pai teria um ataque se soubesse que estou aqui, mas eu tenho 23 anos; ele não pode mais me colocar de castigo! E você sabe melhor do que ninguém que o amor, às vezes, precisa de uma mãozinha. O negócio é o seguinte: eu amo o meu pai e quero que ele seja feliz... e ele acha que você é a mulher certa para isso. É frustrante demais ficar sentada e assistir enquanto ele estraga tudo. Ele não tem culpa, só está um pouco... sem prática.

— Sem prática?

— Com as mulheres.

A despeito de si mesma, Alice não pôde evitar um sorriso amarelo.

— Tenho certeza de que isso não é exatamente verdade.

— Pois é... olha, com relação às mulheres... eu sei sobre a outra noite e o que ele contou a você...

Alice se ruborizou e baixou os olhos para o colo.

— Parece que ele fez a maior confusão — declarou Emily secamente. — Mas é o que ele *não* te contou que é importante. Eu não te culpo se você quiser sair correndo na direção contrária. Pai do céu, eu faria isso! Ficaria imaginando todo tipo de coisa e a maioria delas nojenta. Mas acredite em mim: meu pai não é o que você está pensando.

— Mas ele é... — começou Alice e, então, rapidamente se calou. O que deveria dizer? Não queria ser rude com relação ao trabalho dele na frente da própria filha.

— ... um acompanhante; sim, eu sei — decidiu Emily por ela. — E eu sei que, se eu fosse você, estaria pensando que "acompanhante" é só um termo educado para "gigolô".

Mais uma vez, Alice se flagrou enrubescendo. Era como se Emily espiasse dentro da cabeça dela e lesse seus pensamentos. John estivera certo: ela era *mesmo* inteligente que só ela.

— Bem, estou deduzindo que essa seja outra coisa sobre a qual ele não foi muito claro — continuou Emily. — Acredite em mim, se meu pai fosse um gigolô, ele teria ficado desempregado em uma semana. Não acho que abstinência faça parte dos requisitos desse emprego.

—Abstinência? — Alice se esqueceu momentaneamente de sua falta de jeito e encarou Emily, em total confusão.

— Olha, eu sei que sou só uma estranha que invadiu seu trabalho, mas posso te pedir um favor enorme? — Emily olhava para ela com sinceridade. — Se ele tentar explicar, você escuta? Por favor? E, depois, se você ainda quiser sair correndo, tudo bem. Mas... independentemente da solidariedade feminina e tudo mais, eu não te pediria para dar uma chance a ele se não achasse que ele é um cara bom. Existe um monte de homens safados lá fora, mas eu prometo a você que meu pai não é um deles.

Alice lutava consigo mesma. Estava naturalmente programada para fazer os outros felizes, e sempre preferia dizer "sim" em vez de "não". E Deus sabia que seu coração queria dizer sim a Emily. Mas ela se deteve. Lembrou-se de sua resolução do fim de semana. *Tinha* que parar de ouvir seu coração; o coração só lhe causava problemas. Precisava se lembrar do cérebro.

— Eu quero acreditar em você, de verdade — disse ela, sem jeito. — Mas ele é seu pai; você está fadada a dizer coisas boas sobre ele. E eu preciso me proteger. Não posso deixar que me façam de boba novamente.

— Escute, Alice — Emily olhava para ela com gentileza —, eu sei que você não quer se machucar... mais — corrigiu-se. — Mas pergunte-se o seguinte: lá no fundo, no seu íntimo, você *sabe* que meu pai jamais iria querer fazer ninguém de bobo, não sabe? E, principalmente, não iria querer fazer você de boba.

Alice se retorceu. Não podia olhar para Emily. Em vez disso, tentou se concentrar na dor aguda e profunda dos últimos dias, a decepção que esmagava seu peito, que fazia com que fosse tão difícil respirar e o gosto horrível que invadia sua boca sempre que pensava no trabalho de John.

Emily se levantou para partir.

— Ele está completamente doido por você, sabia? — disse ela, baixinho. E, então, fechou a porta gentilmente e desapareceu.

LOU

— Puta que me pariu, Lou! — explodiu Tony. — Como assim, não vem trabalhar? Nós temos aquela festa do clube de rúgbi hoje, aquele evento interno deles; só homens, sem as esposas. Preciso de todos os funcionários e, mais especificamente, preciso de *você* atrás do balcão, usando uma roupa decotada. De que outra forma vou conseguir manter felizes sessenta caras transbordando testosterona?

Sentada em seu sofá, com seu roupão mais velho, com uma mancha de café na frente, Lou agarrou o telefone com força.

— Eu já disse, Tony; *estou doente*. E sou subgerente do bar, não uma stripper! — Tony era inacreditável. De jeito nenhum Julian falaria daquele jeito com Kate. A perfeita Kate. *A perfeita Kate que provavelmente nunca faltou ao trabalho por doença em toda a sua disciplinada vida.* Só Deus sabia por que ela reclamava do chefe *dela*. Julian pagava rios de dinheiro para ela e nunca esperava que ela desse em cima de seus clientes. — Você *contratou* uma stripper para eles, não contratou? — ela interrogou seu próprio chefe com ceticismo.

— É claro que contratei uma porra de uma stripper! — retrucou Tony, não parecendo muito convencido. — Mas não é essa a porra da questão. Suz e as crianças vão passar a noite na casa da irmã dela hoje. Achei que você pudesse dar uma passada naquela sex shop, comprar a fantasia de enfermeira. Eu ia filmar a gente no circuito interno antes de abrir o bar; pensei que pudéssemos assistir no escritório, mais tarde; fazer uma pornografia reservada depois que mandássemos a ralé pra casa. Mas se você não pode se dar ao trabalho de vir...

— Tony, *estou doente!*

— *E eu estou com tesão!* Jesus, Lou; se eu soubesse que você ia dar tanto aborrecimento, nunca teria me esforçado...

—Você se esforçou alguma vez...? — interrompeu Lou com acidez. — Devo ter perdido essa.

Não era de admirar que ela estivesse evitando o trabalho. Tony não era o mais generoso dos empregadores. E servir a clientela (ou Tony, para dizer a verdade) não valia o esforço de se levantar da cama. Ela simplesmente não estava a fim, hoje. Não se esforçaria para ser sociável. Este era o problema com seu trabalho: era preciso ser agradável com os clientes e, desde sua discussão com Kate, agradável era algo que Lou definitivamente não queria ser. Nem morta iria se cobrir de maquiagem, se arrastar até o trabalho e sorrir para aqueles imbecis.

— Não sei o que tem te dado ultimamente — continuava Tony. — Você anda tão chata; e na outra noite você foi mais frígida que uma freira. Jesus...! — Lou podia praticamente ouvir o cérebro de Tony girando. — Você não está grávida, está? É melhor que não esteja; seria uma porra de um desastre. A Suz me crucificaria.

— Não, Tony — disse Lou, severa. — Não estou grávida.

— Oh, muito obrigado! — Ele pareceu quase desfalecer de alívio.

— Estou gripada. O médico me mandou repousar por uma semana. Voltarei na segunda-feira.

— *Segunda-feira?* Mas vamos passar o jogo de futebol amanhã! É um clássico!!! Você sabe como é... ficaremos lotados até o teto. E quanto àquela despedida de solteiro marcada no sábado? Jake e Paul não vão conseguir dar conta.

— Jake e Paul vão dar conta direitinho. E obrigada pela sua preocupação, viu. Excelente, sua capacidade de gerenciamento, Ton... De verdade, melhor impossível!

Lou desligou o telefone e o atirou para o outro lado da sala. Estava cansada de Tony e estava cansada de Kate. Bem, os dois podiam ir para o inferno. Ela tinha um maço de cigarros, duas garrafas de vinho tinto e horas de televisão diurna à sua frente. Por ela, o mundo podia explodir.

ALICE

— Ai, meu Deus, como é bom ver você! — Uma pálida Alice atirou os braços em volta da amiga e a abraçou no degrau molhado de chuva.

Alguns minutos depois, Alice e Ginny estavam sentadas na aconchegante cozinha, xícara de chá nas mãos e o casaco de Ginny secando num canto. Vários pacotes de biscoitos jaziam abertos na mesa entre elas.

— Quanto tempo você pode ficar? — Alice esperava não parecer tão desesperada quanto se sentia.

— O tempo que você quiser! — veio a resposta divina de Ginny. — Quando você disse que tinha tirado um dia de folga, eu soube que só podia ser uma emergência; normalmente você não ficaria longe dos seus clientes por nada desse mundo. Então, deixei Scarlet com uma babá. É parte do nosso novo sistema: mais tempo de qualidade com adultos!

— Novo sistema? — Apesar de Alice estar se sentindo mais infeliz do que podia se lembrar já ter se sentido, o leve indício de progresso na situação Ginny/Dan a animou de forma instantânea. — Então, como foi seu fim de semana fora com o Dan?

— Foi demais! — Ginny riu com alegria. — Nós conversamos... muito. E bebemos... muito! E aí choramos um pouco, e então transamos... *muito*!

— Bem, isso é ótimo, não?

— Deus do céu, se é! Nós não fazíamos isso, nada disso, há muito tempo! Acho que esse era o problema.

— E como você está se sentindo agora?

— Melhor. Nós dois estamos. Nos fez perceber que ambos desejamos que nosso casamento dê certo; não pelo bem de Scarlet, mas para o nosso! Então, decidimos procurar aconselhamento matrimonial. Nosso casamento é precioso e, se queremos consertá-lo e conservá-lo, vamos fazer direito; um simples remendo nas rachaduras não serve. Estamos nessa pra valer.

— Uau, que ótimo; parece um plano perfeito.

— Tomara! Bem, já está na hora de começarmos a agir como adultos! — Ginny sorriu e mordeu um biscoito. — Ah, e falando em ser adulto, eu me dei conta de uma coisa: *você* estava certa e eu estava errada.

— Duvido muito — disse Alice com tristeza. Não podia se lembrar de quando fora a última vez em que se sentira certa sobre qualquer coisa. Nas últimas semanas, tudo que pensava saber sobre a vida tinha sido virado de cabeça para baixo.

— Eu *tenho* sorte em ter Dan — continuou Ginny com sinceridade. — É Deus no céu e ele na Terra; eu só me distraí um pouco e parei de ver isso! Na verdade, enquanto estávamos fora decidi seguir um conselho seu.

— Conselho meu?

— Sim: vou começar a acreditar em finais felizes! — Ginny estava inspirada demais para notar a expressão aflita de Alice.

— Verdade?

— Por que não? Profecias autorrealizáveis e tudo mais. Não é mais positivo acreditar que coisas boas acontecerão?

O lábio de Alice tremeu. Ela viu o sorriso radiante de Ginny e teve de afastar o olhar.

— É só que... Não tenho certeza se meu conselho é o melhor a ser seguido — disse fragilmente. — Andei reescrevendo meus conselhos desde que você foi viajar.

— Como assim? Você está dizendo que a grande Alice Brown não acredita mais em finais felizes? — brincou Ginny. Mas, então, viu a expressão no rosto da amiga e a ficha caiu lentamente. — Não! De jeito nenhum! Isso não pode acontecer. Se *você* não tiver fé, como se supõe que o resto de nós tenha? Você não acreditar no amor é como chá sem biscoitos ou neve no verão. Foi por isso que você tirou um dia de folga?

Então, Alice contou tudo a ela, desde a confissão de John até a visita surpresa de Emily. Enquanto falava, o dia foi escurecendo, a chuva foi ficando mais forte e o chá foi esfriando.

— Bem... — disse Ginny, vacilante, quando Alice finalmente terminou de falar. Alice podia ver que ela estava chocada. — Você sempre diz que ninguém é perfeito! — ofereceu, parcamente.

— Não me importo que ele não seja perfeito. Só não imaginava que ele fosse um... — ela hesitou, detestando ter de dizer em voz alta — um *gigolô*.

— E não imaginara mesmo. Dos milhares de cenários diferentes de Príncipe Encantado que a imaginação de Alice havia tão vividamente criado, jamais vira seu homem saindo com outras mulheres por dinheiro.

— Ele não é um gigolô; é um acompanhante.

— Mesma mer... coisa — respondeu Alice com tristeza.

— É? — Ginny ponderou sobre aquilo. — Não sou especialista nesse negócio de alugar homens, mas certamente o que ele disse não é tão inverossímil assim, é?

— O que você quer dizer? — Alice estava surpresa. Tinha esperado que Ginny fosse aconselhá-la a esquecer até mesmo que John existia. Não esperara que fosse montar um caso em sua defesa.

— Bem, deve haver algumas mulheres que *só* querem um parceiro falso para uma noite — raciocinou Ginny. — Entendo completamente que possa ser constrangedor comparecer a certos eventos solteira, principalmente se seu ex vai estar lá. Por que não contratar para si mesma um cara bonitão, para servir como uma espécie de armadura? Não quer dizer que você vá transar com ele.

— Não?

— Não! Além disso, não acho que as mulheres gostem de verdade dessa coisa de pagar por sexo. Mulheres querem relacionamentos e romances; querem se sentir especiais, que o sexo realmente *signifique* alguma coisa. Você deveria saber disso; sabe melhor do que ninguém o que as mulheres querem num homem. Então, por que não pode haver algo como um acompanhante honesto? Principalmente hoje em dia, em que todo mundo é divorciado e todo convite vem "com direito a acompanhante"?

Alice olhou pela janela e pensou. Ginny tinha uma certa razão. Se todos os anos de trabalho como casamenteira lhe haviam mostrado uma coisa, era que, no frigir dos ovos, as mulheres queriam amor. Nenhuma de suas clientes era motivada por sexo. Além disso, se tudo que elas quisessem fosse uma noite só, não seria muito mais fácil de conseguir? Não havia milhões de homens lá fora procurando por uma rapidinha sem compromisso? Não era por isso que as mulheres vinham consultá-la, em primeiro lugar: para encontrar alguém que estivesse à procura de algo mais?

— Olha, Alice — disse Ginny, interrompendo seus pensamentos. — A vida é sua. Não posso te dizer qual é a coisa certa a fazer, mas sei duas coisas com certeza. Primeira: John te fez feliz, e segunda: você nunca, nunca se engana com as pessoas.

Alice mordeu o lábio e olhou para o colo.

—Você não acha que deveria pelo menos ouvi-lo? — perguntou Ginny com sutileza. — Você não estaria prometendo nada; só tem que se sentar e ouvir.

Alice franziu a testa, tentando impedir as lágrimas. Ginny fazia parecer tão fácil, mas não era. Nada a respeito daquilo era fácil. Era mais complicado do que um jogo de xadrez entre campeões.

— Além do mais — insistiu Ginny —, você não disse que a filha dele era legal e inteligente?

Alice confirmou.

— Muito.

— Aí está: prova irrefutável de que ele está dizendo a verdade! — declarou Ginny. — É impossível um gigolô ter uma filha legal e inteligente.

Houve uma batida na porta.

Com um sorriso fraco, Alice limpou uma lágrima fujona de seu rosto e se levantou.

— Alice Brown? — perguntou um homem com uma capa de chuva e um sorriso enorme. — Flores para você. — E entregou a ela um buquê gigantesco de crisântemos. Os botões brancos imaculados brilhavam no dia sombrio.

— Obrigada — fungou Alice, surpresa.

— Minha nossa; de *quem* são? — perguntou Ginny quando Alice voltou para a mesa da cozinha.

— Não sei. Não tem cartão. — Ela examinou as flores.

— Crisântemos... é meio flor de vovozinha, não? Sempre me fazem lembrar daqueles chapéus que a Rainha Mãe costumava usar.

— São belíssimos. — Alice imediatamente saltou em defesa das flores. — Simples e despretensiosos. Supostamente, eles simbolizam a verdade e a lealdade.

— E podem ser seus por 9,99 em qualquer banca da cidade.

— Não estes aqui — disse Alice com admiração. — São crisântemos de floricultura. Olhe como as pétalas são impecáveis. São espécimes maravilhosos... perfeitos. Parecem ter sido colhidos um minuto atrás. — Ao examinar as flores, sentiu-se atraída pela força gravitacional delas. A despeito de seu coração pesado e da cabeça a mil por hora, apenas alguns segundos na presença da natureza foram suficientes para aliviar seus ombros de uma fração do peso.

— Então, são do John, certo? — perguntou Ginny.

— Mas como ele iria saber que eu estou em casa? — perguntou Alice, intrigada.

— Como qualquer pessoa iria saber que você está em casa? As únicas pessoas que sabem são Audrey e a turma lá, e não imagino aquela mocreia te mandando flores, *mesmo* sendo flores de vovozinha!

A mente de Alice estava zunindo. Será que as flores eram realmente de John? Ele era o único candidato provável. E, nesse caso, deveria aceitá-las? Talvez devesse correr atrás do entregador e pedir que as levasse de volta. Mas ela olhou para as flores e para a forma protetora em que cada pétala nívea se curvava para dentro, como se guardando o centro do botão, como a linha de defesa mais deslumbrante do mundo. Iria contra seu DNA devolvê-las. Assim, em vez disso, colocou a chaleira para ferver e foi procurar um vaso.

Meia hora e outra xícara de chá depois, houve nova batida na porta. O mesmo entregador estava na soleira da porta de Alice, ainda molhado, ainda sorrindo, e dessa vez segurando um segundo buquê de flores.

— Para você! — Ele lhe fez uma mesura.

Alice apanhou o buquê com espanto.

— Obrigada! — gritou para ele, que já se afastava, os pés respingando água nas poças conforme andava.

— Mais flores! — exclamou Ginny quando Alice trouxe um enorme buquê de cravos à cozinha, as pétalas salpicadas por gotas de chuva. — Brancas de novo! Algum cartão?

Alice balançou a cabeça.

— Deve ser de um maníaco por organização — supôs Ginny, com conhecimento de causa. — Alguém que não gosta de cores bagunçando tudo. Ou isso, ou o cara confundiu as entregas e essas flores deveriam estar indo para um velório.

— *Podem-se* enviar cravos em condolência — murmurou Alice, pensativa —, mas não é esse seu significado normal.

— Significado? Flores são só flores, não são?

— Bem, sim e não. Tradicionalmente, as flores possuem um simbolismo próprio. As pessoas entendiam o que cada variedade simbolizava e o que significava se você as mandasse para alguém.

— É? Então o que estas aqui significam?

Alice olhou para o buquê. Era um arranjo simples: só cravos, rodeados por exuberantes samambaias verdes.

— Cravos... ou melhor, cravos brancos... são as flores da inocência — explicou. — Cores diferentes simbolizam coisas diferentes. Um cravo rajado significa uma recusa; um amarelo significa decepção. Mas estes são do branco mais puro. E as samambaias ao redor... elas também significam alguma coisa. Supostamente, simbolizam sinceridade.

Um silêncio recaiu sobre a cozinha enquanto Alice devaneava envolta em pensamentos.

— Ele está parado — disse Ginny de repente. Ela espiava pela janela da cozinha, para a Eversley Road. Alice seguiu seu olhar. De fato, o entregador de flores ainda estava lá, sentado em sua van, com as janelas começando a embaçar.

— Provavelmente só está programando o GPS para a próxima entrega.

— Humm, provavelmente. — Ginny não estava muito convencida.

E, de fato, cinco minutos depois, ele ainda não tinha se movido.

— Algo me diz que você vai receber a próxima entrega dele. — Ginny franziu a testa.

— Não seja boba. Nem sei de quem são essas duas.

— Claro que sabe! — zombou Ginny.

Vinte minutos depois, houve outra batida na porta. Dessa vez, ambas as mulheres correram para abrir.

— Aí vão — o entregador deu um sorriso amplo.

— Tem certeza que são para mim? — perguntou Alice, confusa. Ainda não havia nenhum cartão.

— Você *é* Alice Brown, não é? Sim, com certeza são para você!

— Está bem, florista: o que significam estas aqui? — Ginny saltou sobre ela no minuto em que a porta da frente foi fechada.

As mulheres examinaram o buquê colorido e rústico.

— Íris é a flor da fé — explicou Alice. — Traduzindo, grosso modo, significa: "Não desista; tenha fé."

— E essas flores cor-de-rosa pequenas? — Até Ginny parecia estar excitada com a cultura de Alice.

— São cornisos — respondeu Alice, os olhos começando a brilhar. — Cornisos têm a ver com amor e perseverança. Significa algo na linha do *amor que vence a distância...* — Ela vacilou. Seu rosto começou a se encher de cor, um rosado suave se espalhando pelas bochechas como se em solidariedade com as flores coloridas.

De repente, saiu correndo pela porta da frente, sem se dar ao trabalho de parar e vestir o casaco. Pisoteou as poças do caminho e bateu na janela da van. O vidro elétrico desceu com um ruído suave.

— Mas de quem são as flores? — perguntou Alice, sem fôlego.

— Não posso dizer. — O entregador sorriu. — Confidencialidade florista/cliente.

— Bem, e por que você não vai embora? — exigiu saber. — Não tem outras entregas para fazer?

—Tenho ordens estritas.

— Ordens para quê?

— Um buquê... para você... a cada trinta minutos.

— A cada trinta minutos? — repetiu Alice, incrédula. — Quantos buquês você tem aí?

Ele verificou sua planilha. — Sete.

O queixo de Alice caiu. — Todos da mesma pessoa?

O entregador sorriu com astúcia.

— Não pode simplesmente me dar o resto já?

Ele negou com a cabeça. — Ordens estritas, lembra?

— Então, é uma mensagem de John, certo? — disse Ginny devagar quando Alice voltou ao apartamento. — Ele está te mandando uma carta de amor, não está? Uma carta de amor em forma de flores.

Alice assentiu rigidamente, intoxicada demais com o romantismo daquilo para falar alguma coisa. Sabia que não deveria aceitar, não deveria se permitir ficar excitada, mas não podia se controlar. Uma mensagem através de flores... era a coisa mais incrível que poderia ter imaginado. Estava, literalmente, além de sua imaginação.

Ginny exalou ruidosamente.

— Tenho que dar os parabéns a ele; isso é chique no último!

Meia hora depois, Alice bateu novamente na janela da van, dessa vez armada de um queijo quente e uma caneca de chá.

— Tome. — Ela os passou pela janela aberta. — Se você vai ficar aqui até o fim, é razoável eu garantir que esteja alimentado e hidratado.

— Valeu! — O entregador sorriu ao pegar a merenda de Alice e colocá-la sobre o painel. Ele checou seu relógio. — Certo, bem, melhor eu te entregar o próximo buquê.

Ele saiu da van e abriu as portas traseiras, tomando cuidado para que Alice não pudesse olhar lá dentro. E, então, com um floreio, tirou um único ramo de azevinho.

— Fácil! — Ginny apareceu como num passe de mágica ao lado de Alice, segurando o casaco sobre a cabeça num guarda-chuva improvisado. — Essa... até eu sei. Ele quer te beijar!

— Não, não é isso. — A voz de Alice era baixa e distante.

— Se você não se importa que eu me intrometa... — o entregador interrompeu, com um sorriso, deixando claro que ele estava gostando do mistério floral que se desenrolava — ... essa é uma visão equivocada sobre o azevinho; filmes de Hollywood demais e cartões de Natal... Não, o que o azevinho realmente significa é...

— ... *eu supero dificuldades* — completou Alice introspecta, a chuva caindo em volta deles.

O entregador deu uma piscadela e entrou de novo na van.

— Então, ele está dizendo que vai vencer; que vai fazer com que vocês dois superem isso — inferiu Ginny conforme as garotas voltavam para o apartamento e fechavam a porta. Ela apontou para os primeiros três buquês, agora arrumados em vasos e alinhados em ordem cronológica sobre a bancada da cozinha. — Primeiro, ele disse que estava falando a verdade. Depois, que era inocente. E, então, o terceiro buquê: *Não desista...*

— ... *tenha fé em mim* — interrompeu Alice, a voz repleta de espanto. — *Em nós.* — Ela olhou para Ginny com empolgação. Sentia-se a ponto de explodir.

— Amiga, ele te conhece direitinho! — maravilhou-se Ginny. — Não poderia ter pensado numa forma mais perfeita de conseguir sua atenção!

Meia hora depois, o entregador trouxe o buquê seguinte para a cozinha, junto com a caneca e o prato vazios.

— Para não dizer que não se fala por meio de flores! — Ele sorriu ao ver as entregas de um a quatro alinhadas na bancada da cozinha. — Gostaria que todos os meus clientes fossem como esse cara. Isso deixa uma dúzia de rosas vermelhas no chinelo!

Mas Alice se encontrava concentrada apenas na cascata luxuriante de minúsculas estrelas roxas que ele estava segurando, devorando as pétalas com os olhos, à procura de seu significado.

— Não faço ideia! — exclamou, aflita.

— São violetas — ajudou o entregador.

— Sim, sim! Mas o que significam?

— Pois é, esta aqui também me desconcertou.

Ginny apanhou seu iPhone e rapidamente começou a digitar. Um minuto depois, eles tinham a resposta.

— Mais uma *flor de fé* — leu ela, em voz alta.

Alice ofegou.

— Agora eu me lembro. Amantes que iriam se afastar costumavam ofertá-las um ao outro como uma promessa de que não iriam se trair.

O ambiente ficou silencioso, de repente.

— Ele está dizendo que é seu, Alice — concluiu Ginny com suavidade. — Seu e de mais ninguém.

Alice emitiu um ruído estranho, abafado, e se virou.

— Preciso de um minutinho — disse ela com a voz rígida e, rapidamente, se retirou para seu quarto. Tinha de se afastar das flores; tinha que remover a si mesma da sedução de seus poderes intoxicantes.

Na penumbra silenciosa do quarto, podia ouvir os sons abafados de Ginny conversando com o entregador e o tilintar das louças e colheres conforme ela preparava outro chá para ele. Sentou-se, ereta, em sua cama e tentou respirar fundo. Precisava se concentrar. Já tinham sido entregues cinco buquês, o que queria dizer que só faltavam dois. E eram apenas flores. Ela podia ser durona, passar por isso. Podia resistir.

Dois minutos depois, Ginny tocou na porta de seu quarto. Alice olhou para o relógio e, de fato, meia hora havia se passado.

— Ele foi pegar o próximo buquê — disse a amiga baixinho. Sentindo-se um pouco frágil, Alice abriu a porta e saiu. Ginny sorriu para ela de forma encorajadora, mas ela nem notou. Estava ocupada demais olhando pela janela, vendo o entregador mergulhar na parte de trás da van antes de se aproximar pela entrada, os ombros curvados contra a chuva.

— É só este carinha aqui... — declarou ele ao colocar o número seis na mesa.

As duas mulheres olharam fixamente.

— Tem certeza de que não é um engano? — perguntou Ginny, incrédula. — Não pode estar certo.

O entregador sorriu.

— Tenho.

— Mas é um cacto! Só um cacto pequeno e espinhento! Ele não vai reconquistar ninguém com um cacto!

— Não se deve julgar um livro pela capa — disse o entregador, de forma sugestiva. — A moça captou.

Todos os olhos se voltaram para Alice.

— É sobre sobrevivência — explicou ela, devagar, seus olhos não se desviando nem um milímetro do cacto sobre a mesa. — É sobre viver num mundo cruel e vencer contra todas as expectativas. Cactos sobrevivem; são fortes. Estarão ali faça chuva ou faça sol, na penúria e na seca.

— Uau! — maravilhou-se Ginny. — Simplesmente, U-AU!

Alice se virou rigidamente para o entregador.

— Preciso ver o último. Chega de intervalos de meia hora. Tenho de vê-lo agora.

— Mas e quanto às instruções de John? — apelou Ginny. Mas Alice já estava lá fora e indo em direção à van, com o entregador correndo atrás dela.

— Qual é o próximo? — exigiu saber, enquanto examinava o carregamento de cores vivas. A caçamba da van era uma muralha de pétalas, folhas e tons. — Qual deles é o meu?

Os segundos pareceram uma eternidade enquanto o entregador remexia na caçamba para encontrar seu último elo. Alice não notou a chuva implacável lavando seu rosto e metodicamente emplastrando seu cabelo. Mal conseguia se controlar para não fazer a van em pedaços com o intuito de ler as *palavras* finais daquela declaração de amor.

E, então, ele se endireitou e se virou para ela, e ela viu.

— Uma única tulipa vermelha! — declarou Ginny de forma depreciativa. Ela também tinha saído na chuva, o nariz franzido de decepção. — Não deveria ser uma rosa vermelha?

— Não! — exclamou Alice, alto. — Isto é muito, muito melhor. — Ela segurou a tulipa contra o peito e soltou um ruído estranho, estrangulado.

Ginny olhou para o entregador em busca de uma explicação.

— *Acredite em mim, eu te amo* — explicou ele baixinho, depois sorriu e acrescentou: — É a linguagem do jardineiro.

Alice fechou os olhos e tentou segurar as lágrimas. Levantou a cabeça para o céu chuvoso e respirou fundo. O que era mesmo que Emily dissera? *Lá no fundo, no seu íntimo, você sabe que meu pai jamais iria fazer você de boba... Ele é um cara bom.* É claro que era! John não era todas aquelas coisas terríveis que ela vinha imaginando. Era carinhoso, gentil, direito e digno. Não aceitaria o dinheiro de Sheryl nem sairia com ela por diversão. Ele era bom, honesto, fiel e verdadeiro. Ficou tão óbvio para ela agora. Mas Alice tinha ido embora e o deixado no restaurante, e ignorado todos os seus telefonemas quando ele tentara se explicar. Ela nem sequer lhe fizera a cortesia de escutá-lo, não tinha dado a ele a chance de lhe dizer o que queria dizer. E agora John tinha dito da única forma que lhe restara, numa forma que não precisava de palavras.

Alice levou a mão livre ao rosto. Não conseguia falar. Tudo girava dentro dela tão rapidamente que não sabia que palavras usar. Olhou exasperadamente de Ginny para o entregador e de volta a Ginny.

— Tenho que ir! — explodiu ela, girando nos calcanhares.

— Mas ainda não te entreguei a carta! — protestou o entregador. — Minhas ordens eram todos os buquês, depois a carta. De que outro jeito você vai saber onde encontrá-lo? — Mas Alice já corria pelo meio da rua cheia de poças d'água, para longe da van e do apartamento, em direção ao centro da cidade.

— Eu vou trancar a casa! — gritou Ginny às suas costas. — Vou deixar a chave embaixo do vaso!

Mas Alice já estava longe, a tulipa ainda apertada contra o peito e o cardigã já pesando com a chuva. Ela sabia onde ele estaria. Não precisava de uma carta para descobrir exatamente onde ele estaria esperando. Não se importava que seus sapatos estivessem ensopados nem que seu cabelo molhado estivesse grudado no rosto; só se importava em chegar lá o mais depressa possível.

Conforme corria, os arredores foram ficando mais movimentados. Logo, as ruas foram ficando congestionadas com o tráfego e ela passou a correr pelas calçadas. Corria cada vez mais rápido, desviando-se dos transeuntes do centro e ziguezagueando entre compradores cheios de sacolas. Tinha que chegar até John. Tinha que senti-lo tomando-a nos braços e beijando-a.

Finalmente, chegou à cafeteria. Quando, sem fôlego, estendeu a mão para empurrar a porta pesada de vidro, ela o viu e parou no meio do movimento. Ele também a viu. Ele deixou seu café fumegando na mesa e veio direto ao seu encontro.

— Obrigado por ter vindo. Eu fiquei na dúvida se você viria — revelou, de modo rígido, quase formal, quando os dois estavam juntos na calçada. Ele ficou bem perto dela e, por um momento, Alice pensou que ele estivesse prestes a tocá-la. Sentiu-se zonza; mal podia respirar devido à corrida e à proximidade dele. Era tão bom estar novamente ao seu lado. Seu corpo todo ansiava que ele estendesse a mão e a tocasse.

— Estou aqui há horas — disse ele baixinho. — Não tinha certeza se o florista iria obedecer à programação e não podia correr o risco caso você viesse antes e eu te perdesse.

Imperceptivelmente, aproximaram-se um pouco mais, como se atraídos por ímãs. "É este o momento em que ele me beija", pensou Alice consigo mesma. "É este o momento em que ele me toma nos braços e conserta tudo." E ela ergueu a cabeça em expectativa.

E, então, Alice percebeu.

— Ahhhh! — exclamou boquiaberta. Seus olhos estavam fixos no peito dele. Não podia acreditar que não tivesse visto antes; John estava usando um smoking.

— Vou trabalhar hoje à noite — explicou ele, sombrio.

— Sério? — Alice murchou e deu um passo atrás. Que diabos estava fazendo ali? No que estava pensando? Ela tinha se deixado cegar pela esperança, pelo romance e pelas flores. Nada havia mudado; não de verdade.

Uma camisa e um paletó lhe diziam mais do que todos aqueles buquês brilhantes... John tinha outro encontro, mais importante, esta noite.

— Alice, *por favor*. — Ele viu a mudança em sua expressão. — Preciso que você veja uma coisa. Fica aqui pertinho. Você já veio até aqui; por favor, não me dê as costas agora.

Alice estava confusa demais para discutir. Mas, enquanto caminhava, entorpecida, ao lado dele, estava dolorosamente consciente dos poucos centímetros de ar que os separavam. Agora que estava com ele, podia vê-lo, podia *sentir* sua presença... será que as outras mulheres *realmente* importavam? Naquele preciso momento, nem sequer tinha certeza se ligava para elas. A única coisa que sabia ao certo era quanto ansiava, *desejava* que John a tocasse. Por que ele não a havia abraçado? Por que não estava segurando sua mão? Ele tinha tido tanto trabalho para conseguir que ela viesse até ali, mas não havia nem sequer tentado beijá-la. Será que ao menos a queria?

A chuva havia parado e John seguia pela rua, cintilante, parecendo estranhamente exótico, atravessando o mar de transeuntes com seu smoking. Insegura, Alice via as mulheres olharem para ele ao passar. Ela se lembrou, com vergonha, de seu rosto vermelho e seu cabelo molhado. Não estava à altura de John. Não estava nem na mesma categoria.

De repente, ele parou.

— É aqui — informou, apertando uma campainha de metal ao lado de uma porta preta. Alice examinou a placa. Dizia G. *Ashby Serviços*.

— Aonde estamos indo?

— Tem alguém que eu quero que você conheça. Minha agente.

O queixo de Alice caiu e ela estava prestes a protestar quando uma voz feminina crepitou pelo interfone.

— Pode subir, John! — E a porta se abriu. John a segurou para ela. Alice hesitou.

— Pelo menos escute o que eu tenho a dizer. — Seus olhos azuis captaram os dela, suplicantes.

Sentindo-se impotente, ela entrou. O que estava fazendo?, perguntou a si mesma, o coração aos pulos conforme subia a escada densamente acarpetada. Não queria conhecer a agente dele! E se Ginny *não* estivesse certa? E se ele *fosse* um gigolô? "Minha agente" podia ser código para "minha cafetina"? Não estava pronta para aquilo; não estava preparada.

— Continue subindo — pediu ele. — É no último andar.

Alice começou a entrar em pânico. Não deveria estar ali. Era uma garota decente... uma jardineira. Jardineiras não se encontravam com gigolôs. E o que, exatamente, estaria esperando por ela no final da escadaria? Uma sala cheia de letreiros intermitentes de néon e mulheres seminuas? Homens com dentes de ouro e prateleiras de máscaras de borracha? No entanto, não podia deixar de notar que a fibra do carpete azul-marinho era luxuosamente grossa e que as paredes da escadaria eram forradas por painéis de madeira escura, de aparência cara. Não era exatamente como teria imaginado a entrada do covil de uma cafetina. Tinha visto nos filmes; não eram, supostamente, antros de drogas?

Ela parou. A escadaria tinha chegado ao fim e havia uma porta pesada de mogno à sua frente. Sentiu John ao seu lado e tentou ignorar a forma como seu corpo formigava com a proximidade. Ele se inclinou à volta dela e abriu a porta.

— John! — chamou uma voz feminina, num cumprimento animado.

Alice piscou e se viu sendo impelida delicadamente para dentro da sala. Uma mulher vinha na direção deles com um sorriso radiante. Ela tinha uns cinquenta e poucos anos e exalava uma bondade maternal. Com seu cabelo crespo grisalho, terninho de linho amarrotado e olhos risonhos, ela mais parecia ser a mãe de todos ali.

—Vejo que você trouxe uma convidada! — Ela sorriu para Alice.

— Geraldine, quero te apresentar a Alice — disse John calmamente. — Alice, esta é minha amiga e agente, Geraldine.

Sem palavras, Alice deixou que ela apertasse sua mão. Olhou para Geraldine. Ela devia ser o G., da G. Ashby Serviços. Mas não parecia uma cafetina; na verdade, parecia... *simpática*.

Geraldine sorriu e os conduziu a um sofá afundado que já vira tempos melhores. Alice notou um exemplar cheio de orelhas do livro *Polo* sobre o braço do sofá.

— Uma taça de vinho? — perguntou Geraldine, de sua mesa. — Já passam das seis, afinal.

— Para mim, com certeza — respondeu John. — Alice?

Alice assentiu, muda, e viu Geraldine tirar três taças e uma garrafa de vinho tinto de uma prateleira ao lado de sua mesa bagunçada. Então, ela puxou uma cadeira velha e surrada e se juntou a eles no sofá.

— Saúde! — brindou Geraldine alegremente.

Alice sorveu mecanicamente a bebida. Mas... que diabos estava acontecendo?

— Então — começou John —, infelizmente, isto não é uma visita de cortesia.

— Bem, eu estava mesmo me perguntando — respondeu Geraldine, com cautela.

Houve uma pausa. Apesar de sua confusão, Alice percebeu John ficar tenso a seu lado.

—Você se lembra de umas semanas atrás? — perguntou ele cuidadosamente. — Quando eu te disse que não queria mais Audrey Cracknell como cliente?

— É claro. — Geraldine assentiu. — Eu te perguntei se havia algo errado.

— Eu menti — disse John, sem jeito. — Havia algo errado. Bem, não errado exatamente. Algo muito certo, a bem da verdade.

— Correto — disse Geraldine devagar, olhando de relance para Alice. Alice encarava John, lutando para acompanhar os eventos dinâmicos do dia.

John pigarreou e puxou o colarinho para afrouxar a gravata-borboleta.

— Bem, o negócio é o seguinte: já venho fazendo isso há bastante tempo. Sendo acompanhante, quero dizer. Onze anos, aproximadamente. E já há algum tempo venho pensando que talvez não seja mais um trabalho para mim.

Alice inspirou silenciosamente. Sua cabeça estava a mil. O que John estava dizendo?

—Venho pensando: talvez tenha me escondido um pouco atrás do meu trabalho. Usando-o como uma desculpa para não... bem, para não conhecer gente — refletiu John, constrangido. — Sei que conheço pessoas a trabalho, mas não é a mesma coisa. Eu deveria conhecer pessoas por mim mesmo. *Sendo* eu mesmo. Venho pensando que, talvez, seja hora de parar de tentar salvar todo mundo da solidão e, bem... — ele fez uma pausa, de repente parecendo perdido — fazer alguma coisa pela minha própria.

Alice estava chocada. John era solitário? Ele nunca tinha dito. Ela olhou para Geraldine, que externava uma expressão estranha no rosto. Parecia estar dizendo: "até que enfim".

— E, então, eu conheci Alice. — John, de repente, agarrou a mão de Alice. Ela quase ofegou alto com o calor de sua pele. Tocar em John, *ser tocada* por John, era uma sensação incrível.

— Conhecer Alice me fez perceber que todos os pensamentos que eu vinha tendo estavam certos — continuou John. — Preciso derrubar a... sei lá... a *prisão* que construí para mim mesmo. Preciso tentar viver a vida, mergulhar nela. Me deixar ser feliz.

Ele se virou e olhou para Alice, com os olhos repletos de algo que ela jamais tinha visto.

— E, então, você vai deixar de ser acompanhante — disse Geraldine com tranquilidade. Era uma afirmação, não uma pergunta.

— Sim. Gostaria que hoje fosse minha última noite. E eu estava esperando que você não me fizesse trabalhar durante o aviso prévio. — Ele deu um sorriso aguado.

Geraldine sorriu, radiante.

— Não seja bobo, seu chorão! Como sua agente, fico obviamente triste por te perder, mas, como sua amiga, estou feliz como pinto no lixo!

—Verdade?

— É claro! — Ela riu. — Onze anos de penitência são suficientes para qualquer um! Eve não iria querer que você ficasse sozinho pelo resto da vida. Já está mais do que na hora de você se apaixonar de novo. Eu estava começando a me preocupar que seríamos só eu e a Emily a te visitar no asilo!

John se atirou para a frente e tomou Geraldine num abraço gigante de urso. Então, voltou para o sofá e olhou para Alice.

— Então... é isso! — concluiu ele, com alegria. — Alice, você acha que poderia considerar sair com um *ex*-acompanhante? Um que jura pela própria vida que jamais dormiu com nenhuma de suas clientes?

— É óbvio que ele não dormiu! — exaltou-se Geraldine. — Não estou tocando um bordel!

— Então, ele definitivamente não é um...? — Alice começou a perguntar a Geraldine. Eram as primeiras palavras que dizia desde que havia chegado.

— Deus do céu, claro que não! — exclamou Geraldine. — Eu tenho cara de cafetina?

— Não! — reagiu Alice rapidamente. De repente, sentiu-se estúpida. Por que havia deduzido o pior? Não deveria ser propensa a acreditar nos finais felizes? — Mas eu não entendo — intrigou-se ela. — O que você quer dizer com 11 anos de penitência? — Ela se virou para John. — E o que é isso de construir uma prisão para si mesmo?

— Ele não te contou? — perguntou Geraldine.

Alice olhou com perplexidade para John, mas ele tinha os olhos fixos em sua taça de vinho.

— A esposa de John morreu há 15 anos — explicou Geraldine.

Alice olhou para John. Ele estava imóvel feito uma pedra.

— Ele se culpou. Estava atrasado para buscá-la no trabalho, uma noite, então ela decidiu ir para casa caminhando e, no caminho, foi atropelada.

— Ah, não! Isso é terrível! — Impulsivamente, Alice pegou a mão de John.

— Eu vinha... vinha tendo um caso — admitiu John sem jeito, o rosto grave. — Me atrasei para buscar minha esposa porque estava com outra mulher.

— Ãh?!? — A mão de Alice ficou rígida na dele.

— É a única coisa que já fiz da qual me envergonho — disse John baixinho, incapaz de olhar para Alice. — E passei o resto da minha vida me arrependendo. Não te contei antes porque não queria que você pensasse mal de mim. Foi uma coisa terrível o que eu fiz, e jamais, jamais faria novamente.

John ficou com o olhar perdido, sentindo-se um bosta por um momento. Alice não sabia o que pensar ou dizer.

— Eve e eu nos casamos muito jovens — disse John, por fim. — Não tínhamos planejado, mas ela ficou grávida e quisemos fazer a coisa certa. Eu a amava, mas, analisando agora, eu não estava preparado. E ter Emily, bem... não me leve a mal: amo a minha filha, mas ter um filho cobra um preço do relacionamento. É duro, principalmente quando você também é praticamente uma criança. Eu tinha 18 anos. O problema foi que os anos passaram, mas eu ainda achava que tinha 18 anos. Não fui o melhor dos maridos.

Alice abriu a boca, mas não pôde encontrar palavras.

— Depois que Eve morreu, me escondi do mundo — continuou ele. — Passava o dia inteiro cuidando de Emily e ficava sentado no sofá à noite. Não sentia que merecia sair e ser feliz.

— Bem, ter um caso foi obviamente muito ruim, mas não foi culpa sua Eve ter morrido. Não foi *você* que a atropelou — argumentou Alice.

— Tentei dizer isso a ele todos os dias por 15 anos... — resmungou Geraldine.

— Sei disso agora. — John sorriu fragilmente. — Mas levou algum tempo. Eu só ficava pensando "e se?". E se eu tivesse sido um marido melhor, um ser humano melhor?

— Depois de alguns anos, eu convoquei uma intervenção! — contou Geraldine. — Eu tinha acabado de montar este negócio e precisava de mais acompanhantes em meus cadastros. John era o homem mais bonito que eu conhecia e ele não estava ajudando ninguém, largado num sofá. Eu sabia que ele não estava preparado para conhecer uma nova companheira nem arrumar uma namorada. Mas também sabia que devia ser sentir muito solitário. Tão solitário quanto as minhas clientes.

— Então, ela me convenceu a trabalhar aqui — prosseguiu John. — Ela me disse que eu estaria ajudando mulheres solitárias a encarar seus demônios e a se sentirem melhor consigo mesmas.

— Eu disse a ele que ele estaria fazendo uma espécie de compensação — interrompeu Geraldine —, que Eve não iria querer que ele ficasse apodrecendo em casa. E que eu cuidaria de Emily enquanto ele estivesse trabalhando.

— Oh! — reagiu Alice.

— Ele ainda não teve um relacionamento de verdade desde Eve, sabia? — contou-lhe Geraldine.

— Ah, mas eu tenho as minhas clientes. — John sorriu com melancolia.

— Emily apelidou-as de namoradas de aluguel. — Geraldine riu. — Ela diz que ele é problemático com P maiúsculo.

— Emily sabe tudo a respeito disso — disse Alice, lembrando-se da conversa entre elas no escritório.

— Tudinho — ratificou John. — Milagrosamente, ela me perdoou por ter traído a mãe dela. E ela sabe do trabalho como acompanhante há anos.

Ele olhou para Alice e sorriu.

— Cometi erros — admitiu. — Erros grandes dos quais eu verdadeiramente me arrependo. Mas trabalhar como acompanhante não é um deles. Não é nada de que se envergonhar.

— Eu sei — disse Alice. E sabia mesmo.

John apertou sua mão.

— Alice, você é a primeira pessoa que me fez querer ter alguém de novo. Que me fez sentir que mereço ter.

Seus olhos se encontraram. Alice sentiu todo ar se esvair de seu corpo.

— Não sou o mesmo homem que era então — disse ele baixinho. — Tentei ajudar as mulheres, não dormir com elas. Aprendi uma lição: cumpri minha pena.

Ele sorriu para ela com esperança.

— Você acredita em mim? — perguntou ele. — Será que tenho direito a uma segunda chance?

— Sim! — exclamou ela. — Sim, sim! — E atirou os braços em volta dele.

— Bem, meus parabéns aos dois! — Geraldine sorriu. — Você conseguiu um bom homem, Alice.

— Eu sei! — respondeu Alice com alegria.

— E você... — Geraldine ralhou com John, de brincadeira. — É melhor sair daqui e dar a Lady Denham o melhor encontro de sua vida! Não vou aceitar um serviço meia-boca só porque você está de saída!

— *Lady* Denham? — repetiu Alice.

— Nada de ralé para o John! — respondeu Geraldine. — Só as melhores clientes para o cavalheiro mais popular dos meus cadastros. Todas elas parecem estar sob a ilusão de que este homem tem classe, pobres coitadas.

Momentos depois, John e Alice tinham descido a escadaria e estavam do lado interno e privativo da porta preta.

— Você vai realmente parar? — perguntou Alice. — Por mim?

— Eu já deveria ter feito isso há muito tempo! — John sorriu, subitamente bêbado de felicidade. — Sou homem de uma mulher só de agora em diante! — declarou. — John Marlowe está se aposentando! Viva John Smith!

— John *Smith*?

— Smith; esse é meu nome real! Você não acha que eu iria trabalhar como acompanhante usando meu nome verdadeiro, né? Já era ruim o bastante que Emily soubesse o que eu fazia da vida enquanto ela ainda estava na escola. Eu não iria expô-la ao ridículo diante de seus amigos facilitando que eles descobrissem que o pai de Emily Smith era o mesmo Sr. Smith que acompanhara sua mãe divorciada ao jantar do sábado passado.

— Mas o que você irá fazer para ganhar a vida?

— Não se preocupe com isso! — John a rodeou num abraço apertado e cálido. — Eu sou um bom acompanhante, mas não tão bom assim! Eu tenho outro emprego durante o dia, sabe? Sou modelo masculino de nus.

Ele riu da expressão aflita de Alice.

— Estou brincando! Sou consultor empresarial. — Ele se inclinou para beijá-la.

— Ótimo! — disse Alice com alívio. — Porque não sei direito se quero sair com um aposentado. Faz você parecer velho pra caramba.

— Ah, é? — murmurou John. — Mas não sou eu que está usando cardigã! — provocou ele. E lhe deu um beijo... daqueles!

JOHN

Finalmente, John conseguiu parar de beijar Alice, abrir a porta preta e voltar ao mundo real — um mundo onde os compromissos tinham de ser mantidos e os negócios, terminados. Depois de se despedir de Alice com um abraço, ele endireitou o paletó do smoking, passou os dedos pelos cabelos e se apressou para o jantar no The Privet com Lady Denham. Pela primeira vez em sua carreira profissional, ele se atrasou para um encontro com uma cliente.

O mâitre o conduziu até onde Lady Denham estava esperando, com um enorme coquetel de champanhe diante de si e as joias cintilando à luz das velas.

— Ah, aí está você! — disse ela com fingida irritação. — Você está tão atrasado que pensei que tivesse sido atropelado. Já estava imaginando um atropelamento seguido de fuga por uma cliente enlouquecida de ciúme. As últimas palavras nos seus lábios seriam o meu nome.

John riu, beijou-a no rosto e se sentou. Ele gostava de Lady Denham. Por mais rica e chique que ela fosse, era sempre uma boa companhia. Era uma de suas clientes regulares há anos e ele nunca a vira sem uma quantidade incomum de joias pendendo de todas as superfícies disponíveis de pele. Uma vez, tinha lhe perguntado se ela não se preocupava em ser assaltada.

— Querido! — exclamara ela, em seu jeito exagerado e afetado. — De que serve ter as penas do pavão se não as exibimos?

Lady Denham era uma cliente incomum, no sentido de que nunca *precisava* ver John. Ele era contratado pura e simplesmente para seu divertimento. Seu terceiro divórcio, aos cinquenta e tantos anos, finalmente a deixara tão fabulosamente rica que ela não dava a mínima se todos soubessem que ela estava solteira. Bem arrumada, com um talhe esbelto e um rosto ainda cativante, ela acreditava piamente que ter um carrossel de homens mais jovens e bonitos pendendo de seu braço era tão bom para sua imagem quanto para sua alma. John gostava muito de acompanhá-la.

Ele se acomodou em sua cadeira, aceitou um coquetel de champanhe do garçom e deixou que Lady Denham fizesse o pedido pelos dois. Quando o garçom se virou para ir, John notou Lady Denham olhando para o traseiro dele.

— Com fome? — perguntou ele, com astúcia.

— Faminta! — declarou ela maliciosamente, arrancando com dificuldade os olhos do traseiro do garçom. — No entanto, apesar do seu atraso, que vou optar por perdoar só dessa vez, fico feliz em dizer que você está delicioso como sempre. O que é ótimo, caso contrário eu pegaria o telefone no mesmo instante para pedir para a Geraldine te trocar por um modelo mais novo!

— Ah, bem, já que você tocou no assunto — interveio John. — Eu não tinha planejado te contar tão cedo, mas tenho novidades. Pode ser que você tenha de telefonar para Geraldine mais cedo do que imagina.

— Por quê? — Lady Denham empertigou ainda mais sua postura ereta. — Não, deixe-me adivinhar... Os negócios vão mal, então Geraldine programou uma cirurgiazinha restauradora para você?

John riu e balançou a cabeça. Lady Denham tentou adivinhar novamente.

— O marido furioso de uma das suas clientes te desafiou para um duelo de pistolas ao amanhecer. Esta é sua última ceia!

— Nada tão excitante assim, infelizmente. — John sorriu. — Estou me aposentando. Hoje é minha última noite como acompanhante. E, como minha cliente favorita, achei que seria adequado que você fosse meu canto do cisne.

— Uau! — disse Lady Denham, sem entonação, parecendo curiosa. Ela tomou um gole de seu coquetel de champanhe antes de se recompor e responder, secamente: — Bem, é melhor assim. Você é realmente um tanto cansativo e venho queimando os neurônios tentando achar uma forma de te dispensar com delicadeza. Venho esperando que Geraldine me encontre um substituto com um queixo mais firme.

— Tenho certeza de que ela ficará feliz em fazer isso. Na verdade, ela já tem uma seleção de candidatos prontos para sua inspeção — provocou John.

Lady Denham sorriu em anuência.

— Fico muito agradecido por você ter me suportado tanto tempo — acrescentou John significativamente.

— Tudo bem, querido! — fungou Lady Denham. — A gente faz o que pode. — Ela brincou com suas joias, parecendo subitamente perdida.

— Então, o que você vai fazer com a sua vida pós-acompanhante? — perguntou ela, abruptamente. — Vai ser uma chatice, depois de toda nossa boa-vida no The Privet.

John sorriu.

— Não sei bem, para dizer a verdade. Me dedicar ao meu final feliz, imagino.

— Oh, que doçura — disse Lady Denham secamente. — Bem, prometo que vou pensar em você, quando estiver encolhido na frente da sua TV, comendo uma refeição miserável numa bandejinha de alumínio, enquanto eu me regalo com foie gras na companhia do meu mais recente garotão. Embora eu ache que você já vá estar completamente esquecido até o final desta estação.

Houve uma pausa densa.

— Vou sentir saudade de você — disse John com honestidade, o tom brincalhão momentaneamente abandonado.

— Também sentirei saudade de você — respondeu Lady Denham com igual franqueza. Houve um momento de quietude entre eles. E, então, ela desviou o olhar e fingiu inspecionar o restaurante com divertimento. — Seu desertor — acrescentou de forma cortante em meio a seu sorriso rígido.

John olhou para ela. O humor era tanto o maior aliado de Lady Denham como sua maior arma, e a ajudara a sobreviver a três divórcios notórios. Apesar de todos os seus comentários depreciativos, ele sabia que ela falava a sério quando dizia que sentiria saudade dele. Ele viu um pontinho de lágrima em seu rosto conforme ela fingia se concentrar em analisar os demais comensais. Ele se inclinou para a frente e enxugou a lágrima com a ponta do polegar.

— Só uma gotinha de champanhe que espirrou — disse ele com leveza e sorriu. Iria realmente sentir saudade dela. Ela fora uma cliente leal e uma rara fonte de diversão. De um modo estranho, ela fora também uma boa amiga.

Absorvido em suas despedidas, John não notou uma figura se levantando da mesa na outra extremidade do restaurante. Sua boca cintilante de batom se abriu de espanto enquanto ela observava a cena terna diante de si. Ela manteve os olhos grudados nele ao atravessar o restaurante e sair pela porta, com seu parceiro de bronzeado fora de época seguindo inexpressivamente atrás dela.

LOU

Lou entregou o chopp a ele, pegou a nota de vinte de sua mão e tentou manter contato visual pelo maior tempo possível. Ele era maravilhoso!

— Pegue um para você. — Ele sorriu com educação.

— Obrigada! — Ela lhe atirou seu sorriso mais sexy e rodopiou até o caixa, remexendo os quadris para exibir o traseiro na saia justa. Discretamente, deu mais uma olhada nele, mas ele já tinha se virado e conversava com o amigo.

Era uma noite de terça-feira muito mais movimentada do que de hábito e ela vinha sacando o cara pelo canto do olho enquanto ele esperava pacientemente para ser atendido. Por mais tentador que fosse servi-lo primeiro, a experiência já lhe havia ensinado que, quanto mais tempo um bonitão tivesse de esperar, mais tempo ela tinha para olhar para ele de perto. Não era sempre que homens tão bonitos quanto aquele entravam em seu bar. E, agora que todos os outros já tinham sido servidos, podia levar o tempo que quisesse, dar a ele a oportunidade de papear com ela e de olhar seu decote.

— Nunca te vi por aqui antes — disse ela, garantindo que seus dedos tocassem na mão dele ao lhe entregar o troco. — Eu me lembraria de um rosto como o seu.

— Comecei num emprego novo — respondeu ele, parecendo não perceber o que estava rolando. — Ali na esquina, na Bateman Street. Essa é a minha primeira vez por aqui.

— Primeira vez? — Lou levantou a sobrancelha de forma sugestiva. — Bem, agora que você perdeu a virgindade, espero que volte mais vezes.

Ele riu, encabulado.

— Prazer em te conhecer. — Ele levantou levemente seu copo e se virou.

— Qual é o seu nome? — perguntou Lou, às suas costas.

— Simon.

— Eu sou Lou. Obrigada pelo drinque!

Ele assentiu, sorriu e se sentou com o amigo. Não olhou para trás. Lou se sentiu extraordinariamente incomodada.

Então, o nome dele era Simon, pensou ela. E se ele havia acabado de começar a trabalhar na Bateman, havia grandes chances de que se tornasse um cliente regular. Sentiu-se estranhamente satisfeita com aquela informação. Ele não era o tipo que normalmente a atrairia. Era um pouco sério. E não tinha correspondido ao seu flerte. A maioria dos homens com quem ela flertava a estava despindo mentalmente antes de ter o primeiro chopp nas mãos. No segundo, eles já estavam tentando atraí-la para a rua e para a viela ao lado. De alguma forma, Simon não parecia ser assim.

Seus pensamentos foram repentinamente interrompidos por um dedo deslizando pelo interior da sua coxa. Tony tinha aparecido silenciosamente atrás dela.

— Tá gostosa, hein! — soprou ele libidinosamente em seu ouvido. — Acho que você deveria ir lá para trás; refrescar um pouco a pele.

Lou se afastou. Ele tinha a cara de pau! Não tinha se dado ao trabalho de perguntar se ela estava melhor da gripe, mesmo que ela tivesse inventado tudo. E também não tinha se desculpado por dar o cano nela na semana anterior, nem por ser grosseiro ao telefone. De jeito nenhum iria conseguir transar com ela. Além disso, ela não queria que Simon a visse ser apalpada por seu chefe. Ela queria se assegurar de parecer disponível. Para Simon.

— Estou ocupada. Coisas a fazer — disse ela com rispidez, de repente assumindo a tarefa de limpar a bandeja de pingos mais próxima.

— Também tenho coisas a fazer — insistiu Tony, pressionando seu corpo inteiro contra o dela. — Comer você! — Ele se esfregou em Lou.

— Agora não. — Lou se afastou dele novamente, a irritação permeando sua voz. — Estou *trabalhando*.

Tony deu um passo atrás, surpreso.

— Desde quando isso é empecilho?

Lou percebeu seu tom de voz. Não era nada agradável.

— Faça como quiser — disse ele, curto e grosso. — Garçonetes de bar dão em árvores.

Ele girou nos calcanhares e foi para a sala dos fundos, onde Lou sabia que ele a ficaria observando pelo monitor, mal-humorado, esperando que ela fosse lá e o compensasse. Bem, ele iria esperar bastante tempo. Se havia alguma compensação a ser feita, nem morta seria ela a fazer. Continuou se ocupando com as bandejas, lançando olhares furtivos a Simon.

Simon parecia legal. O tipo de homem que Kate estava pagando caro para conhecer. Um homem que você poderia apresentar aos seus pais sem se preocupar que ele fosse querer transar com você no jardim de inverno ou tentar dar em cima da sua mãe. Era o tipo de homem, pensou Lou, que Kate achava que Lou jamais poderia ter.

Pensar em Kate fez Lou se sentir estranha. Elas ainda não tinham se falado, desde a discussão. Normalmente, elas se telefonavam várias vezes por dia, às vezes só para dizer para a outra como tinham enfiado o pé na jaca no almoço. Mas nem morta Lou iria pedir desculpa primeiro. Além disso, algumas coisas que Kate dissera ainda estavam entaladas em seu peito, como algo pesado que houvesse comido e não conseguisse digerir.

Ela lavou a última bandeja, observando Simon através dos cílios. Kate tinha feito sua vida parecer patética. Bem, iria mostrar para ela que era tão capaz de conquistar um cara decente quanto era de conquistar um indecente. Não estava condenada aos Tonys deste mundo. Podia ter qualquer homem que quisesse, até mesmo os burgueses de classe alta que Kate estava tentando garfar. Isso calaria a boca de Kate. Mostraria a ela que não era preciso contratar agências esnobes para arranjar um homem "adequado". Mostraria a Kate que ela estava errada em pensar tão mal de sua melhor amiga.

Lou iria pegar Simon.

SHERYL

Sheryl ficou parada na frente do The Privet, o corpo inteiro agitado pelo aroma de escândalo.

— Você viu aquilo? — sibilou ela para Brad conforme ele caminhava pesadamente ao seu lado.

— Viu o quê, gata?

— John Cracknell!

Brad a olhou sem qualquer expressão no rosto.

— O marido de Audrey Cracknell, seu tosco! Ele estava lá no restaurante. *Com outra mulher!*

Sheryl olhou novamente para dentro do saguão, parecendo a ponto de voltar para uma segunda dose de espionagem.

— Uma mulher muito mais bonita do que Audrey! — acrescentou ela, extasiada. Seu rosto se abriu num sorriso sádico. — John Cracknell! — declarou para o ar da noite. — Seu cachorro sem-vergonha!

Brad se moveu, incomodado.

— Não é assunto seu, gata.

— Não seja ridículo! Ele está cuspindo no próprio prato; é assunto de todo mundo! — Ela riu com crueldade. — Ora, ora, ora. Bem feito para a Audrey, aquela bruxa velha e hipócrita. Ela vive falando sobre seu casamento "sólido como uma rocha" e se babando em cima dele feito uma adolescente. Mas eu sabia que alguma coisa estava errada. John nunca pareceu adequado para ela; bonito demais. E agora ele está fazendo xixi fora do penico marital, está tendo um caso!

Brad estava olhando para o ponto de táxi mais próximo.

— Só porque ele está jantando com alguém não quer dizer que exista mais alguma coisa — disse ele pacificamente. — Talvez seja a irmã dele.

Sheryl bufou desdenhosamente, foi até a janela e espiou os comensais.

— Eu conheço essa mulher — disse ela, pensativa.

— Gata, talvez a gente deva tomar este táxi.

Sheryl o afastou com um gesto da mão, como se ele fosse uma mosca.

— Onde foi que eu a vi antes? — deliberou ela em voz alta. Agora tinha se animado. Nada poderia detê-la.

— Gata, vamos. Você prometeu que estaríamos em casa a tempo de assistir àquele filme.

— Pelo amor de Deus, Brad — sibilou ela com maldade. — Vá você para casa. Eu tenho mais o que fazer.

—Você não vai voltar lá, vai?

— Não — respondeu ela, pouco convincente. Ainda não tinha tirado os olhos de John e sua acompanhante. — Só lembrei que preciso fazer uma coisa no escritório.

Ela deu um beijo de dispensa no nariz de Brad antes de voltar para sua observação.

— Boa-noite, querido — murmurou distraidamente por cima de seu ombro.

Ouviu vagamente Brad fazer tsc-tsc e entrar num táxi. Sem se importar com a impressão que podia dar a quem estivesse passando por ali, ela ficou parada diante da janela, seu hálito predatório embaçando a vidraça, enquanto fritava o cérebro tentando desvendar quem seria a mulher elegante e cheia de joias.

ALICE

Alice achou que fosse, literalmente, explodir de felicidade. Algo tão frágil quanto a pele humana certamente não poderia conter tamanha excitação e euforia. Sentia-se como uma bomba de alegria prestes a mandar tudo pelos ares!

John ia desistir de seu trabalho!

E, além disso, soubera por uma fonte muito fidedigna — Geraldine, que, segundo decidira, era cem por cento confiável — que John jamais fora nenhuma daquelas coisas feias que havia imaginado. Ele era um cavalheiro... exatamente como queria que ele fosse!

Alice sentiu vontade de se beliscar. Com certeza, ela, Alice Brown, não podia ter tanta sorte assim, né?

Chegou em casa em meio a uma nuvem de felicidade. Foi direto para seu quarto, abriu o guarda-roupa e tirou a frente única que tinha usado no baile.

— Obrigada! — sussurrou para o vestido. — Obrigada, obrigadaaa, obrigadaaaaaaaaaa!

Ela o abraçou junto ao corpo. Fora aquela roupa que dera início a tudo. E pensar que quase não o havia comprado! Pensar que tinha até mesmo tentado se livrar do compromisso de ir ao baile! Por sorte, o destino fora mais sábio do que ela.

Enquanto segurava o vestido, decidiu usá-lo mais uma vez. Iria usá-lo — junto com os saltos altos, a bolsa, os brincos e a maquiagem — num encontro com John. Iria encantá-lo uma vez mais. Iria fazer com que ele olhasse para Alice e visse que valia a pena abrir mão de seu trabalho por ela.

Sentiu-se tomada por mais uma onda de excitação. Tinha um namorado! Um namorado melhor, mais bonito e mais perfeito do que jamais poderia ter imaginado! Pendurou o vestido novamente no guarda-roupa e riu da forma como se destacava ali, como um fragmento solitário de glamour em meio a um mar de veludo côtelé e blusas de tricô.

SHERYL

Em algum lugar no meio de seu fichário, com dezenas de arquivos antigos espalhados pelo chão formando um leque de corações solitários e esquecidos que finalmente se encontravam, anos depois da necessidade, o reconhecimento atingiu Sheryl. Como um relâmpago tortuoso ou uma flecha perigosa de um Cupido de mau gosto, ela subitamente se deu conta de quem era a mulher misteriosa de John. Seu rosto estava sorrindo para Sheryl de uma pasta desbotada.

Era Lady Isabella Denham, previamente conhecida como Isabella Alpine e, antes disso, simplesmente como Isabel Jones. Muito tempo atrás, antes do casamento com Lorde Denham, ela havia contratado os serviços da Pombinhos.

Sheryl riu alto e beijou o arquivo, vitoriosa. Sabia que a conhecia de algum lugar!

O arquivo continha toda a munição de que precisava contra Lady Denham — desde sua idade até suas preferências e seus divórcios. Tinha um registro completo dos encontros que tivera ao longo dos dois anos em que fora cliente da Pombinhos: um catálogo voraz de homens, todos eles, notou Sheryl, consideravelmente mais jovens do que ela. Sheryl tinha até o número de seu celular! Perguntou-se se ainda funcionava.

Deixando os demais arquivos espalhados no chão, levou o de Lady Denham até sua mesa. Portanto, conhecia a identidade da mulher misteriosa de John Cracknell. Só o que precisava agora era de um pouco mais de evidências para concluir sua culpa como mulherengo. Simplesmente vê-lo jantando com uma mulher que não era sua esposa não era suficiente. Precisava de algo mais: de um prego de ferro fundido, dos grandes, para o caixão de Audrey.

Sheryl pegou o telefone, com a respiração rápida e excitada. Deus, aquilo era divertido! Já podia ver a expressão no rosto de Audrey...

— Sim? — o tom curto de Isabella Denham soou ao ouvido de Sheryl. Ela parecia estar num carro, supostamente a caminho de casa, voltando do encontro amoroso no The Privet. Será que John estava com ela? Será que eles estavam a caminho de um quarto de hotel, prestes a fazer sexo selvagem e apaixonado?

— Lady Denham, me desculpe por importuná-la. Aqui é Sheryl Toogood da agência de relacionamentos Pombinhos.

— Pombinhos? Que diabos *você* quer? E a esta hora da noite? Já faz anos!

— Eu sei. E sinto muito pela hora. — Sheryl usou seu tom de voz mais lisonjeiro. — É que um solteiro maravilhoso entrou nos nossos cadastros... uma verdadeira joia! E você sabe como é quando aparece um homem bonito e qualificado — confidenciou ela, deleitando-se com sua própria intriga. — Sempre ocorrem brigas, com todas afiando as garras para capturá-lo primeiro. Estou tentando pensar num par adequado para ele, um par *à altura*, antes que a notícia se espalhe e comece a loucura! Ele seria absolutamente perfeito para você! E, portanto, tive que lhe telefonar imediatamente para ver se você estaria interessada. Eu não conseguiria dormir esta noite se não houvesse tentado formar esse par!

Houve uma longa pausa.

— Não sei se... Estava me perguntando... você está... — Sheryl tentava parecer o mais casual possível — procurando alguém, no momento? — Ela prendeu a respiração, esperando pela resposta.

Houve outra pausa demorada. As nádegas de Sheryl se apertaram na cadeira, em expectativa. Os segundos passavam de forma interminável. Podia ouvir o som do carro de Lady Denham zunindo discretamente ao fundo.

— Bem, Srta. Toogood — respondeu Lady Denham finalmente, a voz seca. — A despeito do horário grosseiro do seu telefonema, seu senso de oportunidade é surpreendentemente bom.

— Jura? — respondeu Sheryl, animada. Só precisava que Lady Denham desse alguns passos à frente e caísse em sua rede.

— Por pura coincidência — continuou Lady Denham vividamente —, um dos meus companheiros regulares me deixou esta noite. Portanto, sim, eu poderia estar interessada em ouvir a respeito de seu novo cavalheiro. Conte-me mais.

Sheryl podia ouvir seu próprio coração batendo. Lady Denham tinha acabado de se referir a John como um "regular". Havia definitivamente algo entre eles!

— É claro, Lady Denham — respondeu Sheryl docemente. — Mas que azar com esse seu companheiro regular. O que houve?

— Ele está se aposentando do trabalho como acompanhante.

— Acompanhante? — Sheryl respirou, eufórica. — Como assim, ele trabalha para uma agência?

— Não para uma agência de relacionamentos. Obviamente, eu desisti dessas agências quando conheci Lorde Denham.

Sheryl mal podia acreditar na sua sorte. Lady Denham era mais fácil de espremer do que uma laranja.

— Mas você diz que esse homem era um acompanhante? Então você, hã, você o pagava, certo?

— Certo. Muito mais simples. Dessa forma, todo mundo sabe no que está se metendo. Ele era da Geraldine.

— Geraldine?

— Sim, Geraldine Ashby. Olha, não tenho certeza se realmente quero contratar a sua agenciazinha de novo, Srta. Toogood, mas suponho que você possa me contar sobre seu cavalheiro, de qualquer forma. Talvez possamos fazer alguma espécie de acordo, se ele estiver disposto.

Lady Denham nem terminara de falar e Sheryl já estava abrindo a página do Google em seu computador e digitando "Geraldine Ashby". Teceu alegremente algumas mentiras para Lady Denham sobre seu fascinante solteiro novo, tomando cuidado para que ele não parecesse fascinante demais. Afinal, estaria frita se Lady Denham quisesse conhecê-lo. Ele simplesmente não existia.

Rapidamente, encontrou o website da "G. Ashby Serviços" e clicou.

— Humm, bem, não tenho certeza — disse Lady Denham, hesitante. — Ele não é exatamente o que estou procurando no momento. Acho que você está perdendo a forma, Srta. Toogood.

— Ah, paciência! — Sheryl clicou no botão para procurar *acompanhantes masculinos*. Passou rapidamente pelos anúncios no alto da tela. *"Acompanhando você em seus eventos mais importantes... Serviço discreto e profissional."*

— Temos que nos encontrar qualquer hora dessas — cantarolou Sheryl com leveza, sua atenção já em outro lugar. — Almoçar. — Ela devolveu o fone ao gancho sem nem esperar pela resposta. Agora já tinha o que precisava, e não era de Lady Denham como cliente. Clicou no botão que dizia *fotos* e prendeu a respiração enquanto examinava a seleção de acompanhantes do sexo masculino.

E lá estava ele, John Cracknell. Seu rosto distinto, tão conhecido dos bailes da ADAR, sorria-lhe atraentemente no monitor. Exceto que ele não era John Cracknell. Era John Marlowe. Seus interesses eram atualidades, esportes e jardinagem. Ele tinha 41 anos e podia ser seu por uma noite mediante a tarifa premium da G. Ashby Serviços.

Sheryl se reclinou na cadeira e sorriu vitoriosamente.

— Te peguei! — disse em voz alta para o escritório vazio.

JOHN

John sorriu para Alice pela milionésima vez naquela noite e se perguntou novamente o que teria feito para merecer se sentir tão bem. Não podia acreditar que ela estivesse realmente ali, sentada na cozinha dele, comendo sua comida, bebendo seu vinho e, esperava que em breve, dormindo em sua cama.

— Sabia que... — ele sorriu — além de Emily e Geraldine, você é a primeira mulher para quem eu cozinho em 15 anos!

Alice sorriu, mas parecia distraída. Ela pousou o garfo.

— O que você vai fazer com relação a Audrey? — perguntou baixinho, a voz soando fraca e preocupada. — Não podemos deixar que ela descubra acidentalmente; não seria justo.

— Não seria? — John teve um flashback do rosto duro e cruel de Audrey no baile.

— Ela se sentiria humilhada, como se não apenas tivéssemos magoado seus sentimentos como também a houvéssemos feito de boba.

— Sabe — disse John com leveza —, pela primeira vez na vida não ligo a mínima para os sentimentos de Audrey, ou de qualquer das minhas ex-clientes. Já me preocupei com elas tempo demais. Está na hora de me preocupar com as pessoas que são realmente importantes. Você, eu e Emily. Ah, e o Parceiro, claro. — Ele olhou para Alice e viu seu rosto tomado pela preocupação. — Você não deve nada a ela, viu? Ela te tratou muito mal ao longo dos anos.

— Ela não é rude *de propósito*.

— Só é rude naturalmente!

Mas Alice ainda parecia preocupada. Empurrou o prato, pela metade.

— Você não está se arrependendo, está? — perguntou ele, de repente.

— Não! — exclamou Alice com ênfase. — Só que não consigo parar de imaginar como ela deve estar se sentindo e como será ainda pior para ela quando descobrir a nosso respeito. Ela vai ter que explicar a sua ausência no próximo baile. Imagino que terá de dizer que vocês se divorciaram.

— Mas será que ela vai fazer isso? — perguntou John. — Acho que ela só vai dizer que eu viajei a negócios e que não pude ir. A mentira já está arraigada. É grande demais para que Audrey consiga sair dela.

Alice pensou por um momento.

— Se você me pergunta... — disse John, rigoroso. — Quanto antes ela descobrir sobre nós, melhor. Fará bem para ela se livrar dessas mentiras. Acredite em mim, eu sei melhor do que ninguém. A liberdade é uma delícia!

— Ela vai me demitir — disse Alice com tristeza. — Não terá nenhum motivo, mas fará isso mesmo assim.

John escolheu suas palavras com cuidado.

— E isso seria assim tão ruim? Você merece mais do que a Mesa Para Dois. Você é uma casamenteira brilhante. Deveria ter sua própria agência.

— Mas eu adoro meu emprego.

— Existem outros empregos.

— Adoro meus clientes.

— E outros clientes!

— Eu sei — respondeu Alice, incerta, parecendo tristonha. John deixou seu jantar de lado. Empurrou o prato, estendeu a mão sobre a mesa e acariciou o rosto dela.

— Não vamos nos preocupar com isso hoje. Você é a melhor coisa que me aconteceu em séculos e não quero estragar tudo pensando na Audrey. Estou tão feliz por você estar aqui. Então, agora que finalmente tenho você, deixe-me aproveitar a sua companhia. Vamos pensar num plano, um plano *gentil*, para contar a Audrey algum outro dia. Prometo.

Ele lhe deu um sorriso tranquilizador, se levantou e a levou para fora da cozinha.

ALICE

Eram 14h15. Alice desligou o computador, pegou a bolsa e seguiu Bianca e Cassandra, que saíam do edifício atrás de Audrey para cruzar o centro da cidade rumo à reunião bimestral da Associação das Agências de Relacionamentos. A primavera até que enfim havia chegado. Alice suspirou quando o ar morno tocou suavemente sua pele.

— Alguém parece feliz!

Bianca estava sorrindo para ela.

— Melhor não deixar a Cruz-Credo Cracknell perceber! — advertiu Cassandra. — Você não é paga para ser feliz!

Alice sorriu, surpresa. Era um raro momento de solidariedade entre as funcionárias. Normalmente, Bianca e Cassandra marchavam à frente, a milímetros de Audrey, com Alice e Hilary na retaguarda.

— Você está diferente. — Bianca a analisava, pensativa. — Florescente.

Alice se ruborizou.

— Se eu não soubesse da verdade, diria que você arrumou um homem! — disse Bianca com leveza, antes de desviar sua atenção. A ideia de Alice com um homem era obviamente tão absurda que ela nem se deu ao trabalho de ver se o comentário havia causado alguma reação.

— Um homem?!? — murmurou Alice morrendo de vergonha, a mente se apressando em pensar numa forma de negar sem ter de mentir. Forçou-se a dar uma risadinha sem jeito. — Que engraçado!

Mas Bianca e Cassandra já seguiam em frente. Aliviada, Alice retomou seu posto no final da fila.

Ernie atacou rapidamente a pauta do dia. Conforme os negócios foram sendo discutidos, Alice sentiu sua mente divagar. O que andava acontecendo muito, ultimamente. Tudo em que ela conseguia pensar era no rosto de John, no beijo de John ou alguma coisinha qualquer que John tivesse dito. Era como se qualquer outro assunto houvesse desaparecido de sua cabeça.

Alice se forçou a prestar atenção e tentou se concentrar. As reuniões da ADAR eram o baú do tesouro das dicas sobre relacionamentos. Além disso, só tinha que se concentrar por pouco tempo. Esta noite, John iria levá-la ao Beckwith's, o restaurante mais romântico da cidade. Mal podia esperar! E, em honra da ocasião, ela havia trazido cuidadosamente seu vestido frente única e seus saltos altos, embalados na bolsa esportiva a seus pés.

— Alguém tem algum outro assunto de negócios? — ouviu Ernie perguntar, de repente. Alice ficou chocada. Tinha realmente divagado durante a reunião inteira? Não podia se lembrar de um só tópico discutido. Seu caderno — normalmente repleto de novidades e ideias — estava vazio.

Houve silêncio. Ninguém, ao que parecia, tinha nada a acrescentar.

— Bem, nesse caso, só para encerrar tud...

— Hã, *tem* uma coisinha... — Sheryl de repente interrompeu elevando a voz, descruzando as pernas sob o corpo e enfiando os pés descalços novamente nos sapatos altos.

Ela se levantou imperiosamente. Ernie conhecia bem seu lugar. Ele se sentou.

— É só um assunto menor — continuou Sheryl, tirando um calhamaço de envelopes pardos de sua bolsa de falso crocodilo. — Mas muito importante. Alguém da nossa Associação — ela fez uma pausa dramática — vem mentindo para nós.

Houve uma inalação coletiva.

— Abusando da nossa confiança; envolvendo-se numa fraude...

O coração de Alice subitamente disparou. Seu corpo inteiro formigou diante do perigo. Sheryl devia ter descoberto sobre ela e John. Mas como? Eles tinham sido tão discretos!

— ...uma fraude *romântica* — completou Sheryl significativamente.

O choque ricocheteou pela sala. Uma fraude romântica; para um grupo de casamenteiros profissionais, aquilo era um crime contra a humanidade. Alice sentiu a boca ficar seca. Não era assim que ela queria que todo mundo descobrisse; ou como queria que Audrey descobrisse. Sentiu-se nauseada.

— Eu gostaria que todos vocês pegassem um destes. — Sheryl entregou os envelopes a Matteus. Ele pegou um e repassou os demais.

— Devo adverti-los — continuou Sheryl —, pode ser que vocês se choquem com o conteúdo.

Os envelopes foram lentamente repassados pelo grupo, a sensação de intenso ultraje aumentando. Alice estava sentada bem longe da frente.

Seria uma das últimas a receber um envelope. Olhou para os membros da Associação que já haviam recebido. A maioria o revirava nas mãos de forma reverente, saboreando a expectativa do escândalo, sem querer ser o primeiro a abrir o seu próprio na corrida inaceitável pela provocação. Ela pôs o cérebro para funcionar. O que poderia haver lá dentro? O que Sheryl poderia ter visto? Será que era uma foto dela e John juntos? Certamente era impossível. Eles sempre tinham sido tão cuidadosos com relação aonde iam, escolhendo lugares low profile, garantindo que nunca se beijassem em público. Como podiam ter sido pegos dessa forma? Em pânico, seu olhar voou até onde Audrey estava sentada. Ela também iria ser uma das últimas a receber um envelope e sua cabeça girava sem parar conforme olhava de Sheryl para Matteus, para Ernie e para os envelopes. Suas bochechas estavam sarapintadas de manchas vermelho-escuras. A despeito do coração acelerado e das mãos nervosas e úmidas, Alice sentiu uma onda de pena. Audrey detestava ser a última a saber sobre qualquer coisa, imagine então uma fraude desenterrada por Sheryl Toogood. Alice sentiu uma necessidade súbita de protegê-la. Queria implorar seu perdão, dizer a ela que não quisera magoá-la; que sentia muito por ter se apaixonado por John, mas que não pudera evitar.

Alguns segundos depois, um envelope pousava pesadamente em suas mãos.

— Ai, meu Deus! Não pode ser! — soou uma voz trêmula.

Bianca ofegava diante do conteúdo do envelope. Seus olhos estavam arregalados e sua boca, aberta, perplexa. E então ela levantou os olhos. Mas não foi para Alice que olhou. Foi para Audrey.

Rapidamente, Alice abriu seu envelope. Dentro, havia uma foto de John.

À sua volta, as pessoas começavam a emitir ruídos ofegantes e condenatórios.

Mas não era uma foto de Alice e John juntos. De fato, parecia ser uma página de um site da internet. A foto de John estava no centro e, abaixo, havia uma descrição de seus passatempos e um código de preço "A". Estampado em diagonal na folha, em letras vermelhas, estavam as palavras: "John Marlowe, vulgo John Cracknell" e, então, em maiúsculas: "GIGOLÔ".

Alice ficou olhando, confusa. E, então, gradualmente, a ficha caiu. Era a página do website de Geraldine. Era ali que os visitantes podiam examinar os acompanhantes e escolher um. Alice não a tinha visto antes — não tinha lhe passado pela cabeça que Geraldine pudesse ter um website e que John estaria nele. Mas, de alguma forma, Sheryl o havia encontrado.

Alice sentiu uma raiva fumegante fluir por seu corpo. Como Sheryl se atrevia a tratar John dessa forma? Que direito ela tinha de expor John como um fora da lei e rotulá-lo de gigolô? Não era nada disso. *Ele* não era nada disso. E além do mais, o que Sheryl tinha a ver com a história?

Alice se levantou. Antes que pudesse pensar no que estava fazendo, ouviu sua própria voz acima dos sussurros e ofegos.

— Não é nada disso! — exclamou ela. Cabeças se viraram e ela sentiu os olhos do grupo sobre si.

— Alice — ronronou Sheryl com maldade. — A doce e meiga Alice. Tão confiante...

Alice engoliu, sem jeito, e se preparou para expor-se às mãos de unhas bem-feitas de Sheryl Toogood.

— Tão leal — continuou Sheryl venenosamente —, tão leal à sua patroa 171... que vem mentindo para nós há anos.

O calor da atenção de Sheryl de repente foi desviado de Alice para o rosto escarlate de Audrey. Pelo mais breve dos momentos, Alice sentiu alívio. Mas, então, viu Audrey. A cabeça dela estava abaixada e seu queixo tremia de forma estranha.

— Senhoras e senhores — prosseguiu Sheryl com malícia. — Apresento a vocês as provas concretas de que o homem que a nossa querida Audrey Cracknell vem fazendo passar por seu marido não é seu marido coisa nenhuma. Ele é um impostor. Na verdade, é pior que um impostor. Ele é um acompanhante; um *gigolô*!

Mãos foram levadas ao peito conforme todos ali inspiraram sonoramente, escandalizados.

— Ele é um homem que Audrey vem contratando e com quem finge ter um relacionamento. Ele não é o Sr. John Cracknell. Ele é o Sr. John Marlowe e cobra por hora.

— Certamente que não, Sheryl — interrompeu prontamente Ernie, de forma racional. — Deve haver algum erro. Eu conheci o homem. Ele parece ser muito decente. Audrey e John estão apaixonados!

— Não há erro algum, Ernie. — Sheryl destruiu sua objeção desdenhosamente. — E é claro que ele *parece* decente. Pagando o suficiente, ele pode ser o que você quiser! E apaixonados? Bah! — Ela riu, seus olhos cruéis e cintilantes. — Tenho certeza de que ele está apaixonado por metade das mulheres da cidade. E talvez metade dos homens também!

Aquilo provocou a maior arfada da tarde. David Bennett, da Parceiro Perfeito, engasgou, incrédulo. Wendy Arthur, da Ligações Amorosas, derramou sua xícara de chá no colo.

— Sim, é isso mesmo — continuou Sheryl com aspereza —, nossa querida Audrey Cracknell vem usando os serviços de um *prostituto*!

Os membros da ADAR explodiram numa cacofonia de comentários ultrajados.

— Ele não é isso! Ele não é assim! — gritou Alice, silenciando a tagarelice, todos os olhos na sala se voltando novamente para ela. De repente, ela percebeu que ainda estava em pé. — E Audrey também não é assim! — acrescentou, veemente. — Vocês entenderam tudo errado!

— Está na hora de você esquecer esses seus contos de fada açucarados, Alice, e se unir ao mundo real. — A voz de Sheryl pingava ácido. — Encare os fatos, Srta. Brown. Nós todos fomos feitos de bobo por um membro confiável da nossa *própria* Associação.

O olhar de todos seguiu de forma coletiva o dedo de unha pintada de Sheryl até o rosto trêmulo e manchado de Audrey Cracknell. O olhar de Audrey ainda estava fixo em seu colo. Alice podia ver ondas de emoção tremulando em suas bochechas e descendo por seu peito arfante.

— Senhoras e senhores — continuou Sheryl, sem piedade, como um grande felino prestes a atacar a jugular. — Declaro a vocês que Audrey Cracknell não é casada em absoluto. Audrey Cracknell é, na verdade... *solteira*.

Alguém no grupo gemeu. "Solteiro" não era uma palavra que eles usassem para falar uns dos outros. Ser "solteiro" era um crime contra sua profissão. Wendy Arthur parou de amarrotar sua saia e levou a mão à boca, horrorizada.

Alice começou a se mover na direção de sua chefe, passando entre as cadeiras para chegar até ela.

— Ela *não tem* um parceiro — zombou Sheryl. — Ela não tem nenhuma qualificação romântica para ser uma casamenteira! Audrey Cracknell, que tem vivido há anos dos lucros provenientes de conselhos supostamente dados por "uma especialista", não passa de uma... — Sheryl fez uma pausa antes da estocada final — *solteirona*!

— Meu Deus! — reagiu Ernie.

— Minha nossa! — exclamou Barry Chambers.

— Puta que pariu! — Cassandra não se segurou.

Alice havia alcançado Audrey. Pôs a mão em seu ombro. Podia senti-la tremendo violentamente, como um vulcão prestes a entrar em erupção.

— Contei a todos vocês hoje para que possamos decidir... *como um grupo*... como lidar com isso — continuou Sheryl. — Se o público ficar sabendo disso, nós *todos* seremos desacreditados. Seríamos chamados de fraudes e fracassos românticos. Estaríamos arruinados. Não tenho escolha senão propor uma petição para que a *Srta*. Cracknell seja expulsa de nossa Associação, com efeito imediato.

A sala irrompeu num estrondo de falatórios mil.

De repente, a mão de Alice voou do ombro de Audrey para o ar. Audrey tinha finalmente explodido. Sua cadeira foi arrastada furiosamente com um ruído que silenciou a sala. Audrey estava em pé, com os olhos vermelhos e protuberantes de fúria.

— Isso não é da sua conta! — gritou ela como um animal ferido. — A *minha vida* não é da sua conta — rugiu, o rosto emoldurado pelo fogo de seu cabelo ruivo. Alice nunca a tinha visto parecer mais assustadora. — John e eu estamos apaixonados. *Apaixonados!*

Alguns membros da Associação tiveram a delicadeza de tossir nervosamente. Uma lágrima espessa rolou pelo rosto de Audrey, tremulou e, então, pingou em seu peito. Ela apanhou sua bolsa e quase derrubou Alice em sua pressa para sair da sala, sacudindo no punho fechado o folheto de Sheryl.

A porta se fechou estrondosamente atrás dela, deixando um silêncio lúgubre. Alice olhou para o mar de expressões escandalizadas, faces coradas de excitação. E, então, seu olhar recaiu sobre Sheryl e ela viu a expressão inconfundível de triunfo.

Alice se virou e, silenciosamente, seguiu Audrey.

AUDREY

Audrey mal notou a dor que mordia seus calcanhares e menos ainda o sangue que vazava por sua meia-calça e escorria na parte de trás dos sapatos. Dessa vez, não pensou no suor pouco estético que estava produzindo ao caminhar com pressa nem que sua reputação profissional jazia em pedaços às suas costas. Não podia pensar em nada além de telefonar para John. Ou, na verdade, telefonar para Geraldine para conseguir o telefone dele e, então, telefonar-lhe.

Ela foi dando encontrões e empurrões em meio aos transeuntes, com a denúncia de Sheryl ainda em sua mão. Tinha que chegar em casa, e rápido. Esperar o ônibus não era uma opção; ela não conseguiria ficar parada. Então, atravessou o centro da cidade bufando e suando, repetindo silenciosamente as mesmas palavras em seu cérebro: *Não é nada disso... Não é nada disso... Nós estamos apaixonados... Nós estamos apaixonados...* Todos tinham entendido mal. Ela e John iam viver felizes para sempre. Eles estavam apaixonados. *A-PAI-XO-NA-DOS!*

Agora, tudo tinha sido revelado; não havia nada mais a esconder, nada que os impedisse de ficar juntos. Ela *tinha* que contar a ele o que havia acontecido. *Tinha* que ouvi-lo finalmente dizer as palavras pelas quais ela vinha esperando: *Audrey, eu te amo. Sempre te amei.* E, então, ele a tomaria nos braços e a protegeria de Sheryl, Ernie e de todos os abutres que haviam duvidado dela e faria com que tudo no mundo fizesse sentido.

Finalmente, após uma hora de caminhada intensa e desesperada, subiu a calçada do jardim até sua casa. Abriu a porta. Pickles correu até ela num cumprimento que passou despercebido enquanto ela se atirava na direção do telefone.

— Geraldine? Audrey Cracknell. Por favor, preciso falar com John. É uma emergência.

— Emergência? O que foi que aconteceu? Você está bem?

— Deixe isso pra lá, eu preciso falar com John agora mesmo.

Houve uma pausa confusa no outro lado do telefone.

— É questão de vida ou morte! — atacou Audrey.

— Aconteceu algum acidente?

— Não exatamente. Mais ou menos. Olha, vamos logo! É urgente. — Audrey pulava de um pé para o outro, agitada. Podia ver seu reflexo no espelho. Parecia frenética, louca, fora de controle.

— Está ferida?

— Estou muito ferida! — gritou ela impacientemente. — É por isso que preciso falar com John!

—Você quer que eu chame uma ambulância para você?

— Jesus Cristo, não! Não é esse tipo de ferimento. Olha, pare de perder tempo!

— Audrey, você não está falando coisa com coisa. E, além disso, você sabe que eu não posso te dar o telefone residencial de John. Clientes não podem fazer contato direto.

— Que se danem as regras! — gritou Audrey com raiva. — As regras já foram quebradas.

— O que você quer dizer?

Pickles começou a ronronar alto, girando em volta das panturrilhas de Audrey e farejando o sangue nos seus calcanhares.

— Quero dizer que terminou! Todos já sabem. John foi exposto! — esganiçou-se ela.

— Ah, entendo! — A voz de Geraldine ficou mais leve, com um tom que parecia insultantemente parecido a divertimento. — Bem, não acho que John vá se preocupar muito com isso.Veja bem, ele tomou a decisão de se aposentar como acompanhante. Ele abandonou a agência.

— Abandonou? Como assim... parou? Com *todas* as clientes? — Pela primeira vez desde que saíra do quartel-general da ADAR, Audrey ficou completamente imóvel.

— Exato.

— Então, não haverá mais encontros? Com ninguém?

— Isso mesmo.

Audrey ofegou. Estava acontecendo! Estava finalmente acontecendo!

— Bem, então, você não vê? — enfatizou ela, animada. — É mais importante do que nunca que eu fale com ele! Precisamos acertar as coisas para que possamos ficar juntos!

— Que coisas? Não há nada a acertar. E vocês não estão juntos. Audrey, você precisa parar com isso!

— Parar? Oh, pelo amor de Deus! Você não entende. *Me dê o telefone dele!*

— Você conhece as nossas normas: não damos os telefones dos acompanhantes às clientes.

— Mas você mesma disse, ele não é mais um acompanhante e eu não sou mais uma cliente! — gritou Audrey, exasperada de raiva. Ela não tinha chegado tão longe, passado por tanta coisa, para ser frustrada por Geraldine e suas malditas normas.

— Audrey, não — respondeu Geraldine com firmeza. — Não vou dar o número para você. Principalmente com você nesse estado.

— Que estado? O que você quer dizer?

— Quero dizer que você não está no seu estado normal, Audrey. Pode fazer ou dizer alguma coisa de que vá se arrepender depois.

— Arrepender? Vou te dizer do que me arrependo! Me arrependo de não ter resolvido isso anos atrás. Me arrependo de todo o tempo que John e eu desperdiçamos.

Houve uma longa pausa. Audrey agarrou o telefone com desespero.

— Sinto muito — disse Geraldine, finalmente.

As palavras cortaram o coração de Audrey como uma navalha. A injustiça daquela recusa quase a deixou sem fôlego. Se não podia falar com John, ou contratá-lo para um encontro, como iria vê-lo novamente? Como iriam dizer um ao outro que se amavam? Como qualquer coisa neste mundo iria voltar a ficar bem?

— Ok, você pode pelo menos me dizer onde ele está hoje? — gralhou ela, a voz soando alquebrada. — Por favor? Estou desesperada, Geraldine.

Houve uma pausa muito longa.

— Você pode encontrá-lo no parque ecológico, ao sul do rio — informou Geraldine, por fim. — Isso é tudo que estou autorizada a dizer. Mas Audrey...?

Não houve resposta. A porta da frente se fechou com força, o vidro manchado revelando a silhueta disforme de Audrey correndo pela calçada. Tudo que restou foi Pickles, miando, e uma pequena gota de sangue no carpete.

JOHN

John olhou para o relógio.

— Melhor eu me adiantar.

Na mesa da cozinha, Emily ergueu os olhos do computador.

—Você se importa se eu ficar e terminar isto aqui? Minha conexão de internet no apartamento cai o tempo todo.

— Fique à vontade. Parceiro adora companhia.

Emily sorriu enquanto observava John analisando seu reflexo na porta do forno.

—Tem certeza que minha roupa não está simples demais? — perguntou, preocupado. — Estou tão acostumado a me enfeitar todo. Nunca pensei que fosse dizer isso, mas me sinto nu sem o smoking.

— É um jantar com Alice, pai, não com uma cliente. Tenho certeza de que ela ficaria arrasada se você se vestisse para ela da mesma forma como se vestia para todas as outras mulheres.

— Não quero que ela pense que não estou me esforçando.

— Eu não acho que largar o emprego e levá-la ao restaurante mais romântico da cidade possa ser interpretado como não se esforçar! — Emily riu.

John procurou um casaco.

— Eu sei, eu sei — acatou ele. — Preciso relaxar, né? Não posso acreditar na minha sorte, só isso! Vou jantar com uma mulher e, de fato, eu é que vou pagar! E não é só isso: vou jantar com a mulher mais linda do mundo.

Emily lhe dirigiu um olhar sarcástico.

— Desculpe, a *segunda* mulher mais linda do mundo!

— Assim está melhor — ralhou Emily.

John se dirigiu para a porta da frente.

— Olha, pode ficar aqui quanto tempo for preciso. Passe a noite, se quiser. Eu adoraria que você a conhecesse.

— Como assim, ela já está dormindo aqui? — Emily levantou uma sobrancelha. — Não sei bem se você deveria estar se relacionando com esse tipo de mulher.

John riu, fez um afago de despedida no Parceiro e fechou a porta.

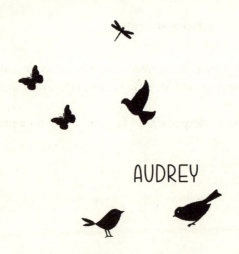

AUDREY

Estava escurecendo quando vislumbrou o carro de John. Audrey tinha vagado durante duas horas pelas ruas que margeavam o parque e já estava quase desistindo. Estava exausta. Já passara muito tempo desde que fugira da reunião da Associação das Agências de Relacionamentos, muito tempo desde que se sentara pela última vez e seus pés a estavam matando. Quase oito da noite, tinha notado a dor aguda no calcanhar e descoberto que seus sapatos novos de camurça lhe haviam feito uma bizarra bolha de sangue, que estourara em sua meia-calça. Fora capengando até uma lojinha de esquina para comprar uma caixa de curativos, se apoiara instavelmente numa placa de rua e colara três por cima da meia-calça. Franziu a testa. A parte de trás de seu sapato direito já estava da cor marrom-enferrujada de sangue. Sangue já era uma tristeza para remover, imagine da camurça. Provavelmente, aqueles sapatos já estavam perdidos.

Quando se endireitou, ela o viu, de repente: o carro de John, tranquilamente estacionado na entrada de uma casa grande, bonita, com um jardim exuberante. O coração de Audrey falhou.

Ela atravessou a rua depressa, direto na direção do carro, espiando pelas janelas para ver se reconhecia alguma coisa. Tentou não embaçar o vidro com sua respiração excitada. Só podia ser o carro dele! Tinha o mesmo interior de couro bege, o mesmo painel descomplicado, as mesmas letras "ACJ" na placa, que serviam como prova divina de que ela e ele estavam destinados a ficar juntos. Audrey sentiu uma pontada ao se imaginar no banco do passageiro, John dirigindo habilidosamente para o último evento da ADAR, ambos animados com a noite à frente. Esse era o carro, pensou triunfantemente. Ela estava ali! Havia encontrado a casa de John! Havia encontrado John!

Sem pensar, correu até a porta da frente e bateu. "É agora!", pensou ao ouvir um cachorro latindo lá dentro e passos vindo na sua direção. Esse era o momento da verdade: o momento em que contava a John que eles não tinham mais nada a esconder e que eram livres para se amar como bem quisessem.

A porta se abriu.

Uma jovem, ruiva e bonita, estava parada diante dela.

— *Você!* — O sorriso de Audrey congelou.

Era a mulher que tinha ido à agência: a que entrara lá e exigira ver Alice. Mas que diabo ela estava fazendo ali, na casa de John?

— Onde ele está? Cadê o John?

— Saiu — respondeu a ruiva sumariamente, examinando Audrey de cima a baixo. Audrey teve uma súbita visão de si mesma, descabelada e com a meia-calça ensanguentada. Estufou o peito em oposição à figura bem arrumada e de pele perfeita.

Mas se aquele era o lugar certo, então *quem era ela*? Por que tinha ido à agência? E por que estava ali agora?

— Quem é você? — inquiriu ela.

A mulher deu um sorriso afetado.

— A filha de John.

O queixo de Audrey caiu.

— Não sabia que John tinha uma filha!

— Pois é, imagino que existam muitas coisas que você não saiba sobre ele.

Audrey ficou desconcertada. O que deveria dizer àquela mulher, àquela filha... àquela futura enteada?

— Jesus! Você está perseguindo meu pai, não está? — Emily riu, de repente. — Você está, *de fato*, perseguindo ele!

Audrey sentiu seu pescoço se ruborizar.

— Não estou perseguindo ninguém! Que ideia mais ridícula!

— Então o que é que você está fazendo aqui? Clientes, supostamente, não devem vir à casa dele.

— Eu não sou uma cliente! — irritou-se Audrey. — Eu sou... Seu pai e eu somos...

— ...nada! — completou a filha severamente. — Você é um contato de negócios, só isso.

As palavras dela atingiram Audrey. Como ela se atrevia? Que audácia! Empertigou os ombros; estava na hora de mostrar quem mandava.

— Olha aqui, jovenzinha. Eu estou com pressa. É de importância vital que eu fale com John, sem demora. Me diga onde ele está. Ele ficará muito aborrecido com a sua obstrução.

— Duvido muito!

Audrey quase gritou de frustração. Como essa filha não conseguia ver a importância da situação? Ela queria estender a mão e sacudi-la, para que entendesse.

— Isso é urgente. Crítico! Preciso falar com ele *agora*. Tudo depende disso. — Não podia acreditar que tinha chegado tão longe, à porta da casa de John, para continuar recebendo recusas. — Preciso vê-lo. *Preciso!*

Mas a filha não se moveu. Apenas ficou parada na soleira da porta com os braços cruzados. No entanto, algo havia mudado na forma como ela a olhava. Parecia estar sopesando alguma coisa.

— Está bem — disse ela, de repente. — Isso já foi longe demais. Alguém tem que tirar você desse sofrimento e pode muito bem ser eu. Ele está no Beckwith's.

— O restaurante?

— O próprio.

Audrey voltou correndo pelo calçamento do jardim. Ao pisar novamente na calçada, lembrou-se da filha. Era provavelmente melhor se entender com Emily; elas iriam se ver cada vez mais no futuro.

— Obrigada, minha jovem — gritou ela.

Mas a porta da frente já estava fechada.

Audrey ignorou seu calcanhar dolorido e foi mancando de volta ao centro da cidade, a mente a mil por hora. Depois do horror da reunião da ADAR, não só recebera a bomba dupla de John ter parado de trabalhar como acompanhante *e* ter uma filha, mas tinha acabado de descobrir que ele estava jantando no restaurante mais romântico da cidade. Mas por que ele iria fazer isso, se não estava com uma cliente? E por que ele não tinha ido visitá-la, agora que estava livre?

Um ônibus passou zunindo, mas ela não fez qualquer tentativa para tomá-lo. Já havia chegado até ali a poder de pernas e sapatos, então iria até o fim.

Estava perto das luzes brilhantes do centro, agora, só a algumas ruas do Beckwith's. Tentou desacelerar para que suas bochechas pudessem voltar à cor normal, mas seus pés não permitiram. Ela sentia a gravidade de John atraindo-a. Era como se ele fosse seu ímã gêmeo e ela não tivesse forças para combater tal atração. Tinha esperado tantos anos por isso; como poderia protelar mais um minuto que fosse?

E, então, viu-se subindo os degraus de entrada do Beckwith's. A área de recepção estava iluminada e cheia, mas Audrey nem notou. Não viu a recepcionista se aproximar para perguntar se ela havia feito uma reserva. Só viu a arcada que conduzia ao salão de jantar e se moveu naquela direção, vendo uma luz brilhante no fim de um túnel escuro.

E, finalmente, estava no restaurante, varrendo os comensais com os olhos à procura do homem que amava.

Então o encontrou. Rindo. Seus lindos olhos azuis se enrugando daquele jeito de sempre, fazendo Audrey prender a respiração e vacilar nos joelhos. Ele estava pegando uma garrafa de vinho — sua mão, tão forte e íntima — e servindo uma taça. Mas não a própria. Foi aí que os olhos de Audrey absorveram uma figura sentada de frente para ele. Era uma mulher. Uma mulher de vestido sem costas.

— Posso ajudar, senhora?

Um garçom havia se aproximado dela, bloqueando sua visão como um eclipse. Num transe, Audrey deu um passo para o lado e as luzes voltaram. John e a mulher entraram novamente em foco.

— Estou procurando meu marido — murmurou ela.

Silenciosamente, como num sonho, Audrey se moveu na direção da mesa de John. Ele ainda não a vira, não sentira sua presença. Estava sorrindo para a mulher de frente única, ouvindo com interesse algo que ela dizia. E quando a mulher falou, ela afastou o cabelo para trás da orelha, e um brinco comprido cintilou ao acariciar a pele de seu pescoço. Suas costas nuas pareciam radiantes, suaves como caxemira à luz das velas. Mas Audrey continuou se movendo.

E, então, John começou a se mover. A princípio, Audrey pensou que fosse na direção dela, que ele finalmente a tivesse visto. Mas ele estava gentilmente se inclinando sobre a mesa, tomando o rosto da mulher nas mãos e lentamente, muito lentamente, movendo-se na direção dela para beijar seus lábios. Quando os lábios de John tocaram os da mulher, Audrey soltou um grito, um ganido agudo de dor. Os olhos de John voaram na direção dela e ele recuou, surpreso, o rosto em choque. E, como se em câmera lenta, a mulher olhou para John e, então, se virou para ver o que ele tinha visto. E quando ela se moveu, o brinco cintilou, e então seus olhos recaíram sobre Audrey e os olhos de Audrey recaíram sobre ela.

Audrey ofegou.

Era Alice.

O mundo ficou em silêncio.

Tudo que podia ouvir era seu próprio coração batendo e, então, a lenta chegada das palavras de John, como se através de água.

— Audrey! O que você está fazendo aqui?

Audrey sentiu a boca se abrir e fechar, mas nenhum som saiu dela. Olhou para John. Não podia olhar para Alice. Não podia olhar para a beleza sofisticada em que aquela Alice sem graça e de cardigã largo havia se transformado. Alice, a sonhadora. Alice, o desperdício de espaço. Não podia olhar para *essa* Alice, ali com o *seu* John.

— Eu sinto tanto, tanto, Audrey. — As palavras vieram da direção de Alice.

Ainda assim, Audrey não conseguia tirar os olhos de John. O choque dele agora estava diminuindo. Seu rosto recuperava a compostura.

— John? — Audrey achou ter ouvido sua própria voz perguntar.

O rosto dele se suavizou e sua boca começou a tomar a forma da gentileza. Por um breve instante, Audrey achou que ele fosse dizer a ela que tudo estava bem, que aquilo era apenas um terrível mal-entendido.

— Não foi desse jeito que planejamos contar a você — disse ele com amabilidade. — Mas talvez seja melhor assim.

Audrey piscou. O rosto de John estava ondulando para fora de sua visão e ela não sabia bem por quê. Algo estava se metendo em sua visão, inundando seus olhos. Estava ficando cada vez mais difícil respirar. Tinha sido apunhalada. Ninguém se movera, mas alguém, sem ser visto, havia pegado uma faca e enterrado entre suas costelas e a estava afundando até seu coração.

E, então, seus pés começaram a se mexer e ela estava correndo pela recepção, descendo os degraus e caindo na noite. Colidiu com alguém na calçada e sentiu brevemente o calor de seu corpo. Achou ter escutado alguém chamando seu nome. Mas isso também se perdeu atrás dela conforme seus sapatos de camurça manchados de sangue a levavam na direção de casa.

KATE

Kate estava discretamente empolgada com os pequenos, mas regulares, riscos de concepção que ela e Tommy vinham correndo. Sabia que deveria ser mais sensata; o relacionamento ainda estava no começo. Mas não podia se controlar. E nem, ao que parecia, Tommy.

Veja essa noite, por exemplo, ela disse a si mesma. Ambos estavam desesperados para ver o último thriller policial de sucesso no cinema. Mas lá pela metade do filme, aconchegados o máximo que o braço da poltrona e o saco enorme de pipoca permitiam, Tommy havia subitamente se aproximado e sussurrado em seu ouvido: — Eu quero você.

Exatamente sessenta segundos depois, Kate se flagrou trancada num reservado do banheiro, encostada à parede divisória. O saco de pipoca caiu no chão, espalhando sua carga açucarada como num clichê de filme B, enquanto Kate se entregava ao momento. Desejou brevemente que Lou pudesse vê-la. Seus olhos provavelmente saltariam das órbitas. A Kate que Lou conhecia — a velha Kate — jamais transaria no banheiro feminino do cinema local, pensou ela deliciosamente. A velha Kate nem sequer teria ido ao cinema; ainda estaria na sua mesa, escrevendo e reescrevendo notinhas à imprensa até que atingissem a perfeição literária.

— Eu vou gozar — Tommy, de repente, sussurrou em seu ouvido.

Kate sentiu que ele começava a se afastar dela. Firme, mas gentilmente, ela puxou suas nádegas de volta à posição e as segurou ali.

— Ai que loucura — sussurrou ela, sentindo um perigoso formigar de adrenalina.

— Tem certeza? — Tommy fez uma pausa, afastando a cabeça para confirmar. — Não é arriscado?

Kate resistiu à tentação de responder honestamente: que o risco era a parte mais excitante de todas e que se ela de repente se visse grávida desse homem maravilhoso, rebelde, rústico, que não se importava em trabalhar para chegar ao topo de uma carreira sem sentido e que fazia seu estômago dar voltas e sua respiração se acelerar toda vez que o via, então seria a coisa mais sexy imaginável.

— Não estou no período fértil — ofegou ela. — Me come toda, porra!

— E o puxou com força para si, o cérebro mal registrando que a velha Kate jamais teria usado aquelas palavras.

Depois de tudo, ficou tarde demais para voltar ao cinema e assistir ao resto do filme. Além disso, perseguições de carros e explosões haviam perdido a graça.

— Já sei o que quero fazer — disse Tommy quando eles saíram do cinema e foram atingidos pelo ar frio da noite. Ele colocou a mão de Kate sob seu braço, de forma protetora.

— O quê? — murmurou ela, derretida, ao erguer os olhos para ele. Embora soubesse que, tecnicamente, tinha dito a verdade, que era realmente uma semana segura do mês (a velha Kate ainda vivia: havia examinado um site sobre planejamento familiar naquela manhã para ver em que dias do ciclo não se podia conceber), ela ainda se sentia maravilhosamente descuidada e inequivocamente excitada pelo significado do que acabara de acontecer. Eles haviam, tacitamente, entrado num novo território.

— Voltar para a sua casa e continuar de onde paramos. — Ele sorriu com astúcia. Kate sentiu o corpo se contorcer de prazer. Eles tomaram a direção de seu apartamento.

— O ideal seria comprar algumas camisinhas, só por segurança — disse ela com sensatez, tentando não deixar a decepção que sentia diante da ideia permear sua voz.

— O ideal... — concordou Tommy com suavidade. Ele parou, de repente, e a tomou nos braços. — Que se foda! Você sabe que eu sou louco por você, não sabe, Kate?

O coração dela deu um pulo e o tempo pareceu parar. Ela olhou para ele. Ele era, de verdade, o homem mais maravilhoso que ela já vira.

Eles tinham parado na frente de um restaurante de aparência cara e a iluminação suave do vestíbulo se derramava até a rua, refletindo-se no rosto de Tommy.

— O que estou tentando dizer é... Eu sei que nós não deveríamos ser burros, mas... — E, então, ele sorriu. — Você me conhece, Kate; eu não gosto de fazer joguinhos... nunca quis aprender as regras. Eu sei que você diria que, supostamente, eu deveria esperar um certo número de encontros antes de dizer isso, e que a Lua precisaria estar alinhada com Júpiter e que você deveria estar vestida de verde-esmeralda, mas que se dane; não sou um cara de seguir regras. Então, vou simplesmente falar logo. Eu te amo, Kate. Eu te amo, eu te amo, eu te amo!

E, portanto, num lugar que ela jamais teria escolhido, para um homem que ela jamais teria imaginado possível e vestindo algo claramente da estação passada — mas com um total de 497 dias até seu 35º aniversário —, a cabeça de Kate zuniu como um fogo de artifício e ela disse aquelas três palavras mágicas para ele também. Bem, oito, para ser preciso.

— Eu te amo, Tommy! De verdade, verdade verdadeira.

E eles se beijaram da forma mais deliciosa possível.

— E com relação a anticoncepcionais... — acrescentou Tommy, quando finalmente pararam para respirar. — Obviamente, a decisão é sua. Mas se você me perguntar o que eu acho, bem... qual é o pior que pode acontecer? Você se descobrir grávida e nós nos vermos comprometidos um com o outro para sempre. Não parece tão terrível, do meu ponto de vista!

— Não — respirou Kate, tão excitada que mal conseguia falar. — Não é terrível, de jeito nenhum!

— Então, vamos pras cabeças, que tal? Vamos decidir viver perigosamente!

— Sim — ela se ouviu concordando, zonza. — Vamos!

E ambos sorriram, em êxtase, na escuridão.

De repente, uma mulher desceu afobadamente os degraus do restaurante e saiu para a rua, rompendo o momento idílico deles ao correr cegamente em sua direção. Ela soluçava histericamente, lágrimas se misturando ao muco conforme ela ofegava no ar noturno. Instintivamente, Kate segurou seu braço para estabilizá-la.

— Audrey Cracknell? — perguntou Kate, surpresa. — Você está bem?

Mas a mulher já estava correndo estrada afora na direção do cinema.

— Conhece? — perguntou Tommy, observando a estranha figura que se afastava.

— Acho que sim. — Kate ficou olhando, preocupada. — Acho que é a dona da Mesa Para Dois, mas não pode ser. Ela é normalmente tão... organizada. — E pegaram o táxi que acabara de deixar um passageiro.

— Ei, falando na Mesa Para Dois... Eu não te contei, né? — disse Tommy de repente, a voz cheia de graça. — Você se lembra do meu amigo, Steve? Bem, ele foi decifrado pela Alice!

— Decifrado?

— Pois é. Veja bem, Steve não contratou a agência para encontrar uma namorada. Ele se inscreveu porque faz um ano desde que ele transou pela última vez e, de alguma forma, ele conseguiu ser a única pessoa no universo a não conseguir arrumar alguém pela internet. Portanto, sua lógica era, se uma mulher está desesperada o bastante para pagar caro a uma agência de relacionamentos, então pode ser, *pode ser* que ela esteja desesperada o suficiente para dar pra ele!

— Ele se inscreveu por sexo? — perguntou Kate, incrédula.

— Com o máximo de mulheres que sua tarifa permitisse.

— Eu sabia que havia algo de estranho nele! — exclamou Kate. — Ele parecia, como posso dizer, quase como se tivesse ensaiado.

— Isso porque tinha mesmo! — Tommy riu. — Quando ele chegou a um discurso que finalmente convenceu alguma pobre mulher a dormir com ele, ele passou a repetir suas histórias tim-tim por tim-tim com o alvo seguinte. Ele ainda não tinha conseguido uma taxa alta de sucesso, no entanto. Uma em vinte, ele achava.

— Não posso acreditar! — disse Kate, abismada. — Que cínico! Parece o tipo de coisa que Lou faria!

— Então, enfim, nossa amiga Alice o decifrou — prosseguiu Tommy — e o suprimento de encontros de Steve secou. Então, ele abandonou a Mesa Para Dois e passou para a agência seguinte. Ele tem tudo planejadinho, entende? Seis a 12 meses numa agência, tentar com todas as mulheres nos cadastros deles e, então, passar para um novo acervo de talentos. Ele agora contratou esse lugar novo. Aparentemente, a dona é uma verdadeira devoradora de homens. Steve foi lá uma vez e já está convencido de que tem uma chance de sair com ela!

— Cachorro sarnento! — respondeu Kate, pensativa, a mente cheia de nostalgia. E, de repente, percebeu quanto sentia falta de sua melhor amiga.

AUDREY

Audrey cambaleava pelas ruas, as lágrimas rolando livremente. Andava às cegas, atravessando sem ligar para o sinal vermelho e cruzando parques perigosamente escuros. Não via nada, não ouvia nada, não sentia nada além da faca que John e Alice haviam enterrado em seu coração.

John e Alice.

Seu John e *sua* Alice.

Quando é que Alice tinha se tornado atraente? Quando, exatamente, o patinho feio se transformara em cisne? Seus encontros amorosos com John deviam estar acontecendo bem embaixo do nariz de Audrey. Suas entranhas se reviraram dolorosamente. Será que John tinha beijado Alice antes? Será que ele tinha tocado em seu rosto, passado a mão pela pele de veludo de suas costas, colocado as mãos sob as alças do vestido dela e o visto cair voluptuosamente no chão? Será que ele tinha...? Com Alice? A fria Alice, que vivia devaneando pela janela? A Alice que ela havia empregado, confiado, cuidado e treinado? A Alice que ela — por pura bondade — tinha levado ao baile? E como Alice havia retribuído? Enganando-a; mentindo. Escondendo-se em cardigãs durante o dia e se vestindo como uma loba à noite. Roubando o único e verdadeiro amor de Audrey e o exibindo na sua cara.

Quando Audrey estava se aproximando de casa, o veneno da raiva já corria por seu corpo inteiro. Como Alice se atrevia a fazer isso com ela? Como se atrevia a roubar John? Devia estar rindo dela há semanas. Provavelmente não passara um dia em que ela não houvesse se parabenizado presunçosamente por ter vencido a chefe, sorrindo secretamente na frente de Audrey enquanto afiava a adaga para enterrar em suas costas, passando os dedos de piranhuda pelo peito de John.

Audrey foi pisando duro pela calçada que atravessava seu jardim, bufando de ódio. Abriu a porta da frente com força e foi fumegando pelo corredor, os punhos apertados. Bem, ela iria mostrar a Alice uma coisa! Iria mostrar àquela meretriz calculista que com ela não se brincava. Iria demiti-la. Iria denunciá-la. Iria enforcá-la e expulsá-la da cidade. Iria...

...Iria destruir aquela cadela insidiosa. Iria arruiná-la. Iria fazer com que John se arrependesse do dia em que colocara os olhos naquela prostitutazinha enganadora e maquiavélica.

Audrey chutou, com fúria. Seu pé atingiu uma coisa macia. Houve um ganido de dor e, então, um silêncio repentino. Audrey ficou paralisada, apoiada num pé só, a outra perna ainda estendida, enquanto sua boca se enchia com o gosto da bile.

Então, olhou para baixo.

Pickles havia caído onde o piso se juntava ao rodapé. Sua caixa torácica arfava com a respiração entrecortada e difícil, uma das patas traseiras estava retorcida de forma pouco natural. Totalmente fraturada. Pickles estava quebrado.

Audrey deu um grito, um grito longo e angustiado que partiu do âmago do seu ser. Caiu de joelhos.

— Pickles! — exclamou, cheia de remorso. — Meu querido Pickles! Perdão! Só te peço perdão!

Tentou acariciá-lo, mas Pickles se retraiu, sentindo dor.

— Me perdoa, me perdoa, me perdoa — implorou ela. Lágrimas grandes pingavam de seu rosto sobre o pelo de Pickles, desaparecendo em sua pelagem viçosa.

— Me desculpe, me desculpe, me desculpe.

As lágrimas rolavam, sua raiva esquecida enquanto via o amigo lutar para respirar. Após vários minutos, Audrey se colocou em pé e vasculhou o armário do telefone, em pânico, tirando encartes e folhetos antigos ao procurar desesperadamente pelas Páginas Amarelas.

— Me desculpe, me desculpe — repetia sem parar, enquanto tentava focalizar as letrinhas minúsculas e encontrar um veterinário de emergência. Suas lágrimas caíram pesadamente nas páginas. O fino papel amarelo as absorveu como se fosse um mata-borrão, a umidade obscurecendo os números abaixo.

ALICE

Aquele fora o pior dia de sua vida, pensou Alice tristemente, deitada na cama ao lado do homem de seus sonhos.

Deitada de lado, sentindo o calor do corpo de John, que dormia encaixado às suas costas, Alice não podia deixar de cogitar se valia a pena. É claro, *John* valia a pena. Ele era o melhor homem que já conhecera e a ideia de perdê-lo fazia com que mal pudesse respirar. Mas será que *ela* valia a pena? Será que sua própria felicidade egoísta valia mais do que a de Audrey?

Alice olhara para o rosto de sua chefe, à luz suave de velas do Beckwith's, e vira algo se romper dentro de si.

Tentara ir atrás dela. Ignorara a advertência de John e correra para a noite lá fora, em seu rastro. Mas Audrey não estava em parte alguma.

— É melhor assim — dissera John. — Não estamos tendo um caso passageiro. Ela tinha de descobrir, mais cedo ou mais tarde.

— Eu só não queria que fosse dessa forma. Queria...

— O quê? — argumentara John, com gentileza. — Não existe uma forma *boa* de contar a ela. Pelo menos agora podemos sair das sombras; curtir o fato de estarmos juntos.

Mas como podia curtir estar com John quando Audrey estava sofrendo tanto? Não parecia justo.

— Amanhã... — começou ela.

— ...vai ser dureza — admitiu John.

— O que eu faço? Vou trabalhar? Mantenho distância? Qual seria a coisa mais caridosa a fazer?

— Só você sabe o que é melhor.

— Ela deve me odiar.

— Ela provavelmente se odeia ainda mais. Foi ela mesma quem criou esse problema. Meu relacionamento com Audrey foi definido claramente desde o início. Só que ela escolheu vê-lo como uma coisa que não era.

— Ela estava apaixonada.

— Não estava, não. Ela não estava mais apaixonada por mim do que uma adolescente apaixonada pelo ídolo que vê na TV. O que ela sentia não era real. Ela nem sequer me conhecia.

Alice puxou o braço de John, apertando-o mais à sua volta, desejando que ele pudesse protegê-la do amanhã. Nunca vencera em nada. Como iria saber que ganhar o primeiro prêmio podia ser mais complicado do que simplesmente ser feliz? Mas, na realidade, as coisas nunca eram pretas ou brancas. Dizem que há sempre um lado positivo na tristeza, Alice disse a si mesma. E, agora, sabia que existia também um lado feio na alegria.

Suspirou pesadamente.

Ela *iria* trabalhar no dia seguinte. E chegaria lá cedo, para que pudesse falar com Audrey antes que as outras chegassem. Pediria desculpas. E, então, se demitiria. Era o mínimo que poderia fazer. Afinal, já ganhara o primeiro prêmio. Deveria ter o tato de deixar os negócios para Audrey. Podia, ao menos, deixá-la com isso.

Ai, meu Deus, pensou ela, de repente. *Vou sair da Mesa Para Dois!*

E, subitamente, sentiu-se ainda pior.

AUDREY

Audrey não acendera as luzes. Em vez disso, sentou-se rigidamente na beira de sua poltrona, ainda de casaco, a bolsa ainda pendurada no ombro. Eram quatro da manhã.

Agora que finalmente se sentara, seu corpo foi consumido pelo cansaço. Estava mais exausta do que jamais se sentira antes, mas não iria se permitir relaxar nas dobras conhecidas da poltrona. Não podia. Não merecia nem um fiapo de conforto, nem mesmo o oferecido por um jogo de sofás de três peças. Seus pés doíam como se estivessem em chamas e seu calcanhar latejava como se estivesse sendo mordido por um pitbull. Mas as dores físicas eram as menores. As duas adagas enterradas em seu coração eram piores. E a segunda fora ela mesma quem enfiara. Havia enterrado uma faca em seu coração frio e nebuloso ao chutar seu amigo mais precioso.

Relembrou a visão de Pickles deitado, quebrado, na mesa do veterinário. Seu melhor amigo; sua companhia confiável, ronronante. Pickles, que se enrolava no colo dela — naquela exata poltrona — e se sentava com ela, noite após noite, enquanto ela lhe afagava o pelo e esfregava as orelhas.

Toda vez que Audrey se lembrava da perna de Pickles, quebrada e se projetando, sentia uma nova onda de vergonha. Mas sempre que a imagem recuava, era substituída por outra visão horrível: de John pegando a mão de Alice, do brinco de Alice acariciando a pele aveludada, de John se adiantando para beijá-la; e Audrey sentia uma nova guinada de desespero.

Que diabos deveria fazer quando a escuridão clareasse e um novo dia tivesse início?

Precisava pensar. Precisava elaborar um plano, ver se alguma coisa podia ser resgatada da destruição das últimas 24 horas.

Pickles, haviam lhe garantido, iria se recuperar completamente. Mas isso não vinha ao caso. Ele jamais confiaria nela novamente. Ela não merecia sua confiança. Não *o* merecia.

No entanto, ele *iria* se recuperar e, na escuridão de sua sala de estar, Audrey prometeu ser uma dona melhor, uma amiga mais paciente. Cozinharia comida de verdade para ele, em vez de apenas tirá-la de uma latinha. Daria carinhos de verdade, não afagos distraídos enquanto via TV. Deixaria que ele dormisse no meio de sua cama, em vez de empurrá-lo para a parede com o joelho.

Seu próprio coração, no entanto, não seria tão resistente. Nunca se recuperaria da ferida fatal deixada por John e Alice. Por que não tinha previsto aquilo? E como iria se sentar no mesmo escritório que Alice e fingir que nada havia acontecido? Saber que Alice tinha ganhado o coração do homem que ela amava — *tinha amado* — por 11 anos?

No entanto, pensou Audrey, com um remorso recém-adquirido, talvez se ela não estivesse tão ofuscada por seus próprios sentimentos...? Se não estivesse tão iludida por aquilo que havia imaginado, que havia *fantasiado* que John pensava sobre ela? Tinha sido uma tola, repreendeu-se. Uma tola velha e gorda. Porque era isso que era. Velha, gorda e tola. É claro que John não podia amá-la. O que havia nela para se amar?

E, então, havia também o dano à sua reputação. Mal podia se lembrar da reunião da ADAR. Tudo de que conseguia se lembrar era Sheryl requisitando sua expulsão. Todos concluindo que ela era uma mentirosa. E, pior: *frequentadora de prostitutos*. Podia imaginar o que eles estavam pensando. Ela também teria chegado às mesmas conclusões. Audrey sentiu as bochechas se inflamarem novamente, no escuro.

Como poderia encará-los — encarar a qualquer um deles? John, Alice, Sheryl, Ernie, Barry Chambers, Wendy Arthur? Bianca e Cassandra? Pickles? Como poderia encarar novamente a quaisquer das pessoas em sua vida?

E como conseguiria fazer alguma coisa na vida, sem o sonho de ter John?

No entanto, se aquele dia horrível lhe mostrara alguma coisa, fora que ela precisava mudar. Se tornar uma pessoa melhor. Uma pessoa *mais simpática*. John não era dela.

John não era dela. Ponto!

À sua volta, o negrume da sala começou a se transformar num roxo difuso, e leves sons de vida começaram a emanar da rua. Audrey forçou os olhos para ver as horas no velho videocassete. Não fazia sentido ir para a cama. Dentro de uma hora, colocaria uma roupa limpa, maquiaria um novo rosto e tomaria o ônibus 119 para o escritório, como se seu mundo não houvesse implodido da noite para o dia. Hoje era o primeiro dia de sua nova vida: uma vida mais gentil. E quanto antes fosse para o trabalho, antes poderia trazer Pickles para casa. Eles tinham dito que ela poderia buscá-lo amanhã à tarde, e amanhã já era hoje.

Só havia o pequeno detalhe de, primeiro, sobreviver ao dia à sua frente.

LOU

Lou passou com despeito pelos transeuntes matinais, cortando pelo meio deles e ignorando seus olhares desaprovadores. Nada a retardaria de sua missão, que era chegar em casa tão rápido quanto fosse humanamente possível.

Não queria nada além de fechar a porta de casa, arrancar as roupas da noite anterior e remover a maquiagem. Seu modelito — tão sexy ontem — agora irritava a pele de forma tóxica. Mas, se ela se permitisse imaginar como seria delicioso entrar numa banheira de água quente, provavelmente começaria a chorar. E isso, absolutamente, não podia acontecer.

Pelo canto do olho, percebeu uma executiva olhando para ela com aversão óbvia, sem dúvida comparando a minissaia de couro e a meia arrastão de Lou à sua própria saia evasê e meia-calça fio 100. Lou olhou para ela de forma direta e, então, lentamente, levantou o dedo médio. Quando a mulher desviou o olhar, ruborizada, Lou sentiu um prazer selvagem. Há anos não fazia aquele gesto para ninguém!

De repente, viu seu ônibus e forçou seus saltos agulha numa corrida desajeitada até o ponto. Subiu no coletivo, ignorou o mar de olhares desaprovadores que a receberam e marchou até um banco vazio. Quando o ônibus partiu, calculou quantos minutos levaria até sua casa.

Na noite anterior, seu plano parecera perfeito. Conforme o previsto, Simon tinha se tornado um cliente regular. Dera um pouco de trabalho, mas, aos pouquinhos, Lou descobrira que ele era um gerente de nível médio, que gostava de livros de espionagem, de cinema e de cidra. Visitava os pais todos os meses, suas unhas estavam sempre limpas e — o mais importante — era solteiro. A operação Fornicação-com-o-Sr.Certinho estava em andamento! Logo faria Kate engolir suas palavras. Bem... caso algum dia voltasse a falar com ela.

Além disso, a despeito de sua motivação original, estava começando a gostar de Simon. Ele era diferente: era legal. Não bebia até cair nem olhava para todas as mulheres que entravam no bar. Era tranquilo e inteligente e fazia a Lou perguntas sobre ela. Talvez Kate tivesse alguma razão nessa história de ter um "namorado de verdade". Talvez *fosse* legal ter Simon para perguntar a ela como fora seu dia, quando voltasse para casa à noite; servir-lhe uma taça de vinho; apresentá-lo a sua mãe. Por que não podia acontecer com ela, só dessa vez? Por que o cara legal não podia querê-la como namorada?

Depois de várias semanas de conversa fiada, Lou decidira que as preliminares verbais haviam terminado. Iria partir para o ataque.

Havia escolhido sua roupa com cuidado extra. Simon não era como os homens normais; ele era tímido, despretensioso. Não parecia notar os duplos sentidos de Lou. Lou tinha que ser clara, garantir que não houvesse qualquer ambiguidade. Então, deixou suas intenções o mais claras possível. Vestiu minissaia de couro, meia arrastão e salto alto.

A partir do instante em que Simon entrou no bar, clientes regulares foram ignorados, desculpas foram inventadas para ir à mesa dele e ela usou até o próprio dinheiro para lhe ofertar chopps, quando pareceu que ele ia embora. No final, quando a noite estava terminando e o bar começou a esvaziar, ela conseguiu acuá-lo num canto.

— Quer ficar mais um pouco, depois que eu fechar?

— Hã, bem. Acho que já bebi o suficiente — respondeu ele, meio embriagado.

— É que meu taxista de confiança me ligou para dizer que não vai poder me levar hoje — mentiu Lou. —Você se importaria de me acompanhar até o ponto de táxi, depois que eu terminar aqui?

— É... — Simon fez uma pausa, relutando. Lou podia ver que ele estava lutando contra a vontade de olhar para o relógio. Mas sua natureza cavalheiresca venceu. — É claro — respondeu ele.

Ela vencera o primeiro round. Ele ia ser moleza.

Deliberadamente, ela o levou até o pior ponto de táxi do centro da cidade, aquele com as filas mais longas e com menos táxis. Depois de vinte minutos de uma espera infrutífera, ela se voltou para Simon, que bocejava, e disse:

— Não vai rolar. Vou ter que dormir no seu sofá.

Simon engasgou. Antes que ele pudesse responder, Lou passou o braço pelo dele e o guiou para longe do ponto.

— Vamos. — Ela se aconchegou a ele. — Estou congelando. Vamos nessa.

—Você quer minha...? — Simon ofereceu educadamente sua jaqueta.

— Não faz sentido nós dois ficarmos com frio. Por que você não passa seu braço por mim?

De forma obediente, Simon pousou o braço rígido em volta de seus ombros e eles caminharam desajeitadamente até o apartamento dele.

Lou contava que Simon tivesse — lá no fundo — sangue quente como qualquer outro homem. Quando chegaram ao apartamento (um loft perto do rio; do tipo que Kate adoraria que seu homem tivesse), Lou o levou direto para o quarto. Iria ganhá-lo como namorado. Iria deixá-lo de joelhos e fazê-lo implorar por mais. Iria cavalgá-lo como se fosse um garanhão puro-sangue. Iria fodê-lo até seu último suspiro de vidinha de classe média.

Depois de uma hora de preliminares pornográficas, durante as quais Lou se despiu de tudo exceto dos saltos altos e da minissaia de couro, ela decidiu que ele já fora provocado o suficiente. Além disso, ele parecia cansado e ela não queria que ele dormisse. Portanto, ela se colocou de quatro, levantou a saia e implorou que ele a comesse por trás. Quando ele a penetrou timidamente, tomando cuidado para não machucá-la, ela o encorajou a lhe dar uma palmada — forte — na bunda. Quando a mão molenga tocou a lateral do quadril dela com toda a agressividade sexual de um refresco ralo de chuchu, ela mostrou a ele a que se referia, colocando sua própria mão em posição e batendo com força em suas nádegas, com um estalo ressonante.

A noite foi passando e Lou não queria deixar Simon descansar. Ela se lembrou de ter lido que alguns cultos faziam lavagem cerebral nas vítimas através da privação do sono e decidiu que era uma boa estratégia. Usou todo o seu arsenal de truques: gemendo, se contorcendo e implorando que ele a tomasse com mais força, a tratasse com mais brutalidade, fosse tão selvagem quanto sempre quisera ser. Sua garganta doía de todos os gemidos de êxtase. Perdeu conta de quantos orgasmos fingiu. Comeu o sujeito feito um animal selvagem.

E Simon tinha gostado. Não tinha? Tudo bem, ele não tinha sido tão enérgico quanto o taxista nem tão indecente quanto Tony. Parecera um pouco constrangido por sua tagarelice de filme pornô e suas posições radicais. Mas tinha acompanhado. Não tinha dito não. Ele tinha gozado, puxa vida!

E, no entanto...

Sentada na parte de trás do ônibus 138, Lou estremeceu ao se lembrar da suavidade das reações dele. Ele não tinha exatamente se jogado de cabeça. Tinha acompanhado, mas não passara disso. E quando ela finalmente permitiu que terminasse, ele puxara o cobertor até o pescoço, dera-lhe um constrangido boa-noite e dormira no lado mais afastado da cama.

Lou desviou o olhar da janela e mirou seu colo, com uma repentina percepção. Ele não tinha gostado. Ela o havia acuado e ele fora educado demais para dizer não. Sentiu o rosto ficar quente. E, então, algo atraiu sua atenção: uma mancha branca, pequena e ressecada em sua saia de couro; um sinal incriminador, em néon, anunciando o comportamento da noite anterior. Com uma onda de vergonha, raspou da saia a piada que era o sêmen seco de Simon e a espanou com a mão.

Finalmente, o ônibus entrou na rua de sua casa. Lou se apressou a tocar o sinal.

Ela se sentira bem ao acordar. Tinha conseguido! Havia conquistado um cara legal! Acordara na cama dele (caras legais não te comiam em vielas; eles deixavam você passar a noite na casa deles!) e iria ser sua namorada. Ela havia rolado na cama e olhado, satisfeita, para as costas de Simon, sorrindo na expectativa do momento em que ele se viraria e a tomaria nos braços.

Exceto que...

Ele não tinha se virado. Não tinha nem sequer olhado para ela. Em vez disso, saíra da cama sem se virar, encontrara rapidamente suas roupas e se vestira. Ele sentia muito sobre a noite passada. Não devia ter tirado vantagem dela. Ele chamaria um táxi e lhe daria o dinheiro da corrida.

— Mas você não tirou vantagem! — respondeu Lou, incrédula. — Eu quis que acontecesse. E você... — Ela havia se inclinado e tentado acariciá-lo, mas o sentira recuar de seu toque. — Você foi fantástico. Um animal!

Não vai acontecer novamente, prometeu ele. Sentia muito por tê-la ludibriado.

— Mas qual é o problema? — inquiriu Lou. — Você é solteiro, eu sou solteira. Achei que nós pudéssemos, você sabe... sair juntos.

Ele sentia muito, mas não era uma boa ideia.

— Mas nós nos divertimos!

Era complicado.

— Complicado como?

Talvez não complicado, exatamente. Só que ele não estava procurando um relacionamento nesse instante.

— É claro que está! Vocês estão sempre procurando relacionamentos — insistiu Lou.

Após alguns minutos, a verdade surgiu.

Ele *estava* procurando um relacionamento, só que não com ela.

— Garçonetes não são boas o suficiente para você? — explodiu Lou. — Não são respeitáveis o bastante para apresentar para a mamãe?

Ele começou a telefonar para pedir um táxi.

— Mas eu achei que fosse diferente — Lou se ouviu apelar. — Pensei que tivéssemos uma química!

Lou pôde ver a porta de entrada de seu edifício e focou os olhos nela. Apagou todo o resto, não ouvindo o raspar de seus saltos na calçada, o carro buzinando atrás dela nem o assobio de um estudante que passava. Só tinha olhos para sua porta. Uma vez lá dentro, poderia soltar tudo: tirar a roupa, limpar a boca escarlate em algum rolo de papel higiênico e desmoronar no carpete.

Por que os homens não conseguiam vê-la? Por que não podiam ver a *ela*, e não apenas sua bunda, seus peitos ou sua maquiagem? Por que não ligavam para o fato de ela ser inteligente e interessante, ter lido todos os clássicos, ser uma craque no Master e ser, possivelmente, a convidada mais espirituosa em qualquer jantar? Ela tinha tanto para dar quanto qualquer garota. Até mais! Podia conversar sobre política e esportes. Podia fazer caminhadas nas montanhas e passar tardes no cinema. Podia preparar carne assada para um homem, papear com a mãe dele, brincar com seu cachorro.

Mas que esperanças ela tinha de que os homens vissem tudo isso, pensou com tristeza, se nem sua melhor amiga conseguia ver?

Kate.

Por que ela não podia ser Kate?

Se ela fosse Kate, de jeito nenhum iria desperdiçar sua vida se escondendo no trabalho ou se preocupando com o tamanho de seus quadris. Teria um namorado num piscar de olhos. Kate era adorável. Não era como ela. Ela era apenas gostosa. Boa para uma boa transa, mas não para se apaixonar.

Lou chegou à porta do prédio. De repente, o mundo estava atrás dela e ela corria escada acima, sem se importar em segurar as lágrimas.

Por que ninguém conseguia ver que o que ela queria era o mesmo que Kate queria? Um homem; um lar; uma família. Não podia admitir isso, é claro. As pessoas iriam dar risada. Ela não era daquele tipo. Mas qual era o tipo, exatamente? O que dava a Kate e às de seu tipo o monopólio de serem capazes de admitir que queriam um final feliz?

Lou bateu a porta, tirou as roupas e as jogou no cesto. E, então, chorou, chorou e chorou.

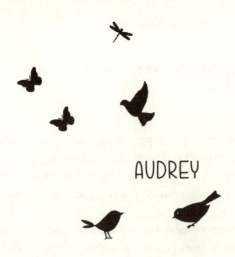

AUDREY

Audrey estava tendo uma das coisas que mais detestava no mundo: tiques nervosos. Mas não conseguia evitar. O ônibus estava demorando uma eternidade e, conforme cada minuto ia se estendendo de forma interminável, ela tentava ignorar sua paranoia crescente.

Todo mundo sabia, disso tinha certeza. Todos os pares de olhos com quem havia cruzado desde que saíra de casa apontavam diretamente para Audrey. Numa manhã qualquer, ninguém olharia duas vezes para ela; era apenas uma das invisíveis mulheres de meia-idade. Mas hoje era diferente. Hoje ela tinha certeza de que todos os passageiros à espera do ônibus, assim como todos os motoristas que passavam, *simplesmente sabiam* que ela era *o* escândalo do mundo das agências de relacionamentos.

Finalmente, o ônibus chegou. Audrey foi com gratidão até os fundos do andar de baixo, pegou seu livro e fingiu mergulhar no enredo fraco.

Tentou ignorar o pânico crescente que apertava sua garganta. Agora que estava no ônibus, estava mais perto do que nunca do trabalho... e de Alice. Seu plano tinha sido chegar cedo e ir sorrateiramente para seu escritório envidraçado (por quê?, mas por que ela não tinha escolhido tijolo?). Quando as outras finalmente chegassem, podia fingir que estava atolada em papéis ou no meio de um telefonema importante.

Mas, agora, já não tinha tanta certeza. Talvez devesse falar com Alice e resolver tudo de uma vez por todas. Não que fosse mencionar as confusões da noite anterior, ou tampouco permitir que Alice o fizesse. Mas talvez pudesse lhe pedir um café, ou um relatório sobre um cliente: alguma coisinha qualquer para mostrar que não estava se escondendo.

É claro, não daria qualquer explicação a ninguém sobre a bomba da reunião da Associação das Agências de Relacionamentos. Precisava de tempo — de muito mais tempo. Apesar de ter passado a noite inteira matutando, só tinha conseguido abordar de leve o atentado contra Pickles, a dor de seu coração partido e a indignidade de quem tinha sido responsável por aquilo. As ruínas de sua reputação profissional tiveram de esperar. Portanto, a estratégia temporária era instruir as garotas a dizer para todo mundo que telefonasse que ela não estava disponível, dessa forma mantendo o mundo das agências de relacionamentos a distância mais um pouquinho. E se pudesse evitar o telefone por *dois* dias, então seria o fim de semana e ela teria tempo de sobra para planejar uma defesa. Se apenas conseguisse aguentar até lá...

— Audrey?

Audrey deu um pulo de seu livro, assustada.

— Pensei mesmo que fosse você! Me permite?

Um homem estava parado à sua frente, o corpo balançando em harmonia com os movimentos do ônibus. Era Maurice Lazenby. Se era possível que o coração de Audrey se apertasse ainda mais, foi o que aconteceu. Maurice indicou o banco vazio ao lado dela e ela assentiu, em cansada submissão. Talvez merecesse mesmo ser *mauriciada*.

— Fico tão feliz por ter te encontrado — declarou ele ao se acomodar no banco e ajeitar minuciosamente o casaco de chuva à sua volta. — Eu estava pensando em ligar para ver se poderíamos marcar uma reunião. Estou muito ansioso em saber sobre seus progressos para me achar um par. Espero que você não considere muito atrevimento da minha parte dizer como estou contente... animado, na verdade, por você ter assumido meu caso pessoalmente. Como venho dizendo todo este tempo, você é a única mulher para esse trabalho. Não que suas funcionárias não sejam excelentes, mas as *suas* habilidades são muito superiores.

A despeito do ambiente público, Audrey ficou surpresa ao sentir seus olhos se encherem de lágrimas. Por mais que Maurice fosse a última pessoa a quem quisesse ver naquela manhã — ou em qualquer manhã —, a fé cega que ele tinha nela e em sua capacidade como casamenteira penetrou sua frágil armadura. Ele acreditava nela. Achava que era boa em seu trabalho. Ele, ao menos, não sabia sobre a lista de indignidades do dia anterior nem sobre sua vergonha. As lágrimas subitamente cascatearam por seu rosto.

— Está tudo bem? Falei alguma coisa que não devia?

Audrey vasculhou a bolsa à procura de um lenço.

— Não, sério, estou bem. Só estou...

— Por favor, tome. — Um lenço branco grande e imaculadamente passado surgiu diante de sua vista.

— Obrigada. — Audrey aceitou e, depois de secar hesitantemente as lágrimas por um momento, ela cedeu e enterrou o rosto nas dobras reconfortantes.

— É só que eu... — arfou, entre respirações entrecortadas — recebi algumas más notícias. Um monte de más notícias, na verdade. E tenho sido uma tola.

— Duvido muito.

Audrey fungou ruidosamente e enxugou o rosto com o lenço.

— Não dormi nada.

— Que lástima!

— E estou tão preocupada em ir para o trabalho hoje. — Assim que as palavras saíram, ela sentiu uma nova onda de lágrimas. Dessa vez não se deu ao trabalho de secá-las; cobriu o rosto com o lenço novamente. De repente, sentiu o braço de Maurice passar de forma protetora por seus ombros. Ela se enrijeceu, chocada. Audrey nunca era tocada, a não ser por engano. E não podia se lembrar da última vez que alguém a havia tocado daquela forma. *Ela estava sendo abraçada*, percebeu subitamente... *e pelo Maurice!*

Mas, então, o agradável calor de um mero contato humano começou a atravessar seu casaco e a penetrar em seus ossos cansados e, pouco a pouco, ela se deixou descongelar até que sua cabeça pousou no ombro de Maurice e suas lágrimas se infiltraram na lapela de seu paletó feito sob medida.

Eles ficaram assim, em silêncio, por alguns minutos, Audrey sentindo dissipar, de repente, cada hora de sua exaustão e insônia ao se permitir alguns momentos na inesperada segurança do meio abraço de Maurice.

Conforme seu ponto se aproximava, ela começou a compor mentalmente um agradecimento. Mas o que poderia dizer? Estava agradecida pela bondade de Maurice — e pelo uso de seu lenço —, mas era tão constrangedor que ele a tivesse visto daquele jeito, tão fragilizada! Quais eram as probabilidades de que ela encontrasse com um cliente naquela manhã, ainda mais Maurice, o reclamão? Como é que iria trazer o relacionamento deles de volta ao nível profissional, depois disso?

E então seu ponto chegou. Não tinha mais como procrastinar. Levantou-se. Para sua surpresa, Maurice também ficou em pé.

— Vou acompanhá-la até sua mesa — explicou ele, galantemente.

— É muita gentileza sua, mas não é necessário.

— Bobagem — insistiu Maurice. — Eu nem sonharia em deixar você ir sozinha para o escritório.

Enquanto Audrey o seguia, não pôde deixar de se sentir profundamente comovida por ele se colocar à disposição dela. E, de fato, a sensação de passar pelas portas da Mesa Para Dois acompanhada foi melhor. Principalmente porque viu Alice já sentada em sua mesa. Audrey se enrijeceu. Enquanto Maurice a guiava de forma protetora pelo amplo escritório, ela se obrigou a encontrar brevemente o olhar de Alice e assentir rigidamente em cumprimento. O olhar dela a surpreendeu. Alice parecia quase tão arrasada quanto ela.

— Bom-dia, Srta. Brown — Maurice cumprimentou Alice educadamente. — Será que você poderia preparar uma xícara de chá para a Sra. Cracknell, por favor? Com açúcar extra.

— É claro! — respondeu Alice, surpresa, levantando-se imediatamente. Audrey pensou ter ouvido um toque de decepção em sua voz. O que ela estava fazendo no escritório tão cedo? Será que queria pegar Audrey sozinha?

Mas não havia tempo para pensar. Maurice a levou adiante, segurando a porta de seu enclave envidraçado aberta e, uma vez lá dentro, fechando-a suavemente atrás de si. Ciente de que Alice podia estar observando, Audrey tirou o casaco, constrangida, praguejando internamente quando um monte de lencinhos de papel úmidos e amassados caíram de dentro da manga e se espalharam pelo chão.

— Permita-me. — Maurice rapidamente os recolheu e jogou no cesto de lixo. Então, ele mergulhou a mão em seu próprio casaco e puxou um cartão de visita.

— Olha, tenho certeza de que você ficará perfeitamente bem — disse ele com gentileza. — E sei que você tem dezenas de amigos com quem preferiria conversar. Mas, às vezes, é bom desabafar com um estranho. Não que eu seja um completo estranho, mas talvez para esses propósitos, é praticamente como se fosse. O que quero dizer é que você pode ficar muito à vontade para desabafar comigo. Na verdade, eu gostaria muito. Seria uma honra ajudá-la.

Audrey pegou o cartão, hesitante. Não sabia o que dizer.

— Pode ser que não nos conheçamos muito bem — continuou Maurice formalmente —, mas quero que você saiba que tenho a mais extrema consideração por você como casamenteira, e também como executiva, e como mulher, e me magoa muito vê-la infeliz. Aqui estão meus números para contato. Estou à sua disposição, a qualquer hora do dia ou da noite. Portanto, se houver algo de que você precise, qualquer coisa, é só chamar.

Audrey sentiu outra vez a pontada quente das lágrimas em seus olhos diante daquelas palavras tão gentis e engoliu em seco. Esforçou-se para dar um sorriso de agradecimento.

Maurice assentiu levemente, inclinou-se um pouco e se afastou com a maior cortesia até a porta de vidro. Quando ele saiu, Alice entrou com uma xícara de chá.

— Obrigada, Alice — agradeceu Audrey, rouca, tentando abafar qualquer nota de emoção em sua voz. Estava ciente de Alice pairando ali, hesitante, mas não olhou para ela. Em vez disso, observou a figura de Maurice que se afastava. Quando o casaco dele desapareceu porta afora, ela, de repente, se sentiu muito menos segura.

— Audrey? — chamou Alice com hesitação.

— Agora não — respondeu baixinho, os olhos no ponto em que o casaco de Maurice havia desaparecido.

E, então, veio a distração misericordiosa. Por onde saiu Maurice, entraram Bianca e Cassandra. Quando Alice se virou para vê-las entrar, Audrey rapidamente pegou o telefone e digitou um número fictício, às cegas. Alice relutantemente saiu do escritório envidraçado e mergulhou na conversa ruidosa das garotas.

Soltando um suspiro de alívio, Audrey girou em sua cadeira e fingiu estar ocupada com um telefonema.

ALICE

Já estava chegando a hora do almoço e, fora um cumprimento superficial e um obrigada pela xícara de chá, Audrey não havia nem sequer olhado para ela. Ou para quem quer que fosse, na verdade. Nem sequer pusera o nariz para fora de seu aquário. Ficara absorta em papéis ou imersa em um de seus telefonemas aparentemente importantes. Era como se o mundo no outro lado do vidro não existisse.

Curvada sobre o monitor, no que esperava que fosse um reflexo da concentração árdua de Audrey, Alice esperava por uma oportunidade de entrar em seu escritório e se desculpar. Audrey parecia exausta, pensou ela. Mas, fora isso, ninguém adivinharia as provações pelas quais ela havia passado no dia anterior.

Bianca e Cassandra só conseguiam falar sobre os detalhes da vida amorosa de Audrey. Alice tentara interromper a fofoca várias vezes, mas, depois dos olhares maldosos que as garotas lhe haviam dirigido, além de sussurros lembrando-lhe que ela não era a chefe, Alice havia desistido. Juntando as duas, elas compravam uma dúzia de revistas de fofoca toda semana; portanto, impedi-las de falar sobre um escândalo da vida real que se desenrolara bem embaixo de seus narizes seria provavelmente impossível. Além do mais, todos os casamenteiros da cidade deviam estar comentando os podres de Audrey naquela manhã. O pensamento fez Alice sentir vontade de correr até o escritório de Audrey e cobrir os ouvidos de sua chefe com as mãos.

Sentindo-se infeliz, Alice voltou para sua carta de demissão, que se encontrava pela metade.

Não tinha dúvida de que sua demissão seria aceita. Audrey quisera se livrar dela praticamente desde o momento em que a contratara. Talvez fosse por isso que ela estava tão ocupada hoje, pensou Alice de repente. Talvez estivesse reunindo evidências para sua demissão. Por que outra razão

Maurice Lazenby teria chegado com ela naquela manhã? Alice não tinha muitos clientes insatisfeitos, mas Maurice era certamente um deles. Então, era Maurice quem iria suprir a munição para o pelotão de fuzilamento da Mesa Para Dois, pensou com tristeza.

Um e-mail chegou a sua caixa de entrada, distraindo-a de seu funeral profissional. Era de John. Dizia:

Querida,
Espero que tudo esteja indo bem. Ou tão bem quanto se possa esperar.
E se ela te demitir, não se preocupe! Tenho um plano para o futuro profissional de nós dois. Jantamos na minha casa esta noite, para que eu possa explicar? Vou te buscar no hospital às 20h (supondo que você ainda vá visitar Hilary e o bebê — não que Audrey vá te mandar para lá!).
J

A despeito de si mesma, Alice não pôde deixar de sorrir. Deus, era tão bom finalmente ter um namorado. Não tinha percebido quanta falta sentira disso, todos esses anos. Tudo iria valer a pena, disse para si mesma. Conseguiria outro emprego, em outro lugar, longe do território da Mesa Para Dois. Afinal, seria o ato final de traição competir com Audrey também por seus clientes, além de seu homem. E, além do mais, para quem ela suportaria trabalhar naquela área? Não para Sheryl. Não para qualquer dos demais membros da ADAR. Nenhum deles tivera a decência de tomar o partido de Audrey na reunião.

Não, teria de ir para outra cidade. Significaria deixar seus clientes para trás, pensou ela, com uma pontada, mas teria de ser feito. Ela e John iriam a algum lugar novo, onde seus empregos anteriores não pudessem assombrá-los. E, uma vez que tivessem partido, talvez, quem sabe, o coração de Audrey poderia começar a se recuperar. E em alguns anos, Alice e John estariam esquecidos, meros fantasmas de um pesadelo do qual Audrey mal podia se lembrar. O copo está sempre meio cheio, lembrou-se Alice.

Ergueu os ombros e se concentrou em terminar sua carta de demissão.

LOU

Lou fez uma pausa, ignorou o medo que se revirava desagradavelmente em seu estômago, ergueu a cabeça de forma desafiadora e entrou. Tinha sido uma caminhada difícil para o trabalho, ainda mais porque seus pés estavam desacostumados a sapatos baixos (surpreendentemente estranhos, depois de anos de saltos altos). Mas essa não fora a pior parte. Lou tinha se sentido horrível, nua: flagrada no meio de um pesadelo — aquele em que você vai trabalhar, mas se esquece de pôr as roupas.

Era a primeira vez que saía de seu apartamento desde a manhã seguinte à sua noite com Simon. E era a primeira vez que ia a qualquer lugar sem maquiagem desde os 12 anos de idade. Não era fácil. Era muito mais do que complicado. A pesada camada de cosméticos coloridos sempre fora sua proteção. Sem ela, sentia-se exposta, frágil. Não tinha certeza se fora feita para essa aparência relaxada, natural. Parecia algo nitidamente anormal, para ela.

Mas conseguira chegar até ali sem dar meia-volta...

Ao descer a escada, concentrou-se em manter os olhos fixos à frente — evitando deliberadamente o espelho grande que recebia os clientes na entrada do bar — e seguiu seu caminho através do salão vazio até onde Tony, Paul e Jake estavam completando as garrafas.

— Puta meeerda! — exclamou Tony ao vê-la. — Olha só o seu estado! Tá doente de novo?

Ele olhou para ela, assegurando-se de manter distância. No mundo de Tony, era um fato médico a incapacidade dos germes de saltar distâncias superiores a trinta centímetros.

— Não, estou bem — respondeu Lou. Notou que não havia qualquer preocupação na voz de seu amante.

Podia sentir os olhos de Tony penetrando-a quando abriu a porta da sala dos fundos e desapareceu momentaneamente para guardar a bolsa. Fora de suas vistas por alguns segundos, ela passou a mão nervosamente pelo cabelo, mordeu o lábio (não precisava mais se preocupar com batom nos dentes) e, então, voltou para o bar.

Tony não tinha se movido. Ainda estava olhando para ela, a boca aberta e o rosto cheio de sua desconfiança natural das doenças. Atrás dele, Paul e Jake também a estavam encarando, embora com um pouco mais de gentileza.

Ignorando todos eles, Lou se ocupou em preparar o caixa, vertendo os saquinhos de moedas em suas devidas repartições.

— Escute, docinho — a voz de Tony havia se suavizado. Lou se enrijeceu ao reconhecer sua voz de "seja gentil com a funcionária, ela deve estar naqueles dias". — Tem certeza que você deveria estar aqui? Não está com nada contagioso, está? Só estou preocupado com você! — acrescentou ele rapidamente, levantando as mãos como se estivesse se rendendo a um iminente ataque mortal de TPM. — Além disso, eu, Suz e as crianças vamos para Marbella no fim de semana. Não quero pegar sua gripe.

— Já disse, estou perfeitamente bem, obrigada — respondeu Lou, sem erguer os olhos de seu trabalho.

Com sua visão periférica, viu Tony se virar para Paul e Jake e fazer uma careta.

— Certo, bem, nesse caso... — a voz dele voltou ao tom agressivo normal —, é melhor você se arrumar. Essa cara está de matar. Os clientes querem ver doçura, não repolho azedo.

Ele se virou, irritado, e foi para a sala dos fundos. Algo na forma como ele se afastou, mal-humorado, fez Lou perceber que o relacionamento deles tivera apenas a profundidade de sua maquiagem. Suas rapidinhas encostados no balcão haviam terminado.

— Tem certeza que você está bem? — perguntou Paul baixinho, a voz cheia de preocupação. — Podemos cobrir por você, se precisar ir para casa.

— Legal, Paul, mas não será preciso.

— Certo, se você está dizendo — respondeu ele, mas não pareceu muito convencido. — Você não está com sua aparência normal, só isso.

Lou suspirou. Era melhor que abrisse o jogo de uma vez por todas. Afinal, não se tratava de uma experiência de um dia só.

— Olha, se você quer saber — ela levantou a voz levemente para que Jake também ouvisse —, não estou usando maquiagem, só isso.

— Ah! — Paul pareceu constrangido. — Merda! Desculpe, Lou!

— Tudo bem — cantarolou ela. Talvez a melhor forma de encarar aquilo fosse com otimismo. — Maquiagem custa os olhos da cara. Com a quantidade que eu costumava usar, vou economizar uma fortuna.

—Você está ótima! — gritou Jake. — Mais jovem.

— Obrigada! Só achei que fosse hora de vocês terem uma chance de me ver — disse ela, animada. — Quero dizer, *ver a mim*, de verdade.

Jake e Paul pareceram perplexos. Lou não se deu ao trabalho de explicar. Em vez disso, virou-se para os dosadores das garrafas e começou a substituir as vazias, sorrindo ao vislumbrar seu reflexo recém-limpo olhando para ela do metal.

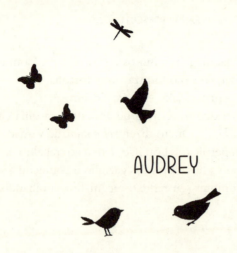

AUDREY

Já eram quase quatro da tarde e Audrey estava colocando a capa de chuva para ir ao veterinário buscar Pickles quando algo extraordinário aconteceu. Ela recebeu flores.

A chegada de um buquê de flores não era, em si, algo incomum. Mas essa entrega em particular era extraordinária por dois motivos. Primeiro, porque era o menor e mais simples buquê que ela já recebera: um maço modesto de tagetes amarelas. E, segundo, porque era o primeiro buquê de flores que já recebera que não fora ela mesma que enviara. O choque foi tão grande que voltou a se sentar, de casaco e tudo, para admirá-las.

Se você precisar de um amigo... Maurice Lazenby, dizia o cartão.

Um ponto de calor se acendeu no peito de Audrey. Depois de horas mantendo sua rígida máscara de ferro, sentiu uma onda quase feliz de lágrimas com a inesperada gentileza que Maurice, mais uma vez, demonstrara. Pela primeira vez em anos, a natureza humana a havia surpreendido (favoravelmente, em vez de desagradavelmente) e ela sentiu vergonha por todas as vezes em que revirara os olhos ao ouvir que Maurice estava ao telefone. Como o havia julgado mal! Ele não era reclamão coisa nenhuma. Era um cavalheiro. À moda antiga, detalhista e com uma ideia de pretendentes muito acima de seu nível. Mas, por baixo de tudo aquilo, era um cavalheiro gentil e atencioso.

Pegou o telefone para agradecer. Era seu primeiro telefonema genuíno naquele dia.

— Não é nada. — Ele dispensou o agradecimento dela. — Na verdade, eu estava pensando se você me permitiria convidá-la para almoçar amanhã... para você ter uma folga do escritório.

Audrey fez uma pausa, incerta de como proceder naquele terreno social tão desconhecido para ela. Olhou para as flores e se lembrou do alívio do lenço dele e do calor de seu braço em volta de seus ombros.

— Bem, suponho que seria agradável sair do escritório um pouco — reconheceu ela.

— Então está combinado. Posso passar na Mesa Para Dois às 12h30?

Audrey estava prestes a dizer para se encontrarem lá fora — as garotas poderiam rir se soubessem que ela estava indo almoçar com Maurice —, mas se deteve. *Um eu mais simpático*, lembrou a si mesma.

E, então, quando se levantou novamente, apanhando a bolsa e o cesto de transporte de Pickles, outra coisa inesperada aconteceu. Alice entrou correndo em seu escritório.

— Agora não, Alice — disse Audrey, da forma mais neutra possível. — Preciso ir a um lugar muito importante. Não posso me atrasar.

— Ah! Está bem.

Alice parecia um barco cujas velas haviam se desinflado. Audrey notou como ela estava cansada e pálida; todos os vestígios de glamour da noite anterior haviam desaparecido. O cardigã estava de volta. Alguma espécie de ordem fora restabelecida.

— Bem, posso te dar isto? Talvez você possa ler mais tarde. — Alice estendeu nervosamente um envelope na sua direção. Audrey assentiu e o guardou no bolso.

— Realmente, não posso me atrasar. É o meu gato, entende?

— Sim, claro.

Audrey seguiu até a porta de vidro.

— Audrey...? — chamou Alice.

Alguma coisa na voz dela fez Audrey parar e se voltar para olhar para ela.

— Eu sinto muito — disse Alice, baixinho.

Houve uma pausa curta e silenciosa conforme a complexidade das três simples palavras recaía sobre ambas as mulheres.

Audrey assentiu e, então, saiu da sala e da Mesa Para Dois. Só quando já estava no ônibus, a caminho do veterinário, foi que tirou o envelope de Alice e percebeu que continha sua carta de demissão. E, então, não soube o que pensar.

SHERYL

Sheryl deslizou para dentro de seu conversível vermelho, checou o gloss no espelho retrovisor e ligou o motor, com um ostentoso e desnecessário ronco. Verificou o relógio. Ainda tinha tempo de sobra.

Começou a costurar entre o tráfego de início do rush, jogando o cabelo e fingindo ignorar as cabeças que sabia que estava fazendo virar entre os motoristas. Sheryl adorava a primavera. E o verão e o outono, a bem da verdade. O inverno era a única estação de que não gostava, com as saias mais compridas e as leis tácitas da moda de que os decotes deveriam ficar enterrados sob camadas repugnantes de lã. Mas, agora que o clima finalmente havia mudado, Sheryl aproveitava todas as oportunidades de baixar a capota de seu carro e se exibir para os demais motoristas, ainda que isso significasse ligar o aquecedor de seu carro no máximo.

Um entregador, de bicicleta, parou ao lado dela no semáforo e aproveitou a vantagem dada pela altura de sua bicicleta para espiar em seu decote. Sim, a primavera era definitivamente uma estação maravilhosa, pensou ela com um sorriso afetado.

Enquanto esperava que o sinal abrisse, seu olhar vagou pela paisagem dos motoristas, demorando-se numa van que continha três operários que suavam testosterona. Deliberadamente, deixou que seu olhar se demorasse o suficiente para que um deles se inclinasse para fora da janela e gritasse uma leve, mas elogiosa, obscenidade. Sheryl o recompensou com um sorriso sugestivo, justamente quando o sinal abriu. Seu conversível rugiu e ela acelerou depressa em direção ao próximo sinal vermelho.

A vida é boa, pensou ela, petulante. Os negócios estavam prosperando, os lucros aumentando e sua aquisição da Cabana do Cupido tinha corrido bem. Quando acrescentava à lista sua engenhosa revelação de Audrey Cracknell no dia anterior e sua mala cuidadosamente preparada que repousava ali no banco do passageiro, pronta para um encontro clandestino no White Hotel, a vida não podia ser muito melhor.

Quando se está vencendo... pensou Sheryl presunçosamente. Tudo estava se encaixando no lugar certo, como se fosse uma coreografia, inclusive com a Partridges adquirindo mais calcinhas fio dental de plumas roxas, bem a tempo para esta noite. Suas calcinhas de plumas (particularmente as roxas) sempre haviam enlouquecido Ernie, e Sheryl tentara disfarçar sua irritação quando ele guardara a última no bolso, após seu encontro anterior num hotel.

— Um suvenir — dissera ele com um sorriso que deixara sua coleção de pés de galinha visível sob a luz artificial.

Velho estúpido, ela havia pensado, perguntando-se se os homens um dia saíam de sua adolescência latente. No entanto, tinha que reconhecer que as calcinhas estavam cumprindo seu papel. Ernie já a estava tratando como sua vice na ADAR, acatando-a abertamente nas reuniões. E quando o bobalhão finalmente percebesse que estava na hora de se aposentar, Sheryl já o haveria deixado no ponto onde queria, para garantir que a sucessão à presidência fosse uma barbada.

Além disso, seus encontros extracurriculares com Ernie não eram apenas trabalho. Ela sempre fora uma defensora tenaz da variedade, e a idade e a gratidão de Ernie ofereciam um contraste revigorante à vaidade e às acrobacias de Brad. E, a despeito do que se dizia sobre ser impossível ensinar truques novos a cachorros velhos, Sheryl tinha feito Ernie latir de formas que nunca pensara que fossem possíveis.

Tamborilou com as garras vermelhas no volante e se virou preguiçosamente para dar uma olhada na vitrine da Partridges. Porém, antes que seu olhar chegasse aos manequins com roupas de estilistas famosos, sua atenção recaiu sobre uma figura conhecida no ponto de ônibus, carregando um cesto de transporte para gatos. Levou alguns segundos para Sheryl perceber que a mulher simplória, perdida numa introspecção emocional, era Audrey Cracknell. Ela parecia diferente, de certa forma. Bastante. Era como se a agressividade a houvesse abandonado. Seu queixo já não apontava para a frente, como o de um soldado na parada militar. Até mesmo seu cabelo já não parecia tão desafiadoramente laranja. Ela mal se parecia com a adversária de Sheryl.

Sheryl deu um sorriso afetado de vitória, acelerou propositalmente o motor do carro e adiantou-se através de uma repentina abertura no trânsito. Talvez devesse dar um telefonema no dia seguinte, pensou, sem piedade; ver se chegara o momento de que a Mesa Para Dois fosse vendida. Afinal, ponderou ela sem qualquer compaixão, negócios não eram apenas negócios. Eram guerra. E todo mundo sabe o que se diz sobre o amor e a guerra.

AUDREY

Foi enquanto comiam o strudel de maçã, que Maurice... soltou a bomba.

— Você sabe por que ninguém da Mesa Para Dois foi capaz de encontrar o par perfeito para mim, não sabe? — perguntou ele, de repente.

— Não — respondeu Audrey, perplexa.

Não tinha esperado aquela linha de conversa. Até então, fora só ela quem falara. Não tinha planejado contar tudo a Maurice, mas havia alguma coisa nele que a fez, subitamente, decidir se abrir. Então, contara a ele sobre seu amor não correspondido por John e como tinha deixado todo mundo pensar que eles eram casados porque queria que fosse verdade. Contara a ele como fora desmascarada por Sheryl e escorraçada da Associação das Agências de Relacionamentos; havia lhe contado tudo, desde o momento em que encontrara John e Alice jantando juntos, e de como tinha descontado em Pickles. E Maurice tinha ouvido a tudo sem comentários nem julgamentos. Quando finalmente pediram a sobremesa, Audrey já se sentia cinco quilos mais leve. Havia revelado tudo. E a pessoa a quem o fizera ainda estava sentada diante dela, sem pena nem repugnância no rosto. Isso era bom.

— Não — repetiu ela. — Eu não tinha realmente parado para pensar por que não encontramos o seu par. Só deduzi que minhas garotas foram...

— Incompetentes? — Ele sorriu.

— Bem, sim, suponho que sim — admitiu Audrey, envergonhada. — E elas foram? — Prendeu a respiração enquanto esperava a resposta dele. De repente, parecia muito importante ouvir coisas boas sobre suas funcionárias.

— Longe disso — disse ele, sem hesitar. — Elas tentaram de tudo e a Srta. Brown, em particular, dedicou muita atenção ao meu caso. Os pares que ela achou foram... — ele procurou a palavra certa — inspirados.

Audrey sentiu um afluxo leve, mas distinto, de algo desconhecido. Seria prazer?, pensou ela. Orgulho? Não tinha certeza, mas era uma sensação estranhamente boa ouvir o comentário positivo de Maurice sobre as suas garotas.

Particularmente o elogio à Alice, cuja carta de demissão ainda jazia em seu bolso e a quem ela não soubera bem o que dizer naquela manhã. E, portanto, para seu constrangimento, não tinha dito nada. Teria que conversar com Alice naquela tarde. Teria que reconhecer sua demissão; e mesmo aceitá-la. Já fazia muito tempo que queria se livrar dela. Mas, agora que finalmente conseguira o que queria — profissionalmente, pelo menos —, não tinha certeza do que devia fazer. Acabara de perceber que Alice era uma casamenteira fenomenal. Será que conseguiria deixar todo o resto de lado e lhe pedir para ficar na agência? Não tinha certeza.

— Você é um osso duro de roer. — Ela sorriu para Maurice. — Um homem que sabe o que quer e que não aceita substituições. Você é um pouco como eu, na verdade. Somos perfeccionistas. Eu não tinha percebido isso antes, mas parece que nós temos um monte de coisas em comum.

— Um monte — concordou Maurice, mas, de repente, ele pareceu nervoso. — Talvez mais do que você pensa. Na verdade, já que estamos pondo nossas cartas na mesa hoje, acho que é hora de eu também abrir o jogo. Tenho uma confissão a fazer.

Audrey olhou para ele de forma inquisitiva. Maurice respirou fundo.

— Sinto dizer que não tenho sido completamente honesto com você, Audrey. Meus motivos para continuar na Mesa Para Dois não têm sido inteiramente éticos.

A colher de Audrey parou no meio do caminho e seu rosto, imediatamente, se franziu. — Ah, Maurice, você não é... *casado, é...?* — Sua voz soou estranha. Esperava que ele não tivesse percebido.

— Não, não; não é nada disso. O que quero dizer é que eu dei a você uma missão impossível. Vocês todas têm procurado pelo meu par perfeito nos seus cadastros, mas eu sei perfeitamente bem que ela não está lá.

— É claro que ela está lá! — respondeu Audrey depressa. — Nós temos a melhor lista de clientes da cidade. Temos todos os tipos de mulheres que possam existir. Eu me recuso a desistir e aceitar a derrota, principalmente quando você foi tão gentil comigo. Eu lhe dei a minha palavra de que a encontraria e é isso que vou fazer.

— Será? — respondeu Maurice. Sua pergunta pairou no ar por um momento. — Bem, você terá de parar de procurar na sua lista de clientes e começar a procurar na sua folha de pagamentos. — Ele arrumou o guardanapo, constrangido.

Audrey ofegou.

— Bianca? — De novo, sua voz saiu estranha: sem entonação. Algo pareceu pesar em seu estômago e não era o strudel.

Maurice dispensou a sugestão. — Audrey, por que você acha que eu perturbei a vida de todo mundo até que, finalmente, meu caso fosse elevado até você?

— Eu, hã... — Audrey não tinha certeza do que dizer. Parecia de uma vaidade inapropriada repetir o que ele dissera sobre ela ser a melhor.

— É porque *você* é o meu par perfeito — desabafou Maurice, de repente, os olhos fixos nos dela. —Você é uma mulher magnífica: uma nau capitânia de sua espécie, um transatlântico entre um oceano de barcos rebocadores e navios de carreira. Por que eu me interessaria pelas Biancas deste mundo? Ou pela sequência simpática de louras que suas funcionárias me arrumaram? Nenhuma delas tem, sequer, um pensamento interessante dentro da cabeça. E mais: nenhuma delas sabe administrar um negócio, gerenciar uma equipe, compreender uma série de clientes solitários e fazer com que cada um deles se sinta especial. Desde que eu te ouvi falar pela primeira vez, numa de suas palestras sobre "Encontrar Seu Par Perfeito", há quatro anos, a única mulher que eu quis foi você.

Audrey olhou para ele com incredulidade. Será que estava ouvindo direito? Tinha sofrido tantos choques nos últimos dias.

— Eu estava esperando que alguém na sua agência acabasse percebendo — disse Maurice com um sorriso sardônico. — Por um tempo, quase achei que a Srta. Brown fosse perceber.

Houve uma pausa.

— Maurice, você realmente me surpreendeu — disse Audrey, após um instante. — Não sei o que dizer.

— Diga que vai pensar a respeito. — Ele se inclinou na direção dela. — Diga que não vai me desconsiderar logo de cara, ou se esconder por trás de alguma regra inventada sobre não sair com os clientes. Diga que vai ter a mente aberta.

Audrey olhou para ele. E percebeu que ele parecia diferente. Aquilo que ela sempre vira como irritante, excessivamente arrumado e afetado, agora parecia atencioso, cuidadoso e confortavelmente à moda antiga. Ele não era um reclamão; era um bom ouvinte. Um bom, gentil e atencioso ouvinte. Todo mundo tinha se enganado a respeito dele; *ela* tinha se enganado. Perguntou-se como diabos ela... *ela*, que se orgulhava tanto de conhecer as complexidades dos homens e das mulheres, nunca tinha notado aquilo antes... Maurice era um cavalheiro.

— Sim — ouviu-se dizer. — Prometo que vou pensar a respeito.

E se pegou sorrindo para ele.

E, então, ambos pegaram a colher e comeram o strudel.

KATE

Fazer as pazes foi surpreendentemente fácil. Kate decidiu dar o primeiro passo e desceu, apreensiva, a escada até o bar de Lou, na volta do trabalho.

Tinha sua estratégia planejada. Não queria pedir desculpas por tudo; ainda mantinha o que tinha dito. O comportamento de Lou *era* autodestrutivo e ela *estava* desperdiçando sua vida trabalhando no bar de Tony. E se iam voltar a ser amigas — e era isso que Kate queria —, então precisavam passar menos tempo juntas. Um pouco de distância se fazia necessária. Tinham de abrir espaço em seu relacionamento para permitir novas relações. Afinal, não era por coincidência que, assim que elas se apartaram, Kate finalmente se apaixonara.

Mas, definitivamente, estava na hora de uma desculpa parcial. Sentira tanta falta de sua amiga!

— Olá, sumida! — O rosto de Lou se abriu num sorriso quando Kate se aproximou do bar.

Kate sentiu uma onda de alívio. Não sabia o que esperar, mas Lou parecia genuinamente feliz em vê-la. Além de extraordinariamente radiante.

— Uau! — disse Kate com honestidade. — Você está linda!

Pensou ter visto Lou se ruborizar um pouco.

— Ah, bem, venho pegando leve no reboco. Pensei em deixar meu eu interior respirar um pouco.

— E está te fazendo muito bem.

— Obrigada. — Lou sorriu e entregou a Kate uma taça de vinho. — Na verdade, você deu sorte de me pegar aqui. Se demorasse mais uma semana, eu já não estaria mais.

— Ah, é?

— Entreguei meu aviso prévio.

Kate ficou boquiaberta de choque.

— Por causa do que eu disse?

— Em parte — admitiu Lou. —Você estava certa. Eu realmente preciso me afastar do Tony. Mereço mais do que isso.

— Apoiada!

— E você também estava certa sobre outra coisa! Eu realmente preciso tomar jeito, caso contrário serei a garçonete mais velha da cidade! Então, consegui um emprego naquele bar novo, o que fomos perto da Partridges. Começo na semana que vem. Como gerente!

— Que fantástico! Parabéns! — Kate brindou com Lou, transbordando entusiasmo. —Você é uma gerente brilhante!

— Obrigada. — Lou sorriu e olhou para seu relógio. — Então, saiu para almoçar mais tarde?

Kate sorriu.

— Não, já terminei o trabalho por hoje. Estava a caminho de casa.

— Mas não são nem seis horas ainda!

— Ah, pois é, pensei em seguir seu conselho também. Romper os grilhões que me prendem a Julian, viver um pouco.

Lou sorriu e guiou Kate até uma mesa de canto.

— Bom te ver — disse Lou, com carinho, quando elas se sentaram.

—Você também.

— Então, como andam as coisas?

E Kate lhe pôs a par de tudo, adorando a chance de, finalmente, poder fofocar.

— Então, deixe-me ver se entendi direito — resumiu Lou. — Você começou a sair do trabalho às 17h30 e o mundo não acabou.

Kate sorriu.

—Você caiu na real sobre Julian e percebeu que ele é apenas um cara, e não o chefe do Obama.Você se apaixonou por um homem que faz você ver a vida além do escritório e que te convenceu a desobedecer regras. E está com a aparência perigosamente próxima de alguém que, de fato, está feliz!

— E como! — admitiu Kate, corando.

— Estou tão contente por você... — Lou sorriu. E parecia sincera.

— E tenho mais novidades — provocou Kate, olhando cuidadosamente para Lou. — Eu acho que o Julian está a fim de você!

— De mim? — Lou pareceu surpresa e, se Kate não estava enganada, um pouquinho satisfeita.

— Ele veio até a minha mesa hoje à tarde e pediu seu telefone. Ele parecia até meio tímido. Resmungou alguma coisa sobre você ser ainda mais bonita à luz da manhã; o bobalhão te comparou a uma pintura de Klimt. E, então, ele me perguntou se eu achava que você se interessaria.

— O que você disse? — perguntou Lou, deliberadamente casual.

— Eu disse que não sabia.

Kate notou que Lou pareceu ficar desapontada.

— Eu sugeri que ele deveria te ligar e descobrir por ele mesmo — continuou ela. — Eu disse que ele teria muita sorte em ter você e que, se ele te enrolasse, eu colocaria todos os hábitos nojentos dele num comunicado à imprensa e enviaria para todos os jornalistas do país.

Lou sorriu.

— Mas eu pensei que Julian estivesse fora de cogitação — disse ela delicadamente.

— Sim, bem, é como eu disse. Segui seu conselho. Estou tentando desencanar um pouco — admitiu Kate, com um sorriso.

Lou estendeu a mão sobre a mesa e agarrou a mão de Kate. Elas sorriram uma para a outra.

— Sabe, você não deveria ser tão dura com Julian — provocou Lou, recolhendo a mão. — Ele é obviamente um homem de bom gosto. Está bem, ele vai embora mais cedo todos os dias, mas quem não faria a mesma coisa, se fosse dono da empresa? E não é culpa dele se a mãe nunca o ensinou a comer croissants de boca fechada!

— Ah, então você *gosta* dele, hein! — Kate riu. — Achei que gostasse!

— É coisa de gente rica... — continuou Lou, ignorando propositalmente o comentário de Kate. — Se você fechar a boca, o que será da colher de prata que te alimenta? Mastigar de boca aberta é a maldição da elite.

— Entendi! — Kate riu. — O que aconteceu com sua queda por um grosseirão?

— Ah, eu sou uma defensora da igualdade de direitos nas transas. — Lou sorriu. — É a única coisa politicamente correta em mim.

— Sabe, talvez você e Julian não formem um par tão ruim, afinal — ponderou Kate. — Vocês dois são bebuns sem um pingo de vergonha na cara. Talvez estejam fazendo um favor ao mundo, tirando um ao outro do mercado e impedindo que outros pobres inocentes cruzem seu caminho por engano. Na verdade, não sei por que não percebi isso antes. Vocês dois podem muito bem formar um par perfeito!

Lou pestanejou.

— Ele tem uma conta bancária enorme! — acrescentou Kate, digamos, prestativa.

— E não é só a conta bancária. — Lou sorriu de forma maliciosa, de repente voltando a ser a boa e velha Lou. — Vou te dizer uma coisa, Kate, seu chefe tem o maior pau que eu já vi!

Seis Meses Depois...

ALICE

Ficava a apenas cem metros do mar e tinha uma porta vermelha com uma aldrava de metal brilhante. Alice ficou parada na calçada, apertando a mão de John com excitação.

— É de estilo eduardiano — explicou ele.

— É perfeita! — exclamou ela. E era mesmo. Era tradicional, discreta, austera e segura; o tipo de lugar que os clientes se sentiriam à vontade para visitar.

— Então, vamos realmente... dar esse passo? É definitivamente o que você quer? — perguntou ele.

— Cem por cento!

— Os dois andares superiores têm espaço de sobra para morarmos e o escritório pode ser ao nível da rua. E tem um jardim enorme, virado para o sul, portanto recebe muito sol. Pense em tudo que podemos plantar!!! Girassóis, ervilhas-de-cheiro, madressilvas!

— E azevinho, cactos e tulipas vermelhas — acrescentou ela, sorrindo como o Gato de *Alice no País das Maravilhas*.

— É claro! Isso não precisa nem dizer — John devolveu o sorriso para ela. — Amanhã, achei que pudéssemos conhecer os bares locais. E Ginny e Dan já prometeram vir nos visitar.

— É melhor eles se apressarem! Gin terá o bebê em uns dois meses! — Alice riu conforme seus olhos absorviam o prédio. Tudo ali parecia diferente: excitante. As pessoas pareciam diferentes, os jardins pareciam diferentes. Até o ar tinha um cheiro diferente e não era apenas o aroma tentador de peixe com batatas fritas que estava entrando deliciosamente por suas narinas. — Me sinto tão feliz que poderia explodir — disse ela alegremente. — Parece tão perfeito. É um novo começo!

John a puxou mais para perto.

— É o nosso felizes-para-sempre. — Ele sorriu.

— Isso parece um final! — Alice riu. — Mas, na verdade, é um começo. *Nosso* começo! — Ela o fez girar numa dança enlevada na calçada, enquanto as gaivotas gritavam acima.

Tudo em sua vida parecia estar começando. O verão passara tão depressa, num turbilhão estonteante e cheio de animação. Ela vendera rapidamente o apartamento na Eversley Road e se mudara para a casa de John. Sempre achou que seria triste deixar seu apartamento e seu jardim, mas mal olhara para trás. Só estava há alguns meses com John quando ele também encontrou um comprador para sua casa e, agora, ali estavam eles, montando suas vidas juntos em um novo lugar.

— E venha olhar aqui. — John a pegou pela mão, animado, e a levou até a lateral da casa. Alice olhou pelo corredor de pedra que levava até o jardim dos fundos. Alguma coisa à esquerda atraiu seu olhar.

— Uma bicicleta nova! — exclamou ela. E, então, viu outra coisa. — Você comprou um suporte! Meu próprio suporte de bicicleta!

— É só uma coisinha para que você se sinta em casa — explicou John timidamente. — Além do mais, agora que você tem uma bicicleta melhor, parece uma pena deixá-la encostada num canto qualquer.

— Adorei! — declarou ela. E era verdade. Correu para examinar a bicicleta e o suporte. A bicicleta tinha, talvez, sido a maior surpresa dos últimos seis meses — ou, melhor: a pessoa que a dera. Audrey mal havia olhado Alice nos olhos durante a semana em que pedira demissão, e Alice se conformara em receber apenas silêncio durante o mês inteiro de seu aviso prévio. Não se importava; entendia por que Audrey achava que ela o merecia. Mas, pouco a pouco, Audrey fora relaxando. Começara a incluir Alice em discussões no escritório e até lhe trouxera café quando, de forma pouco característica, saíra para comprar cappuccinos para o pessoal do escritório. Mas, apesar da reconciliação, Alice nunca esperara uma festa de despedida e menos ainda um presente.

— É de segunda mão — Audrey havia declarado ao trazer a bicicleta até o Luigi's. — Foi ideia do Maurice.

Alice tinha ficado tão emocionada que mal pudera segurar uma lágrima. A bicicleta era perfeita e a cestinha era enorme e espaçosa. Antes que pudesse até mesmo pensar em se calar, ela se ouviu perguntando, em voz alta:

— Audrey, você sabe se algum dos cinco primeiros pares que você formou ainda está casado?

— Meu Deus do céu, eu sou uma casamenteira, não milagreira! — respondeu Audrey, com surpresa. — Na verdade, um dos pares pode ter se casado só para que a esposa pudesse ficar no país. Eu nunca teria juntado os dois se soubesse... posso ter sido cúmplice num crime de imigração! Não, o único casal que acredito que ainda esteja junto é o meu primo de segundo grau e a esposa. Faz anos que não temos contato, mas a última notícia que recebi era que eles tinham três filhos e não tenho motivos para duvidar que ainda estejam firmes e fortes.

Alice desejou de todo coração ter tido a coragem de perguntar para Audrey antes. Então, por alívio e gratidão, ela levara Audrey a um canto tranquilo e compartilhara com ela a única coisa que tinha para dar: conhecimento. O queixo de Audrey caíra quando Alice lhe contou sobre a estratégia de Sheryl para ganhar dinheiro. Ela tinha ficado tão espantada que não pudera falar por vários minutos. Alice sentiu um profundo afluxo de vergonha por ter, ainda que fugazmente, desconfiado que Audrey pudesse ser capaz de fazer a mesma coisa.

— Isso é um absurdo! — Audrey finalmente desabafou. — Imperdoável! Pobres clientes...

E prometera usar a informação com sabedoria. Não houve nem vestígios do fervor pelo poder que Alice teria esperado dela ao receber uma carga de munição contra Sheryl. Apenas um assentimento sério e uma breve declaração de que iria cuidar para que as coisas fossem esclarecidas. Alice sabia que Audrey iria fazer a coisa certa. E por causa da *entente cordiale* que estabelecera com sua chefe, não houve qualquer rancor pela sua partida.

John interrompeu o devaneio de Alice com um aperto em sua mão e eles voltaram até a frente da casa.

— Então — provocou ele, gentilmente. — Agora só nos resta decidir o nome para esse nosso empreendimento comercial.

— Sim, estive pensando nisso! — anunciou Alice, animada. — Você sabe que a nossa agência de relacionamentos será um pouco diferente, né? Que vamos usar nossas experiências para oferecer serviços completos para encontrar o amor... *coaching* pessoal, elevação da autoestima, etiqueta no relacionamento *e* compatibilização de pessoas!

John assentiu, sorrindo diante da animação dela.

— Bem, eu acho que isso parece ser algo à moda antiga... mas de um jeito positivo! Nossos clientes receberão um toque pessoal. Vamos ensinar o que se deve e o que não se deve fazer nos encontros e desmistificar todas as regras tácitas para ajudar as pessoas a serem mais confiantes, se divertirem e se apaixonarem. Vamos cuidar delas como se fôssemos o melhor amigo, ou como uma tia experiente e sábia.

John riu.

— Por favor, não me diga que você vai chamá-la de "Tia John"?

AGRADECIMENTOS

Agradecimentos enormes ao exército de pessoas fantásticas que tornaram este livro possível... Maggie, Sarah e a equipe da agência literária Ed Victor; Charlotte, Nicole e todos da editora Quercus; e Fiona Carpenter, pela capa... vocês têm sido minha equipe pessoal de realização de sonhos e lhes serei eternamente grata.

Agradeço também às garotas da MTV Press, que foram as primeiras a me dar confiança suficiente para escrever, ao rirem (em todos os momentos certos) dos meus comunicados à imprensa, e a Maddy, por me apresentar ao mundo dos livros. Ademais, agradeço a minha mãe, a meu pai e à miríade de babás, sem os quais este livro jamais poderia ter sido escrito.

Finalmente, agradeço enormemente a Nige por ter confiança em mim a ponto de recuar e assistir à minha carreira se desintegrar e nossa conta bancária diminuir, tudo em nome da deliciosa *CHICK LIT*!

— O que quero dizer é que cuidaremos de nossos clientes de uma forma que ninguém mais faz; levando o tempo que for preciso para conhecê-los. É o tipo de serviço que as pessoas costumavam receber, antes dos computadores e das otimizações de lucros. Portanto, se vamos dar um toque pessoal, nós *devemos* ser pessoais. Nós somos Alice e John: *Srta. Brown e Sr. Smith*! — Ela olhou para ele, cheia de expectativa.

—Você quer chamar nossa agência de "Srta. Brown e Sr. Smith"...? — John refletiu sobre aquilo. — Bem, não é meloso. E não é um clichê enjoativo como Pombinhos ou Um Lindo Romance...

— É honesto.

— É certamente à moda antiga...

— *É nós!*

— Na fita!!! — ponderou John com humor. — Mas eu acho que podemos fazer melhor do que isso.

— ?!?!? — Alice tentou não parecer desapontada. Ela o viu observar o imóvel enquanto fingia refletir profundamente. A rua já estava ficando mais tranquila no final da tarde e ela pôde ouvir o barulho gentil do mar. O fim da tarde de outono banhava a pele de John com uma luz dourada. Ele parecia exótico, como algo precioso — mais precioso do que jamais poderia esperar para si mesma. E, então, ele se voltou da porta vermelha, os olhos azuis cintilando, e seu rosto se abriu num sorriso esplêndido.

— Esqueça "Srta. Brown e Sr. Smith"! — Ele sorriu. — Eu acho que "Sr. & Sra. Smith" soa muitíssimo melhor! — E tomou ambas as mãos de Alice nas suas e se abaixou, colocando um joelho na calçada. — Eu te amo, Srta. Brown — disse ele baixinho. — O dia em que te conheci foi o dia de maior sorte em toda a minha vida. Você me daria a honra de concordar em ser minha esposa?

O coração de Alice deu um pulo e ela caiu de joelhos e o beijou, ali mesmo na bela luminosidade de fim de tarde, na calçada. Sabia que sempre estivera certa em acreditar em Príncipes Encantados, em ter fantasias e ser uma viciada em romantismo sem qualquer vergonha. Estivera certa em acreditar que um dia encontraria um homem que não se importaria se ela usasse cardigãs, andasse numa bicicleta vintage e preferisse fazer jardinagem a ir a boates. E agora ali estava ela, mais feliz do que jamais acreditara possível, sendo levantada por ele e tomada nos braços de seu próprio Par Perfeito. E eles estavam prestes a partir rumo ao pôr do sol. Ela o apertou com entusiasmo ao imaginar a vida que teriam juntos: Alice, a jardineira casamenteira e seu perfeito Príncipe Encantado, John Smith!